U0448911

UN NOME CHE NON È IL MIO

一个不属于我的名字

［意］尼古拉·布鲁尼亚尔蒂 著

邓阳 张燕燕 译

中国友谊出版公司

图书在版编目（CIP）数据

一个不属于我的名字 /（意）尼古拉·布鲁尼亚尔蒂著；邓阳，张燕燕译. -- 北京：中国友谊出版公司，2024.9
ISBN 978-7-5057-5830-8

Ⅰ.①一… Ⅱ.①尼… ②邓… ③张… Ⅲ.①长篇小说－意大利－现代 Ⅳ.①I546.45

中国国家版本馆CIP数据核字(2024)第008034号

著作权合同登记号 图字：01-2024-2366

Un nome che non è il mio
© by Nicola Brunialti
First published in Italy by Sperling & Kupfer S.p.A. 2022
The Simplified Chinese edition is published in arrangement through Niu Niu Culture working in conjunction with Walkabout Literary Agency.

书名	一个不属于我的名字
作者	[意] 尼古拉·布鲁尼亚尔蒂
译者	邓阳　张燕燕
出版	中国友谊出版公司
发行	中国友谊出版公司
经销	新华书店
印刷	北京中科印刷有限公司
规格	880毫米×1230毫米　32开
	14印张　311千字
版次	2024年9月第1版
印次	2024年9月第1次印刷
书号	ISBN 978-7-5057-5830-8
定价	69.00元
地址	北京市朝阳区西坝河南里17号楼
邮编	100028
电话	(010) 64678009

如发现图书质量问题，可联系调换。质量投诉电话：（010）59799930-601

献给所有在犹太人大屠杀中遇害的孩子。
致所有那些他们失去了的，
我们也失去了的奇迹。

"他在这里安息。但你走远时,他会说话。"

> 墓志铭——纪念在德国诺因加默集中营
> 被纳粹分子杀害的二十名犹太儿童。

也许和平一点,我们才可以确保
犹太人在这个时代、这个地方
的生活公之于世,
不被掩盖任何一个片段。

埃马努埃尔·林格尔布鲁姆[①]

---

① 埃马努埃尔·林格尔布鲁姆(Emanuel Ringelblum,1900—1944),犹太裔波兰历史学家。

一天,莱维问大卫:"是谁发动的战争?"
"犹太人和骑自行车的人。"大卫回答。
"跟骑自行车的人有什么关系?"于是莱维问。
"那跟犹太人又有什么关系?"大卫回答。

序言

如何教授关于犹太人大屠杀的内容？

专家似乎一致认为不能抛开史料和考证。另一方面，他们也鼓励使用生动、贴近年轻人感受的方法。于是，大家开始思考艺术、电影、文学这些尝试讲述事实的形式要扮演的角色。人们重视的是这些形式产生的价值，从本质上说，它们是作者自由想象的成果，尽管与历史严格保持一致，尽管源自打上那个年代烙印的许多残酷事件和少数爱情、营救奇遇。

每一部描写这场灾难的原创作品都应该考虑使用孩子能够理解的语言，呈现的内容要与他们的经历息息相关，鼓励他们克服内心的脆弱，走过坎坷曲折，充满疑惑、错觉和失败的成年之路。

我觉得这本书就能够克服那些情感，它采取了平行叙事的方式，以校园场景开头，中间讲述了一个漫长、动人、紧张，时而冷酷和痛苦的故事，又以校园场景结尾。叙事考虑到了青少年的弱点和过错，就像常出现的情况那样，这些弱点和过错大部分是由于大人对孩子的世界缺乏关注。故事突出了珍贵的祖孙关系，这是联结一代人和另一代人的重要纽带，一个保守了半个多世纪的秘密也通过它得以揭示。小说以此为切入点，开始追溯一段悲惨的往事，多亏了那些冒着生命危险从邪恶和地狱中挽救人类的男人和女人,人们才能战胜那场悲剧。

犹太人大屠杀中的遗孤这个题材让我想到了一些问题,尽管小说中没有涉及这一点,但我一直很困惑:在战争结束时,如何为这些年幼的孤儿重新塑造一种犹太环境,把他们被残忍剥夺了的身份还给他们?

最后,我希望这本书的作用是鼓励读者,尤其是更年轻的读者,去思考在与同龄人和世界的关系中,对过去的认知会如何深刻地影响自己的行为。

阿梅德欧·斯帕尼奥莱托

意大利犹太教和犹太人大屠杀国家博物馆馆长

一

在母亲撒开他手的那一刻,雅努什明白那会是最后一次。他感到很揪心,小心脏有几秒钟停止了跳动。他与母亲的距离慢慢变得越来越远,但他希望自己的双臂可以无限延长,这样他仍然可以拥抱母亲。

他转头继续望着母亲,说不出一个字来,但护士推着他朝反方向走,希望没人看到他们。可他很固执,停下来注视母亲,他想记住自己正在经历的那一刻:母亲目送他离开,表情因为生不如死的离别十分痛苦。他想把那一刻变成一张照片,毫厘不差地保存下来。每当他闭上眼睛,那幅画面就会浮现在眼前。自那以后,在整个余生中,他永远都能看见那个场景。

二

在学校栅栏门旁边的外墙中央，出现了一个清晰的、黑色的卐字符，画得有点歪。它过分向右倾斜，仿佛随时要转过去一样。

卐字符旁边有一句话：HILDE BIERMANN JÜDISCHE SCHLAMPE，意思是"希尔德·比尔曼犹太婊子"。这句话也是黑色的，笔迹连贯而潦草，JÜDISCHE（犹太）一词的"I"显然是后来添的，起头的字母隔得很开，为了把整句话在墙上写全，收尾的字母就变得很挤。

拍视频的人手有些颤抖，那句话写完后，还对着它拍了几秒，背景里可以听到短促而得意的笑声，同时夹杂着汽车的噪声和远处传来的狗叫声。

随后，手机镜头忽然转向左边，在闪光灯的照耀下，黑暗中出现了三个孩子，他们的脸庞完全被面巾遮住，头上戴了卫衣帽子。其中一个孩子手里自豪地拿着一罐喷漆，刚用它写下了墙上的话，现在正得意地展示"作案工具"。

三个孩子看了拍摄他们的人一眼。然后，随着导演一声令下，他们变得严肃，齐声高呼："希尔德·比尔曼犹太婊子。"

他们重复喊了三遍，以明确表达他们如何看待可怜的希尔德。

接着，他们抬起一只手臂，敬了一个纳粹礼，高喊了一声"胜利"，声音有点慌张，这意味着有人过来了。的确，拍摄镜头突然转向了地面，三人发出一阵哄笑，就逃走了。

视频就这样结束了。

乌尔里克·库尔兹太太不敢相信自己的眼睛。她从来没查过儿子的手机，她承诺过，不会像儿子沃尔夫冈那些朋友的妈妈那样，她跟她们讨论过数十次隐私对孩子的成长有多么重要。要想让孩子做到自知自主和真正独立，远离成年人不断的监视和严格的管控，必须让他们拥有一个自己负责和管理的空间。

只有这样孩子才能真正长大，心理医生威默也这样告诉过她。六岁的沃尔夫冈突然开始尿床的时候，她咨询过威默医生，医生说，您和您丈夫的婚姻生活出现了一点小危机，这有些打乱了平静的家庭生活。而沃尔夫冈又是个敏感的孩子，很快就受到了影响。

但那都是过去的事了。现在一切都回归正常，他们家四墙之内一片祥和。

然而，那天下午，乌尔里克打消了自己所有的美好念头，背叛了她身为母亲十分笃信的所有教育原则。一时间，她要做一个"现代和解放的"母亲的决心都去见鬼了。

她是迫于无奈。前一天晚上，沃尔夫冈离开饭桌时显得有些不安，这样的举动在那个星期已经出现很多次了，当时她就跟丈夫悄悄说了这件事。她儿子从来没有那样沉默过，从前总是跟他们分享自己的不安和痛苦，甚至爱情方面的苦恼。他们就是这样把他养大的，在家里给予他绝对的信任，让他明白在家里他可以得到他想要的支持和安慰，如果他需要的话，还有理解。然而，最近这些天，他待在房间里的时间比平常多了,总是一头扎进手机里,以前他从不这样。

很明显,沃尔夫冈忧心忡忡。有什么事情在折磨他,让他睡不了安稳觉。起码有两次,乌尔里克深夜来到他房间,听见他在梦里喊叫,嘟囔着些没有意义的话,听不清说的是什么,也很难猜出来。

但是一定发生了什么事情,她会一探究竟。

这会不会跟某个小混混有关系?

她家孩子被学校那些浑小子盯上应该不是一天两天了,那些家伙喜欢让他陷入自卑,因为他身体不健壮(的确有些超重),还因为他发音有轻微的缺陷,发不好"s"音,虽然语言治疗师说这是"s音发音障碍",但其他人还是叫他"咬舌儿"。

没错,乌尔里克想,肯定是这一类问题使她的沃尔夫冈不得安生。

她也试过直接跟儿子谈,问他是不是有什么事情让他心绪不宁,比如班上某个"有点活泼"的同学。乌尔里克有些冒昧,但没有说出"流氓"这个词,她担心情况要真是那样,会加深对孩子的伤害。然而,沃尔夫冈极力否认了母亲的猜测,他甚至说自己没有任何不顺心的事儿,她是瞎操心,然后又把自己关进了房间,不让母亲再问其他问题。

也是因为这件事情,她决定查看儿子的手机。

那个星期六早上,乌尔里克利用了沃尔夫冈洗澡的空当。她十分内疚,但那是帮助儿子的唯一办法。

她的心扑腾直跳,好像自己正犯下十恶不赦的大罪。她静悄悄地走到走廊尽头,溜进沃尔夫冈的房间,在书桌上的几何课本和数学课本中间找到了手机。

为了不被逮个正着,她竖起耳朵听着浴室传来的声音。她在屏幕上画出图形,解锁了手机。前一天晚上,她仔细观察儿子手上的动作,记住了解锁的手势。然后,她开始逐个浏览手机里的页面,直到在WhatsApp上发现了一个叫"密室"的聊天群,名字跟哈利·波特系列的一本书相同,群里有35条未读信息,是最近几分钟才发出来的,而此时沃尔夫冈正在洗澡。

乌尔里克手指颤抖着点进了聊天群,她打开了一个潘多拉魔盒。里面有很多视频,多数是模仿热映的电影或电视剧的场景,大部分很枯燥,但也有一些视频很不寻常,尤其是色情视频,还是一些女孩上传的,这令她匪夷所思。但这还不是最糟糕的。最糟糕的是录下了卐字符和严重侮辱希尔德·比尔曼的那句话的视频。如果她没记错,希尔德·比尔曼是沃尔夫冈班上一个女同学的名字,那个女孩学习用功,很有教养,是犹太人。

乌尔里克跟希尔德的母亲交谈过几次,比如在家长会上,还有一次是在学年末的晚上聚餐,当时她们挨着坐的。她初次见到比尔曼太太时,就觉得比尔曼太太是个文雅的人,举止得体,能言会道。她记得比尔曼太太是心理学家,但她没见过比尔曼太太的丈夫。比尔曼先生是维也纳大学的德语文学教授,几个星期以前,乌尔里克在一篇文章中看到过他的照片,那篇文章讲的是比尔曼先生作序的一部新小说。

看了那个视频后,她想到了那个美好的家庭,现在她心里很痛苦。

婊子。谁也不该被人这样叫,何况一个十五岁的无辜女孩。但是她的犹太身份，可能令她受到的侮辱变得无以复加。

还有卐字符、抬起的手臂、纳粹礼，一切都令乌尔里克作呕。

在她的成长和教育环境中，人们对纳粹主义恨之入骨，讳莫如深，在奥地利禁止销售任何涉及那个历史时期的物品，所有人都想忘记那段历史。"二战"后的奥地利儿童都是在那样的环境中长大的，他们心里承受着一种已经厌倦了的愧疚感。

那些孩子现在又把一切摆在了面上，手段无耻之极，他们有什么权利那样做？

乌尔里克感到热血沸腾，怒不可遏，心里燃起一股滔天的怒火。视频不是她儿子拍摄的，但情况同样严重，她既然看到了视频，就不能假装无事发生。

从群里的聊天记录看，拍视频的那些孩子应该是沃尔夫冈学校的，甚至可能还是同班同学。没等儿子从浴室出来，问问是怎么回事，乌尔里克就从裤子的口袋里拿出手机，找到了班长的电话。所有人都应该知道在班上的孩子间传播的那个视频。

当电话拨出去的时候，她想沃尔夫冈会原谅她的。也可能不会。但是现在这不重要。

现在重要的是希尔德·比尔曼，必须马上让人擦掉侮辱女孩的那句话。

三

狗，总是狗。鲁道夫·斯坦纳不断梦见那些可恶的畜生，已经近八十年了。一群血口大张、獠牙暴露的德国牧羊犬在追捕他，而他瘦骨嶙峋，赤身裸体，在一条空荡的街道上奔逃。街道是如此空荡，以致能听清他赤脚击打路面的声音。两条腿像灌了铅似的，呼吸也越来越急促。最后，狗包围了他，他祈求恶狗动静小点，以免那些人听见它们的号叫。快撕碎我吧，他无奈地说，撕碎我吧，但请小点声。

幸好前列腺救了他。像每天早晨一样，那天他也在迫切的尿意中醒来，六点半，准时。他该把钟调准了。

八十六岁的高龄当然有诸多不便：心脏跳动过缓，随时准备发动致命一击；血压急剧升高，仿佛火车头全速运行时喷出的蒸汽；关节病折磨他的膝盖，迫使他走路颤颤巍巍，步伐缓慢，像他年少时讥笑的那些老年人一样。

前列腺显然也有问题，但这些问题对他来说却一直是一种好处，近乎一份恩泽。这是他最后的救命稻草，只有这样才能打断那些有恶狗狂吠不止的噩梦。恩泽并不止眷顾一次，每天晚上他至少起三次夜，就像三个固定的点，三条逃跑路线，逃脱那些折磨了他一辈子的挥之不去的痛苦画面。

其实,被鲁道夫看作福分而非不幸的高龄还会带来另一个后果:如果不戴助听器,实际上他的耳朵什么也听不清,只有模糊的噪声,像雾里看花一样。

对他来说,这也是一条绝妙的逃生之路,但这次逃离的不是噩梦,而是现实,一个他越发难以理解的现实,他虽然置身其中,每天却越发感到格格不入。让他感到格格不入的是电视和收音机播放的音乐,所以他几乎不再打开电视和收音机了;让他感到格格不入的是他几个外孙、外孙女说的语言,里面夹杂了太多糟糕的英语和混合词,听到那些用语他心如刀绞,毕竟他在一所文科高中做了三十多年校长;但最让他感到格格不入的是科技创造的那些新玩意儿,手机、电脑、网购、信用卡和自动取款机,他觉得自己被拒之门外了。这些东西之于他,就如同猪之于他的父母,是一根手指都不会碰的东西。

可是,鲁道夫需要接触世界,需要用鼻子去嗅,用粗糙、消瘦、布满岁月磨痕、像迷彩服一样的双手去感受。他需要感受世界,包括人、物品和钞票。

两只招风耳如同翅膀从他憔悴的面容支出,眼睛乌黑,水汪汪的,鬈曲的头发稀疏、苍白,鼻子与脸不相称,身体瘦骨嶙峋,年岁赫然可见,所有人都看得出,他的脸是一幅日历,没有遗漏他漫长人生的任何一天。

此时他刚刚走过了第八十六个春天,觉得自己像保留地[①]的最

[①] 保留地制度始于十九世纪中期,指美国政府划定的一部分土地,供印第安人居住。

后一个印第安人,一位来自一个遥远时代的旅者,另一个地质时代的残余,一只厚颜无耻、还没有变成化石的恐龙。

他出生在1934年,是一个已经逝去的历史时代的活照片,维也纳这座城市收留了他。现在他感到很不自在——这是他走在市中心的街头,心中出现得越来越频繁的感觉。

他原来的那个由木头、皮革和毛料组成的旧世界没有留下任何痕迹。

现在的世界纷乱不堪,充斥着塑料、荧光、运动鞋和震耳欲聋的音乐,仿佛一个疯狂的游乐园,里面只有令人毛骨悚然的房子。即便是想逃离这样的现实,他也没有向过去寻求庇护。不是因为他遗忘了过去,而是因为,他铭记着过去,论恐怖,没有什么能够超越他的过去。

鲁道夫拖着缓慢的步伐走出了厕所。他来到厨房,把咖啡壶放在炉子上。结婚之后,他马上去了意大利旅行,那时他学会了用摩卡壶煮咖啡,他很喜欢。奥地利人喝美式咖啡,但那种咖啡没有特点,依他的口味,就是索然无味的洗碗水,全然无法下咽。就算美式咖啡味道不错,他也永远没法真正喝下去,因为那勾起了他对战争年代咖啡替代品的深深记忆。更糟糕的是,奥地利人在晚饭后喝卡布奇诺,他完全无法理解这个习惯。这个接纳了他近八十年的民族很热情,缺点不多,但这算是一个。

鲁道夫抬头看了看,现在应该是六点五十分,因为门上的钟显示的时间比实际要快一个小时。很多年以来,他不再根据夏令时或冬令时把时针调前调后。他厌倦了追寻时间。要不了几个月,时间就会重新变正确，再耐心等等就好了。毕竟，现在他的耐心就像记忆，他有的是。

令人难以置信的是，记忆怎么会每天变得越来越清晰呢？

有时候，童年的画面浮现在他的脑海里，声音、气味、颜色没有任何改变，这使他怀疑一切就在眼前。他回忆的都是微不足道的事物：一颗玻璃球，一个玩具小兵，一个圆形鞋油盒，柔软的橡皮，吸墨纸上的横格，祖母的气味，唯一不算太微不足道的是林格尔布鲁姆先生的驼背。

相反，"当下"从他的记忆迷宫中逃走了，他记不起晚饭吃了什么，下午做了什么，甚至应当按时吃的药也不记得。鲁道夫永远走不出这个困境。

迷宫有太多出口，最近的记忆像从屋檐滑下的水滴一样消逝了。

然而，他和妻子阿加塔不想任何人帮助他们。两个人相依为命，虽然女儿约翰娜和埃莉卡总希望找个保姆照顾他们，哪怕只是半天也好。

鲁道夫看了一眼右手上新长的一块黑斑，说："她们认为我们老糊涂了。"这时候，他注意到自己忘了开火。"可能她们说对了。"他又笑着说。

他开了火，站在那里等着，为了取暖，两只手在摩卡壶下面的小火焰旁边翻来翻去，大家都会这样做。一听到水开的声音，他就慢慢拿起盖子，享受咖啡刚刚煮沸时散发的香气。他闭上双眼，让充满香味的蒸汽真正唤醒他。

这个仪式持续很长时间了。他喜欢独自待在厨房，而妻子还要在他留下的温暖中再好好睡一会儿。跟往常一样，昨晚阿加塔吃了半片镇定片,晚上她有多么难睡着,早上就有多么难醒来。

咖啡完全烧开后,他会马上把妻子那杯送到床前,这和快速检查天气情况都是固定的习惯。鲁道夫离开了炉子一会儿,他走到窗前,拉开窗帘,看了看外面:风和日丽。收音机里说,这次入秋是自从欧洲有气象记录以来最温和的一次。天气如此舒适宜人,完全无法让人联想到即将给他的生活带去第无数次波澜的暴风雨,毕竟此时他已坚信,人生的最后一次波澜会是尘世生活的落幕。

他最后看了一眼楼下的街道,路上开始变得拥挤,不断有学生、上班的人和起早的游民经过。随后,他从炉子上方的隔板上拿了糖罐,从抽屉里取出一个小勺子。

这时,他看见手机在震动。他感觉没有听到声音,因为助听器还放在床头柜上。

他戴上读写镜。是大女儿约翰娜打来的,她是美景宫美术馆的职员,也在维也纳。

鲁道夫心里一惊,如果是她打来的,一定是发生了严重的事情。他们几乎不通电话。况且在这个时间点……除非他弄错了,现在还是夏令时,真的是早上七点五十分了。

鲁道夫转头看了一眼挂在冰箱旁边的日历,翻到的那一页是十一月,所以他没弄错。如果只是简单的问候,一定不会这么早打来。

他带着那种异样的感觉轻轻走进了卧室,妻子还在睡觉。他从床头柜上拿起助听器,戴进耳朵,手比平时抖得厉害。

然后他回厨房接了电话,跳过了平时的寒暄。

"约翰娜,出什么事了?"

"早上好，爸爸。"约翰娜答道，她对父亲不安的语气很吃惊。她为说明打电话来的真正原因准备了很长的开场白。她试着按计划来。

"你过得还好吗？"她问父亲，"妈妈还好吗？"

而她父亲是个务实的人，讨厌拐弯抹角、吞吞吐吐和不说真话的行为。更何况他比他女儿以为的要清醒。

"我们很好。但是你这个时间打电话来，应该不是只问我们过得怎么样的，对吗？"

这句话的另一层意思是请说正事。

"对。我要请你帮一个忙。"

"天啊，你能先告诉我发生什么事了吗？"

看父亲这么直接，约翰娜决定抓紧时间。她很难开口说出自己的要求。

昨晚她一整夜没有合眼，一直在思考，不断问自己同一些问题：一个母亲能袒护自己的孩子到什么程度？怎样才不会使自己对孩子的爱变得极端，甚至畸形，道德底线是什么？为了不让我们的骨肉承担责任，把不属于自己的过错揽到自己身上，这样对吗？但最重要的是，不让我们的骨肉承担责任，这样对吗？

约翰娜以前一直认为，在这个世界上，每个人都应该为自己的行为负责，承担相应的责任，特别是自己的行为伤害到其他人时。她与丈夫托马斯分开的时候，就是这样认为的。离婚已经八年了，当时她刚生下第三个孩子亚历山大，前两个孩子是马库斯和瓦莱丽，现在分别十五岁和十三岁。孩子也会感到痛苦，她深知这一点，但那时她决定收集孩子的痛苦，并把那些痛苦扛在自己肩上，不与任何人分担。为了结束那段病态的关系,她决定牺牲一些东西。她也准备好了独自抚养三个孩子。

她承担起了自己那一部分责任。而且,说实话,她也承担了丈夫那一部分责任,她身上打上了罪恶的烙印,在所有亲人和熟人面前,好像只有她是有罪的。

所以,这一次她打破原则,不是因为她害怕别人的评判,而是因为她害怕自己的评判。她不能对那件使她在生理上感到不适的事情视而不见。

正是她的良知让她保持了清醒,迫使她一整夜都在问自己,是否应该让儿子逃避犯下的错误,母爱是否应该有一个限制。

就在天快要亮的时候,她忽然明白:母爱没有限制。

在面对其他掠食动物的袭击时,母狮甚至会牺牲生命保护自己的幼崽。雌海豚和其他几十种雌性哺乳动物也是如此。她甚至知道,有些女人明知怀孕会对自己造成生命危险,还是决定生下孩子。所有这些例子都向她表明,那个限制不存在:母爱无疆,哪怕不择手段。

对子女的爱当然超越了对她自己的爱。

想通这一点后,她不再追问自己,决定给父亲打电话,寻求建议。

而这正是她要跨过的第二道坎:他们不经常通电话,只是偶尔客套几句,就像女儿每周给父母打一两次电话,是在例行公事,以确认父母还活着。因此,面对父亲生硬的回答,她更加憎恨自己没有尽到做母亲的责任。她抬起头,深吸了一口气,以免自己接下来会失控。

"我需要你帮我。"她说,咬着左手食指的指甲,"马库斯有麻烦了。"

鲁道夫顿时松了口气,他习惯了外孙耍小脾气,那孩子每周不闯一次祸,就收不了场。但他又仔细一想,女儿这么早打给他,问题肯定异常严重。

"什么麻烦?"他漫不经心地问。

"大麻烦。"

电话另一头的声音听起来极其严肃。鲁道夫马上明白了。

"有多大?"

"特别大。"

"那浑小子这次又闯什么祸了?"

约翰娜再次犹豫了,她深知自己要说的会改变父亲对外孙的印象。很可能还会改变对她的印象,如果马库斯做出了那样的事,她是怎么当母亲的?这也许让她更加烦恼。向父亲求助这件事本身就让她烦恼,她虽然已经四十六岁了,可在很多事上,仍然希望征得父母的同意,就像小时候她画的画不好看,但是每次他们都鼓励她。

她马上重新审视了向父亲求助的这个决定,但事情已经到这一步了。

她找找地上有没有可以靠的地方,觉得四周在围着她乱转。再次深呼吸后,她开始说话。

"他做了一件可怕的事。太可怕了。我很羞愧。"

"所以呢,约翰娜,你到底想不想告诉我马库斯干了什么?你要我一早上都拿着电话,提心吊胆吗?"

"唉,还要什么自尊啊。"女人心想。就像她试着理解自己儿子那样，父亲也会理解她的。

"他在学校的围墙上画了一个卍字符。还写了一句话侮辱他班上的一个女同学。"

"写的什么？"

鲁道夫不假思索地问，他问得有点天真，好像那句话的内容能够减轻事情的严重程度一样。

"他把那个女孩叫作'犹太婊子'。"

沉默。

电话的另一头没有呼吸。

这很合理：父亲的心脏一时间停止了跳动，刚刚听到的那句话使他不知所措。

"爸爸，你在吗？"

仍旧沉默。

"我跟你说了，这件事很可怕。"约翰娜又说，她随时可能大哭起来。

"女儿，这件事远不是可怕这么简单。"父亲终于回答她了，"简直让人作呕。"

鲁道夫很难相信外孙能干出这样的事。于是，他问女儿是否确定是马库斯干的。

"是他，爸爸，确实是他。那个混账跟他两个朋友干出了这件蠢事，他们干的时候还拍了视频。而且，他们还得寸进尺，把视频发到其他孩子的手机上。然后……"

约翰娜停了一会儿。那些话太恶心了，她如鲠在喉，说不出口。

"然后呢？"父亲在电话另一头追问她。尽管不情愿，但她还是继续说下去。

"不出意料,那个视频被他一个同学的妈妈看到了,那个妈妈马上通知了班长,班长又通知了校长,现在全校都知道马库斯干的事了。"

鲁道夫忽然产生了耳鸣,他感觉天旋地转,一股恶心的感觉涌了上来。由于他有高血压,当时血压肯定超过了一百八十,每次他为什么事激动的时候都会这样。他必须冷静下来,要不然就麻烦了。

他马上抓住一张椅子,瘫坐在上面。

"爸爸,你还好吗?"约翰娜问他,她听到他的呼吸变得急促了。

"好,好,没事。不过我还是不明白,这件事跟我有什么关系。当然,我跟你一样难过。我能做什么?我们有些日子没联系了,现在你早上七点钟给我打电话,说了这么一件事……"

鲁道夫缓缓地把一只手贴在额头,发现自己在流汗。他用空的那只手解开睡衣的领子,好更顺畅地呼吸。

"你和你丈夫找不到合适的惩罚措施吗?"他问,"你们需要我的建议?"

"我给你打电话不是为了这个。"

"那是为了什么?"

对约翰娜来说,这是这通电话中最艰难的时刻。比她刚刚的坦白还要艰难。她在大厅里,跟父亲一样,她也必须找地方坐下来。

"爸爸,你以前是那所学校的校长,现在的校长科勒尔先生是你以前的学生……"

"所以呢?"

"也许……"

沉默。

鲁道夫很清楚女儿的目的是什么,但他无法相信事情真的是这样。如果女儿那么无礼、莽撞,想把他卷入这件事,那她最终会自食其果。

约翰娜也很清楚父亲明白一切,父亲不过是在报复她。她曾经发誓再也不会求父亲帮忙:"就算天塌下来,我也不会再求你!"她曾对着父亲咆哮,摔门而去。

几年来,她藏在用这个誓言筑成的堡垒之中,可堡垒现在轰然崩塌,这份誓言也跟她生平做出的大部分誓言一样成了一句空话。

现在不是退却的时候:母爱无疆,哪怕不择手段,难道不是吗?

"也许你可以给校长打个电话,请他原谅马库斯。"

"原谅马库斯?原谅他在校墙上画卐字符,骂一个十五岁的女孩是'犹太婊子'?约翰娜,你真的想这样吗?"

"爸爸,只要他不报警就行了。你知道,写反犹太的话在奥地利是犯罪。"

"我当然知道。"

"那你也知道这件事非常严重,不是他一个人的事。这次麻烦大了。所以我才给你打电话,不然我做梦也不敢把你卷进来。以前我从来没这样做过,现在我本来也不想。但是这次不同。这次我没法一个人面对。"

"为什么要一个人?托马斯怎么说?"

"他还不知道这件事。"

"你打算什么时候告诉他?"

"肯定不是现在。他应该出差了,不在维也纳。他跟我说过,他在德国某个地方有一个关于 5G 的会议,所以这个周末马库斯也跟我在一起。"

"孩子呢?他跟你解释过什么吗?"

鲁道夫虽然问了这个问题,但并不关心女儿的回答。尽管他一直爱着外孙,但外孙在想什么,为什么有那样的行为,一点也不重要。至少他认为不重要:任何理由也不能减缓事情的严重程度,任何借口也不能为如此卑劣的行为辩白。

约翰娜说得有道理,这次不同。

"他什么都没说。"女儿回答。

鲁道夫想象到了女儿的样子:约翰娜撩开脸上的头发,嘴巴咬着手指甲,两只脚交叉,心情激动不安。鲁道夫记忆犹新,打小时候起,女儿紧张时就是那个样子,那时她乌黑的头发扎着长长的辫子。他曾经几十次见过女儿那样,一时间他陷入了对过去的深深怀念。

为了不让女儿发觉,他开始说话。

"他怎么也应该跟你说了什么吧。你问过他吗?"

"爸爸,我当然问过他!"约翰娜语气里忽然充满了愤怒,"自从校长打了电话来,他就把自己关在房间里,不跟我说话。其实我也不太想跟他说话,眼不见,心不烦。我现在太生气了,我也会干出傻事来……"

"我明白。那科勒尔先生知道我是马库斯的外公吗?"

"不知道。马库斯没跟任何人说过。而且你们的姓氏也不同。"

父亲叹了口气。

"所以？你会帮我吗？"

"你让我想一想。"鲁道夫最后回答道。

"谢谢，爸爸。真的谢谢。"

"我没说我会帮你，我说的是我要考虑一下。"鲁道夫最后说。

四

鲁道夫挂掉了电话,仍然坐在餐桌旁,手里拿着手机,目光迷失在绣花窗帘之外的远处。

这时候,一股浓烈的味道把他带回了现实。

"咖啡,天啊!"他咬牙切齿地大喊道,同时攥紧了两只拳头,免得忍不住拍桌子。

他走近灶台,摩卡壶里的咖啡溢了出来,到处都是。他关掉火,揭开盖子,里面只剩下一指深的咖啡和一股难闻的焦味。

他从洗碗池旁边拿了一块抹布,开始清理洒在灶台支架间的咖啡,直到小拇指碰到了还滚烫的铁架子,这次他忍不住破口大骂起来。

他攥紧手里的抹布,使出所有的力气把它扔到墙上,抹布在墙上停留了一刻,然后落进洗碗池,掉在了头天晚餐用的杯子和餐具上。

鲁道夫满腔怒火,无比失望。

他用颤抖的手清洗摩卡壶,把被烫伤的手指用冷水冲了很久,随后清理掉糊咖啡的残余物,重新准备了一壶。

把摩卡壶放上炉子后,鲁道夫又坐在椅子上,摘下了助听器,他需要安静地思考。

以前跟女儿在电话里短短聊几句的时候，最后的话题也不可避免会落到外孙身上。约翰娜向他讲过马库斯干的一些事情，他清晰记得：有一次，马库斯从一家店里偷了几件短衫，最后被门口的保安发现了；另一次，马库斯跟一帮同学在学校厕所里吸大麻被抓了；还有一次上体育课的时候，马库斯跟人在体育馆打架，对方比他大，把他揍了一顿。除了那些最要紧的，还有一长串的不良记录、谈话和开除警告。

可以说，马库斯在学校的表现跟模范学生比是截然不同的。但每当外孙犯了错，鲁道夫总是尽量袒护，三十年的校长生涯让他成了研究青少年问题的专家，他言之凿凿地告诉女儿，那是一些轻微的错误，就像人们常说的"淘气"，外孙那样做，是为了证明自己能和同伴打成一片。或者更有可能的是，马库斯不断惹出那些麻烦，越来越放纵，是在抗议父母离婚，但这种观点显然站不住脚，因为第一个反对女儿离婚的就是鲁道夫自己，也因此他们最近几年通电话的次数才会这么少，见面的次数就更少了。

他明白自己是个古板的人，但并非因此就不同意约翰娜和托马斯离婚。想想看，他都接受埃莉卡和阿涅斯的同性恋关系了。埃莉卡是他的二女儿，比约翰娜小两岁。去年春天，埃莉卡和阿涅斯结婚时，鲁道夫甚至亲自把女儿送到了祭台，尽管这背后其实是阿加塔费了一些劲才说服了他。

当埃莉卡向他表明自己想跟在一起多年的女伴结婚时，他问埃莉卡："你爱她吗？"

"爱。"埃莉卡答道，她的眼睛放出耀人的光彩，脸上绽放出的灿烂笑容更是鲁道夫从未见过的。

"只有这才重要。"他最后说,"剩下的就是那些老顽固的闲话。"

所以,他极力反对大女儿离婚,并不是出于世俗道德的考量,而是因为一种浪漫的想法,一种坚韧的信念,这种想法或信念一直使他觉得,婚姻是一种不可解除的圣事,应该完好无损地保留下去。当然,这不是为了顺从上帝的意愿,他已经许多年不再坚定地相信上帝了,而是为了顺从人(那些走进了婚姻殿堂、心甘情愿为彼此盟誓的人)的意愿。

天命已经捉弄了人生,使看似为永恒而生的关系破裂,使为相遇而生的灵魂分离。人就别再因为自己的任性和天真的幻想使情况雪上加霜了!

"直至死亡将我们分离。"五十多年前,他对阿加塔也说过这句婚礼誓词。他们会履行誓言直至尽头。直到死亡到来,将他们分离,在此之前,他们从未想过分离。

当然,在一些困难的时刻,他们的关系也出现过裂痕,尤其是在约翰娜出生之后,两个人一起过了许多年,忽然变成了三个人。在后来的生活里,两个人的关系虽然也在日常中受到损耗,但没有伤及根本,依旧牢固可靠,就像一艘在暴风雨中稳稳航行的船。

如果说他们之间有紧张和争吵,那也是因为鲁道夫坚决、顽固地反对女儿离婚。阿加塔的态度与丈夫截然不同:她虽然承认结合是一件神圣的事,如果曾在上帝面前庆祝过,更是如此;但她也明白一段没有爱的婚姻无法让夫妻中的任何一方幸福,这时候就必须切断关系,即使会给孩子带来伤害。更何况事关她的女儿,就算女儿亲手宰了托马斯,把托马斯的心生吞,她也会认为女儿是对的,到时她也会站在女儿这边。她也会帮女儿隐藏尸体。

鲁道夫把咖啡倒进桌子上的两只咖啡杯,同时回想刚刚和约翰娜说的话。

他心里再次燃起怒火,恨自己没有把话说绝,保留了给女儿帮忙的可能。

"你让我想一想。"在挂电话前他这样告诉女儿。

他怎么这样傻?

鲁道夫恨自己没能更坚决,没能表现出刚听到外孙干的事时应有的激动。

他想,那种软弱不仅是因为自己年龄大了,也是因为他开始失去激情,变成一个多愁善感的老人。这是事实。

可面对那么恐怖的事情,他怎么能多愁善感?卐字符不能看作一个简单的玩笑,那句话也同样如此。

为外孙求情,替外孙道歉,求校长不要告发外孙,如果这天早上有人告诉他自己可能会做这些事,他肯定会把那个人当成疯子。

然而,现在他就面临这一抉择。他把杯子里的糖搅了又搅,牙齿咬着口腔黏膜。

他当真想插手,帮助马库斯吗?

他马上把女儿昨晚想了一整夜的问题抛给了自己。他的自尊、良心和道德准则都不可避免地受到了那些问题的牵扯。它们跟其他极少数的事物构成了他生命的基点。

他的人生也快走到头了,难道他现在要让自己的自尊、良心、道德准则陷入争议吗?恰恰是在他即将抵达终点之际?

看着杯子里的黑色液体，鲁道夫举棋不定。其实，他想，自己已经不怎么了解那个外孙了。在马库斯还小的时候，他们经常见面，特别是星期天，他带外孙去普拉特公园坐旋转木马，或者在家附近的维也纳城市公园散步。小马库斯最喜欢的地方无疑是"约瑟夫·科伯"，维也纳最漂亮的玩具店，就在圣斯特凡诺教堂旁边，虽然只是一家玩具店，鲁道夫也陪他从家走过去，一路上手拉着手。他们在店里度过几个小时，一起迷失在数不胜数的玩具之中。鲁道夫喜欢在到门口的时候放开马库斯的手，就好像把外孙放在了一个安全、受保护的地方，外孙可以在那里自由行动。他的规则总是这一条：马库斯可以拿自己想要的任何礼物，无论大小和价格，重要的是每次只能拿一个。

鲁道夫的眼里还留着那个小男孩的模样：金色的头发，锅盖头发型，绿色的罗登大衣有点过时。外孙在商店里转来转去，目瞪口呆，只是不断重复"哇"，仿佛那一切值得无限赞扬，从最小的塑料玩具小兵，到最大的毛绒熊玩偶。

马库斯会先在店里转上至少两圈，一般是三圈，然后回到鲁道夫身边，手里拿着那一次选中的礼物，只有一个。因为他知道还有很多机会来挑选其他玩具。

只是，在一个星期天情况发生了变化：到底是要一辆光芒四射的红色消防车，还是要一个跟自己一般高的超级英雄玩偶，外孙实在犹豫不决。但鲁道夫没有破例的意思，规则就是规则。如果那一次他破例了，那么以后每次在商店都会破例，并且，他们在一起的美好场景将不可挽回地变成令人厌倦的拉锯战，拿什么，不拿什么。最后，脸上挂着两行眼泪的马库斯选择了消防车。马库斯第一次不开心地回到了家，失去心爱的玩具带来的痛苦和失望超过了手里的玩具带来的喜悦。一回到家，鲁道夫就十分内疚，他竟然在一个五岁的孩子面前如此迂腐，固守原则。于是，第二天他独自回到"约瑟夫·科伯"，买下了超级英雄玩偶，他一辈子也没这样开心过几次，后来又去了学校接马库斯，手里拿着玩偶，仿佛抱的是另一个外孙。

如果有一件事是鲁道夫喜欢做的，那就是做外公。

这个角色似乎缝在了他身上，非常合身：他卸下了像教育女儿那样的教育重负，最后对外孙所有的任性都轻易让步，不再像父母那样为此感到内疚。马库斯的诞生让他体验到了过度和无规则带来的快乐，他花了七十年时间才变成一个快乐的孩子。"一个礼物"的规则最后被取消了。这条禁令荡然无存，如同一个拦截小支流的堤坝抵御滔天的洪水，轰然崩塌。

后来一切忽然都变了，女儿离婚和随之而来的情感问题，使他们变得不可挽回地疏远。

起初，他试过求约翰娜让他见见外孙，尽管他和女儿的关系不像从前那样和谐。他甚至还说，也可以把瓦莱丽和亚历山大一起带出去，只要她允许。但女儿总是找不同的借口拒绝。鲁道夫当然不傻，他明白约翰娜找那些借口，不过是在惩罚他不支持自己离婚。就这样，他不再求约翰娜让他跟孩子们见面，不给她机会得意地拒绝自己和看自己痛苦。

很久以来，他和马库斯只在宗教节日和家人生日的时候见面。他们家亲戚很少，鲁道夫是独子，阿加塔的两个姐妹跟丈夫和儿子都住在萨尔茨堡，离维也纳约三百千米。

最近几年,他和马库斯见面的次数更少了。跟所有的同龄孩子一样,马库斯不愿意参加家庭聚会,这是他摆脱束缚的第一种尝试,毫无疑问,他更喜欢跟同伴在一起,甚至宁愿一个人待着。如果可以,鲁道夫也宁愿一个人待着,所以在这一点上,他不能苛责马库斯。

然而,外孙现在在想什么,梦想是什么,在害怕什么,他这个做外公的一无所知。

这听起来令人难以置信。但鲁道夫从外孙小时候就一直爱着他,他甚至从来没有那样爱过自己的女儿。而如今对他来说,那孩子变成了陌生人,跟自己说话的时候,一句话不超过十个字,大多是客套地寒暄一下,不耐烦地回答一些平常的问题。从前他们一起挑选礼物,度过了那些美好的上午,现在变成了鲁道夫给红包,里面一句祝福的话也不写。

更糟糕的是,他和外孙之间的关系越是冰冷,他就越无动于衷,任凭关系冰冷下去。因为他是个易怒的老头,因为他完全不知道如何继续维持那段关系,他受不了那份辛苦。但是,顺其自然就容易得多了。

鲁道夫戴上助听器,动作缓慢,是时候面对白天了。

进入卧室的时候,他觉得空气沉闷,刚逝去的夜晚留下了让人讨厌的味道。妻子阿加塔还没完全醒来。她趴在床上,收缩的右臂放在枕头下面,一条腿搭在另一条腿上,脑袋将将露出羽绒被。她的头发又长又白,散作一团,仿佛成了一顶王冠。阿加塔呼吸时发出轻微的声音,像是口哨声,与衣柜旁边的钟发出的嘀嗒声交相呼应,相得益彰。

鲁道夫把咖啡放在妻子那侧的床头柜上，然后去洗手间接了一杯水，从洗手池旁边的隔板上拿了一板药，再从中取出一粒阿司匹林，阿加塔习惯了早上吃一粒，预防血栓。自从她的髋部装上了假体，她就再也没有完全恢复过来，和丈夫在家门口的公园散步时，她倒是可以走一会儿。鲁道夫以前也带小马库斯在那个公园散过步。阿加塔现在这种姿势就可能导致突然发病或者形成血栓。

除此之外，比他年轻五岁的妻子身体状况良好，只是在血压方面有些小毛病，可能还有糖尿病，但像她那样过了八十岁的老人，少不了得这个病。两个人当中，身体更糟糕的是鲁道夫，尤其是在外形上。跟鲁道夫相反，阿加塔的皮肤还像以前一样光滑，特别是大腿，从他们第一次相遇开始，阿加塔光滑的大腿就俘获了他。与妻子一起度过的时光当然是最温暖的，这一点毫无疑问。

鲁道夫担心被绊倒，走得小心翼翼。他回到了卧室，脚步有些不稳，他把装着水的杯子和药片放在了床头柜上，然后走到窗边，把折叠式的百叶窗稍微拉起来一点点。

阿加塔讨厌被忽然叫醒。只需要一缕光，就能温柔地让她回到现实，准确找到丈夫端来的咖啡。

在从厨房到卧室的路上，鲁道夫已经想了五六种不同的方式，把刚刚从女儿那里得到的消息告诉妻子。坦诚地说，他考虑过什么也不跟妻子说，他知道那个消息会带来哪些无休止的争吵。也许还有一些不可避免的结论。但这并不是他犹豫不决的真正原因，他考虑不把跟约翰娜的通话内容告诉妻子，并不是怕给自己找麻烦。完全是另有原因。

如果他那样考虑过，那也是因为爱，为了让妻子免受他正感到的痛苦。但那个念头产生后的第二秒钟，他就打消了，好像完全行不通一样，因为如果他那样做了，妻子就永远不会原谅他。

但是，鲁道夫想，他至少还可以这样做——推迟坦白的时间。

推迟不是欺骗。

五

鲁道夫在维也纳城市公园里散步，肺里吸满空气，冷静了一点。公园里虽不像春天时鲜花盛开，但林荫大道总能消去他一些烦恼，至少那些最微小的可以除去。

把咖啡送到阿加塔的手里后，他马上把自己锁进洗手间，这是他守口如瓶，不泄露一个字的唯一办法。洗澡只花了很少时间，穿衣服的时间就更少了。

在家里他感到窒息，一秒钟也没法多待。还没等妻子起床，他便说自己要出门了，理由是去药店。妻子坐在床上，头发散乱，睡眼惺忪，他任由妻子用脚寻找拖鞋。他穿好短款外套，在门口对妻子说自己很快就会回来，然后出了门。

阿加塔抓起放在屉柜旁的拐杖，艰难地走到了厨房，她在日历前发现了鲁迪大清早就出门的原因：今天是十一月九日，他们的结婚周年纪念日。

她丈夫是个体贴的老派绅士，总是很殷勤，注重仪式和纪念日。从他们相识以来，鲁迪没有忘记过任何纪念日，他们还没结婚的时候也没有。所以，毫无疑问，鲁迪这么早下楼，是为了给她买一束漂亮的红玫瑰。

当她在厨房里猜想将会收到多少朵玫瑰时，鲁道夫正心事重重地走在公园里。他沿着一个大池塘散步，尽管已是深秋，水里仍有鸭子在游。

树上挂满了金黄的颜色，这是那个季节典型的景致，而柏油路上铺了一层有几十种色调的红色树叶。像那样红的，还有装饰滨河路的一簇簇五叶地锦，旁边的维也纳河将公园一分为二。

他走路时心不在焉，像平时一样背着手，本就佝偻的身子微微前倾。他踱着规律的小碎步，不久后，发现快走到公园中央的大草地了。于是，他准备休息片刻，找了路边的一张长椅坐下，停下来观察眼前的行人。那里有一些在看书的女人，因工作还未开始而在休息的工人，还有慢跑爱好者和健身狂，他们渴望尽快燃烧掉前一天疯狂摄入的卡路里。

坐在草地上的一般是年轻人，几乎都是学生，眼里充满欢乐，像是逃课的高中生或大学生。有的避开其他人，躺在花格毯子上接吻，毯子说明逃课是计划好的；有的戴着有线耳机听音乐，或者抽烟，抽的一般是大麻烟卷；大部分人三五成群，聚在一起聊天。

看到那些孩子，鲁道夫立刻想起了马克（在家里他们习惯这样叫马库斯）：为什么外孙不像其他同龄人一样在那里打发时间，反而去画卐字符？他脑子里到底装了什么东西？

鲁道夫不知道答案，就算绞尽脑汁，也想不出来。从听到那件事开始，他所确定的是，这个世界上没有什么能帮助他的外孙，他现在和以后都不会打电话给科勒尔先生。鲁道夫已经决定了：他永远不会那样放低姿态，即便是为了外孙。

如果马库斯犯了错（鲁道夫确信），那他就该承担他的责任，他的年龄已经足够大了。

就让女儿和外孙独自面对吧。

说到底,这也是他们想要的:曾经他们让鲁道夫离开了他们的生活,现在却又回来求他帮忙。

"亡羊补牢,为时已晚。"鲁道夫忽然为那种想法感到懊悔,报复心愈发冲昏了他的头脑,使他失去了客观的评判。

他在椅子上坐了许久,内心沉重,眼神迷茫。

也许有人会觉得,这个有点驼背的瘦老头眼里藏着一丝嫉妒的痕迹,嫉妒他眼前的无忧无虑、自由的年轻人。然而,鲁道夫一点也不嫉妒那些年轻人。

草地上聚集了多少尚待实现的梦想?当他们在脑海里幻想自己的梦想时,鲁道夫可以看见那些梦想,其中有多少会在他们还未实现之前就破灭呢?

那个女孩挥舞着双手,她会成为自己梦想中的作家吗?那个女孩仰卧在草地上,听着自己最喜欢的音乐,她会成为歌手吗?那个男孩独自坐在一边,眼神呆滞,他会俘获自己痴迷的女孩吗?

在八十六载的岁月里,如果鲁道夫懂得了一件事,那就是:我就是我,永远不是别人所希望的样子。

但他只是一个伤感、愤怒和失望的老头。那天早上尤其如此。他慢慢起身,从椅子上站了起来,骨头和关节发出一串惊人的咯吱声。随后,他依旧背着手,迈出缓慢的步伐,朝一座跨河的小桥走去,他在小桥正中间停了下来,手肘撑在栏杆上,看着深绿色的河水在脚下静静流淌。

他觉得自己真是不幸,同时瘦削的手掌握成拳头,拍在栏杆上。

他一直想咽下的那口怨气忽然又涌了上来。

他的脑海里甚至闪过跳河的念头：纵身跳下去，淹死在脚下深色的泥浆里，瞬间解除所有正折磨他的痛苦，这是多么美好。那些痛苦像每天夜里造访他的恶狗一样折磨着他的内心，跳下去之后，那些恶狗也不会再折磨他了。

他只要再往前倾斜一点，一切就都结束了，不再有回忆，不再有女儿，不再有外孙，不再有恶狗。什么都不会有了，永远没有了。一了百了。

但那个想法转瞬即逝，他永远没有勇气做到。

跟其他时候一样，那只是幻想训练，目的是减轻他的思想包袱，缓解生活压力，让生命停歇片刻。为了拯救他，许多人甚至付出了生命代价，现在他活到了大部分人不敢妄想的年龄，他不会以自杀的方式辜负那些人的牺牲。他还是很难完全理解：那些人赠予的礼物对他来说承载了太多爱意，他无法相信人能做出那样的事，无法相信他们真的做到了。

那些人的模样、声音和气味像满溢的河水，远比他脚下流淌的河水要湍急和汹涌，它们忽然袭来，让他心绪不宁。他度过的几段人生就在那里，曾经无数次要他偿还八十年来他拒绝偿还的债务。

一时之间，他看到了那些人，他们赤裸、羸弱、肤色惨白，骨瘦嶙峋，被裹挟在其他已经没有生命的躯体的洪流之中，一个接一个被冲走。

鲁道夫忽然感觉身体不舒服，就像不久前跟约翰娜通电话的时候那样。这是身体在告急，在告诉他不能再承受压力了：身体需要停止运转，去休息，等着风暴过去。

这一次也跟往常一样，他的心脏疯狂地跳动，完全不受控制。他开始冒汗，四肢不停地颤抖。他越出汗越感到冷，越颤抖越感到窒息。直到忽然视线完全模糊，眼前出现无数白色小点，他晕倒在了地上。

恢复意识后，他最先看到的是一个乞丐的脸。乞丐睁着黑色的眼睛，眼神焦急地看着他。

"还好吗？"乞丐问他，一股难闻的威末酒味吹到他脸上。

"嗯。"鲁道夫回答，强忍着不露出恶心的表情。

没等乞丐再开口，他便坐了起来，摸摸脸，想明白发生了什么。乞丐告诉了他。

"您倒在了地上，像个空壳子一样，我以为您死了。您没死，对吧？"

"没死，至少我觉得没死……"

"因为有时候一个人死了，他自己也意识不到。有一次我一个朋友就是这样的。"

一来因为头晕，二来因为那番对话有些荒唐，鲁道夫费了比平常更多的力气才恢复清醒。"发生什么了？我不明白您的话……"

"有一次，我的一个朋友死了，几周后他自己才发现。"那个人又说了一次，好像那是世上最有逻辑的事，"您真的没事吗？要不要我叫个医生？"

"不，不用，谢谢。您已经帮了我很多了。您再帮帮忙，扶一下我，让我站起来。"

与此同时，一小群人已经围在了他们身边，想看看发生了什么事。鲁道夫一只手扶着栏杆，一只手把着乞丐，终于站了起来。

围观的人见到他没事就放心了，他可能只是血糖低，晕了一会儿。他给了救命恩人一张十欧元的钞票，虽然他知道乞丐很快会拿去买酒。最后，他再次感谢了乞丐，同时用手掸了掸衣服和裤子上的灰尘，走路回家了。

他觉得刚才听到的那句话还在耳边嗡嗡回响，那句话毫无逻辑："有时候一个人死了，他自己也意识不到。"也许那句话又不是毫无逻辑：他真的死了，很多年前就死了。如今走在维也纳的，只是他的鬼魂，变成鬼魂的那个人在曾经的某一天变成了鲁道夫·斯坦纳，而此前他并不叫这个名字，那时他的生活还没有如此举步维艰。

就在这时，他高中时从尼采那里学到的一句话从记忆深处浮现："每个人的生活都很艰难。有些人的生活过得顺利，关键在于他们应对痛苦的方式。"

他经受了许多痛苦。善良的上帝乐于把棍子卡在他命运的车轮里，而且次数比其他人多。他想，当然是这样，大家都觉得自己要比别人命途多舛，刚才帮助他的那个人肯定也认为自己的命运无比艰难。他在混乱的记忆中搜寻，发现自己连那个人的名字也没问。

然而，鲁道夫确信，如果要跟人比惨，他胜出的概率至少是百分之八十，甚至百分之九十。显然他承受了太多不该承受的痛苦。

除此之外，他确切知道的是，自己不该在这个时候自怜。现在他应该回家，把自己和约翰娜的通话内容和外孙干的事告诉阿加塔。他不能再拖了。

鲁道夫踱着有节奏的小碎步，把公园留在了身后。他正在城市的中心，时间已经是上午，街上车水马龙，维也纳彻底苏醒了。阿加塔应该也醒了，她现在穿好了衣服，可能在厨房炸丸子，每周的星期四他们都会吃炸丸子。

在回家的路上,老人也不忘进药店买了降压药,这是他出门的借口。经过一家酒窖的橱窗时,他忽然闪过一个念头,他可以晚上吃饭的时候再告诉阿加塔。也许那时候,借着一杯美酒,才是面对问题的好时机。

需要一瓶他最爱的勒格瑞。

他觉得两三杯那样的美酒下肚后,他可以平静地向妻子坦白任何事情,包括在1981年的一次圣诞节聚会上,他在自己领导的第一所学校的健身房里几乎亲吻了秘书。

勒格瑞可以创造奇迹。

六

在把钥匙插进锁孔前,鲁道夫在脑海里预演了一遍要告诉妻子的话。他先整理了一下外套,然后脸上露出笑容,把漂亮的酒瓶放在胸前醒目的位置,最后进了门。

一打开门,他就发现阿加塔站在面前,他明白妻子全都知道了。

"约翰娜打了电话过来。"

妻子的语气严肃、沉重,格外平静。但看得出来,她是一颗快要爆炸的炸弹,只要鲁道夫回答错误,她就会爆炸。那一刻,她是平静的,正一心寻找借口变成暴风雨。

鲁道夫知道,现在最好的应对办法是沉默。于是妻子继续说。

"约翰娜都告诉我了。"

"真有她的!"鲁道夫训斥似的大声说。他抢先发难,这好过妻子先发难。和妻子吵架的时候,如果他不占理,就总是使用这种策略。"怎么,她怕我不跟你说吗?"

"不是,我觉得应该不是。"

"那她为什么又给你打电话?她让你说服我给校长打电话,替她儿子擦屁股吗?"

阿加塔对鲁道夫的反应感到吃惊。她原本准备把鲁道夫臭骂一顿，但现在很难说出口了。她最好马上夺回争吵的主动权，否则自己将是败者。她讨厌在与丈夫的争吵中落败。

"你可别忘了，那不仅是她的儿子，也是你的外孙。"

阿加塔的话里充满讽刺的意味。从鲁道夫变得沮丧的神情看，她明白自己夺回了最初的优势。于是她继续说，加剧争吵，好在后面的较量中占据上风。

"反正不管怎么样，约翰娜为什么打电话来不重要。重要的是你对我隐瞒了。"

"隐瞒，我隐瞒什么了啊？"

"那你今天早上为什么什么都没告诉我？"

"很简单啊，因为当时你在睡觉。"

"不对。你出门的时候，我已经醒了。"

鲁道夫深吸了一口气。他走近妻子："阿加塔，亲爱的，我向你发誓，我本来就要告诉你的，我有什么理由向你隐瞒这样的事？我只是想找个好时机再告诉你，难道你不相信吗？"忽然，这天早上的怒气再次袭来和爆发："因为我现在什么也搞不懂了！我外孙在学校外面画了一个卐字符，骂班上同学是犹太婊子，这些都错在我没有告诉你吗？"

鲁道夫又觉得耳边嗡嗡作响，房子里天旋地转。他的脸变得苍白，全身开始发抖。

阿加塔马上意识到不对劲，逼得丈夫那样激动，她深感自责。她在心里责骂自己，觉得自己太愚蠢，太自私，只知道丈夫不尊重她，却没考虑到丈夫现在多么痛苦。她看着丈夫，鲁道夫黯然无神。

"来，亲爱的，你坐在这里。"她说着，扶鲁道夫坐在客厅的沙发上,"我给你倒点水。"

阿加塔很快就从厨房端了一杯水回来。鲁道夫慢慢地喝,品尝着那清凉的液体。他慢慢恢复了往常的面色,虽不红润,却也不像刚刚生气时那样苍白。但呼吸仍然急促。

"最好量一下血压。"妻子对他说。这时,阿加塔注意到鲁道夫手里还紧紧抱着的酒。"你真的太好了!还想着庆祝我们的纪念日……"

鲁道夫差点又犯错了。那天是十一月九号,他们的结婚纪念日,他怎么能忘记啊?结婚这么多年,他一次也没忘过。但是他做了什么?买酒竟然"酿成"了奇迹,真是上天保佑,这说明善良的上帝(如果真的存在)还是爱他的。这一次上帝对他很仁慈。

鲁道夫暗自想着那一切,脸上仍然挂着有些痛苦、需要安慰的表情,以不让妻子产生任何疑心,察觉出他买酒完全是另有原因。

"这是为我们买的,"他用一丝微弱的声音说,"但是可能今天没什么可庆祝的了……"

妻子靠近他,在他瘦削、光滑的脸颊上留下了一个温柔的吻。"亲爱的,今天永远值得我们庆祝。"

她拿来血压仪,然后帮鲁道夫卷起毛衣的袖子,把袖带绑在丈夫骨瘦如柴的手臂上。看到丈夫手臂上几乎没有肌肉,她的心一下子就软了,丈夫正逐渐油尽灯枯。袖带膨胀起来时,响起了"嘟嘟"声,血压最高达到了一百九十,实在太高了。

"你得吃点药。"阿加塔的语气不容商量,同时抚摸着丈夫的脸庞。

"外套口袋里有。我下楼就是去买这个药。"

鲁道夫感觉宇宙的各个部分又开始恢复原有的秩序。命运又开始向他微笑。有了酒和药，现在一切恢复如初。即使无意，他的计策也天衣无缝。实际上，无论是他下楼和买酒的原因，还是他忘记了结婚纪念日，阿加塔都没有丝毫怀疑。至少他觉得是这样。

随后，他又提起了刚刚中断的话题。

"约翰娜跟你说了什么？有说什么新的事情吗？"

"有，科勒尔校长打电话通知了她，马克被停课五天。"

鲁道夫想这是件好事，停课五天不是严重的处罚，说明马克的这一学年可能还有救。显然，他最担心的是另一件事。

"她有没有跟你说校长会不会报警？"

"现在还没决定。校长说他明白报案的后果是什么。他还要再考虑一下。"阿加塔回答道，同时抬了抬头，"特别是，在做决定前，他要问问被侮辱的女孩和女孩父母的意见。"

"我觉得这样做是对的。"

"你打算怎么做？"妻子问他，"你会打电话给校长，请他宽容一下吗？约翰娜跟我说，校长是你的学生，如果你坚持的话，他会听你的。你会打电话吗？"

这就是他非常害怕的问题。不到一个小时前，为了不听到这句话，避免面临这个选择，他甚至产生了跳进维也纳河的念头。

因为他已经在头脑清醒的情况下做出了选择：他根本不打算帮助马克走出那个由马克亲手造成的困境。

然而，每当他重新审视那个决定时，他的决心就慢慢变得不再那么坚如磐石。他现在很害怕阿加塔再问他一次，哪怕只是一次，因为他用决心筑就的高墙可能会倒塌，就像玻璃温室被冰雹袭击

039

一样。

丈夫现在脑袋里究竟在想什么，阿加塔一清二楚，五十多年的婚姻生活让她对丈夫的逻辑运作过程和思考习惯几乎了如指掌，最小的细节也不例外。于是，她走近一点，直勾勾地看着丈夫的眼睛，严肃地问："鲁迪，亲爱的，你不会说这是个原则性问题，对吗？"

"这当然是！"他赌气地答道，马上为自己过于冲动而恼怒。

显然，他是出于原则性的问题才决定不插手。但原因不止于此。在妻子眼里，他的立场显得太严正，但这背后还有其他原因。于是，他赶紧解释清楚自己的想法，以免妻子把他看成一个对家人的请求无动于衷的倔老头，把原则性问题当成生活道理的那类白痴。

"你看吧，阿加塔，还没介入这件事，就有无数个理由让我想撇清关系。"

"所以你已经决定了？"

看吧，她又问了一次。鲁道夫觉得自己藏身其中的城堡开始晃动，并且越来越剧烈。但他还在坚持。他闭上眼睛，集中精力，继续坚持。就在他认为自己抵抗成功的时候，阿加塔再次把问题抛给了他。

"我问你，所以你已经决定了吗？"阿加塔察觉到，丈夫快要屈服了，却不愿意表现出来。她也认为外孙的行为极其严重，不值得原谅。但外婆的爱也会像母亲的爱一样不顾周全。于是，面对沉默的丈夫，她紧紧握住丈夫的手。她原不想这样做。"鲁道夫，你要给校长打电话。"

"为什么？"

"因为这是你欠我的。"

丈夫诧异地盯着她："什么叫我欠你的？"

"因为你忘记了我们的结婚纪念日。"

"但是酒——"

阿加塔根本不让他说完。"酒不是为了纪念日买的。你是想用酒把我灌醉一点，然后告诉我你和约翰娜的通话内容，只告诉我你想让我知道的事。可能是在晚饭的时候。从订婚的第一个纪念日开始，你就一直送我花。你不是一个会改变习惯的人，至少不会在八十六岁的时候改变。对吗？"

她不确定事情一定是这样，但这张好牌至少值得一试。

事实上奏效了。鲁道夫一言不发，他没有勇气抬头直视妻子的眼睛。他只是点点头，就像一个浏览色情网站的小伙子被抓了个现行。阿加塔烧了最后一把火。

"我们用电话做个交易：你打电话给校长，请他对马库斯宽容一点。然后我原谅你。"

鲁道夫一直在用决心筑就的城堡里抵抗，而"原谅"这两个字抽去了城堡最重要的支柱。他本来可以说，他忘记了结婚纪念日，只不过是因为得知外孙的恶行，他感到心烦意乱，当时他手足无措，怎么也想不通，甚至到了自杀的地步。但他知道那无济于事。阿加塔说得对，那一刻最重要的是他那让人无法原谅的疏忽。

"好吧，"鲁道夫最后说。他稍稍抬头，目光与妻子的眼神交汇。"你赢了。不，你们赢了。我会给科勒尔打电话，请他不要告发马克。我会想办法说服他，比如只涉及一个小女孩，这当然很严重，但毕竟只是一个小女孩；比如马克并不是真心想侮辱那个可怜的小姑娘，因为他连那个符号和那句话的意思都不知道。"

041

"你真的会这样做吗？"

"这件事我一想起来就觉得恐怖。我这辈子从来没有这样卑劣过。但是为了你，我准备去做。所以，有一点很清楚：我这样做不是为了他们，而只是为了你。"

"好，你想为谁就为谁。但重要的是你要马上做，免得改主意。"

"改什么主意？谁改主意？是我还是校长？"

"你们两个。"

"你看着，我现在就打。你让我在电话簿上找找学校的电话。很多年前我应该记了的。"

说完，鲁道夫两只手撑着沙发的扶手，费了很大力才站起来。电话簿在门口写字桌的抽屉里。阿加塔抓住他的一只胳膊，不让他迈出第一步。

"你坐下，我们还没完。"

"啊，还有什么？你还想不想我给科勒尔打电话？"

"想，但是不仅如此。"

鲁道夫又坐了回去。现在他真的开始不耐烦了：为了结束争论，他连不能接受的条件都接受了。妻子现在还想要什么？

"你还得做其他的。"阿加塔在字里行间倾注了她所有的温柔。为了加强那种情感，她还把丈夫的手握在手心，慢慢地抚摸。

"你觉得还不够吗？"鲁道夫问她。

"不够，我觉得不够。"她说，"打电话是为了让马库斯不再受更严重的处罚。但是，与此同时，我们的帮助会让他觉得，他犯的罪没那么严重。这样我们会害了他。"

"阿加塔，亲爱的，我跟不上你的思维……"鲁道夫尽量保持冷静。在那天早上,他的血压急剧升高了两次,第三次可能会致命。"你跟我说了这么长时间,让我插手,现在你告诉我这是错的?我帮他,又怎么会害了他呢?"

"当然会。如果我们的帮助只是让他不受更重的处罚,那就是错的。如果我们真的想帮他,如果我们想让他明白他干的事有多严重,我们就需要做得更多。不,你需要做得更多。"

"做什么?"

"你应该把你的故事讲给马库斯听。"

"你疯了吗?"

鲁道夫大喊,立刻表明在这一点上自己无法让步。连商量的余地都没有。

"我从来没告诉过任何人。其实连你都没有。"

"我知道。但是现在不一样。"

"可是,如果我对他讲了,那他妈妈也会知道。然后埃莉卡也会……"

"我们不是一直在找合适的机会这样做吗?现在时机可能到了。"

"阿加塔,我是忘了结婚纪念日,但我觉得这个要求太过分了。你不能要求我这样做。"

"我让你把故事告诉马库斯,不是因为你忘了结婚纪念日。我希望他知道,他轻易画出来的那个符号,让你承受了多少痛苦,让你和你的家庭承受了多少痛苦。马库斯应该知道你是犹太人。"

七

那个词仿佛是教堂里的一声呐喊,不断在鲁道夫的脑海里回响。他已经许多年没再听到那个词,几乎忘记了发音。

犹太人。

他过去是。

一段如此遥远,似乎不再属于这段人生的过去。

一段他曾试图全力抹除,却每天变得愈发清晰和显著的过去。

如果回忆意味着"重新让内心体会",那他就在不断体会一种内心难以承受的痛苦。仿佛那是一摊黑色的墨水,一阵黑色的浪潮,推动着他生命的小船不停驶向过去。

正因如此,他从来不看讲述战争的电影和纪录片,即使稍微提到战争的也不看。他也不读以那个年代为主题的书。因为一切时常浮现在他眼前,不断折磨他,就好像事情发生在当下。

所有人都把记忆当成最珍贵的事物去守护,但对他来说,记忆是一种令人痛苦至极的诅咒。记忆压抑他、嘲笑他,不让他记得早餐吃的什么,却细致入微地向他展示他三岁时发生的事情。他曾经的遭遇令他痛苦不堪,每次回想起来,就像重新被打入了地狱,一辈子被火焚烧,仿佛那是神定下的惩罚,只要人还没死,就必须承受。

发生在他身上的事情是无法想象的。不能用"难以相信"来形容那件事情,因为人根本无法使自己的思绪与那件事产生联系。

对他来说,带着那份记忆的重压生存是一种审判。这是对他的惩罚。所有的人都没能幸免于难,唯独他活了下来,他睁着眼也能梦见那些受尽折磨的、赤裸的躯体。

在幸存的岁月中,他从没向任何人提起过他的遭遇。再者说,他又能和谁讲呢?随着时间流逝,他愿意与之推心置腹的人越来越少,而到了现在,一个也没有了,包括与他自己。

但鲁道夫知道阿加塔说得有道理。

显然,给校长打电话,替外孙求一条活路,只会淡化外孙犯下的错误,使错误一笔带过,仿佛那不过是外孙无聊的少年生活中的一次淘气,像这样的淘气还有许多次。而讲述自己的生命,恰恰是在重视马库斯可恨的行为,向他展示一段他可能不了解的恐怖的事实。

在城里的货车上和大楼的墙上,鲁道夫经常看到油漆喷的卐字符,他暗自思忖,出生在新千年的孩子怎么还对第三帝国着迷?他还在马库斯现在的学校做校长时,学校里就经常出现那些可怕的符号,尤其是男厕所,因为与女孩相比,男孩显然对希特勒及其大男子主义狂热更加痴迷。

难道教学计划中的反纳粹主题教育不够深入?难道纳粹主义给整个欧洲带来的灾难还不够清楚?难道纳粹德国极度的扩张主义在对数百万人的屠杀、戕害和虐待中留下的斑斑血迹还不够明显?

然而,集中营的灰烬还残留在空气中,六百万人的灵魂还在从东方吹来的阵阵狂风中盘旋。孤儿、寡妇和难民失去了一切,他们的哀号还在耳边回响,如果鲁道夫闭上眼睛,他可以清楚地听到他们令人悲痛的叫喊声,他们仿佛一支由幽灵组成的军队,从记忆的迷雾中出现,祈求着怜悯。

这就是每日造访他的那些回忆所寻求的:怜悯。

他们再也无法得到正义。因为当他们还是有骨头和心脏的血肉之躯时,承受了太多痛苦,人类的任何正义都不能弥补半分。

那么,他的外孙,一个十五岁的少年,出生在二十一世纪,彼时纳粹主义已经终结六十多年,现在又怎么能如此轻易地在校墙上画出一个卐字符,如此轻易地把一个女同学骂作"犹太婊子"?

在那两个具有侮辱性的词当中,存在着两种不同的令人恶心的偏见:第一种隐藏在"婊子"两个字里,是性别歧视主义,可以追溯到许久以前:男人为了磨平女人的性子,就叫她妓女、娼妇,把注意力转移到少女的性行为和存疑的道德上。第二种辱骂同样古老,藏在"犹太"这个词里,与反犹太主义有关,好像说出这个词就是一种伤害,好像这个词令人感到羞耻,因为它显然连接着一个迥异的世界,人们不认同那个世界里的观念和行为,在伦理上无法接受。

鲁道夫深知,人一旦有了偏见,就会想方设法地去验证,那个人就只会注意到对自己有利的东西。偏见不是别的,只是一种会自动成真的预言。那些自动成真的预言他见得太多了,现在他只想闭上眼睛,不再看见任何东西。

这一刻他明白了。毫无疑问,青少年为月亮阴暗的一面所吸引,选择人们一想起来就毛骨悚然的事物,是青少年突出自我、反对成年人及其从众心理的一种方式。

但是，维也纳城里所有的卐字符，包括他外孙画的，产生的主要原因只有一个：青少年没有亲耳听过那些故事。那是一段空白的记忆，有人往里面填充一些柔和、肤浅、道听途说的故事，甚至还有被大肆鼓吹为绝对真理的历史虚无主义理论。

鲁道夫难以平抑心中的愤怒。他想，自己也有责任，因为他从未对马库斯讲过他的故事。他从未让任何人走进他的回忆，因为回忆是一种他不再想忍受的痛苦。

老人现在忽然为自己的过错深深自责，他的自私阻拦了那些幽灵得到一丝他们祈求的怜悯。

他也不自觉地变成了历史虚无主义的一个工具，一个阻挠那些幽灵得到怜悯，却任由卐字符重新侮辱逝者记忆的工具。

鲁道夫没有跟任何人分享过自己以前的经历，包括妻子。他只对妻子讲过极少的细节，每一次讲的都像是新闻报道，他不表露任何感情，以免触动妻子的内心，使她陷入情绪的牢笼。因为只有这样，他才能让妻子免受自己正在承受的痛苦。

所以，他自私的目的是不让其他人卷入风暴，他当然可以拿出这条有力的理由为自己辩解。

许多年来，他尝试用他所有的新生活去填补小时候的那段生活空白。但那处深渊是一个深不见底的黑洞，一个他永远无法真正填满的旋涡。讲述那段故事不一定就能帮助他。

这是他之前的想法。

现在，他开始用不同的方式看待卐字符事件。也许他还有时间和办法弥补过失：把自己变成那些痛苦的见证者。

他只有成为活着的灵魂，以那些没有得到怜悯、已经化为灰烬的人的名义祈求怜悯，才能为一段他还未找到意义的生命赋予意义，为某种他觉得没有价值的事物赋予价值。这是唯一的办法。

但只是讲述也许还不够。鲁道夫想到了更有效的办法。

"我会像你说的那样做，"他终于说道，"我会告诉他一切。"

"真的吗？"

阿加塔无法相信自己的耳朵。她虽然知道丈夫最终会妥协，因为他总是这样，却没想到过程会如此顺利，不用她再多费唇舌。

现在她只关心马克会获救，因为她温柔的另一半能说会道，善用合适的言辞打动倾听者，在领导过的学校里积累了丰富的经验。与此同时，更令人欣慰的是，鲁迪也许能摆脱掉那个困扰了他几十年的噩梦。讲述会是鲁迪的好帮手，阿加塔有心事的时候，也会向别人倾诉，这总是能够帮助她。

她不止一次假装不经意地转移话题，尝试探究丈夫过去的生活。她坚信只要开了头，就能找到微小的突破口，一件微不足道的小事也能替她撬开身边这个男人的记忆大门。然后，她就能看看丈夫那像幽井一般的脑袋里究竟装着什么。

但鲁道夫总是抗拒，使她所有的图谋破败。直到有一次，鲁道夫反应特别强烈，让她很难为情，好像她的好奇心是病态的，是一种感情上的窥阴症。

"啊，谢谢，鲁迪！谢谢！"阿加塔边说边抚摸丈夫的脸，"你真是个大方的人！所以我才跟你结婚。你知道我们现在要做什么吗？我们马上把这瓶酒开了，好好喝一杯。我太高兴了，必须庆祝一下。不过在开酒之前，我想先给约翰娜打个电话，把你的决定告诉她。"

"等等,我还没说完。"

阿加塔愣住了。鲁迪的目光中透露出某种令她惊异的东西:一束她从未在丈夫眼里见过的光,一段她完全陌生的短暂生命。一时间她不知道自己是高兴,还是被吓到了。

"亲爱的,还有什么事?你别告诉我你已经改主意了……"

"不是,"鲁道夫答道,并直勾勾地看着她。

"我要带马库斯去华沙。"

阿加塔用疑惑的目光看着他。她被丈夫的话惊呆了,一个字也说不出来。她需要一点时间,好把眼前破碎的信息拼凑起来。

"我想带马库斯去华沙,事情就发生在那里。"鲁道夫向她解释,丈夫平静得令她震惊,"讲述还不够。人们以为读一本书,或者看一部纪录片,就可以了解波兰犹太人的历史。但其实不是。"他继续说,声音里终于有了一丝颤抖,"我希望他了解我的历史。他要赋予我的回忆一个名字,一副面孔,一种味道。需要让他亲眼见到那些事物,只有这样,我们才能希望我所讲的触动他的内心,让他不再心存偏见。"

那些话从他嘴里讲出来,但并不真正受他控制,仿佛是从别人嘴里听来的。忽然,他好像被自己做出的决定控制了,内心瞬间被掏空,双手开始颤抖。

但这一次不是血压作怪。各种情绪搅在一起,混乱不堪,个个为了拔得头筹大打出手,而无数矛盾的感情一拥而至,占据了上风。

在漫长的生命中,他曾多次想过返回华沙,包括想回华沙举办自己的葬礼。他想象过回到童年住过的地方,在市中心的家和后来搬到隔都①的家，回到学校和街道，那些他成长和认识了人类精神最高峰的地方。可是他真的没有勇气回去。

那通常是梦，是胡思乱想，他喜欢试验自己的情绪，看看能把它们逼迫到何种程度。

只有十几年前的一次，他甚至订了火车票，想回去参加一个朋友的葬礼。自从当年一别后，他再没有见过那位朋友，独一无二的朋友——护士约兰塔。

可后来他没有去，连票也没退，他一开始就知道事情会是这样。

原因很简单，他做不到。尽管他思念心切，可他没有勇气。

似乎很难相信，但有时候，在一些格外漫长的夜晚，鲁道夫会产生思念，甚至是惋惜，包括对那些恐怖的事情，比如被纳粹占领、被流放到隔都、那些年的饥饿和暴力。

因为，他在那些年里度过了童年。

在我们的一生中，为童年构建了许多记忆（有时可能是虚假的）和许多遗憾，还有比童年更让人怀念和惋惜的时候吗？

所以，在他的内心中，共存着两种矛盾的想法，他既迫切地想忘记与那个时代有关的一切事物，又深切地渴望再见到它们。因为无论有多少苦难，鲁道夫·斯坦纳都曾是一个快乐的小孩。虽然他的童年并不总是平静，但他从来没有怀疑过这一点。

再者说，哪个生活在华沙的犹太人能在战争期间过上平静日子？

但得到快乐并不一定就需要平静。

---

① Ghetto，小说中指德国人划定的犹太人居住区。

平静不属于人类，属于晒太阳的猫，属于在历史长河中静止不动的山，属于教堂里在神面前永远凝思的雕像。

快乐是另一种事物。

它是运动，由一个个瞬间，一次次心跳，一道道短暂和微小的满足构成。

童年的时候他的确快乐过。包括在纳粹分子锃亮的行军靴踏上华沙的街头之后。直到有一天，一切都改变了，鲁道夫在后来的生命里再也没有快乐过。

诚然，在后来的日子里，他在有些瞬间几乎尝到过那种乐趣，他几乎触碰到了那种欢乐，比如战争结束的那一天，阿加塔接受他求婚的那一天，他第一次把约翰娜抱在怀里的那一天。

但他总是"几乎"得到了快乐，从八十年前的那一天起，他再也没有得到过完全、彻底、真正的快乐。

从那以后，他的快乐一直是对从前那种快乐的模仿，一份糟糕的复制品，像一个鬼魂想变成人的样子，像一篇蹩脚的韵文想拥有诗的韵律美，像一只乌鸦想扮成孔雀。

然而，现在不再是假装的时候了，现在应该行动。他说过，幸福是运动，不是吗？

八

面对丈夫的话，阿加塔一言不发，充满了疑惑。

如果有人问她世上最不可能的事情是什么，她会毫不犹豫地回答：鲁道夫回华沙。

自从逃离自己出生的城市后，鲁迪在晚上总是被一群想要撕碎他的狗追赶。阿加塔也一样，因为每一次她也会被惊醒，那时，她会抚摸丈夫的脸庞，让丈夫镇静下来，她会告诉丈夫那只是一个噩梦，可以继续安心睡觉，有她守护在身边。只要有她在，就没有人能再伤害鲁道夫。

阿加塔觉得除了噩梦，丈夫还有几十种行为是他小时候的遭遇造成的，比如在咖啡厅或者餐厅，鲁道夫不能坐在背对门的位置，他总是要掌控自己周围的情况，以便在必要的时候逃到厕所；他讨厌吃煮土豆，以前吃得太多了；孩子的哭声让他厌烦，两个女儿还小的时候，鲁道夫为了不听到她们啼哭，处处迁就她们。晚上哄摇篮里的女儿入睡，女儿由于长牙齿或者肚子痛，大吵大闹，对鲁道夫来说，那样的夜晚是比恶狗追还要糟糕的噩梦。

那段黑暗的过去最明显的表现是他内心有一道防御系统，那是一种瞬时的警报，防止他说出任何会泄露他犹太出身的话。恐怖形成一道无法跨越的栅栏，拦住那些到了嘴边的话。

"我没想到你会愿意回华沙。"阿加塔只这样说，她等着丈夫说点其他的，解释原因。

"我也没想到，"鲁道夫回答说，"但是我改变想法了。所有的事情都在一条线上：决定了给科勒尔先生打电话，我就决定了向马库斯讲述我的故事。然后，我就决定了回华沙。每件事情环环相扣，失去了前一环，后一环不会存在，不讲出我的故事，给科勒尔打电话也不会有意义。不去华沙，讲出我的故事也不会有意义。做决定的不是我，是命运。而且，你也说是时候让大家都知道了，不是吗？"

鲁道夫的话一点也不含糊。

阿加塔觉得，自己从未像那一刻那样爱过丈夫。他仍然能让她感到惊奇。她从未像那一刻那样想过自己爱上他是多么幸运。他那样瘦，一头卷发，一对招风耳，两只眼睛深处透露出无法治愈的忧郁，自从在一个共同的朋友的聚会上相遇后，鲁道夫就开始温柔地追求她。

"你们什么时候去？"阿加塔问，她急切地希望那个想法尽快变成现实。

"我打算利用停课的这五天。"鲁道夫回答道，他的脑子里已经有了细致的计划，"我们会让这五天充满意义，而不是在无聊和网络中度过。"

"我觉得这样利用时间非常好。可惜我去不了，拖着这条怪腿，我只会是你们的累赘。它太不争气了！"阿加塔用手掌轻轻拍了拍大腿，仿佛一个不愿屈服，在耍脾气的小女孩。

"你别担心,我们两个自己去。"鲁道夫对她说,"不是不愿意带你去,其实你不去也好。你知道我怎么想的吗?这可能也是修复我和马库斯关系的一种办法,一个从头开始的可能。也许,他会知道我到底是谁。"

鲁道夫对此深信不疑。

曾经他一直认为,人没有说出口的,才是人真正的面目,他们把自己真正的面目隐藏在外表、偏见和不得已而表露的从众态度之下。

以他为例,真正塑造他的,是他受的痛苦、折磨、惩罚,是他从未向任何人讲述过的一切。

阿加塔似乎很快就被那番话折服了。"我相信你们会很顺利的,这会是一次绝妙的旅行!"她激动地大声说,"亲爱的鲁迪,你知道我是怎么想的吗?我觉得这场麻烦反而是一种福气。除了和马库斯的关系,也许你还能找到一把钥匙,打开和约翰娜重新沟通的大门。"

母爱让她说出了最后一句话。她坚信,家庭内部的一切问题最终都会协调好,即使眼下的现实截然相反,她也不会屈服。这种信念常常没有任何事实基础,却是母亲不可或缺的特性。

鲁道夫和约翰娜的关系还没有坏到不可修复的程度。一丝一缕的爱联结着他们,虽然纽带十分纤细,几乎看不见,但仍然存在。要修复关系,只需要耐心地把那些爱重新束在一起,用感情和回忆织出一块新布,以保护那些爱免受时间的撕扯和自尊的腐蚀。否则,纵然是最牢固的关系,也会慢慢被自尊腐蚀。

阿加塔并不知道,这正是鲁道夫在那一刻最想做的事情:与女儿重新建立关系，解决生命中所有悬而未决的问题，然后他就可以放心地死去。

这是他最后的、真正的愿望：无憾而死。留给他的时间不多了。

带马库斯去华沙，他会为外孙做他没能为女儿做的事情，他会给外孙他没能给女儿的支持。由于一个愚蠢的原则问题，一个理想化的观念，他没能为女儿做他应该做的事情，没能给女儿应有的支持，他强迫女儿相信那个观念，就像女儿小的时候，他强迫女儿喝鱼肝油，固执地认为鱼肝油会让女儿长得更健壮。而正如鱼肝油没有让女儿长得更强壮一样，他反对离婚的态度，也根本没有让女儿相信永恒的爱，反而使得女儿疏远了他，制造出一道使他们的生活分裂的鸿沟，就好比一个政党里两个对立的派别。

现在他头脑冷静，想来自己以前很糊涂，他的傲慢使他更加糊涂；以前他觉得，不用女儿说，自己也清楚离婚的原因是什么。就好像是，他，一个爱同一个女人五十多年，没有减少半分爱意、没有半秒钟背叛的男人，真的就能凭空想到女儿离婚的原因。他又怎么能明白谁在那个奇迹中失败了呢？

但更重要的是，他犯了更严重的糊涂，他怎么能以为，自己真的能想象到迫使女儿迈出那一步的痛苦呢？约翰娜迈出的那一步，无疑是一种解放，与所有的分别一样，那也是她人生中最痛苦的时刻。

在这件事中，鲁道夫在哪里？当约翰娜撕心裂肺的时候，他在哪里？每当约翰娜崩溃的时候，他在哪里？

他在家冷言冷语，大喊愤恨的话，盛赞那永恒的爱。

所以，鲁道夫为自己从前的愚蠢感到十分羞愧，他觉得帮助外孙,也是在为自己曾经的缺席向女儿道歉。也许阿加塔说得对,在他的生命中,卐字符第一次变成了一种福气。

"我马上给科勒尔先生打电话。"他一面说着,一面兴高采烈地从沙发上站起来。他已经很久没有这般精力充沛、动力十足了。"没准儿今天我就能处理好。"他又说,"然后我们就为行程做准备。"

"我也给约翰娜打电话。"阿加塔高兴地回应,"或者你亲自告诉她?"

"好,你不介意的话,那就最好我告诉她。算了,我先给她打电话吧。"

"只希望她能说服马库斯跟你一起去。"

鲁道夫虽然很久没见到外孙了,但还是很确定外孙会怎么回答。"我肯定他会去。他跟我去华沙,是我给他校长打电话,说服校长不报警的前提条件。他又不傻,他知道刑事报案意味着什么,他知道如果校长报警,自己会有什么危险。这场交易对他很划算。这样的交易,他一辈子也没几次。"

阿加塔点点头。她没想到那么不乐观的情况会这样解决。尽管她担心丈夫的健康,她知道,丈夫已经八十多岁了,身体状况不好,一场旅行会让他非常疲惫。但在那一刻,她相信所有的家庭关系都会被修复,喜悦盖过了所有的顾虑。

"鲁迪,你要回华沙,要和你的恶魔和解,我太高兴了。"

"我不会和解。没人能原谅那些恶魔。"

"对,我知道,我只是想说,你终于能够直面它们了,这很好。但是……"阿加塔深呼吸,"我在想,你是不是真的能够做到。你确定可以独自面对吗?我是说,我不在你身边。"

"阿加塔,你会跟我在一起。就算你不在我身边,我们也永远在一起。"

女人被折服了。她走近丈夫,将丈夫紧紧抱住,感受着那副与自己紧紧贴着的身体,上面的每一处凸起和凹陷她都了如指掌。

"你会把约兰塔的事也告诉她吗?"她在丈夫耳畔问道,由于担心自己太冒失,声音有些颤抖。

"当然会告诉她。"鲁迪毫不犹豫地回答,"应该让大家知道,没有约兰塔,就没有我,也不会有他们。我们都亏欠约兰塔。我们所有人。"

九

一句著名的意第绪谚语说："在这个世界迟到，好过在另一个世界提前。"鲁道夫还未出生，就已经学会了这句谚语，他从母亲肚子里出来的那天，比齐默尔曼医生预计的日子晚了十天。

鲁道夫·斯坦纳出生于1934年8月2日，大概是正午十分，出生时的名字是雅努什·卡茨尼尔森，父亲雅科夫·卡茨尼尔森是来自罗兹市的犹太商人，出身贫寒的农民家庭，母亲是安娜·卡茨尼尔森，本姓阿涅莱维奇，也是犹太人，她和弟弟约瑟夫共同继承了华沙市中心的一家大型商店，销售布料和其他商品，生意兴隆。

在雅努什刚出生的时候，母亲与其他第一次抱到自己亲生骨肉的产妇不同，虽然为孩子平安而高兴，却也非常失望。满头黑发，眼睛幽黑、深邃，身体纤长，两只招风耳，婴儿似乎继承了雅科夫家族的所有特征。

而安娜来自具有斯拉夫血统的阿涅莱维奇家族，她的家人头发都是金色的，个子很高，皮肤白皙。在九个月的怀胎期间，她无比希望孩子继承自己家族的一些外貌特征，至少是轮廓、肤色和发色。

最让安娜伤心和痛苦的是，婴儿的鼻子也像丈夫的鼻子一样突出，甚至连大小都几乎一样，仿佛上帝取下了丈夫的鼻子，把它移植在了孩子脸上。

安娜难以相信这是自己的孩子,最初的几天,她无法与儿子建立联系。直到一天晚上,雅努什贪婪地吸光了她所有的奶水,然后对她露出了灿烂的笑容,这让她心中充满了喜悦,旺盛的食欲和欢乐的性格肯定来自母亲。

与儿子不同,雅科夫用了很长时间才得到安娜的芳心:让安娜爱上他的,当然不是他的外貌,尽管他长得非常端正,瘦瘦的,肌肉发达。和他结婚是安娜一生最正确的选择,他是一个善良、诚实的男人,一个伟大的劳动者。他对安娜的爱令人赞叹,一次结婚纪念日也没有忘记过。他爱安娜爱得如此之深,他常常搂着妻子的腰,深情亲吻妻子,然后说妻子比《旧约·箴言》中称颂的女人还要好",当着孩子的面亦是如此。

在安娜眼中,他唯一的缺点是性格顺从,过分温和,几乎胸无大志。雅科夫的务实和农民本性盖过了一切,阻止他怀有远大的梦想,不让他追求他自知永远不敢奢望的东西。然而,安娜希望全家有一个光明、顺利的未来,她把人生建立在梦想之上,她父亲曾教导她:"没有抱负的人生不值得活。"

因此,她不断鼓励雅科夫找点事做,与人竞争,做出点成就。丈夫至少要在犹太教堂里有一定威望,获得特权,比如坐在最显赫的位置——靠近东墙的椅子,或者帮助唱诗班成员从圣柜里取出《妥拉》,诵读完毕后再放进圣柜。然而,那些荣誉却许给了在教堂里坐在她身边的那些巫婆的丈夫。她们脸上笑呵呵的,表情傲慢,目中无人,艾萨克先生肥头大耳的妻子辛格太太就是其中一位。艾萨克开了一家犹太肉食店,铺子跟安娜的店在同一条街,他一直希望自己的女儿未来跟安娜的儿子雅努什结婚。所以,艾萨克总是把最好的肉卖给安娜,再免费送她几块,直接叫她"亲爱的亲家母"。然而,安娜宁愿强迫儿子当天主教神父,也不会让儿子给那个爱吹牛皮的巫婆当女婿。

雅科夫历来不十分信奉宗教,他对《塔木德》了解极少。相反,安娜是虔诚的信徒,她遵守所有的教规,像每个虔诚的犹太教徒一样去犹太教堂诵读圣诗,特别是在自己感到痛苦的时候——这是那个年代显然不缺祷告的原因。

但除了这两个小缺点,安娜不得不承认,她的雅科夫不仅是一个理想的丈夫,还是一个好父亲,深情又细致,她多么希望这是自己的父亲。而她的父亲不仅严厉,还很少陪伴她,每天只关心店里生意怎么样,似乎那是他唯一的快乐源泉,是他唯一应该操心的事,好像世间其他一切不存在一样。生意是父亲留给安娜的最重要的遗产。她父亲死于肿瘤,几年前,她那同样无法对任何人表现出爱的母亲,也因同样的疾病去世了。

跟那个年代的许多家庭一样,阿涅莱维奇夫妇都认为,亲子之间表达爱意的举动是在白白浪费时间,甚至是不体面和有害的事,会让孩子变得软弱,在面对艰难的生活时毫无抵抗之力。

所以,尽管事情并不完全像她希望的那样,雅努什的诞生还是给她的生活带来了快乐,像六年前大女儿莉薇诞生时一样。考虑到两次怀孕相隔六年之久,雅努什会是一种新的可能,完全意想不到的可能,他的童年会与他父母的童年完全相反:母亲安娜的世界和生活将以他和他姐姐为中心。

根据安娜的回忆,雅努什出生那天是一个酷热的星期五,酷暑已经连续几个星期让华沙城喘不过气了。讽刺的是,那年的八月二号,也是阿道夫·希特勒继魏玛共和国总统保罗·冯·兴登堡去世,宣布成为德国元首——集国家元首和政府总理于一身的日子。

这跟在基督诞生日,希律·安提帕斯成为加利利的君主有点像。

老一辈的犹太人,比如雅努什的奶奶,在意第绪语里把割礼叫作 Bris,根据犹太教割礼传统,雅努什的割礼于他出生后第八天在家里举行,亲戚朋友都来了,仪式结束后有丰盛的茶歇,主人家并不在意花了多少钱,因为雅努什是夫妻俩的第一个儿子。

莉薇和弟弟一样,皮肤是褐色的,身材瘦弱,两只眼睛漆黑,目光深邃,总能使遇见她的人着迷。但是她性格果断、叛逆,肯定得到了奶奶哈利娜的遗传。她比一般的同龄人要聪明,学习能力十分强,只要听了课,马上就能掌握课上的内容,不需要复习。她特别喜欢上学,不止一次她感冒了,但为了不落下课程,就假装没有感冒,这跟一般同龄的学生完全相反。她那样做不是为了出类拔萃,而是因为,她虽然只有十岁,却坚信学习能够让她摆脱波兰女性在社会中的附属角色。除了她母亲继承了家里的店铺,她认识的其他女人,尤其是那些女同学的妈妈,都是家庭主妇,受过的教育有限,只读过小学。对知识的渴望在她心中燃烧,她想要读书,成为一名教师,把那份渴望永远传递给自己年轻的学生,奶奶哈利娜总是支持她,而哈利娜其实从来没上过学。

卡茨尼尔森太太,安娜难掩讽刺,称她为"母亲大人",这值得单独叙说。奶奶哈利娜像萨巴岛新晋的女王,掌管着家里的事务,永远坐在王座上。她把手里坚韧的棒针当作权杖,对所有围着她转的人发号施令,施以训诫。

1887年，哈利娜出生在罗兹市，家境十分贫穷，原本住在波兰东部的一个犹太人村庄，父母结婚后，马上就去了城里的一个纺织工业区工作。但由于二十世纪初发生了工业危机，父母很快丢掉了工厂的工作，被迫回到乡下。

她丈夫叫所罗门，通常大家叫他什洛莫。1916年，什洛莫在俄国的荒原中英勇牺牲，哈利娜不满三十岁就成了寡妇，自那以后，她不愿意身边再有男人，就是上楼梯，也不用男人搀扶。

他们有三个孩子，雅科夫是长子，除了孩子和那片干燥、贫瘠的土地，丈夫只给她留下了一把叉子。叉子是在丈夫牺牲几个星期后，从前线送回来的，她至今仍把它当作遗物，小心呵护，放在枕头底下。哈利娜每天晚上都把那把餐具放在胸前，为她的什洛莫诵祷犹太教献给逝者的祈祷文。

一个历经了两次世界大战的女人知道生活不会赐予人任何东西。她没有收到过任何礼物。糖尿病折磨了她许多年，但她却并不怎么在意；她对银行深恶痛绝，没在里面存过一兹罗提[①]；她对上帝的信仰坚定不移，不，是对哈希姆，这个称呼跟犹太人为了避讳，把上帝叫作至高无上者如出一辙。

她不仅信仰哈希姆的仁慈，也信仰哈希姆适时施加于人的无情。她总是说："哈希姆是一位神父，如果他不赐予你金钱，就会对你降下十灾。"为了尽可能地躲避十灾，她的生活习惯无可指责，严格遵循教规：像经文要求的那样，她每日祈祷三次，睡前亲吻门柱圣卷，在进食或饮水前洗手和诵读经文，这一切并不仅限于安息日开始的

---

① Ziloty，波兰货币单位。

星期五。

她也非常迷信，尽管经文并没有这样的要求，但目的同样是躲避十灾。只要她感觉命运对自己有丝毫不利，她就会往地上吐三次口水，驱除霉运。M夫人是华沙最著名的预言家和纸牌占卜者，哈利娜认为她的预言比德尔菲神谕更可信，因此，哈利娜在做决定之前，无论大小，都会去M夫人那里，这位占卜家甚至预言了哈利娜丈夫是几号几点死的。但什洛莫无法避免死亡，因为"无人能逃脱自己的命运"。

关于奶奶哈利娜，她的孙子雅努什会永远记得她衣服上的马赛皂香味，她庞大的身躯和丰满的胸部。有一次哈利娜在厨房洗澡，雅努什看见了她袒露的胸脯。

奶奶哈利娜一辈子都想不明白，自己身材那么庞大，胸部那么丰满，怎么会生出雅科夫那样又矮又瘦的儿子。"都怪他父亲什洛莫。"每次看到儿子时，她都这样说。但很快她又收回那句含蓄的指责，含情脉脉地抬头望向天空，虔诚地祈祷："愿他的记忆永垂不朽！"

而有人惹她生气的时候，她就变着法儿咒骂那个人："脑子被狗吃了！""真是个贱种！""一辈子别想安生！"她就用这些狠话招呼那些人，比如自从她深爱的丈夫被夺去了生命，她就对俄国人，跟她做生意时偷奸耍滑的商人深恶痛绝，还有穆拉斯金太太，哈利娜把她叫作"那个瘦拐棍儿"，这位邻居总是让自己的狗在公共楼梯间撒尿。

后来，从1939年开始，德国侵略者显然也成了她咒骂的仇人。奶奶哈利娜对他们的谩骂和诅咒更为狠毒："要想我说德国人的好，除非安息日落在每周中间。"

雅努什的童年正是和奶奶哈利娜一起度过的，陪伴他的还有姐姐莉薇。在他的记忆中，他家房子非常大，有三间卧室，父母一间，他和姐姐一间，奶奶那间最小，有一个宽敞的客厅，里面摆满了家具，还有厨房和一个小洗手间，走廊像永远走不到尽头一样长，他经常在里面骑他三岁生日时舅舅约瑟夫送给他的三轮车，跑前跑后。

自从结婚以后，卡茨尼尔森夫妇就租住在科兹克瓦街那所房子里。对于那所房子，雅努什清晰地记得，一进门就能闻到清新的香味，客厅里有耀眼的阳光穿过，一张张地毯之间露出干净的地板，被阳光照得闪闪发亮，门房太太有天使般的嗓音，她打扫楼梯时，总是哼唱古老的波兰小曲。

除了美妙的歌声，楼房里还有狗叫声、孩童的哭声、唱机放出的音乐声和家家户户都有的缝纫机发出的噪声。从下午两点到六点，传来的是最高一层楼的老师教授小孩《妥拉》的声音。外面只传来低沉的车声，华沙宽阔的公路上汽车极少，却有许多马车缓慢通行。

雅努什喜欢待在窗前聆听整个宇宙。大人允许的时候，他就兴高采烈地下楼，去家门口的公园里玩，他觉得那是一片无边无际的森林，里面充满了神秘和冒险。

当他跟朋友追逐打闹，或者在家玩贴纸的时候，他的父母正在母亲家族的商店里忙碌。商店位于城市非常中心的一条街的拐角，店里从地板到天花板堆满了商品：布料、袜子、围裙、母婴用品、裹尸布、婚纱、棉麻制品。它们都美美地展现着自己，吸引着全城的客人，既有犹太人，也有非犹太人。

阿涅莱维奇公司广受好评，许多人认为，这是华沙商品种类最丰富的一家服饰用品店，也是最方便的一家。因为人们可以凭票据分期付款，这深受太太们喜欢，她们经常背着丈夫这样做。而太太们的丈夫在为尚未出嫁的女儿买嫁妆时，就得把账还清了，这次他们是完全知情的。

正是因为那庞大的服饰生意，在雅努什妈妈的眼里，账本几乎像圣书一样珍贵。回到家后，等吃完晚饭，孩子已经睡熟了，安娜还像白天一样干练，花几个小时核对账本上的账目。

她负责维持商店的运作和收账，而丈夫更像是给她当苦力，不是生意伙伴。再者说，除了像年轻时开垦荒地和给母牛挤奶那样劳碌，雅科夫也做不了其他的，他没读过多少书，而数学这一科，更是一塌糊涂。

正是因为父亲无力应对店里的事务，小雅努什讨厌和父母一起去店里。父亲有抽烟的老毛病，这可能会使店里的衣物染上令人恶心的味道。在店里，一旦父亲算错了账，或者抽了烟，母亲就勃然大怒，当着客人的面训斥丈夫，这时候雅努什就感到无比窘迫。

在抽烟这件事上，他赞成母亲训斥父亲，可关于算账，他就有许多话要说了。他上幼儿园时，跟父亲一模一样，也对数学一窍不通，不懂收入和支出，不懂借入和贷出。但他体会到了父亲所受的屈辱：面对妻子凶恶的语气，丈夫低着头，一言不发，无法进行反抗，或是找到理由为自己的错误辩解。

雅努什站在那里，躲在黑色的桃木柜台后面。他在心里默想，这种事不会发生在自己身上：我会好好上学，不让任何人当众羞辱自己。

其实，那也是他父母和奶奶哈利娜所希望的，他们认为坚实的教育是塑造人生的基础。他们反复告诉雅努什,只有通过学习,他才能摆脱最辛苦和低级卑微的工作,最后上升到社会高层,就像住在西耶纳街的那些人一样。那里是华沙最漂亮的街道,宽阔、优雅、干净,没有穷人,住的都是富人和改信其他宗教的人。

"努力学习,乖儿子。"父亲总是这样对他说,"好好学习,解放你的双手。不要等别人帮助你,包括哈希姆,'赞美天主之名'。"

这是德国人入侵波兰,占领他们的城市之前,父亲给他的唯一建议。雅科夫马上又加了一条忠告:"在家里你是犹太人,但出了门,你只是人。"

他儿子的闪米特血统暴露得越少,在那个渐渐露出面目的新世界里就会越安全。

因为卡茨尼尔森一家人无法伪装,他们深邃的黑眼睛里含着犹太人所有的历史。

十

在那些遥远的日子里，正当电影人物和漫画人物在小雅努什的脑袋里竞相争宠时，那颗童心已经认定他眼中完美无瑕、无所畏惧、机智果敢的英雄是父亲雅科夫。除了父亲，几乎同样受他景仰的，还有与父母共同经营商店的舅舅约瑟夫。

说实在的，店里几乎见不着舅舅的人影，因为他总在追求女人。他身材高大，肌肉发达，金发碧眼，有着冒险家一般的胡子，被他迷倒的不仅有市中心年轻的女售货员，还有富人区的太太。

在雅努什看来，约瑟夫是天底下对孩子最好的舅舅，没有一个星期六约瑟夫不带他去逛华沙动物园的。当他完全被关在笼子里的奇异动物迷住时，舅舅更感兴趣的，却似乎是在动物园的林荫大道上遇见的雌性动物。于是，可怜的孩子就被舅舅牵着手，拉着走，就像他们在路上遇到的保姆和女佣身后拉的行李箱。

这样的情况时有发生。约瑟夫带他去城里最大、最古老的瓦金基公园散步，带他去维斯瓦河的沿河公路欣赏风景，带他去城外野餐，皆是如此。他们一起度过的每个下午，都变成了约瑟夫猎艳的好机会，见到独行的漂亮女孩，约瑟夫迟早会上去搭讪，强留人家长谈。

雅努什并不在乎这一点。他只知道，在和舅舅一起度过的时间里，他见到了许多令人惊奇的事物。

有一次，舅舅从朋友那里借来一辆敞篷车，带他出去兜了一圈。他们在华沙的街头疾驰，头发在风中飞舞，内心激动不已，仿佛心都要跳出来了。还有一次，舅舅玩打靶游戏，为他赢了一只小熊玩偶，舅舅还让他吃了所有他想吃的糖果，而且没有说糖果对身体不好，可他父母每次都说这句话。后来他真的觉得身体不舒服了，但也丝毫没有破坏那段美好的记忆和舅舅超凡的魅力。

但雅努什最开心的一次是他四岁生日那天，无论他活多久，他都不会忘记。那天，约瑟夫带他去了市中心的一家玩具店，那是富家孩子去的地方，以前他只能站在外面，鼻子贴着橱窗往里面看。

进到店里后，舅舅允许他挑一件礼物。"你可以拿你想要的，"约瑟夫说，"不过只能挑一件礼物。"小孩没有任何不满，对他来说，"一件礼物"已经是许多了。

刚开始的时候，雅努什迷失在无数玩具中，他晕头转向，不知该选哪一个，犹如一只被放进鸡舍的狐狸。他看中了两个玩具，一个是色彩斑斓的铁皮陀螺，一个是一队制服鲜艳的拿破仑铅制小兵，他为难了很久。但是，后来他把目光投向了一辆金属小卡车，车身通红发亮，黑色的轮子，车门可以真的打开。他没多想就选择了小卡车，这是他收到的最好的礼物。回到家后，他没有马上玩小卡车，生怕弄坏了，他把小卡车放在床头柜上，好几天欣喜不已，不允许任何人碰它，仿佛那是一个古老的异教偶像。

最美好的是，舅舅不是只在节日的时候才送礼物。约瑟夫不放过任何机会给他唯一的外甥添置礼物：他们去散步的时候，雅努什不仅有冰淇淋、糖果和波兰甜甜圈①吃，还有玩具小车和玩具小兵玩儿。有一次，约瑟夫还给他买了一个用鞭子抽的陀螺，但雅努什一直没学会让陀螺转起来。

总之，电影和漫画里的英雄如何能与那样一个真实的超人相提并论呢？

相较之下，雅努什不怎么喜欢他父亲那一支的亲戚。莫伊什·里伯斯金是雅科夫在华沙的亲戚中的代表，他是雅科夫的表弟，雅努什爷爷一个表妹的儿子。二十世纪初，莫伊什也生在罗兹，后来迁来了首都，想着闯荡发达。

跟卡茨尼尔森一家人一样，里伯斯金家的人也无法隐藏他们的犹太出身，除了头发和漆黑的眼睛，似乎没有什么能把两家联系起来：与雅科夫不同，莫伊什又矮又胖，鼻子下面留着两撇大胡子，其他的胡须从不修饰，土黄的肤色让人想起鱼冻里面的鱼。

雅科夫的表弟一生都在想办法进入波兰的警察部门，虽然他找了各种各样的关系，甚至贿赂过内政部的个别领导，却一直没有成功，最后只在内政部落得一个门房的位置。

但在所有了解他的人看来，特别是极度讨厌他的安娜看来，那份工作已经很好了。安娜认为他不要脸，这是有原因的：莫伊什像榆木一样聪明，像牙龈肿痛一样讨人喜欢②，在有权势的人面前油嘴滑舌，他爱吹牛和找碴儿的性格近乎病态。

---

① 波兰传统油炸甜食，里面塞有果酱。
② "像榆木一样聪明，像牙龈肿痛一样讨人喜欢"运用了矛盾修辞手法，榆木一般形容人不聪明，牙龈肿痛也不可能讨人喜欢，这种矛盾性的比喻充满了讽刺意味。

他实在没有什么魅力,当然更别提他的相貌了,所以,他能找到与他般配的伴侣索菲亚·里伯斯金,安娜并不感到稀奇。索菲亚比她丈夫还要矮胖,悲哀的是,还不如她丈夫聪明。她也生在农村,一来到首都,很快就抛弃了古老的乡村传统,过起了阔太太的生活:虽然住在郊区一栋大楼的地下室,她打发时间的方式却是听留声机放的轻歌剧,读法国爱情小说,尽管她认识的法语单词屈指可数。

真正令安娜感到惊讶的是,那两个人的结合竟然孕育出了小露丝,一个可爱、有礼貌的女孩,身材强健匀称。跟父母不一样,露丝非常可爱,脸上总是挂着笑容,天生彬彬有礼,她会俘获每一个遇到她的人,愿意让他们拧一拧红彤彤的小脸蛋,或者摸一摸像柏油一样乌黑、像羊毛一样卷曲的头发。

露丝·里伯斯金是一个能给每个遇到她的人带去欢乐的女孩,是直接从天上最纯洁的地方降临的仙女。也因此在里伯斯金一家中,她是唯一受卡茨尼尔森家欢迎的人。尤其是雅努什,他找到了理想的玩伴:露丝只比雅努什小几个月,她喜欢玩具小兵,不讨厌嬉戏打闹和捉迷藏,玩游戏输了也不会哭。跟其他所有的小女孩相比,她是如此与众不同,"甚至让人觉得不是女生"。

奶奶哈利娜也发现露丝非比寻常,是个非常特别的女孩,但奶奶的观点与许多人相反,认为许多内在的美无法永远或长久地保持。她在赞美那个小女孩时,总会对安娜说:"一等长大了,她也会失去非凡之处。我敢肯定,从普珥节的以斯帖斋戒[①]开始,一天也维持

[①] 据《旧约·以斯帖记》,波斯王后以斯帖拯救了波斯国内犹太人的性命,普珥节即为纪念此事而设立的。

不了!"

哈利娜仿佛是说:一切匆匆消逝,最美的花也不例外。

的确不能说奶奶哈利娜是很乐观的人,可在二十世纪中叶来临前的岁月里,人们的生活坎坷多艰,谁又能乐观呢?那些年,晚上屋里照明靠的是烧煤油的炉子发出的红光,孩子的厚衣服是一个穿了传给另一个,然后又继续传递,连穿的裤子也不够长,想穿袜子只能靠铅笔在小腿肚上画。那些多艰的年月,人们只能一年一年熬过去。

然而,谁又能想象得到即将发生的事情呢?谁又能预料到已经迫在眉睫的灾难呢?

谁也不能,当然除了 M 夫人。

奶奶哈利娜做任何重要决定前都会向她咨询。在战争爆发之前,占卜家就告诉过哈利娜不久后要发生的事情,包括对华沙的轰炸。遗憾的是,没有人相信她,那一次连哈利娜也没有。

但哈利娜的做法情有可原。1935 年,希特勒在纽伦堡颁布了种族歧视法案,波兰的犹太人虽然生气,却没想到那件事会与他们有直接关联,除非他们有亲戚在德国。偶尔有虐待犹太人和限制犹太人自由的消息从境外传到波兰,但他们觉得那些说法很夸张,是某些人妄图搬弄是非,散布谣言。

卡茨尼尔森家的某位波兰朋友甚至认为,那不过是德国元首的政敌——那些布尔什维克主义者——进行的宣传,目的是给元首的行为和正当的理由泼脏水。诺瓦克先生就是这样告诉雅科夫的。诺瓦克是一个遵守教规的天主教徒,一次弥撒也没有缺席过,他有一家卖手套和帽子的店,就挨着雅科夫的店。

于是，雅科夫不得不让朋友知道，在那个被称作"水晶之夜"的夜晚，在德国有上千间犹太教堂和私宅被纵火烧掉或遭到毁坏。许多属于犹太人的商店也是同样的情况。

"只是个别的事件。"诺瓦克先生自信地答复。他将那些事件定义为"一个连说道说道都没有意义的个例"。他当然不认同雅科夫表现出的一切担忧，用他的话来说，雅科夫是被"某个捕风捉影的拉比①"煽动了。

根据帽子商人的理论，德国人是文明人，"像我们一样的人"，不会做出残暴的举动，完全不像那些非洲部落，或者报纸上读到的那些马穆鲁克雇佣兵。总而言之，雅科夫轻易就相信了那些话，他没读过多少书，但很清楚在德国人里面，有很多人头脑特别聪明，有令所有国家都嫉妒的科学家、数学家、哲学家、音乐家和作家。他们享誉全世界，光耀了自己的祖国。

谁会相信反犹太主义者散布的那些指责呢？雅科夫想，就算在纳粹主义最狂热的支持者看来，那些指责也只会显得荒唐可笑。那些话不断在他脑海里浮现，说服他相信朋友的理论。

在华沙城里的那些传言中，第一条指责是犹太人杀死了耶稣基督。因此，犹太人现在要为错误付出代价，仿佛那是来自两千年后的一张支票，仿佛应该接受审判的是罪人的后裔。

第二条指责关系到在沙皇俄国完成的一些文本，即《锡安长老会纪要》，书中认为在十九世纪，犹太人秘密结社，意图统治世界。但即便雅科夫是文盲，他也知道那不过是沙皇秘密警察编造出来的

---

① Rabbi，通常指犹太教中学识渊博、德高望重的精神领袖、教士。

谣言,目的是散布对俄罗斯帝国国内的犹太人的仇恨。

第三条指责无疑最为荒谬,根据那个说法,逾越节相当于犹太人的复活节,逢此节日,犹太人会杀死小孩,蘸小孩的血吃面包。这种说法流传了数个世纪,雅科夫也已经听到了无数次,一些犹太人竟然真的因为那条无中生有的罪名被迫害,而最近一次审判发生在匈牙利,十九世纪末期,差不多五十年前。哪个脑子没病的人会相信这般胡说八道的指责呢?那些小故事拿来哄哄最好骗、最天真的人也就罢了。或者,最多拿来吓唬像雅努什这种不把饭吃完的小孩:"你要是不吃完,叛徒就会来,用你的血蘸面包!"

谁会对这些荒唐的指责有半分相信呢?

这正是雅科夫问拉比西蒙·哈伯班德的问题。西蒙是研究《妥拉》的学者,虽然年轻,却学识渊博,在华沙备受尊敬,管理着卡茨尼尔森家常去的犹太教堂。在战争开始后的第一个星期,他失去了妻子和唯一的女儿,而他仍然留在那里,给需要的人建议和安慰。

那些日子,华沙城里的犹太人间盛传着发生在德国的事情,雅科夫听说后,变得越来越焦虑,他担心那种恐怖很快就会席卷华沙城。在对安娜说起这件事情之前,他希望从西蒙那里得到启示,因为西蒙十分睿智,总是能给出雅科夫凭自己简单和有点愚钝的头脑无法找到的答案。他虽然不像妻子和母亲那样遵守教规,信仰也不那么虔诚,但总能在拉比哈伯班德的话中得到安慰。

"拉比,为什么德国人这么恨我们?"星期六的庆祝仪式结束时,雅科夫走近西蒙,提出了这个问题。

西蒙沉默了片刻,随后带着往日的平静做出了回答。"雅科夫,你提的问题很复杂。"他一边说,一边摸摸胡子,"这个问题我自己也思考了很久,但是现在我应该有了一个答案。"

"什么答案?"

"德国人需要一个替罪羊,来发泄他们的憎恨和所有的不满。最令人欢欣鼓舞的是自己表现得比其他人优越,最令人快乐的是看见别人牺牲。在德国,他们需要一个牺牲品,而犹太人完美符合那个目的。"

雅科夫无法相信自己的耳朵:如果连拉比哈伯班德也说德国人憎恨他们,那么的确要害怕了。

"但是,他们怎么能烧我们的教堂、我们的房子、我们的商店,还好像什么事都没发生一样?他们怎么能把禁令强加给犹太人,难道我们不是跟其他人一样的人?"

关于这一点,拉比也思考过。对此他也有一个答案。

"反犹太人的宣传为仇视和污化犹太人自然而然地发生准备了土壤。"拉比解释。"电影、歌剧、书籍、课堂……从每个德国人最稚嫩的年纪开始,排斥犹太人的偏见就深深扎根于他们的大脑。他们长大就是为了憎恨我们。他们执行得很好。"

正如拉比预言的那样,雅科夫的担忧很快就变成了现实。

1939年9月1日,德国军队开始入侵波兰共和国,后者的一部分变成了波兰总督府,也因此成为纳粹德国统治的一个地区。很快,苏联军队占领了剩下的部分。纳粹军队和苏联军队在布列斯特会合,像两个恩爱的情人一样庆祝征服了同一个女人。

就这样,雅努什的五岁生日刚过去一个月,华沙就被纳粹占领军变成了一片火海,他、姐姐、奶奶、父母跟大楼里的许多家庭一起躲在地下室里。炮声、爆炸声和飞机从城市上空俯冲而下时发出的轰隆声,足足在空气中响彻了三个星期,听不到其他任何声音。在那二十一天里,雅努什紧紧抱着母亲和姐姐,没有松开过一秒钟,他被身边正在发生的一切吓坏了。

最后,华沙屈服了,投降了,城市变成了几片废墟,到处都是一堆堆瓦砾。

幸运的是,卡茨尼尔森家所在的那幢大楼还屹立不倒,那是他们对未来的信心,而未来似乎随时可能会崩溃。他们的许多犹太朋友参了军,在波兰军队中顽强抗击德国侵略者,屡次凭借伟大、英勇的行为脱颖而出。

也许所有人会认为,信仰犹太教的士兵充满热情、英勇无畏,是因为他们害怕,害怕从德国传来的谣言有半点是真的。因为一旦纳粹德国的军队取胜,德国犹太人的遭遇就会落在波兰犹太人身上。

纳粹德国空军和坦克发射的炮弹证明了那些猜想。他们几乎只轰炸华沙的工业区和中世纪形成的犹太人居住区,好像是在预警即将发生在那里的事情。

纳粹分子用无休止的阅兵来庆祝攻陷华沙,他们击鼓奏乐,挥舞印有卍字符的旗帜,行纳粹礼,用洪亮的声音演讲。

和父亲在市中心散步的时候,雅努什碰上过许多回那种情况,他既觉得害怕,又被深深地吸引,因为他和朋友在院子里也玩假扮士兵的游戏,那些似乎就是他们想要成为的军人。

慢慢地,随着时间一天天过去,德国人对波兰的犹太人和非犹太人犯下了臭名昭著的罪行,越来越多的故事流传于民间,雅努什只觉得可怕。于是,他再也不愿意陪父亲去任何地方,也不想再玩假扮士兵的游戏了。再也不想了。

很快,行军靴踢打地面的声音不绝于耳,成了陪伴他和城里所有居民的背景音。那支军队由柏林街头的狂热分子组成,他们穿着笔直、光鲜的制服,不停行军、行军、行军,他们的脚步声是死亡的旋律,没有人能够摆脱,仿佛踏出的每一步都在宣示他们用暴力和残忍夺取了脚下的街道。

眼看首都被占领,亲近的人要么死去,要么被流放,关进德国的集中营里,卡茨尼尔森一家感到非常痛苦。除此之外,最先占据他们和波兰首都所有居民内心的感觉是迷茫。他们局促不安,被无法抚慰的心情折磨着,变得麻木僵硬,仿佛地震后公园里仍然屹立的雕像。

然而,最迷茫、最绝望、最害怕的,无疑是像他们那样的犹太人,仅在华沙就有三十万,比世界上其他任何地方都多。这个庞大的数字已经剔除了那些能够提前逃走的人,包括一些政治领导人和知识分子,他们已经逃到了远方,很多人去了国外,有的甚至到了美国。

他们在远方得到了庇护,希望其他国家能够拯救和帮助那些留在波兰的人。但哈希姆是如此仁慈,把所有最重要的拉比留在了华沙陪伴他们,包括拉比哈伯班德和大拉比卡罗尼穆斯·卡尔曼·沙皮罗,后者是城里所有犹太人的精神领袖。

轰炸一停下来,奶奶哈利娜就拉着小孙子去了 M 夫人家。

"以天之爱,请您告诉我,我们以后的日子是什么样的?"她问道。在此之前,她像往常一样,先为预言付了钱。"对我们犹太人来说,好日子以前总是很少。以后的日子会是什么样的?"

"正直者的命运在造物主手里。"占卜家回答她。

奶奶哈利娜接着追问她:"请您说清楚一些,求您了!我付钱不是为听我已经知道的事情。"

"太太,会是极其艰难的年代。"预言家启示她,"但从中幸存的人,会长寿延年。"

M夫人的预言应该是正确的。但是那时候,任何人也无法知道。

他们所知道的是,犹太人再一次陷入危险之中。第无数次洪流即将袭来,他们是一艘艘等待救援的小舟。

十一

透过登机口的玻璃窗,鲁道夫看见飞机起起落落,运送行李的小卡车在跑道上驰行,像碰碰车一样,但所幸没有发生碰撞。

现在是星期三早上七点钟出头,离他们的航班起飞还有半小时。

为了赶飞机,他不得不在拂晓时就起床。与阿加塔告别后,他下楼去坐出租车,当时天还黑着,车子没有熄火,散发出一股他喜欢的温热,已经在路边等他了。天气有些冻人,从昨晚开始下起了绵绵细雨。与往常不同,阿加塔起得比他早,为他准备了咖啡,这个时刻是如此特别,值得妻子这样做。

随后,阿加塔帮丈夫检查了行李,以免落下东西。她给了丈夫一块干净的手帕,以备旅途之需,并帮丈夫戴好了帽子,仿佛丈夫是要去郊游的孩子。

丈夫拉着灰色行李箱往门口走去,在要走出门的前一刻,阿加塔叫住他,并拉住他的手,把自己的婚戒放进了他的手心。然后,阿加塔把丈夫的手合起来,仿佛是要保护一个珍贵的东西。

"你要做什么?"丈夫诧异地问她。

"我把我的一部分给你。这样你在远方的时候,就会想我。"

鲁迪微微笑了。他走近妻子,温柔地吻了妻子仍然光滑的脸颊。

没有哪个女人的皮肤像他妻子的一样好。

"谢谢。"他对妻子说,然后把戒指放进了兜里。

"好好玩一圈儿。"

"我也希望。"

"一定要回到我身边。"

"这我就不那么希望了。"鲁道夫再次露出笑容,阿加塔也装出生气的样子。

"那把戒指还给我!"她不满地说。

鲁道夫最后一次亲吻了妻子,然后出了门。

尽管现在他在机场,但那个场景仍然浮现在他眼前。他置身人群之中,所有的人都睡眼惺忪,身上带着卡布奇诺的香气和名贵香水的味道。他仍旧无法相信。可是他就在维也纳国际机场,坐在窗边一个不太舒适的座位上,等候他那一趟去华沙的航班。

只要一想到那个名字,他的血压就会上升,心跳疯狂加速。

贾尼是他信任的医生,给他加大了相关药物的剂量。贾尼建议他服用一点缓和的镇静剂,可以在情绪失控之前,帮助他稳住情绪。

出发前的几个钟头非常难熬。

鲁道夫不止一次想过退缩,他可以找个借口,推翻整个计划,比如突如其来的健康问题。他有几十个借口可供选择。假如他信誓旦旦地说自己感觉不舒服,谁也不会动质疑他的念头。一个八十六岁的老人,疾病缠身,面对他的痛苦和诉求,谁又能反驳或无动于衷呢?

但是后来,他那可恶的责任感再次占了上风,他对女儿和科勒尔校长做出了承诺。他会履行承诺,也许那是他生命中做的最后一件事。

再说，去华沙的主意也是他提出来的。

他加了一把劲儿，在心里大骂一通，主要是骂自己，最后成功控制住了自己的情绪，没有找任何人倾诉，连阿加塔也没有，妻子对他在想什么一无所知，还夸他表现出了令人难以置信的勇气。

然而，时间越往前走，先前的一种猜想就越像要应验：想到当真要返回童年生活的地方，一股许久未有的焦虑便笼罩在他心头，如果再想到要将自己的犹太血统告诉外孙，那股焦虑就呈指数增长。

由于母亲不是犹太人，马库斯的确不是犹太人，但无法否认的是，他跟他外公一样，身上都流着亚伯拉罕的血。

虽然已经考虑了许久，鲁道夫却始终找不到办法轻易开口，告诉外孙真相。或许，他应该做的就是直接告诉外孙，仅此而已，把这当成一件理所当然的事情，就像他有两只眼睛、两条腿、一个鼻子，是明显的事实。

坐着候机时，鲁道夫思绪纷乱，他感到胃里沉甸甸的，似乎有什么东西没有消化，既不往下掉，也不往上升，仿佛一颗巨大的蒜头，难闻、刺鼻的气味不断飘向他的记忆，而非喉咙。

昨天晚上，其实他一夜没有合眼，一直在想象自己重新回到了华沙，站在了城市的街头，那里应该已经发生了翻天覆地的变化。

也许他错了，他应该听从阿加塔的建议，至少先在网上看一眼，在到达之前，对那座城市有一个印象。在妻子为他准备行李的时候，他甚至发了脾气，不耐烦地驳回了妻子的建议，说他什么也不需要看，一切他都记得清清楚楚，即使过去那么多年了，也能认出那里的一草一木。

但后来他就不那么自信了。夜里他在床上辗转反侧，被无数的问题纠缠，他真的能认出那些路吗？现在那里今非昔比，他还能按照记忆里的位置找到原来那些事物吗？他有能力圆满完成那段举步维艰的旅行吗？但最重要的是，他能在将要冲击他的浪潮中活下来吗？

在那一刻，他心里有很多事情没有着落，但有一件事他可以确定：不久之后，再过一个小时出头，他的过去将不仅仅是一种回忆，而是由血与肉、石头与水泥、痛苦与折磨重新铸就的现实。他在那片恐怖、漆黑的浪潮里挣扎了几十年，随时可能被淹死，现在他真的要完全跳进去了。

后来，当他终于睡着的时候，那些恶狗又回来了，它们表现得前所未有地凶狠和饥饿，正张开血口，露出锋利的牙齿，等着他。

所以，鲁道夫那天早上醒来时已经十分疲惫，但他终于下定决心，必须跟那些畜生做个了断。也许正因如此，现在他看到航班信息显示屏上出现了华沙两个字，也觉得不那么恐怖了。

也是由于镇静剂终于起了作用。他听取医生的建议，多服用了几滴镇静剂，为了缓解对飞行的恐惧，他又额外增加了几滴剂量。因为他对飞行的恐惧，不亚于对其他任何事物的恐惧，甚至也不亚于对那些恶狗的恐惧。

鲁道夫还是孩子时，总是梦想坐飞机环游世界，到离波兰、离欧洲、离他的记忆最远的地方。等他长大了，真的可以实现梦想了，却没有勇气了。

他坐飞机出行的次数非常少，只有当目的地非常远，远到要坐好几天火车或轮船的程度，他才会选择坐飞机。但更多的时候，只要情况允许,他索性就放弃出行。

为了弄明白他害怕飞行的原因,以及那股绝对的恐惧究竟来自他大脑的什么地方,多年来他进行自我分析,坚持不懈地探索。

他首先得出的结论是,对飞行的恐惧与他的幽闭恐惧症有关,但原因不止于此。他觉得坐在密闭的飞机里,就像被困住了一样,在通过连接登机口和机舱的通道时,那种感觉就会令他产生强烈的不适。但问题不止于此,否则他连火车也坐不了。

鲁道夫不愿意坐飞机的原因要深刻得多,但听起来也非常不合理:想到把自己的性命完全交到陌生人手里,他的血液就彻底凝固了。

其实,他会产生这样的想法,是因为他已经好几次把自己的命托付给完全不认识的人。

尽管每次他都安然无恙,但现在他却警惕起来了,脑海里响起了警告声:你的好牌可能全部打光了。他不可能无休止地赢下去。

鲁道夫看看周围,想找一个可以交换的眼神,哪怕有人不经意间对他露出微笑,哪怕笑容只持续一秒钟。混在一大群埋头玩手机的陌生人当中,他感到有些失落。

也许,最让他感到陌生的人恰恰是马库斯,他的外孙,虽然就坐在他身边,却好像与他有万里之遥,几乎不存在似的。

跟其他人一样,马库斯也在专心玩智能手机,沉浸在自己的世界里,仿佛周围的一切都不存在。发信息的时候,他两手并用,像旧时代的秘书一样,手指的移动速度令人吃惊。

鲁道夫注视着坐在自己身旁的孩子,想在外孙身上找到一丝外孙小时候的模样,自己曾经对外孙那么熟悉,现在却连连感到惊讶。

外孙现在长得很高，无疑比鲁道夫要高，从外表看，他的肌肉很发达，但脸上的表情没有变化，与鲁道夫放在客厅书架上的那张照片一模一样，照片里的马克正在庆祝满周岁。就好像照片里的脸就是现在的他，就好像在那张胖乎乎、抹着奶油的脸上已经写好了一切。

但马库斯的眼睛变了，不如以前明亮。那副厌恶的表情仍然挂在脸上，表明他的内心一直在经受煎熬，但男孩根本不想费力掩饰，就好像那是一种无耻的愤怒，不害臊地摆在脸上，向世人展示。

自从会合后，马库斯只跟他说了两三次话，并且都是回答问题。虽然表面上无话可说，可实际却有一件事情萦绕在他们心头：是什么原因在那天把他们带到了那里，踏上即将开启的旅程？既没人说，也没人问。

但鲁道夫想，需要再等一等。暂时最好什么也不告诉马库斯，以免在他们重新互相认识之前，把一切都搞砸了。他会等待合适的时机，等他们之间的关系好转一些。

马库斯目前是一座攻不破的城堡，需要围困的时间远比鲁道夫以为的要长。

大约两个小时前，他们在机场的门口会合，开始了一串简单的问答。

"早上好，马库斯！"

"早上好。"

"你怎么样？"

"很好。"

"你妹妹怎么样呢？"

"很好。"

"亚历山大呢?"

"他也很好。"

"你早上喝的什么?"

"卡布奇诺。"

"吃的呢?"

"没吃。"

这是到目前为止他们说的话。早上他们会合的时候,马库斯的妈妈也在,她开车把马库斯送到了机场。约翰娜把她的奥迪停在了国际出发航站楼的门口,然后让马库斯下了车,她从后备厢里取出行李,把马库斯送到机场的入口。

在入口见到父亲时,她有些窘迫,两只手颤抖着把黑色的长发从脸上拨开。她局促不安,两只脚交叉在一起,跟几天前鲁道夫和她通电话时的想象一模一样。

在片刻的沉默过后,约翰娜终于走近了父亲,并拥抱了他。鲁道夫觉得,虽然拥抱的时间太短,但力道很足,可以弥补时间的空白。

在结束拥抱之前,女儿亲吻了他的脸颊,只对他说了一句"谢谢"。然后,约翰娜跟马克做了告别,并嘱咐儿子把机票交由外公保管,等到了酒店就给她打电话。男孩只是不断点头,甚至母亲最后对他说"旅途顺利"时,他也只点了点头。

能看出来,如果可以的话,他会留在床上再睡几个小时。但他不回答母亲的话,原因不只是他起得太早,睡不了懒觉,更在于他们之间出现了隔阂。这是显而易见的。

在约翰娜发现卐字符的视频后,母子之间发生了什么?鲁道夫只能想象。但马库斯的父亲托马斯的反应,不用女儿说,鲁道夫也猜得到:托马斯肯定把对前妻的所有怨恨都发泄在了孩子身上。

在与约翰娜疏离的那些年,二女儿埃莉卡总是把姐姐和托马斯的关系情况告诉父母。每次她给家里打电话的时候,都会问候正直的父亲,向他讲一些小故事,大部分是有趣的逸事。

埃莉卡是幼儿园老师,在格拉茨附近的一个小镇工作,她每天会遇到很多搞笑的事,偶尔有不好的情况:有一次,一个男孩把玻璃珠塞进了鼻孔;另一次,那个男孩吞了一块建筑材料;还有一次,一个小女孩的手指卡在了小瓶子的颈部。

但是她自己的生活,埃莉卡只敢对母亲讲,对父亲连提也不敢提。其实她并非没有试过,但很快她就觉得,那样是在勉强她和父亲两个人。虽然经过最初的反对后,鲁道夫坦然接受了她和阿涅斯之间的同性关系,可是在和父亲谈论婚姻问题时,埃莉卡总有强烈的羞耻感。

而在向母亲讲述姐姐及其前夫的冲突(通常以律师函的方式呈现)时,埃莉卡不会遗漏任何一个细节,那种羞耻感也没那么强烈。

托马斯认为,马克在那些年接连干出的所有蠢事,都是因为约翰娜,她是万恶之源、罪魁祸首。如果那孩子从出生起就不断让他们失望,那么责任也全是约翰娜的,都要怪她的"宽袖教育"。这是托马斯的叫法,他历来不同意约翰娜宽松、放纵的教育方式。现在,为了把一切辩解清楚,他们跨越了一条界线,而只要跨越那条界线,辩解清楚就不再可能了。埃莉卡前一天也是这样告诉母亲的,当时她像平常叙述她姐姐和前姐夫之间的争吵一样,说姐姐最后决定把发生的事告诉前夫，虽然托马斯还在国外出差。

对于托马斯的说辞，鲁道夫同意最后一点：这次的确跨越了一条界线，而那条界线不只是简单地区分正确与错误，还有文明与野蛮。马库斯凭自己的所作所为，一只脚迈出了人类这个集体，虽然他本人没有意识到这一点，而不自知只能减轻他的部分责任。

但与托马斯的想法相反，鲁道夫认为还有时间挽救，对此他信心十足，否则他根本不会把自己卷进这件苦差事，毕竟事情还没开始办，他就已经吃了许多苦头。他仍有一次机会抓住马库斯的手，把外孙带回其原本归属其中的文明生活。

还有一件事，托马斯说所有的错都是他女儿的，鲁道夫也不能同意。这不仅是因为约翰娜是他的亲生骨肉，更是因为把婚姻失败的责任全部推给另一半，是自恋且幼稚的愚蠢行为。

起初，约翰娜把离婚的想法告诉他时，他也是像托马斯那样想的，可现在一想起这件事，他就羞愧万分。他的愚蠢令他感到不安，清楚表明了他有多糊涂。

自大与自傲，世间所有的恶都可以概述为这两个词。自大使人以为自己无所不知，自傲则会让人罔顾事实。

当他打电话给女儿，说自己决定联系科勒尔校长，为马库斯求情时，约翰娜忍不住大哭起来。

"你说真的吗？你会给他打电话吗？"她问父亲。她不相信，她没想到父亲会答应自己的请求。把父亲牵扯进去，只因为她已经到了绝望的地步，不知道还可以向谁求助，但她没有真正对父亲抱过希望。

"对，我会给他打电话。"鲁道夫回答，"但是我有个条件。"

约翰娜的心情马上又沉了下来：事情美好得不真实。父亲开的条件向来非常苛刻，难以满足。其实那不过是表达拒绝的另一种方式，使他不必有负罪感。

"我想马克跟我一起去华沙。如果他答应，我马上就给科勒尔先生打电话。不然的话就算了，你们就当我没说过。"

父亲的回答使她疑惑不已。条件不仅不是敲诈勒索，而且也不苛刻，抛开这点不谈，更令她不解的是：从前她父亲开的条件的确奇怪，但这一次的条件似乎显得疯狂。

她请父亲帮的忙跟华沙有什么关系？如果那是父亲不想帮忙而找的借口，那他应该可以找一个更好的。

"为什么去华沙？抱歉，我不明白。"

鲁道夫根本没打算把真相告诉女儿，既不是时候，当然那种场合也不合适。他把秘密保守到了现在，他不会在电话里讲出来。打电话意味着距离，他现在希望填满和女儿之间的空白。

"我们回来的时候他会告诉你的。现在我只要你听我说，如果马克想让我插手帮他，那就必须接受这个交换，一趟旅行换一次求情。其实，我要求的也不多。"

"你们什么时候去？"

"他停课的这五天。我们会参观城市。你不同意吗？"

"只是我不明白这件事跟华沙有什么关系……"

"我知道，但是你应该相信我。"

十二

关于在波兰的所有生活经历,鲁道夫只对妻子提到过只言片语,从没对两个女儿说过什么,什么也没从他的嘴里透露出来过。

在约翰娜和埃莉卡从小到大的印象中,父亲的家人都在一本蓝色绒毛封面的旧相册里,在那些褪色的照片里。他的父母是马雷克和阿格涅丝卡·维利斯基,他们在战争结束时收留了鲁道夫,两人毫无疑问都是自然死亡的,阿格涅丝卡死于癌症,马雷克在约翰娜出生的前几年死于血管梗死。为了逃避波兰的共产党政权,鲁道夫的父母于1952年从波兰的克拉科夫搬到了维也纳,他们的其他亲戚跟他们一样,也在外面闯荡,分散于世界各地。

所以,鲁道夫其实没有撒谎,只是忽略了那不是他的原生家庭。但假如他决定告诉女儿自己早年的生活是怎样度过的,那么与他要讲述的相比,这件事就算不了什么。

他像对妻子那样,也希望两个纯洁的孩子免受世界的恐怖所带来的痛苦。这样,他自己也免受了那些折磨,不用面对那一串无穷无尽、他又无法回答的"为什么"。

为什么上帝会允许犹太人大屠杀发生?为什么他没有怜悯?为什么上帝会容忍世界上的恐怖?为什么他让所有人都死了,却没让自己死？

这就是折磨了鲁道夫一辈子的那些"为什么"。那些他在年满八十六岁时仍未找到答案的"为什么"。

在这一刻，约翰娜只想到一件事可以把华沙和她儿子干的蠢事联系在一起，即在纳粹占领华沙期间隔都发动的暴动。她只记得高中时候学的一些宽泛的东西，但仅此而已。

然而，她父亲跟那段历史有什么关系，她一无所知。她此刻所知道的是父亲同意帮助她。作为交换，父亲向她提出了一个有些怪异、让她茫然无措的条件。她很紧张，手指把头发搓来搓去，但是她想，现在不是追究细节的时候。

"我当然相信你。"她最后回答父亲，"你们去华沙吧。妈妈也同意吗？"

"你知道的，没有她的同意，我寸步难行。"鲁道夫笑说，让女儿放心，"那我等你再给我打过来，给我最终的答复。"他又说。但女儿已经准备好了她的回答。

"我同意这样。"

"你不问马库斯的意见吗？"

"不，不需要问他。"她斩钉截铁地答道，语气生硬，近乎冷淡，"从今天开始，我说什么，马库斯做什么，他没有选择。到昨天以前，他可以自己决定，但我觉得那样并不好。"

结束和女儿的通话后，鲁道夫花了好一会儿工夫整理思绪，准备要对科勒尔校长说的话。

他当然占据了有利地位：校长并不知道他是马库斯的外公，但鲁道夫不会过分利用这个优势。一旦他打电话的意图暴露了，事情就会变得很难办。

如果置换一下角色，许多年前他当校长的时候发生这种事，他会把求情的人打发走，连声"再见"也不会说。正因如此，他要一开始就表现得有说服力，进行一场真正的魔术表演，利用他在教育界尚存的权威。他不会给对方辩理的空间：唯一的办法是主动出击，语气要很严肃，暗示事情很严重，但同时要让对方听得迷糊。然后，他马上直冲要害，表明谈话的真正目的，假装校长同意他刚刚所说的一切。

他翻阅电话簿，察觉到一丝莫名的紧张，找到退休前工作的学校的号码后，他拨了出去，等人接听。几秒钟后，有人拿起了听筒，是一位他不认识的秘书。他从自己领导的那所学校退休很久了，曾经大部分的下属如今也像他一样退休了。

鲁道夫假装咳嗽两声，清了清嗓子，他报出自己曾经在学校担任的职务，请求和现任校长通话。

等了几分钟后，他终于和科勒尔先生说上了话。科勒尔清楚地记得他，怎么能忘记像鲁道夫那样为他们学校增添了无数荣光的人呢？

他的起点比他之前想象的更有利，他会好好利用。

和预料的一样，科勒尔问鲁道夫打电话来有何贵干，鲁道夫开始长篇大论，滔滔不绝，他谈论学校在教育中扮演的角色、文明生活基本标准的缺失和年轻人在现实中的迷茫，让科勒尔听得云里雾里。然后，他挑明了自己和马库斯的亲属关系，表示"外孙的行径卑劣龌龊，绝对不值得原谅，自己对此深感沮丧、羞愧万分"。接着，他为马库斯进行了一大串的辩解，说那孩子难以融入社会，父母离婚使孩子很痛苦，因此也没人好好管教。那些话多多少少让人信服，觉得有些道理。而且，他还坦诚地补充说，校墙上那句令人震惊的话很可能是马库斯写的，那句话的确是马库斯歪曲了事实。

这样做，"当然不是为了让我外孙逃脱责任，而是为了让您有更全面的了解，从而对那样的行为做出公正的评判"。正是因为事态严重，所以需要更深入的分析。

谈话的最后一部分是那场魔术表演的尾声，鲁道夫用来奉承这位年轻的校长，把他拉入了一种"校长协会"。鲁道夫是长者，他对年轻的校长说，他们的工作不是一种简单的职业，而是一项真正的使命，从决定承担那个职务起，他们就要为此献身，其间充满了牺牲，但也能得到巨大的满足。

"只有像我们这样心胸开阔、能担重任的人，才会明白领导一个教育机构在今天意味着什么。我们比任何人都清楚，我们面对的是关乎人的科目。"鲁道夫这样总结道。他的语气过于夸张、做作，但十分奏效。

他迫于无奈讲出了那番谎话和甜言蜜语，说的时候内心充满了羞愧，而与此同时，他也对自己的表达能力感到吃惊，自己还没有丢失语言运用能力，可以把词语当作珍珠，顺着讲话的线索，一个一个连成串。

但是，话说到这份儿上，科勒尔校长不但没听明白，反而更加糊涂了。

"所以您希望我怎么做？"他问鲁道夫，"您想让我撤销停课吗？如果是这样的话，那我现在就可以告诉您，不行。"

这是科勒尔从拿起电话听筒，问鲁道夫打电话来做什么后，第二次说话。所以,他利用鲁道夫留出的间隙,希望把鲁道夫对那个问题的看法弄得更清楚。

"卡茨尼尔森校长,您看,您外孙做的事太严重了,不可能轻易了事,当作什么事也没发生。而且,这样的做法对那个女孩和她的父母比尔曼夫妇,也不公平。我很抱歉,无论您的请求是什么,从星期三到星期天马库斯都要停课,在下周一之前,他不能进入学校。"

这时,鲁道夫明白自己的策略正在起作用。

"完全同意!停课是肯定的。"他激动地说。这使科勒尔更加疑惑了。"而且,我向您保证,这五天我会亲自管教他,用最好的方式利用这段时间。这一点我可以向您保证。"

"那您为什么给我打电话?不好意思,我不明白……"

鲁道夫接下来要说的,才是整场谈话的焦点,即决定他外孙之后几天和整个未来的问题。

"科勒尔先生,我的朋友,我只想知道您会不会报警处理我外孙。"鲁道夫的问题有点突然,但到了这个地步,也没有其他办法了。

"跟您说实话,我还没决定好。"科勒尔回答,他终于明白一些事情的原委,"我还在等比尔曼家的电话,要听听他们的意见。同时,我觉得如果马库斯鼓起勇气,打电话向希尔德道歉,这样会有用。会是一个好的开始。"

"这一点我可以向您保证,他会去做的。"

"我当然不怀疑。"

鲁道夫从校长的话里听出了让步。他还没有完全说服校长,但是已经让校长站在了自己这一边,于是他趁热打铁。"关于是否报案,我请求您等停课结束了再做决定。等马库斯回到了学校,您再看怎么办。"

"您刚刚跟我讲了您外孙的那么多问题,您认为五天之内都能解决吗?您真乐观。"

"也不总是乐观。但是这一次很乐观。"

"冒昧地问一下,您打算怎么办?"

"带他去旅行。"

"旅行?看起来更像是奖励,不是惩罚。"

"这次旅行会带我们去了解卐字符的往事。"他说,"假如您知道那个符号让我的家庭付出了多少,您就会相信我。"

鲁道夫一口气说出了最后那句话。随后他紧闭双眼,等着科勒尔问:"什么意思?"然而事情并不是他想的那样。

"好吧。"校长只是这样回答,"我想可以相信您。"

"真的吗?"

"是的,我会等。听您这样说,我相信事情会变好的。"

"那您也很乐观。"

"您不是说我们的工作是一项使命吗?不乐观一点,怎么完成使命呢?"

出发的前一天,尽管很不情愿,马库斯还是按照约定,给希尔德打了电话,向她和她父母道了歉。第一步已经迈了出去,这带来了一丝希望。

在登机口的时候,马库斯坐在他旁边,他有一瞬间想问外孙对那个女孩说了什么,找了什么话为自己的行为辩解。外孙迟早会吐出心里的怪物，这可以是对付那个怪物的开始。至少他是这样期望的。

"马克……"他小声喊外孙。

男孩却连头也没抬。

"什么事？"

"没事，没事。"

那三个字足以让他打消念头，让他欲言又止。那一丝希望一下子就消失了，马库斯还是那座攻不破的城堡。

早上，在去机场的出租车上，他一边看着窗外经过的公路，一边想象外孙见到他时，一定会热泪盈眶，立刻奔向他，请求他原谅自己干的蠢事，并感谢他为自己做的一切。然而，马库斯现在既没有一句解释，也没有一句感谢。

他觉得自己是如此可怜。一个爱做梦的老头，还以为自己对世界有用呢，没人比他更悲惨更惹人怜悯了。

当鲁道夫因自尊受辱，没有得到感激而动肝火时，马库斯正坐在那里跟朋友聊天，在社交平台上点赞。他的食指迅速滑动Instagram 的页面，在每一页停留的时间不超过一微秒。

那一刻，鲁道夫的外孙是青春期的缩影，跟同龄的所有孩子一样暴躁和叛逆。鲁道夫在当校长那些年，遇见过许多这样的孩子。但马库斯对权威表现出了更为强烈的鄙视，权威的代表可以是作为机构的学校，可以是老师，可以是自己的父母。现在，鲁道夫也是。

显然，从马库斯说出那句"什么事？"的态度来看，他认为他外公和他父母一样，要为他的处境负责。也许还不止于此，因为去华沙就是他外公的主意。

他接受华沙之旅，不过是因为他受不了听人唠叨卐字符、视频、停课，不想挨科勒尔那个白痴的训斥。他向希尔德·比尔曼道歉，不过是为了保全面子，他才不在乎那个女的。老实说，马库斯对写的"婊子"二字感到有点后悔，希尔德当然不是婊子，马库斯从来没见过像她那样反感性别话题的女孩。每次班上有人说句下流一点的俏皮话，希尔德就像蜗牛一样缩进壳里，寻求庇护，一直盯着书本或者笔记本，脸颊因为窘迫而变得通红。所以，马库斯选择那样侮辱希尔德，他知道那两个字会让希尔德受到最深的伤害，因为女孩对那个污秽的词语避而远之。

至于"犹太"两个字，那纯粹是简单的事实而已，希尔德·比尔曼和她的家人是犹太人。如果所有人一开始就对他们抱有敌意，那么过错一定不在马库斯。

十三

在华沙，对犹太人的侵犯预示了德国的侵略。每天都有人走进卡茨尼尔森家的店里，述说城里有人被殴打或虐待。

但其实他们已经习惯了，几十年来，民族主义者把犹太民族视为波兰内部必须提防的敌人。"犹太人是无神论和共产主义的先锋"，波兰大部分的报纸都打着坚决维护天主教传统的幌子刊登了这句话。这就是为何每天都会发生针对犹太人的凌辱和骚扰。偶尔也有真正的袭击，寻衅滋事的多是一帮高喊"犹太人滚出波兰"的年轻人，戴基帕①或留边落②的犹太人被他们见着，就要倒霉了，免不了挨一顿毒打。不时也传来消息说，在东部边境的一些小村庄，他们对犹太人大肆杀戮劫掠。

关于这个话题，奶奶哈利娜常常讲一个恰到好处的小故事。打仗的时候，一个犹太人在梦里面笑，于是他妻子很不耐烦地把他摇醒。

"亲爱的，我做了个梦。"丈夫说，"手指大小的一束火在墙上

---

① 基帕（Kippah）是犹太男性佩戴的一种小瓜帽。
② 边落（Peot）是犹太正统派男性的一种发型，不剔除头部边角的头发。

写：犹太人去死！大屠杀万岁！"

"那你笑什么？"妻子疑惑地问。

"因为这意味着波兰人会赶走德国人，一切恢复如初！"

不出意外，纳粹士兵的到来加剧了那股仇恨的情绪，迫害事件成倍增加，最后直接牵扯到了卡茨尼尔森家最亲近的人：有一天，拉比哈伯班德在犹太教堂外被殴打，接着，犹太肉食店老板的儿子在送货回来的途中被殴打，最后，在纳勒维基街附近，电车刚一开门，住在同一栋楼二层的特内鲍姆太太就被人从电车上扔了下来。

1939年10月末的一天晚上，终于轮到了雅科夫。

雅努什在自己房间里玩舅舅约瑟夫上次送给他的礼物：一个木偶，拉动两条腿之间的一根线，木偶可以走动。安娜为了买一点食物，在店铺关门前就回家了。莉薇正在帮母亲收拾桌子，为晚餐做准备，而奶奶哈利娜一如既往地瘫坐在她的沙发上，一边听广播，一边缝补儿子脚后跟破了的袜子。

雅科夫出现在门口，外衣脏兮兮的，衬衣被撕破了，一只眼睛青肿，手里还紧紧攥着家里的钥匙。上嘴唇带有一点凝固的血迹。

"天啊，雅科夫！你干什么了？"安娜问他，并朝他跑过去，想仔细看看他的情况。她最先以为是丈夫骑自行车摔了。但事实并不是那样。

"他们……打了我。"

雅科夫吞吞吐吐地说出了那几个字。他素来温和、平静，面对客人最刻薄的抱怨和最苛刻的要求，也没有顶过一句嘴，即便在有些时候，大家都觉得他应该反驳，也没有一个不得体的字从他嘴里说出来过。然而，这天晚上，面对错愕地看着他的家人，雅科夫觉得血液在沸腾，这不仅是因为他遭到殴打，受了委屈，更是因为他为自己没能反抗而感到耻辱。

先是五个青年逼他做了俯卧撑，后来被打了也不进行丝毫抵抗，这到底是怎样的男人？当然，他也没什么办法，关好店门后，他刚骑上自行车，那些醉醺醺的罪犯就突然抓住了他。

最胖的一个青年长着拳击手的鼻子，气场狂妄，他走到前面，迫使雅科夫停下，很快其他人就围了上来，那个时候，街上没有一个雅科夫可以求助的人。雅科夫知道事情会怎么收场，再考虑到那伙人头脑不清醒，他决定不抵抗，接受那些人的要求。于是，他开始在马路中间做俯卧撑，那些人则大肆嘲笑，对他辱骂，主要攻击他的宗教信仰，"下流的阉猪"这句话伤害最深，仍然在他耳边回响。

当他开始失去节奏，身体不堪重负时，那个鬼上身的家伙一脚踢在了他的胯部。他想站起来的时候，那家伙又一拳打在他的右眼，现在脸上那里还肿得像个鼓。后来的情况他记不太清了，可能那些人推了他，让他好几次摔在了地上。看他自行车现在的样子，应该也受到了跟他一样的对待。

后来，拐角后面忽然来了人，袭击者拔腿就跑，但仍然在嘲笑他，大喊侮辱他的话。其中一个还朝他扔了酒瓶子，幸亏瓶子摔的地方离他比较远。

第一个对此事发声的显然是奶奶哈利娜，她说话还像平时一样生动。

"狗娘养的混账东西！"她看着雅科夫，并大声喊，"全都不得好死！"

"妈妈！"儿媳妇呵斥她，从她儿子结婚开始，儿媳妇就这样叫她，"有孩子在呢！"

"'心怀畏惧的人有福'，经文里是这样说的。想想我可怜的什洛莫在俄国被杀了，就为了让那几个白痴能四处闲逛，骚扰好人……"

哈利娜继续用意第绪语嘀咕一些诅咒的话，她从沙发上站起来，拖着庞大的身躯往厨房走去。

与此同时，安娜走到还在门口的丈夫身旁，她帮丈夫脱下外套，扶他坐上沙发，让他靠在自己肩膀上。

"你是怎么回来的？有人送你吗？"她问丈夫。

"没有，我骑自行车回来的，虽然车子的状况也比我好不到哪儿去……"

由于肾上腺素开始下降，雅科夫感觉身体的其他部位开始疼痛。他在沙发上坐下时，注意到了雅努什脸上不高兴的表情，雅努什不开心，一是因为父亲受了伤，二是因为自行车也坏了，他一直梦想有一天自己也能骑上去。

"对，挡泥板和车灯的发电机被踢了一脚。"他笑着对儿子说，"但是很快就会修好，看着吧，小菜一碟。"

雅努什一动不动地站在屋子中间，不知道该做什么好，他姐姐也站在那里，同样一动不动。其实，他父亲想错了，他看父亲的目光与自行车没有关系。他是一个孩子，像崇拜电影里的英雄一样崇拜父亲，现在父亲眼圈发青，衣服破烂，他觉得落差太大了。要说他从电影和漫画里领悟到了什么道理，那就是英雄永远会赢。

现在有两种可能：要么他父亲不是英雄，要么电影在骗人。

在这一刻，他没法深入思考这个问题，母亲大手一挥，让他来桌子旁边坐下,开始吃饭。

"莉薇,交给你了。晚饭已经做好了。"安娜大声说。

"但是我们还没有念祈祷文!"小男孩不乐意地说。

"好吧,今天晚上你念。"

雅努什不再抱怨,他感到非常荣幸,承担起了通常由父亲承担的责任。

听到"晚饭"两个字,雅科夫睁开了没有肿的那只眼睛。

"有什么吃的呀?"他问道。

"你很喜欢的鸡肉汤宽面条。"

安娜笑了笑,温柔地抚摸了他的脸庞,丈夫有胃口,这是一个好信号。

就在这时,奶奶哈利娜从厨房出来了,手里端了一杯水和一盘土豆片。"把这个敷在那只眼睛上。"她说,"可以帮你止痛消肿。"

雅科夫没有说话,只是照做,他母亲说的话就是律法。

"真的没有一个人帮你吗?"老太太问他。

"我已经说了,当时周围没有人。而且就算有,也帮不了什么。现在可不是见义勇为的时候,更何况是对一个陌生人。"

"诺瓦克先生不是犹太人,像他们那样的人,根本不用指望……但是,肉铺的艾萨克呢?那个笨蛋可跟我们一样是犹太人啊!"

"妈妈,就算是对犹太人,现在也不能多管闲事。"

"每个犹太人都对其他所有犹太人负有责任,无论是好是坏。"安娜说出自己的看法,她也背诵了宗教经典里的话。

婆婆马上向她投去赞同的目光。"我恨那个诺瓦克,他会掉光牙齿,只剩下一颗,但是那一颗会长虫,让他一直痛苦。"

这是雅努什第一次看见父亲那样痛苦。他忽然觉得父亲老了，仿佛一瞬间眼里就几乎失去了所有的神采。

遗憾的是，那点神采会在几天后完全消失。十一月初的一个星期日，既为了庆祝莉薇的十一岁生日，也为了忘却最近发生的事，雅科夫带全家人去外面吃饭。

虽然店里生意很好，但卡茨尼尔森家并不十分富有，可在一些宗教节日，一家人都喜欢去餐厅一游，去餐厅庆祝。"去餐厅一游"不是随便说说的：上午九点十点左右，包括奶奶哈利娜在内的全家人手拉着手，开始出门散步。然后他们坐上电车，四五站后到达市中心，下车后，他们再走十几分钟路，最后抵达餐厅。那家餐厅很高雅，当年相当有名，华沙的居民，尤其是非犹太人，都喜欢在那里度过星期日。

那天上午，虽然太阳升得高高的，天空澄净得令人惊奇，但天气非常寒冷，气温降到零度以下已经有几天了。但一起庆祝莉薇的生日，温暖了他们的心，仿佛回到了夏日。

一时之间，雅科夫和家人忘记了他们是在一个被占领的国家，如果不是还有轰炸留下的痕迹，他们甚至会觉得纳粹分子从来没有来过。

全家人都穿上了节日的盛装：安娜戴着绣花头巾和皮草围脖，外面穿了一件米色大衣，内里是一件白衬衫和酒红色短上衣，下身是一条及膝的裙子，也是米色的；奶奶哈利娜穿了一件深色的长风衣，里面是一件许多年前请裁缝做的条纹羊毛衫，戴了一条皮草围脖和一顶稍显滑稽却很暖和的帽子。雅科夫穿了一套质量很好的西服，他经常在安息日和教堂里有盛会时穿，外面披一件褐色的外套，戴着一条围巾和妻子送给他的帽子。莉薇也非常优雅，已经像个少女了，她穿了一件驼绒大衣和一条印花裙，裙子是安娜用店里上个星期进的布料特意做的，头上跟安娜一样，也戴了一条彩色的头巾。雅努什年龄太小，穿不了长裤，但他穿了衬衫、小西服和一条短裤，所以他的膝部露在外面，被冻得通红；他戴了一顶毡制的贝雷帽，帽舌几乎让他有了军人的风度。因为那天是盛大的日子，舅舅约瑟夫也跟他们在一起，他一如既往地优雅帅气，身上散发着檀香和香草的香味，喜气洋洋的，正好在餐厅门口和他们会合。约瑟夫的胳膊下面紧紧夹着一个小盒子，用彩色的纸包着，雅努什想，那应该是给莉薇的礼物，他有点嫉妒。

当时他五岁，也为姐姐准备了礼物。前些天，他往一个小袋子里面装了一些东西：两个橙子，三颗在学校赢的大玻璃珠，一些从自家店里柜台上偷的柠檬味汽水糖，一幅绚丽的蜡笔画。他们一家人都在那幅画里，坐在绿色的草地上，每个人紧紧挨着，湛蓝的天空跟莉薇生日那天一模一样。正如小孩想象的那样，地平线上没有一朵云。

可惜，乌云一秒钟也不会迟到。巨大的乌云，满载着由痛苦和羞耻化成的雨水。

卡茨尼尔森一家面带笑容，心情愉悦，满心欢喜地走进了餐厅，迎接他们的是一股美妙的暖气。他们闭上双眼，尽可能久地享受那种感觉，欢迎他们的还有熟悉的家庭气氛和美食诱人的香气。

所以，当那块公告牌出现在眼前时，他们仿佛迎面挨了一记出乎意料的耳光，无缘无故受了一巴掌。

大厅的墙中央挂了一张牌子，上面白底黑字，写着"犹太人禁止入内"。

那一刻仿佛是永恒，他们僵硬地站在门口，看着周围，不知道该做什么。所有人心里都希望马上有人从帘子或者厨房门后面出来，告诉他们那只是玩笑，一个恶趣味、有点愚蠢的恶作剧。

但帘子后面没有出来一个人。平日里，餐厅老板对他们毕恭毕敬，笑脸相迎，这次连看也不看他们一眼。只有经常招待他们的一个服务员偷偷看了他们一眼，然后耸了耸肩，像是在说："我有什么办法呢？"

不等有人开口，雅科夫先转身，急忙把大家推出了餐厅。一家人瞬间又回到了严寒之中，外面却没有了照亮他们内心的太阳。现在很冷，仅此而已。

"发生什么事了？"雅努什问，他既失望，又觉得冷，"我们为什么出来？"

"因为他们不喜欢犹太人。"姐姐告诉他。

小卡茨尼尔森不识字，但莉薇认得。

"为什么他们不喜欢我们？我们做什么了？"

"我们要为创立了基督教赎罪。"奶奶评论道，话里充满了讽刺。如果她是雅科夫，她会进去大闹一场，让所有人以后都记得这场闹剧。M夫人已经告诉了她，艰难的日子即将来临，但她想象不到有多艰难。

"什么叫赎罪？"雅努什扯着奶奶的大衣问。

"乖孩子，以后你会明白的。"母亲告诉他，"咱们现在回家，还要给莉薇庆祝呢。"

就这样,莉薇那年庆生的方式非常简单。但安娜想尽办法让女儿感受到特别:她匆忙地准备了乳酪面布丁,这是一道传统的犹太菜,通常是安息日的时候吃,然后还有蔬菜馅饼和用蜂蜜跟黑芝麻做的甜品。

美食散发出浓郁的香味,部分弥补了莉薇没能在餐厅吃午饭的遗憾。但真正重新让她笑起来的是礼物:她从父母那里收到了一个洋娃娃,洋娃娃有金色的头发,穿着漂亮的绿裙子,头上扎了一个大蝴蝶结;舅舅约瑟夫给她带来了一只白铁皮做的小猫,上好发条后,小猫满客厅跑;而奶奶送了她一个黑色封面的笔记本,很漂亮,她在上面写下了第一篇日记;最后是雅努什的礼物,他自豪地把小袋子交给了姐姐,这时候原本要送给她的那三颗玻璃珠已不在里面了,已经回到了他自己的兜里。

生日宴上大家非常开心,可是安娜注意到,女儿眼里有一丝她从未见过的忧愁。

莉薇看到了公告牌上的字。莉薇知道了。

这天晚上跟往常一样,两个孩子在床上诵读《施玛篇》,他们每天和母亲一起做两次这个祷告。

刚念出"阿门",莉薇就问了母亲一个问题。安娜已经等那个问题几个星期了,她担心自己给不出正确答案。

"妈妈。"莉薇说,手里紧握着洋娃娃。

"怎么了,乖女儿。"

"我们遵守教规吗?"

"当然。至少我们尽量遵守。"

"所以在哈希姆眼里,我们是正直的人,对吗?"

"对。祈祷文里是这样说的。"

"那德国人为什么要恨我们？我们对他们做什么了？"

安娜感觉自己的心脏在缩小，直至萎缩成一小块肌肉。她在那一瞬间感觉心跳停止了。

她要怎么保护自己的亲生骨肉不受开始成真的预言伤害？她要怎么向孩子解释身边正在发生的一切？孩子该不该知道？或许就算是欺骗，也要保护他们？

前些天，她和雅科夫讨论过几次这件事，他们知道这一刻会到来。他们已经做好了准备，为不同的问题准备了很多答案。雅努什还太小，无法完全明白。但莉薇不一样。

莉薇的心智已经成熟，只是个子矮了点，很快她就会成为一个女人，但她现在仍然需要保护。有什么能比上帝的庇护更令人欣慰和安心呢？

"妈妈。"她又问道，"为什么德国人要让我们这么痛苦？"

"乖女儿，这个问题和痛苦本身一样古老。依照我们的思维，我们无法理解原因。但是，我敢肯定，这一切都是有道理的，就像存在的每一种事物一样，否则就不会存在了。"

"这是什么意思？"

"意思是所有存在的事物都是上帝的一部分。'赞美天主之名'。包括善与恶，被创造的所有事物。"

"所以，这一切是哈希姆想要的吗？"

"啊，当然不是，小傻瓜。"安娜肯定地告诉女儿，捏了捏女儿的鼻子。

"那为什么他什么也不做呢？"

105

"啊,他做的比你想象的多得多。他没有做的事,我和你爸爸会做。"

"还有我!"雅努什大声说,他从床上坐了起来。

安娜和莉薇大笑起来。

"小宝贝,将来爱上你的那个女人可真幸运。"安娜对儿子说,温柔地摸了摸他的头。

雅努什点了点头。母亲的恭维使他非常高兴,至于姐姐和母亲讨论的内容,他听懂的很少,或者一点也没听懂,但他知道自己是有用的,为了姐姐,如果需要,他愿意跳进冬天的维斯瓦河。

在那时的地球上,他只愿意为三个"女性"做出那样轻率的举动:第一个当然是妈妈,第二个是奶奶哈利娜,第三个就是他的姐姐莉薇。或许,他也愿意为露丝——莫伊什表叔的女儿那样做,不过他还不确定。

十四

不幸的是，正如安娜所担心、M 夫人所预言的那样，时局对波兰犹太人变得极其艰难：仇恨和暴力汇集成一股黑色的潮水，淹没了整个国家，最偏远、隐蔽的地方也不能幸免。

据犹太人办的电台和报纸传来的消息，在 1939 年末到 1940 年初的几个月里，每个省都有几十间犹太教堂被付之一炬：椅子被拆了当柴火，装饰物和宗教典籍也是同样下场，拉比也不是每次都能救下宗教典籍。在几个月的时间里，犹太人的遭遇从偶尔被打耳光，慢慢变成了受到真正的群殴和围捕。到最后，波兰人和占领者对犹太民族的报复变得平常无奇。

这一次报道消息的，不是电台，也不是报纸，而是最为灵通的"居民之声"：越来越多的犹太人在路上被拦住，遭受闻所未闻的侮辱——那些卑躬屈膝、逆来顺受的，可以轻易逃脱；那些被当作地毯，侵略者在上面来回践踏的，也可以轻易逃脱；总而言之，那些身上被尿滋一滋，受这点羞辱的，就算是便宜他们了。

然而，在路上被警察拦下的女人就没那么幸运了，她们先被收押，全身上下被洗劫一空，然后才被释放。卡茨尼尔森家的一个女顾客就是受害者，那是个非常虔诚的女人，连只苍蝇都不会伤害。

有些女人还要更惨，她们在大楼的地下室里被一些暴徒侵犯数个小时，事后那些家伙受到处罚，不是因为犯下的强奸罪，而是因为"种族堕落"，也就是说，他们罪在与犹太女人交合。案件消息占据各种报纸数日，令众人目瞪口呆，原因不在于人们习以为常的暴力，而在于惩处罪犯的理由。人们永远难以习惯反犹太主义。

纳粹分子的残暴已经到了这般地步：两个德国士兵在一间咖啡馆被杀，于是咖啡馆老板被杀害，其尸体甚至被纳粹分子从坟墓里挖出来，挂在华沙市中心的街头，曝尸一个星期。

安娜找鞋匠给一双近乎全新的鞋子换了鞋底，她从鞋匠那里回去时，亲眼看到了那具失去了生命的躯体。尸体吊在路灯柱子上，旁边是炸弹摧毁楼房后留下的废墟，尸体一动不动，僵硬得像一条冰冻的鱼，起初她还没明白过来那是什么。死人下面聚集了一小群好奇的人，有的遮住孩子眼睛，赶忙走开，有的对尸体指指点点，评说事情始末，但说实在的，笑的人也不在少数。

跟对犹太民族的报复和侵犯变得平常无奇一样，洗劫店铺、砸烂橱窗、偷盗商品、在墙上写标语侮辱犹太人，也变得平常无奇。卡茨尼尔森家的店也没能幸免，一伙年轻的罪犯试图把门打破，可能就是袭击雅科夫的那伙人，但在紧要关头来了几个路人，吓到了那群罪犯，他们被迫逃走，半途而废。

波兰的警察几乎从不插手。根据几十份非常可靠的证言，有时候警察看到被洗劫后的商店被纵火焚烧，甚至阻止消防队员灭火。

11月12日，这一天把雅努什的人生和整个家庭的命运分成了两部分。

那是星期天。天气很冷，没有温暖的阳光。

根据占领当局颁布的法令，从那天开始，所有年满十二岁的犹太人右臂上必须佩戴一个白色袖章。那是一块宽十厘米的纱布，上面绣着一个蓝色的大卫星。

于是，雅科夫、安娜和哈利娜被迫戴上了那块纱布，而雅努什和莉薇由于年龄不到标准，就躲过了一劫，小男孩不高兴，也坚持要戴那块白色的袖带，从而觉得自己跟父亲一样伟大。

对卡茨尼尔森家来说，那年的最后一段日子非常艰难：莉薇的生日和十二月中旬为时八天的光明节[①]都没能像往年一样欢乐、热闹地庆祝。依照传统，一共点亮了九根蜡烛，每天黄昏时点燃一根，所有人诵祷祈福语，奶奶哈利娜准备了拿手的马铃薯饼，这是一种油炸的薄饼，原料有切碎的土豆、洋葱、无酵面粉和盐。但雅努什感觉家里不对劲，气氛异常沉重，有时他几乎喘不过气来。

有几次他在自己房间里，假装在玩光明节陀螺[②]，他听到了大人的谈话，明白正在发生非常可怕的事情。他父亲和他母亲从来没有那样紧张过，现在只要因为一点小事，他们就能从普通的讨论，变成相互指责。如果连奶奶哈利娜也不用她泼辣的脏话调停，那么说明形势的确令人担忧，她现在诅咒一切，只祝愿所有人下地狱受罚。

冬日的一天下午，雅努什明白了正在发生什么。他父亲和他母亲跟一队搬运工人开始把店里的商品搬回家里，袜子、围裙、棉麻制品和无数匹各种颜色的布料占据了家里的每个角落，每个房间里都放了一些，摆得整整齐齐。

---

① Hanukkah，是犹太教的一个重要节日。
② Dreidel，是犹太民族光明节的传统玩具。

"怎么回事？"小男孩问，大人忽然搬东西进来，让他很吃惊。

"我们决定把店开在这里。"雅科夫对他说，表情尽可能显得镇定。

"为什么呢？"

"这样我们就有更多时间跟你们在一起了。你们不是老抱怨跟奶奶在一起吗？所以我和妈妈就决定把店搬到家里来，你高兴吗？"

"太高兴了！"雅努什似乎马上变得兴奋，但他很快又感到担心，"可是，这样的话，是不是所有的太太都会来我的房间里买她们要的东西？"

"放心吧，不会的。有人来了我会招呼的。我可以相信你吗？你会帮我吗？"

"当然！"小男孩说。为了证明自己办得到，他迅速摸了摸胳膊上的小肌肉。

"莉薇，你呢？我们在一起的时间可以更长了，你高兴吗？"

雅科夫并不是随便问问，如果说他的儿子年龄小，容易欺骗，那么同样的招数对女儿则不管用，莉薇只点了点头。女孩继续玩她的新洋娃娃，把一堆毛巾当作洋娃娃的床。

雅科夫勉强笑了笑，在心里面，他像他母亲一样咒骂那些毁了他的生活和迫使他对孩子撒谎的混蛋。因为事实显然不是他说的那样。一个星期前，华沙地区的总督路德维希·费舍尔颁布了一项法令，禁止犹太人和雅利安人有商业往来。所以，光顾他们商场的客人每天都急剧减少，但他和妻子勒紧裤腰带，还是把生意维持了下去。后来又颁布了一项新法令，强迫他们解雇犹太员工，雇佣雅利安人。他们也无法反抗那项法令，只能屈服，又一次挺了过来。

最后，一道比先前更加荒唐和不公的命令传来，所有犹太人的财产都将被清点、登记、充公，他们的银行账户、房子、土地、证券、珠宝、艺术品、珍贵家具都被没收，地毯、瓷器、电器、皮草、棉麻制品、缝纫机和乐器也不例外。

除了存着所有积蓄的银行账户和产权属于安娜家的商店，卡茨尼尔森家其实什么东西也没有。首先是他们的钱都被没收了，法律只允许他们留下两千兹罗提，被没收的钱被盖世太保、占领区政府和宪兵队几乎平等瓜分了。好在奶奶哈利娜是出了名的节约，也非常讨厌银行，她在家藏了几千兹罗提和一些家传的古老珠宝，占领者一直都不知道。

但很快就轮到店铺遭殃了。为了避免商店被没收，雅科夫和妻子试了各种办法，包括贿赂前来传送没收公文的官员，但还是白忙活一场，总督府的人依然把他们送的钱装进了腰包。

到了那个地步，他们只能开始大甩卖，匆忙清空货物，但只能是偷偷地。那些没卖出去的，他们就带回了家，雅科夫和小舅子约瑟夫会挨家挨户推销，就像曾经从其他城市来到华沙的难民挨家挨户乞讨一样。所以，整个公寓现在看起来就像中东的集市。

两个孩子显然并不知道这一切，"在家开店"的谎话起作用了，没有人再谈过这件事。雅科夫和安娜把孩子放进一个泡泡中，竭尽全力保护他们，但很可惜，那个泡泡很快被发现是水晶做的，在法令、禁律和家外成倍增加的不公的攻击之下，水晶开始噼啪作响。

尽管如此，为了让两个孩子看到的现实不像原本那样恐怖，安娜和雅科夫拼尽全力瞒住了真相。当局每施加一项禁令，他们很快就编造出一个合适的理由，可信的谎言：他们的家庭医生一直是一个叫马祖尔的雅利安人,当雅利安医生被禁止为犹太人治病时,他们就撒谎,解释说不再请马祖尔医生看病了,因为他给孩子开的糖浆太苦;禁令规定犹太人在火车和电车上只能坐专门的车厢,到了他们嘴里,那就变成了一项特权,犹太人坐的是特别车厢,比非犹太人坐的要好;禁令规定犹太人不能在维斯瓦河的滨河路上散步,他们解释成是怕在那些地方遇到可怕的巨型老鼠,那些老鼠还特别爱吃小孩。要解释禁止犹太人抽烟,这并不困难,两个小卡茨尼尔森对此一点也不感兴趣。可是春天的时候,两个孩子喜欢吃樱桃,他们就很难解释为什么再也吃不到了。最后,他们骗孩子说收成太差,水果里都是虫子,这才起了作用。或者,至少他们希望有用。

总而言之,虽然安娜和雅科夫不断掩饰,可事实是,他们和华沙所有犹太人的自由一天一天被限制,每次都被蚕食一点,几乎难以察觉。禁令一项接一项,纳粹分子规定他们要上交什么,他们不能做什么,他们应该去哪里,就好像纳粹分子是很严厉的父母,但只针对众多子女中的一个。

最令人难以置信的是,每一点微小的改变最初都让人难以忍受,但随着时间推移,却变得可以忍受了。当然,那很难,但他们做到了。所以,每颁布一项新法令,一切就从头开始。一天一次,一次一项新规定。

那就像玫瑰花从花骨朵到盛开的过程,人的眼睛很难察觉得到。种族灭绝的漫长过程就是如此,是一朵邪恶之花缓慢绽放。

1940年年初,当局颁布了一条与莉薇和雅努什直接相关的禁令,这一次不可能再把他们蒙在鼓里了。带着心中深深的绝望,安娜和雅科夫不得不告诉孩子,他们被正在读的公立学校开除了,原因在于他们是犹太人。

安娜和雅科夫特意等到星期六，节日那天，才把消息告诉孩子。按照安息日的传统，奶奶哈利娜准备了文火炖肉，那是莉薇最喜欢的菜，肉、豆角和蔬菜炖上一整夜，翌日清晨满屋子飘着诱人的香气。为了确保万无一失，雅科夫去楼下附近的面包店买了一点儿哈拉面包①。他和妻子希望，那些美食能使他们即将告诉女儿的消息少一点苦涩。

他们不担心雅努什，他们相信雅努什听到消息后，会开心地跳起来，反正他很讨厌上学。事实的确如此。

莉薇并不觉得那是一件好事，那个消息对她来说就是一场灾难。一知道自己被开除了，她马上从椅子上站起来，跑回了和弟弟一起住的房间，把自己关了起来。母亲向她承诺，就算花光所有积蓄，也会给她请一个家庭教师，但莉薇无动于衷。为了让女儿开门，父亲也向她承诺，说不会让她停止学习，只是学校不收犹太人了。

但她仍不妥协，他们怎么就不明白呢？她将失去的不仅仅是学习的机会，以后也见不到同学了，没法在课间跟她们一起玩儿了，也不会再像自己的努力被高分回报时那样激动了。最重要的是她的老师丽戈卡小姐，她从老师那里明白了教育的重要性，所以她才梦想做一个自由的女人。她怎么可能再找到那么好的老师，就算是最好的家庭教师，也永远比不上丽戈卡老师。

还有，最令她受伤的是这个词："开除。"上小学几年以来，她认识的人从来没有被开除的，只有犯了很严重的错误才会被开除，

---

① 绳结形状的甜面包，犹太教徒常在星期六食用。

可她从来没有出过任何差错。甚至恰恰相反，她总是在学习，异常用功，她总是谈吐有礼，连对学校的清洁工也一样，她总是尽量跟同学和睦相处，包括那些她不太喜欢的同学，比如，炫耀自己有个纳粹父亲的阿格涅丝卡、说犹太人发臭的宝莉娜。

父母、奶奶、学校和她不理解的世界都让莉薇感到失望，她决定再也不相信大人，再也不跟他们说话了。最要紧的是，她做出了一个坚决的选择——再也不向上帝求助。

从那天起，她不再祈祷，父母尽管训斥她，可最后不再坚持，决定由她去吧，至少暂时如此。这是什么上帝啊，莉薇想，她把自己关在屋子里哭，她不能和上帝交流，上帝也不回应她的请求，上帝任由无辜的犹太人被学校"开除"，这就是上帝吗？

"太阳未闪耀时，我亦相信太阳。未感受到爱时，我亦相信爱。上帝沉默时，我亦相信上帝。"这是几天前她在学校学到的诗歌。

莉薇想："从今天起，我不会再相信这个太喜欢沉默的上帝了。"

十五

鲁道夫和马克上了飞机，坐在第一排。由于是最后关头才订的票，约翰娜被迫选了商务舱最贵的位置。但她打心底里觉得，为这场旅行花的每一分钱都是值得的。

马克的位置并不靠窗，可他连问也没问，就占了靠窗的位置，坐下以后，仍然像登机前一样，心不在焉，沉默不语。

鲁道夫只得坐在挨着过道的座位上，但他一点也不排斥，因为越不容易看到窗外的景象，他越不容易想到自己身处一个密闭的金属盒子里，靠着一股与重力相逆的力量，那个盒子才能在空中飞行。不久前他看过一部纪录片，里面详细讲述了一个未解之谜：一块重约三万千克的金属悬浮在空中，没有掉下去。这就像他妻子阿加塔在吃了抹奶油的萨赫蛋糕后，还在咖啡里面加糖。

为了打发一点时间，他在机场的书报摊买了一份有数独和填字游戏的册子，但上了飞机后，他根本没翻开过，因为在起飞几分钟后，由于疲惫和镇静剂的效果，他很快进入了梦乡，打起了呼噜，声音大得吵到周围的乘客。

除了马克。他紧闭双眼，戴着耳机，在 Spotify① 上听自己喜欢的歌，全然不知周围发生的事。只在外公的脑袋落到他肩膀上时，他才转过身片刻。于是，自从那天早上他们会合以来，他第一次正眼看了鲁道夫。

　　他的外公坐在那里，张着嘴巴，瘦削的面庞上两眼深陷，颧骨突出，已是迟暮之年。耳朵上的毛发旺盛得令人难以置信，上面戴着从前没有的助听器。额头和两颊上生出数十道他从前没有见过的沟壑，像干枯的荒漠一般。身体佝偻，缩小了很多，仿佛某一天会自行消失，身体自己把自己吞掉。

　　他几乎完全没认出这个人是他小时候崇拜的英雄，在维也纳带他散步和去玩具店里挑"一个玩具"的人。在他很小的时候，他父亲总是忙于工作，母亲总是暴躁易怒，外公是他唯一的希望，温馨的港湾。后来某一天，外公突然消失了……

　　一开始他觉得是母亲的错，是母亲挡在了他和外公中间，阻碍他们见面。很多次他听到母亲在电话里对外公撒谎，编造不存在的急事或疾病，不让他们见面。在母亲看来，跟她儿子见面俨然是一项特权，而她父亲不配再拥有。

　　很快，他觉得责任的天平似乎完全转向了外公，假如外公真想和他待在一起，那么肯定有办法做到。有几个月，每天放学后，他都盼望在学校门口见到外公，就像外公送他蜘蛛侠玩偶那次一样。

　　如果外公来了，就意味着还在乎他，根本不在乎他母亲的阻碍和那些愚蠢的借口。外公需要做的很少：站在路中间，张开双手，

---

① 一款在线音乐播放软件。

随时准备迎接他。

然而，外公每次都没有来，很多年没有来了。

现在这趟双人行有什么意义呢？可能挽回曾经他们各在一方，没有一起度过的时间吗？

外公现在对他又了解多少？

最近几年他们见过十来次，互相说过几句话，都是在正式的场合，后来他就尽可能避开那些场合了。每次他们相遇时，马库斯总觉得尴尬，事情不可能有所突破，因为他不愿跟外公推心置腹，认真讲自己的事情要耗费很多精力，他当然不愿意费那个劲儿。况且，他不想难过。

两人都不知道，这是他们一生中最相像的时刻。他们都有讲不出来的痛苦，那种痛苦无声无息，无法用言语描述，慢慢地从内心吞噬着他们，一次一小块，意图挣脱压抑，从他们脸上彻底爆发。

虽然不愿说明，但马库斯仍旧很好奇，世界上有那么多城市，为什么外公偏偏选择了华沙。和他母亲不同，他没有发现自己的行为和波兰首都有任何联系。

他会好好利用机会，享受那五天假期，比如他外公有时候会留在酒店，躺在床上休息，像他外公那个年纪的人，肯定需要长时间休息，而他就可以趁机一个人出去转转。

前一天晚上，把行李装进箱子后，他上网随便看了一眼旅游攻略，去华沙有哪些要做的事。除了平常的博物馆、公园和宫殿（他才不会去参观），他找到了一堆有趣的事：骑赛格威电动滑板车游览城市，去二十四小时营业的酒吧，去凌晨一点钟前提供免费啤酒的夜店。

如果这次旅行就是在惩罚他的所作所为,那么他愿意把卐字符画满整个维也纳,那样他就会被停课,而且多多益善。

学校、科勒尔先生、希尔德·比尔曼,包括他父母,管他们的!尤其是他父母,他做什么,早就不用他们同意了,同样,他们也不需要他的意见。这场正在进行的旅行就是例子,就这么回事儿。

马库斯的目光再次迷失在窗外,他回想起与这次相同的许多情形,父母替他做决定的时候,根本不问他的意见。五岁那年,父母带他去游泳,因为"游泳是最全面的运动";父母替他注册高中,也没问他是否喜欢其他类型的学校;就连弟弟妹妹出生的时候,父母也没问过他的感受。

但是,在所有他记得自己被忽视的事情里,最让他伤心的是,父母决定离婚的时候也没问过他的意见。

一天早上,他吃饭的时候,父母只是淡淡地说了一句:"我们要分开了。"马库斯那时七岁,瓦莱丽五岁,而亚历山大才刚出生几个月,正舒服地躺在温暖的摇篮里,不知道身边发生的事情。他是个幸运的孩子,至少免去了听说父母离婚而感受到的痛苦。

然而,马库斯却清晰地记得那一刻,"我们要分开了"是他母亲说出口的,他几乎看到那几个字在空气中飘荡,在厨房里移动,嗖地一下就飞进了他耳朵。当时他正用勺子喝燕麦,他费了很大力气,才没让勺子"扑通"一声,掉进盛着牛奶的杯子里。妹妹不理解刚才听到的话,她转头向着哥哥,希望从哥哥眼中得到提示,但马库斯一秒钟也不迟疑,立刻低下了头,这样做不是为了避开父母,而是为了避开妹妹。

"'我们要分开了'是什么意思?是说爸爸要像以前一样去出

差吗?"

"是出差的一种。"母亲回答,"但是时间比平时更长一些。"

瓦莱丽笑了笑,眼睛也没眨,继续埋头吃早餐。

其实,在内心某个遥远的角落,马库斯知道那件事迟早要发生。几个月以来,家里的气氛变得十分糟糕,但现在听到父母摊开了说,他依然手足无措。

假如他是一个成熟的成年人,或许会认为父母分开总好过不断吵架,借着没做过的事、没说过的话、没给出的解释互相指责。他们分开,达成停火协议,要好过无休止的战争,和解当然不会伤害他们对孩子的感情,这一点他们十分清楚。"我们对你们的爱不会有丝毫改变。我们永远不会丢下你们。"两个人反复地说,一个说完,另一个又说,仿佛是一首他们铭记于心的诗歌。

这是一句理性的话,来自一对深感愧疚的父母,可马库斯不是一个成熟的成年人。父母逼他看的心理医生也对他说过这样的话:"你父亲和你母亲对你们的爱永远不会改变。"

聊的就是那些安慰的话,与现实生活没有任何关系的聊天。

在父亲刚离开的几天晚上,马库斯几乎整晚醒着,等着听到父亲回家的声音。他静静地等着钥匙在锁孔转动,等门锁发出咔嗒声和门打开时发出嘎吱声。后来睡着了,早上醒来后,心里也总希望能在厨房看见父亲,父亲会像从前那样和他一起吃早餐。

但父亲也像外公一样不见了,离开了。后来他收到的所有礼物也丝毫不能弥合他心中裂开的那道口子。

在那些天,他甚至想念父亲母亲充满怨恨的吼叫,想念听到盘子摔在地上的声音,想念因为有人说错一句话晚饭就吃不下去的情

119

形。他想念那种痛苦,他熟悉那种痛苦,那种痛苦让他感到安心,仍旧守护着某天一切复旧如初的希望。然而,父亲和母亲离婚,不容置疑地表明没有挽回的机会了,没有人会像他们告诉他的那样永远幸福、快乐地生活下去。

约翰娜把离婚的责任全往自己身上揽,她给出的解释没有任何价值。马库斯再次觉得母亲的话没有任何意义,就好像那是一首歌,虽然歌声甜美,可他却听不懂唱出来的语言。

父母知道他有多不容易才没有崩溃吗?缺失了父母的爱,他的情绪变得粉碎。他们知道他有多不容易才在表面上维持着情绪的平稳吗?谁又在乎他和以内心痛苦为食的野兽进行的斗争呢?

控制住那头怪物会使人多么疲惫,他们并不知道。他把时常吞噬他的焦虑叫作"我心爱的怪物"。控制那头怪物,只能依靠制造一些小的痛苦,把它喂饱。因此,他用刀割自己的胳膊。没人知道这件事,以后也不会有人知道。

他会坚持到精疲力竭。只有刀割进肉里才能让他松一口气,这是他偶然从一个女同学身上发现的,那位同学把这件事告诉了他。伤害自己从而扼杀痛苦,似乎是一个谬论,却行之有效,因为心灵的痛苦在身体上找到了一个位置,变得真实、具体、有形。他可以像触摸身上流的血一样触摸痛苦。

他上一次用刀割自己就在昨天,卐字符那件破事没有让他变得更开朗。

现在,坐在飞机上,卫衣里面的胳膊上还贴着一张创可贴,马库斯回想起了卐字符。他选择那个符号的原因有很多,或许一个原因也没有。

母亲问了他那个问题,后来父亲也问,他们不断地问:"你为什么要那样做?"他沉默不语。

他不知道。这是事实:他不知道自己为什么那样做。

也许卫衣上的那句话有道理:"心是猛兽,肋骨才成牢笼。"心的确是一头猛兽,我们的肋骨是一座牢笼。

唯一不同的是,他的牢笼关着一头怪物,他心爱的怪物。

十六

飞机提前落在了跑道上。一路上有风相助,省下了几十分钟。刚醒来的鲁道夫觉得那是一个好兆头:命运也在谋划,让他尽快回到他长大的城市,大约八十年前他逃离的那座城市,后来除了想象,他未再踏足的那座城市。

跟他奶奶一样,他也对身边颤动的能量非常敏感,但他信奉唯物主义和存在主义,不相信宗教,容得下一丁点迷信就算是破例了。

每次想到奶奶哈利娜,他总会说一句"愿上帝保佑她",正是为了纪念奶奶,他一生大部分时间都在寻找预言,预测一个决定或一件事情的结果。他找到过十几种预言,即使是最荒谬的征兆,也能够让他改变已经做出的决定,或者推动他在已经启程的路上越走越远。

他对预言深信不疑的例子数不胜数。有次他准备买一辆汽车,到了一家汽车零售店门口,他看到招牌上站着一只黑乌鸦,他一秒钟也没犹豫,立刻就回了家;同样,在挑结婚日期的时候,他也尝试找各种线索,想知道怎么才能用最好的办法解决那个难题,教堂建议的日期是7月18号,这让他感到非常欣慰。在犹太文化中,18和7是两个具有深远意义的数字,第一个代表"生命",第二个则代表"神圣",一个神圣的生命正是他从那段结合中所期待的。还有一回,他出了门,没注意到毛衣穿反了,他在路上捡到了一些钱。在那之后的好些天,他故意把毛衣反着穿,直到后来阿加塔生气了,威胁他说不改掉那个白痴行为,就把他赶出家门。

鲁道夫一直想确认和肯定他的未来是什么样的,但是很遗憾,他没有像奶奶哈利娜那样,找到一个 M 夫人帮助他。他历来只相信自己的直觉和奶奶哈利娜生前传给他的仪式:往地上吐三次口水,哪怕是假装,也既能诅咒别的人或别的事,又能为自己驱邪避祸;有人给他身上穿着的衣服缝扣子,或者给他补裤脚的时候,他的嘴里要嚼一根线;看了的书一定要合上,以免活在书里的东西跑出来;搬到新家的时候,每个房间里要撒盐;出远门的时候,要戴一枚金属胸针保护自己。

这天早上他也戴了一枚,是蜻蜓形状的银胸针,别在外套的衣领上。根据一些传统,蜻蜓是蜕变和日常变化的象征,但也是平静和真相的象征,这正是他在这次旅行中所寻找的。他一直珍爱那个小珠宝,虽然经济价值不高,却蕴含着无限的情感价值。那是母亲最后留给他的唯一纪念物,原本是父亲雅科夫送给母亲的礼物,父亲当时已经追求母亲好几个月了,在订婚时,把那枚胸针送给了自己最爱的女人。

鲁道夫轻轻摸了摸蜻蜓,然后把手指放到嘴边,亲了亲手指,以示感谢:他平安健康地到达了目的地。

出舱指示灯还没有亮,他外孙早早就站了起来,激动得要离开座位。鲁道夫仍在座位上,系着安全带,他惊讶地看着周围躁动不安、赶着出去的人,那些疯子走前走后,挤来挤去,把行李舱纷纷打开,非常莽撞,随时有磕着头的危险。

随后,忽然响起了一阵手机震动的声音,仿佛所有人在同一瞬间活了过来。他也慢慢从兜里掏出手机，开机并给妻子打了电话。

阿加塔很快就接了，从鲁道夫出门起，她就守着手机，只为等那通电话。

"一切都顺利吗？"她没等丈夫开口就问。

"很好，我们到了。"

"路上怎么样？你心里还平静吧？"

"很好，非常平静。"

然而这并非事实。或者说，从那一瞬间开始不再是事实。妻子的问题使他所有的安全感顿时崩溃，苯二氮䓬的镇静效果结束了。仿佛有人粗暴地把他带回了现实，使他从魔法中苏醒了过来。

鲁道夫顿时觉得难以呼吸，像夏天一样出汗。就像前几天在公园里发生的那样，他的身体再次通知他留给他的时间不多了。

他用颤抖的双手匆忙解开衬衣的衣领，敞开外套。但这不够。心脏开始以失控的速度在胸腔里跳动，一阵恶心突然袭来。

他努力保持镇静，不断对自己说一切会好起来，他平安健康地到了，一会儿他就会下飞机，从让他窒息的那群魔鬼中解脱出来。他必须尽快出去。

他解开安全带，试着站起来，可是没有力气，又重重地掉回了座椅，眼睛紧闭着，头往上仰，寻找一点氧气。

这时，外孙察觉到了不对劲：外公脸色苍白，颤抖不止，像是很冷一样。

"还OK吗？"马库斯问。

这是那天早上他问他外公的第一个问题，也是几个月来，甚至几年来，问的第一个问题。但鲁道夫没时间欣慰。

"总之,"他只这样回答,勉强露出一点笑容,"我必须马上出去。"

马库斯被吓坏了,他明白外公真的不舒服。他跨过外公的腿,大喊着"不好意思!借过!"走到了客舱的走道上。其他人也明白事情不妙,都往后退了退,留出了行动的空间。

很快,一位梳妆打扮无可挑剔的空姐走了过来,问马库斯是否需要帮助。

"我外公不舒服!"

"需要叫医生吗?"

"不,我想他只是需要新鲜空气。"

"请别担心,交给我吧。"

女人示意乘客腾出一点空间,非常礼貌地请他们重新坐下。

"你过来,扶着我。"

马库斯托住外公的腋下,使出全身力气把他扶起来。鲁道夫让他们搀着,也试着运用身上剩下的一点力量。在外孙和空姐的合力帮助下,他终于重新站了起来。男孩抓起行李舱上的小背包,背在肩上,然后帮外公离开了座位,他稳稳扶着外公放在腰间的手,仔细搀着外公在两侧座椅中间前进。

他们踱着小碎步,最先到达了舱门,华沙寒冷的空气迎面扑来,犹如一剂灵丹妙药。天气很好,但空气要比维也纳冷很多,温度应该不超过五摄氏度。

鲁道夫几乎马上恢复了往日的面色,虽然并不红润,但也与几秒钟前的苍白大相径庭。心脏重新开始有规律地跳动,呼吸也渐渐变得轻松起来,仿佛之前紧紧捏住他胸腔的巨人现在松了手,终于让他呼吸了。

他还是不敢相信他在华沙。

他本能地嗅一嗅空气，寻找能把自己带回到过去的某种气味，但在那条跑道上，没有发现任何熟悉的东西，即使在机场里面，从传送带上取行李时，也一无所获。

没有鸡汤的热气，没有炉子里柴火燃烧时的刺鼻气味，没有父亲身上让他离得远远的烟味。华沙的机场和世界上所有的机场一样，里面只充斥着咖啡、塑料和免税店前女士香水的气味。

于是，他开始用眼睛寻找一些自己熟悉的画面。

在乘出租车去酒店的路上，鲁道夫像孩子一样，把脸紧贴着车窗。他望着窗外，希望认出一些把自己带回到过去的东西，一些似曾相识的东西，可他又一次失望了。

从机场去酒店有三十分钟路程，一路上他发现，他的城市在岁月中发生了许多变化，尤其是郊区，以令人难以置信的方式向外扩张。如今，在那些非常古老的建筑旁边矗立着二十世纪五十年代建造的大楼，那是共产主义的"孩子"，完全是现代的风格。

在市中心的老城区，有些东西也不在了，仿佛他记忆中的画面与眼前见到的场景不能完美吻合。诚然，离开这座城市时，鲁道夫刚过九岁，但他的记忆并没有因此而模糊，甚至随着年岁的增长，记忆反而变得愈发清晰。当那些大楼排成一列，从他眼前闪过时，他产生了一种奇怪的迷失感，好像他置身于熟悉的景色之中，却是一个局外人。

第一眼粗略望去，一切似乎保留着战前的样子，仿佛时间还停留在他穿着短裤，追逐玩伴的时候，一秒钟也没有逝去。但是后来，稍微仔细一想，事情显然根本不是那样。

他在酒店房间里的桌子上找到一本小册子，上面这样形容呈现在他眼前的城市：建筑家和艺术史学家为城市设计了华丽壮观、令人惊叹、近乎完美的"妆容"。他住在大都会酒店，那是一栋庞大的现代建筑，屹立在文化科学宫对面。一篇配有插图的短文是这样介绍的：为了报复1944年的华沙起义，德国士兵将古城的中心夷为了平地，使得遍地是一座座庞大的废墟。与欧洲其他国家的首都相反，摧毁他热爱的城市的不是战争，而是希特勒手下的士兵面对波兰人民的抵抗所展现出的报复心。

战争结束后，全国上下动员起来重建被纳粹分子摧毁的一切，新生的华沙不是建造在废墟之上，而是由废墟建成。原来的大楼除了地基，几乎完全被毁坏，它们重新拔地而起，靠的就是那些废墟，用的是废墟里的砖，砖上滴着全国民众为重建他们的首都流下的汗水。为了保证恢复城市原来的面貌，重建工作参考了战争期间航拍的照片和威尼斯画家贝纳多·贝洛托[①]的画。然而，那位艺术家的临摹并没有亦步亦趋地照搬城市本来的面貌，布局上的"不精确"恰好没有逃过鲁道夫的眼睛，因此使他产生了一种迷失的感觉。就好像他把自己的两张肖像照重叠在一起，可两张照片拍摄的年代相距甚远，尽管照片里的人都是他，却是不同的模样。他热爱的城市亦是如此。

那种讨厌的迷失感在去餐厅的路上愈发强烈。把行李放在酒店后，他和马库斯走路去了酒店前台一位漂亮的女士推荐的餐厅，他们终于可以吃午饭了，激动的心情令他胃口大开。他终于可以和外

---

① Bernardo Bellotto（1721-1780），十八世纪末期被波兰国王聘为宫廷画家。

孙好好说几句话了,而不只是"早上好""好的""谢谢"之类无关痛痒的话。

出发的前几天,他非常兴奋,为旅行做足了准备,他努力想象自己重新回到华沙时的场景。在逝去的年月里,他看到过一些有关华沙的照片,主要是在电视节目上和阿加塔买的报纸上,他知道一切可能都变了。但他觉得那里缺了某种更深刻的东西,远非一股与原来不同的气味或者一栋位置与原来稍有偏差的重建大楼能够比拟的。

只走了五分钟路,他就明白了那是什么。他突然在人行道上止步不前,仿佛被一种无法形容的伤感侵袭着:华沙无可挽回地失去了它的犹太灵魂。他所热爱的城市曾经是犹太民族的世界首都,城里至少三分之一的居民信仰那个宗教。哈西德派的宗教复兴在那里发起,犹太复国运动的种子在那里播下,犹太戏剧在那里开始传播和活跃。在鲁道夫年幼时,那里有六家意第绪语报纸,相应的只有两家波兰语报纸,至少有一百所现代的犹太学校。

毫无疑问,在战争爆发之前,华沙是犹太教在世界上的中心,是一种"国中国"。有人说,这正是那座城市的错误,是纳粹分子对它锲而不舍地攻击,直至把它夷为平地的原因。

第二次世界大战结束后,时局并未好转。1967 年,在以色列赢得六日战争[①]后,亲苏和亲阿拉伯的波兰政权对仍然住在国内的犹太人进行了大清洗,上千犹太人被迫像二十多年前一样再次逃亡。

那时候,鲁道夫已经在维也纳定居,但他清楚地记得,他的养

[①] 即第三次中东战争,发生在 1967 年 6 月,以色列称六日战争,阿拉伯国家称六月战争。

父母谈过那件事情,并对故乡传来的消息感到惊愕。正是由于第二次大清洗,在如今的华沙城里,关于以前的许多记忆都没有了踪影,比如留长胡子和长鬓发的人,出入犹太教堂的人,从早到晚弥漫在大街小巷的犹太音乐,孩子们在自己家诵念《妥拉》的声音,曾经飘出窗外、令他快乐的香味。

这一刻,鲁道夫觉得自己茕茕孑立。

那里四周是旧而不老的高楼、全球化的气味和陌生的面孔,他真心认为回来是在犯傻,是个愚蠢的主意,他感到痛苦和懊悔。但他没工夫在那段痛苦的思绪中纠缠。

与预计的不同,是马库斯先提起了这次旅行的缘由,这倒免去了鲁道夫的麻烦,他正愁不知从何说起。

"外公,我能问你一件事吗?"刚进餐厅坐下,马库斯便问道。那是一家假的旧式餐厅,很显然,鲁道夫选了一个对着门的位置坐下。

那短短几个字使他感到吃惊:马库斯的语气与先前完全不同,表情也没早上那么难看和生气了。很明显,外公在飞机上难受的样子触动了他,就像面对一只毫无防备的小狗,生气是懦夫的行为。他外公年纪大了,远比他记得的要老,独自陪伴外公回到那里代表的是一份责任,一份使他害怕、他没有准备好承担的责任。

鲁道夫点头示意,感谢服务员拿来菜单。他戴上阅读眼镜,准备听外孙说话。

"当然可以问。"他笑着说。

"为什么你带我来这里?这跟我做的事有什么关系?是因为我做的事,我们才来这里的,对吗?"

"对，是因为你做的事。"

"那，为什么是华沙呢？"

"因为我想跟你讲一个故事。"

"不能在家里讲吗？有必要跑到这里来吗？"

"在维也纳就不一样了，这个故事应该在它发生的地方讲述。虽然这里已经不是以前的样子，但还是很像。"

"那你知道华沙以前是什么样子吗？"

"我出生在这里。"

马库斯惊讶地打量着他。"所以，你是说你不是在维也纳出生的？"

"对，我是在这里出生的，华沙，1934年。我九岁以前都在这里生活，直到我的家庭被完全摧毁。"鲁道夫艰难地说完最后一句话。他的喉咙开始哽咽，几乎发不出声来。

"可是据我所知，你的父母是在战争结束后去世的，他们很多年前从克拉科夫逃到了维也纳……"马库斯试着把他知道的事情联系起来。"那你家相册照片上那些人是谁呢？"

"那是我寄养的家庭。马雷克和阿格涅丝卡·维利斯基，虽然他们不是我的亲生父母，但是他们把我当亲生骨肉一样对待，所以我一辈子都感激他们。鲁道夫·斯坦纳不是我真正的名字。"

马库斯扭头盯着他看，就好像是第一次见到外公一样。

马库斯还很年轻，却有许多时候感到迷茫，几乎都与父母离婚有关，但没有哪次能跟这一回相提并论。就好像外公是在向他坦白自己是间谍，一辈子都在隐姓埋名地生活。只不过，不为人知的是外公自己的故事。

"那你真正的名字是什么？"马库斯问道，声音有些颤抖，既是因为惊讶，也是为以前不知道这件事而感到不满。

"我真正的名字是……不，以前是雅努什·卡茨尼尔森，我是安娜和雅科夫·卡茨尼尔森的儿子。我是莉薇的弟弟，我很爱我姐姐。"

"这是你真正的家庭吗？"

鲁道夫点点头，轻轻咬了咬嘴唇。

"对不起，我没明白……"马库斯继续说，"你说你的家庭被完全摧毁，是什么意思？被谁摧毁？"

"被那些喜欢卐字符的人。就是你画的那个。"鲁道夫坦白说。

马库斯陷入了沉默，等着外公把故事继续说下去，继续解释。虽然其实他已经产生了怀疑。有些事情太难让人相信了，不像是真的。

鲁道夫歇了一会儿，为接下来要说的话寻找力量，除了妻子，他没跟任何人说过。最后当心脏在胸腔中再次狂跳时，他找到了力量。

"很难开口。"他叹气说，"马库斯，我是犹太人。至少以前是，以前我在这里的时候。"

"啊，天啊！"马库斯回答。

鲁道夫只能说出这么多了。

十七

1940年10月中旬的一天晚上,莉薇在晚饭之前回到了家,她双颊通红,声音颤抖得几乎说不出话。

家里人已经围桌坐下,准备吃饭了,为她迟迟没有回来而担心。

"莉薇,乖女儿,你还好吗?"母亲安娜马上向她走去。

"很好。"她回答说,但显然为什么事情所困扰。

女儿下午在亚洛维茨先生家学习。亚洛维茨是父母替莉薇找的家庭教师,这是承诺,原因显而易见,她被学校开除了。亚洛维茨嫌她烦了吗?对她有不轨的行为吗?这是安娜最先想到的。

但莉薇很快就解释说跟老师没有任何关系。激动的情绪使她的声音变得嘶哑,她说在回家的路上,自己听到喇叭在广播一则通告,听到后她十分惊慌。通告里说,在月底之前,华沙将分为三片区域,分别是德国人居住区、波兰人居住区和犹太人居住区。但是波兰人可以和德国人混居,而犹太人则将被隔绝在另一块区域。

卡茨尼尔森一家本来已经准备吃饭,庆祝住棚节[①]了,结果却得

[①] 住棚节(Sukkot)又称收藏节,是犹太教的重大节日,从公历的九月或十月开始,持续七天,犹太人需要住进临时搭建的棚子里。

到了这个坏消息。纳粹分子喜欢在犹太节日采取重大行动,不让他们好好过节。

那晚,一家人议论纷纷,却发现雅科夫和安娜早已知道一切:建造犹太人居住区的消息几天前就传遍了华沙的大街小巷,每家店铺、每户人家、每个犹太教堂都知道了。哈利娜问为什么自己一点也不知情,雅科夫解释说,他和安娜没有说出来,不过是因为那还不是官方消息,而谁会操心这个呢?

"现在是了。"奶奶哈利娜说,她端来一盘丰盛的填了肉馅的鱼。"居民委员会就不能做点什么吗?"

"他们试过了。"儿子告诉她,"他们筹集了三十万兹罗提,想阻止建造犹太人居住区。但是一点用也没有。"

"我不知道他们有什么用。"哈利娜说,语气里透出一丝讽刺。

几天前,共和国参议员亚当·切尔尼亚科夫在视察华沙犹太人社区时,接到了盖世太保的命令,后者令其建立一个犹太人的委员会,即犹太居民委员会①,由参议员本人担任主席。犹太居民委员会将取代原有的华沙居民委员会,随即负有政府职能,由犹太区最有威望的人物组成,要负责的工作数不胜数,包括管理居民区,统计人口,记录商业活动,组织集体工作,满足医疗和卫生需求,供给生活必需品和燃料,征收赋税,起草和颁布占领当局的命令,监督命令的执行,并维护公共秩序。对于最后一项工作,委员会要仰仗

---

① 犹太居民委员会(Judenrat),是"二战"期间德国纳粹分子命令犹太人在居民区内部成立的组织,其主要作用是执行纳粹对犹太人的政策。

一支特别的警察队伍,即犹太警察①,由上千名听命于盖世太保的警察组成,他们负责居民区的治安,迫害违犯纳粹法律的人,让犹太人听从委员会的命令。

不用说,卡茨尼尔森家认识的所有犹太人都争着进入犹太居民委员会,争着成为犹太警察,因为那样的话,他们可以有更高的工资,住更大的房子,吃更丰盛的食物。雅科夫的表弟莫伊什·里伯斯金就在那些人之中。由于法律禁止犹太人担任公职,莫伊什几个月前就失去了内政部门房的工作。

已经有人看到莫伊什昂首挺胸地走在居民区里,他身穿制服,腰上系着皮带,脚上是明亮的靴子,头上戴着有帽檐的帽子,一根短棍拿在手里转来转去。他甚至用他妻子的擀面杖来练手,好在外面耍威风!但他的美梦又一次破灭了,第无数次破灭了。以前他总是想办法进入波兰的警察队伍,结果没有成功,现在连犹太警察也看不上他。没办法,他与警服之间似乎永远没有缘分。于是,他决定"弃暗投明",就在他的申请被犹太居民委员会拒绝的当天,他决定干起走私的行当。他在内政部仍然有很多关系,在隔都里面,现在又是打仗的时候,自然不会缺生意。

在卡茨尼尔森一家看来,强制搬到犹太区是令人无法忍受的暴力。雅科夫和安娜从结婚开始就住在现在的房子里,它是一个珠宝盒,里面藏着他们最珍贵和最亲密的回忆。他们太喜欢这间公寓了,公寓白天大部分时间被阳光亲吻,门前有个大公园,后来虽然他们

---

① "二战"期间德国人的授意下,在犹太人居住区组建的警察队伍。

有了钱,可以买一间自己的,但还是决定租下这间公寓,留在这里。

另一方面,这个地方承载了一家人太多的记忆:他们在这里为雅努什举行了割礼;有一次,上了年纪的莫尔德埃喝得比往常要醉,竟然追求奶奶哈利娜,最后被哈利娜用拖鞋赶走;莉薇在这里学会了走路,有一次她摔倒了,磕到了厨房的橱柜,把所有人吓坏了,她的额头上现在还留着一道疤。在这个家里,雅科夫得过一次可怕的肺炎,他被迫在床上躺了两个星期,所有人都以为他没救了,他们诵念专门为病人祈祷的经文,聚在雅科夫的床头,等着他咽下最后一口气。但是,深夜的时候,雅科夫突然醒了过来,他眼睛睁得很大,出奇地想吃醋腌脾①。

但有件事情让一家人很高兴,他们都记得,就发生在最近:一天中午,猎艳无数的舅舅约瑟夫带了一个女孩回家吃饭,女孩是非常虔诚的天主教徒。当时雅努什刚刚发现,学校里的很多朋友没有像他一样举行过割礼,于是,为了打破尴尬的气氛,他决定跟大家讨论男性天主教徒和男性犹太教徒在生殖器方面的差异。后来,大家再也没有听到过那个虔诚的女孩的消息。

总而言之,家庭的每个成员都守护着一段与这个家有关的珍贵记忆,现在离开这个家,舍弃这个家对他们的所有意义,实在太痛苦了。

雅科夫和妻子认为,这一次也会很难,非常艰难,但他们能承受得住,最重要的是一家人还在一起。

为迫在眉睫的搬家表现得最痛苦的人无疑是雅努什,除了这个

---

① 东欧犹太人的一道特色菜。

家，他还将失去院子里的朋友，下午经常和他一起嬉戏打闹、扮小兵和牛仔的那些小伙伴。要失去的，还有他和莉薇一起分享的房间，从前他总觉得房间又小又不舒服，现在却觉得这里是全世界最舒适和安全的地方。他知道，再也不会有和这里一模一样的房间了，不管他以后还能活多少年，再也不会像住在科兹克瓦街的公寓时这样快乐了。

事实的确如此。其实，这个道理对所有人来说都适用：在某个家里，我们度过了童年最初的几年，我们焦急地等待圣诞老人到来，我们跳到父母仍在上面熟睡的大床上，我们一家人围桌而坐、一起吃早餐，那些日子很遥远，那时候一家人都在，可离开那个家以后，我们再也不会像那样快乐了。

更何况，当外面的世界很陌生时，一个家就显得弥足珍贵。在像雅努什那样的六岁孩子眼里，外面的世界危险又黑暗，如丛林一般，有很多奶奶哈利娜哄他睡觉时讲的那些童话故事中的坏人。

起初，父母告诉雅努什搬家会是一场有趣的冒险，但他们的话没有任何作用。直到他们向雅努什保证，新家会比马上要离开的家更大、更漂亮时，他才不那么闹腾。

"我会有一个自己的房间吗？"雅努什问，他消停了一会儿，不再绝望地哭。

"当然会有。"父亲向他承诺，并假装往地上吐了三次口水。

"是我一个人的，对吗？莉薇不能把她的洋娃娃带进去！"

"当然不能！如果我骗人，哈希姆就让我长尾巴。"父亲又说，好让雅努什相信他说的话绝对是真的。

"大楼的院子里还会有很多小朋友。"安娜说，"每天都像在放假一样。"

"真的吗?"

"真的,我向你保证。"

"等着吧,如果你说谎,你会像爸爸一样长尾巴的。"

"而且我会长两根!"

安娜也假装往地上吐三次口水,为她的诺言打上了封印。

听到这些承诺,雅努什好受了一些,他终于不哭了,安然睡去,梦想着一个像皇宫一样,里面有很多玩具和朋友的大房子。

但是很显然,上帝只看到了他的梦的最后一部分。因为上帝赐予他的,只是一个挤满人的房子,但实在太拥挤了,远远超出了他的期望。搬家之后,雅科夫和安娜整日盯着自己的臀部,等着尾巴长出来。

不久后,当局以斑疹伤寒可能广泛传播为借口,最先在九个地方设置了木头栅栏,那九个点围成了一个圈,里面后来成为华沙真正的犹太区。

除了虔诚的犹太教徒和不虔诚的犹太教徒,将被一同关在里面的,还有皈依天主教的犹太人和信仰不同宗教的犹太夫妇。但不论什么人,只要身上有一滴犹太人的血,就不能四处自由行动。

有一天,雅努什跟莉薇陪母亲在市场买菜,他亲眼看到工人在布置带刺的铁丝网。安娜十分震惊,刚买的东西直接从手里掉了下去。

雅努什找了一个警察,询问那些人在用铁丝网、柱子和砖头建造什么。警察的答复是,纳粹分子在隔都的四周筑起围墙,是为了防范病情,纳粹分子还加了一条,说是"人道主义的需要",因为围墙可以抵挡犹太人在城里不断受到的攻击。

回到家后,他们把事情告诉了奶奶哈利娜,哈利娜不禁大笑起来。

"真的!"笑完后,她大声说,"当然,他们那样做是为了我们好。再说了,德国人是出了名的正义和仁慈,多善良的人啊……太伟大了!愿上帝保佑他们。"

"他们真的是为我们好吗?"雅努什问,他什么也没明白。

"当然了,我的乖孙子。"老妇答道,"他们是为了我们好。把我们关在那里面,就没人可以伤害我们了。所有人都在一起,挨得紧紧的。"

奶奶哈利娜轻轻摸了摸孙子的脸。等孙子走开了,她才又说:"这样他们就有很多人免费给他们干活了,巴比伦淫妇[①]生的杂种……"

但男孩没有听到。

奶奶哈利娜坚信,纳粹分子那样仇恨她的民族,一部分原因是他们是上帝的选民。纳粹分子纯粹是嫉妒,事情就是这样!他们在家谈论外面的事情时,她总是这样告诉儿媳妇。那些高大魁梧、金发碧眼的人受苦是很自然的,因为上帝选择了犹太人,而不是他们。"妈妈,那句俗语怎么说来着?"安娜问她,想让她冷静下来,"沉默的人是半个疯子,但说话的人就完全是个疯子。你最好把这些话和想法烂在肚子里,可没听说过纳粹分子喜欢开玩笑。"

[①] 《启示录》有过描写,描绘的是一个身穿紫色和红色衣服的淫妇,骑在一只七头十角的怪兽身上,其身份颇有争议。

奶奶哈利娜像平时那样恶狠狠地嘀咕，然后继续补袜子，缝衣服上的补丁，或者打毛衣，一个人在那里用意第绪语骂脏话。

然而，尽管卡茨尼尔森家的老太太没少咒骂，但德国人还是向犹太人展示了他们建造隔都的计划，托词和那天早上警察告诉她孙子的话丝毫不差：和遍布波兰的其他四百处隔都一样，华沙的隔都也是一片自治地，犹太人民终于可以在里面平安生活，免受外界的暴力伤害，像理所当然的那样欣欣向荣。

事实证明那项计划不是纸上谈兵。表弟莫伊什告诉他们，他的父母还生活在罗兹市，那里的隔都围墙已经建好了，他们全家人都搬进去了，只带了很少的东西。总而言之，处境看起来极其悲惨。

这一次跟迫害刚开始的时候一样，世上只有"怀疑"二字能为纳粹分子开脱，一些人竟然还相信德国人是文明人，如诺瓦卡先生所说，是"像我们一样"的人。还有人说纳粹分子非常恐怖的传言，不过是布尔什维克下流的宣传。

1940年的最后几个月，华沙城里掀起了一阵买卖房产的热潮。在卡茨尼尔森家的朋友里，有钱的忙着在位于华沙北部的雅利安区买新房子，他们希望有了那处新居所，隔都建好以后，也可以不搬进去。而那些买不起新房子的，原本就住在雅利安区的，就试着跟以后要划入犹太区的波兰家庭交换房子，这样就用不着等当局给他们分配了，自己挑选，还有可能找到好房子。但他们那样做，主要是为了不跟陌生人一起住，这是那些日子犹太人谈论最多的问题。

卡茨尼尔森家的女人不愿和从前没见过的人一起住，在她们的要求下，雅科夫去了几次犹太居民委员会，地址在格拉泽鲍斯卡大街，隔都房子的分配就在那里登记。跟很多熟人一样，表弟莫伊什也弄到了一套自己的房子，只供他、他妻子和他女儿露丝住，多亏一个在委员会内部工作的朋友帮助，他只花了三千五百兹罗提。

雅科夫通知妻子，说表弟可以在他家收留他们，只用交很低的租金，安娜听到消息后，几乎气疯了。她发誓说，不管是现在还是以后，她宁愿住公共宿舍，也决不跟那两个装阔的粗人住在一起。一家人里只有雅努什有点喜欢那个主意，他觉得跟露丝住在一起没什么不好，但母亲强烈的反应很快就浇灭了他所有的热情。

事实上，莫伊什的事情办得并不顺心：跟他一样，许多犹太人为了分到想要的房子，就提前花了钱，但在短短几周之内，市政府对犹太区的规划范围多次变更，他们可能分到的房子也被迫变来变去。最后，他得到的是一间又旧又潮的地下室，还要跟两个从乌克兰逃难来的家庭分享。

1940年10月20日，到了卡茨尼尔森一家被迫搬走的这天了。与其说是搬家，不如说是讹钱。每户人家只有半小时的工夫搬离公寓，但为了不在匆忙和愤怒中把东西全都落下，雅科夫买通了来收没家产的官员，从而多争取一点时间。但这还不够，大楼门口也有警察把守，所有住户必须把他们的东西，包括家具、床垫和各种用具，留在院子里。

买通了官员、门房太太和搬运工，雅科夫也解决了那个麻烦。除了钱，他发现从店里抢救回来的布料和女性衣物也有一点用，所以，他把大部分都送了出去，让那些警察讨妻子和情人开心。

取下大门上的门柱圣卷，结清最后欠房东的租金后，他和妻子跟在把东西搬到院子里的工人身后，尤其盯着那些行李箱和箱子，里面藏了一些货物，那将是未来几个月他们唯一的收入来源。

与此同时，雅努什和莉薇从一间公寓来到另一间公寓，眼里饱含着泪水，他们跟雅利安朋友道别，约定以后很快会再见面。那天早上，一个更宽敞的家，一间完全属于自己的屋子，也没怎么缓解两个孩子的痛苦，他们像两个年幼的移民，要前往一个遥远的国家，正在和以后永远也见不到的亲人告别。

事实上的确有些相像。

随着两个孩子慢慢长大，雅科夫为了记录他们的身高，就在他们的房门上刻下了印记。在永远离开自己的小房间前，莉薇用铅笔在墙上靠近身高印记的地方留下了一句话："这是莉薇的房间，永远是她的。"字迹非常漂亮。

雅努什则把一颗玻璃珠、一个铅制小兵、两张盖过戳的邮票和一张两兹罗提的钞票放进了奶奶装薄荷糖的金属盒子，然后打开一块被钉子固定多年的地板，把盒子藏在了下面。当他拨动电灯开关，与小房间诀别时，他下定决心，长大以后，有了足够的钱，他要买回那间房子，取出他的宝藏。

他年龄太小，没法明白是什么使他那样难受，心像被钳子夹了一样。留在房子里的一切东西像是未被掩埋的尸体，当他看最后一眼时，痛苦和悲伤涌上了心头。长大后，他会找到词语描述那时的痛苦和悲伤。他的耳朵里充满了那些死物的哀哭。

跟孙子孙女相反，奶奶哈利娜一直坐在她的沙发上，就好像她被镶嵌在了上面。面对她的反抗和有名的咒骂，工人不得不直接连人带沙发搬下楼，哈利娜身躯庞大，坐在沙发上就像法国王后一般。她也有王后那样丰满的胸脯，而且至少变大了两个号，因为她把家里仅有的珠宝和许多钞票偷偷藏在了内衣里。其余的财产，包括可怜的什洛莫的叉子,被藏进了垫着她臀部的靠枕里,这就是为什么她连小便也不愿意起身解决。

在搬家前的几天,其实整栋大楼已经敲响了警钟,波兰警察的坏习惯广为流传。据说,警察以检查所有该上交当局的东西是否都交了为借口,在家具里面翻来找去,目的是搜刮钱财,他们还洗劫公寓里值钱的物件、装饰品和工具。因此,警察一进门,奶奶哈利娜就跟在他们后面,一刻也不放过。在迅速查看一番后,那些人放弃了洗劫的念头,确认一切都合规。

不过,有一个官员比其他人更固执和心黑,他身体瘦长,肤色像黑麦面包,脸看着像杜宾犬,他无论如何也要带走厨房的旧橱柜。就是莉薇小时候撞过的那一个,是奶奶哈利娜从罗兹带来的,是一家人对在罗兹生活的唯一念想。于是,奶奶哈利娜挡住官员的去路,拿出她所有的威严,用异常客气的语气请求他不要带走橱柜。

"亲爱的太太,您要是猜对我哪只眼睛是假的,我就把它留给您。"警察答道,脸上露出狡猾的表情,因为眼科医生手术做得很完美,从来没人猜对过。

哈利娜打量了他好一阵子,摸了摸下巴,几分钟后,她坚信自己猜到了。"这一只!"她指着警察的左眼大声喊道,语气十分坚定。

警察几乎目瞪口呆。

"您是怎么知道的?"他问道,无法相信那个又老又胖的女人真的猜对了。

"很简单。"哈利娜说,"最有人性的那只就是假眼。"

十月末的那一天，许多人都不记得有多么寒冷，在耗费了大量钱财和精力后，搬运工把卡茨尼尔森一家从官员和小偷手里夺回来的所有东西装上了一辆马车。小偷通常就是波兰警察，他们趁物主分心时，就把放在大楼庭院里的东西盗走。

卡茨尼尔森一家人也坐在马车上。驾驶马车的是一个胖子，留着两撇车把胡子，拉车的是一匹挽马，体型高大，常年在乡下拉货。车上面装了一张餐桌，一些椅子，一些床垫，一个衣柜，奶奶哈利娜坐在上面的那张沙发里，当然，还有从独眼龙官员手里夺回来的橱柜。另外也有一些棉麻制品、布料和衣服，这是他们最后一刻装上车的，要是再晚一点，守门的老太太又得向他们要钱，否则就要向盖世太保举报他们，那些家伙整个上午都在院子里转来转去，像是鬣狗守在受伤的猎物周围一样。大家终于知道了，守门的老太太不仅扫楼梯时波兰小曲儿唱得好，敲竹杠也一样在行。

他们留在旧房子里的东西，假如被小偷偷完之后还能留下什么，本来应该属于接替他们住进房子的人，但恐怕也会先被门房洗劫一番。

在和他们的房子、朋友、老城区做了最后的告别后，卡茨尼尔森一家搬进了市政府分配给他们的新居所，位于"犹太人居住区"里面，这是德国人对"隔都"的官方叫法。

奶奶哈利娜看看周围，舒服地坐在她的沙发上。她觉得，那就像把屎叫作"大便"一样，只是为了听起来不那么臭。

十八

当卡茨尼尔森一家人抵达隔都时,入口已经有一群人在等着登记了。天气很寒冷,排队等了几个小时,才轮到他们。为了把带来的所有家具都送进去,雅科夫不得不额外掏一份钱给守卫,在经过几番议价后,他们最终成功进去了。

街头人来人往,犹如一条长河,他们在一群跟他们一样迷失和绝望的人中辨别方向。雅努什注意到,男人大都穿着黑色的衣服,外套是用华达呢做的长大衣,头发也都是黑色的,下面留着边落和不修边幅的长胡子。女人则都戴着头巾,外套的颜色更加多样,有的肩上搭着一块披肩形状的毯子。所幸的是,只有少数的人状况似乎异常悲惨,他们只穿着破烂或打了补丁的衣服,主要是孩子,几乎都是孤儿。在熙熙攘攘的人群里,高大、肥胖的犹太人显得尤为突出,一般是那些刚从乡下来的,他们肩上扛着大包,在人群中开出路来,仿佛一拳能打倒一头牛。

那场面令人非常痛苦,他们没有料到,情况比他们预想的要坏得多。

他们在那群没有犯下任何罪行的囚犯中间缓慢前行,周围的人在问事、指路、议价、冲撞,一切都要从头再来,同时,满载着家具、工具和货物的汽车、自行车和手推车在拥堵的路中间交汇。新的隔都看起来像一个极其混乱的大蚂蚁窝，占地四百公顷，有一千五百栋建筑，其中许多处于半毁坏的状态，由两片不同的区域组成，他们从第一天开始就知道有"隔都"和"小隔都"之分，两片区域由克罗德纳街的一座人行桥连接，往来于两片区域的人从此桥经过，非常拥挤。

就像在隔都建成之前的几个月，雅努什跟母亲和姐姐亲眼见到的那样，占领当局命人在隔都周围建起了两米多高的围墙，为了确保里面与外界完全隔离，墙上布满了铁丝网和碎玻璃。建造的费用是由犹太人出的，奶奶哈利娜称之为"那些婊子养的施舍的善举"，又一桩令人无法相信的善举。她用波兰语"dziwka"（妓女）指出了纳粹母亲的一种极其古老的行当。

为了防止人随意出入隔都，边界的建筑物朝向雅利安区的所有门窗都被封死了。但无论如何，里面的人总有需要出去的时候，于是边界处布置了十四道缠有铁丝网的栅栏，由波兰人和乌克兰人守卫，日夜监控。他们接到命令，只要靠近围墙的人没有充足的理由，看到就开枪射击。大部分守卫者都争先恐后地执行命令。

仍然坐在马车上的卡茨尼尔森一家也很快发现了这一点。当时场面很混乱，有个女人想趁机逃到另一边去，忽然一个警察就朝她开枪。可怜的女人面朝黄土，倒在地上，当场就死了。

"德国人的学校肯定很残忍，要不然解释不通……"奶奶哈利娜评论道，摇了摇头。而安娜则用手尽量遮住小雅努什的眼睛。

不幸的是，那并不是他们这天唯一的残忍意外。

新公寓所在的楼房破败、乌黑，位于泽拉兹纳广场附近的一条小路边上。他们住在二楼，进入公寓后，发现那里比刚刚走过的街道还要拥挤。里面人挤人，住了三个不同的家庭，几天前就来了，已经把所有的房间都占了，只留下走廊尽头最小和最昏暗的一间，显然，那就是卡茨尼尔森家的了。更糟糕的是，公寓里面缺少门、窗户和炉子，都被以前的租户带走或者砸坏了，房间虽然有寒风穿过，却充斥着卷心菜和炖土豆的味道，还有汗味和普通的女士香水味。

安娜的第一反应是扭头就走。

"你去哪儿？"雅科夫拉住她一只胳膊问。

"回我们家。"她回答，胳膊挣开了束缚。

"现在这就是我们家。我们要在这里生活，我们喜不喜欢都没用。总比睡大街好吧？"

安娜没有回答那个令人无话可说的问题。安慰雅努什已经够让她糟心了。男孩刚跨过门槛，就面对着那道人墙，跟她一样产生了一种精神危机。眼前二十平方米的房间将是他们所有的居住空间，至少在一切恢复正常以前是这样，要向他解释和让他接受这一点可不容易。

"但是只有一个房间，我们人太多了，里面住不下！"雅努什不满地说，他气得直跺脚。

"奶奶哈利娜已经告诉过你了，德国人想让我们所有人挨得紧紧的。"安娜说，她贴近儿子，把儿子紧紧抱住。

"他们肯定是故意捉弄我们。"

"对！那你知道我们怎么办吗？我们会好好待在这里，不反抗。而且，我们还很快乐！"

"对。"奶奶也开始说话,"我们会当着那些德国人和他们留小胡子的猪首领的面,享受生活!"她喜气洋洋地大声说。

那幅滑稽的画面惹得所有人大笑起来。雅努什也笑了,他终于平静了一点。

"但是,你要保证,你不能跟任何人说希特勒是留小胡子的猪。"母亲嘱咐他,担心他们出门的时候儿子会闯祸。

"我保证。"雅努什回答,硕大的泪珠正一颗颗从脸上滚下。

安娜对孩子笑了笑,然后很快瞪了她婆婆一眼,但后者并不怎么在意。

最先出现在新住户眼前的是斯滕伯格夫妇,他们占据了走廊左边的房间,丈夫名叫马里乌什,年龄大约三十岁,很瘦,戴着一副小小的圆形眼镜,额头上头发稀疏,身材瘦长却显得有气力。马里乌什乐观的眼神、有点驼的背和一双大脚使人印象深刻,那双脚与他细长的身体实在不成比例。他的职业是画家,根据照片进行作画,画的对象经常是死了的士兵,甚至更多时候是崇拜自我的官员,在那个崇尚无限权力的年代,这保证了他有一份非常可观的收入。为了增加收入,他也在城市的墙上和为政府的办公室写标语,用的都是富有德意志风格的哥特字体,写的都是些赞歌,赞扬的当然是纳粹主义及其价值。后来,雅科夫和安娜还发现他也替人伪造证件,需要假证件的人,有的是为了抵抗占领者,有的是为了逃到国外去。

新朋友的房间里全是他的作品,家具上和地上都摆满了画,有的等着变干,有的等着交给雇主。松节油的味道充满了房间,令人窒息。

接着是马里乌什的妻子,她说自己叫玛丽西娅·斯滕伯格。玛丽西娅是个朴实的小女人，她把黑色的头发编成辫子盘在头上，显出些许忧郁的感觉，她跟她丈夫一样瘦，体态也一样，两个人看起来很像兄妹。她自己说，她的工作是照顾好三个孩子：朱雷克、艾布拉姆和阿涅拉。善良的上帝赐予了他们这三个恩泽，老大和老二、老二和老三的出生正好都是间隔一年，仿佛玛丽西娅三次怀孕的日期是天上的日历规定的。

认识斯滕伯格一家之后，就轮到平克一家了。伊扎克·平克身体很结实，壮得像头牛，他的头发乌黑、油腻，胡子有多长，头发就有多乱；牙齿凸出、发黄，右手食指和中指永远夹着一根烟，他的牙齿就跟那两根手指一样黄。看他的样子，应该还不到四十岁。他是做旧货生意的，早上天一亮就出门，晚上快吃晚饭的时候才回家，漂亮的妻子海伦娜在家等着他。

平克太太的确非常漂亮，黄褐色的脸蛋透出红润，脸上的线条或许有点粗糙，但两只眼睛黝黑深邃，天生的红发左右向外伸展，护卫丰满的嘴唇。她身材不太瘦，比较有肉，但婀娜多姿，最不惹眼的地方也充满柔和的线条感。那样柔和、丰满的还有她的胸部，那里似乎想要摆脱束缚，快从她身上过紧的碎花裙子中挣脱出来了。裙子至少要再大两个号，才合她的身材。

没多久，卡茨尼尔森一家就见到了那可怜的丈夫吃醋。他喝令妻子把衣服穿严实，不要那样穿出去闲逛，像个"不正经的女人"，整个隔都已经开始说她的闲话了。在露个小腿都能让人疯狂幻想的年代，那种暴露的身材不仅会吸引男人的注意，连女人也会侧目，把她当成一个不知羞耻的放荡女人，肮脏得亵渎神明。

很快大家就都明白了，为什么斯滕伯格坚持要为她画一幅画。

这位画家画了无数次死人，画的活人却非常少。

平克夫妇有三个孩子，阿摩斯只有几个月大，萨拉有三岁，最大的叫所罗门，或者像所罗门自己介绍的那样，叫什洛莫。什洛莫八岁了，像他父亲一样黝黑、壮实，脸蛋却像他母亲一样俊俏。不难料想，什洛莫和雅努什只互相看了一眼，就成了最好的朋友和形影不离的玩伴。

虽然不像搬家前父母保证的那样，自己有单独的房间，但雅努什交到了新朋友，这缓解了一点他的失望。雅努什很快就喜欢上了那个不守规矩、没有礼貌的新朋友，父母嘱咐不要做的事情，什洛莫也照样做。

正因如此，随着时间流逝，母亲安娜并不看好那段友谊，她害怕儿子跟什洛莫来往会被带坏。但是，所有人住在一个房子里，共用一个厕所、一个厨房，很难"阻止他们来往"。何况两个孩子还在隔壁大楼的庭院里上同一所地下学校。

而在奶奶哈利娜看来，那个总是蓬头垢面的小男孩很是可爱，当然，也是因为小男孩跟她死在俄国的可怜丈夫同名。男孩也多少让她想起了丈夫。

爷爷艾伦使平克家变得更加圆满，他是伊扎克的父亲，八十多岁了，很快大家就知道他的脑子不太清楚。在第一次世界大战期间，艾伦受过一次伤，已经完全失明了，但老头很快就爱上了哈利娜。

才认识哈利娜几分钟，艾伦就表明了爱意，哈利娜回答他："可是您连看都没看到我！"

"没错。"艾伦平静地回答道，"但是我可以摸到您。"他马上又说，同时手朝哈利娜的方向伸去。

"摸这个吧，丑八怪，下流坯子！"哈利娜喝道，她抄起从旧房子带来的扫帚，一棒打在老头的头上。

卡茨尼尔森家最后认识的是塞雷克和鲁巴·泽尔伯曼，一对年轻的夫妇，他们没有孩子，来自波兰东北部比亚韦斯托克市附近的一个小村庄。隔都里还开着的咖啡馆寥寥无几，"艺术咖啡馆"是其中一家，塞雷克在那里做服务员，他妻子则负责那里的卫生工作。这对夫妇待人和善，彬彬有礼，很有教养。他们千方百计想要个孩子，在他们到公寓的第一天晚上，里面的人就明白了这一点，因为他们虽然做得尽量克制，可被迫共同居住的空间是那样狭小，又没有门，两个人做爱怎么能逃脱掉其他人好奇的眼睛和耳朵。

尽管一开始有很多疑惑和不解，但合居生活没有预料的那样困难。虽然老话说得好，"有两个犹太人的地方，就有三种思想"，但最终四个家庭学会了相互尊重，尤其是尊重各自的空间。

需要解决的问题有很多，最大的有三个，第一个是房子里各家可以使用的家具的数量，他们经常为之发生争吵。

由于是最后到的，卡茨尼尔森家只有一个房间可以使用，他们带来的东西很多，有床垫、衣柜、橱柜、行李箱、奶奶的沙发和装着以后要卖的商品的箱子，可是，能安置在自己房间里的，还不到那些家具的一半。其余的东西都放在了楼下的院子里，跟卡茨尼尔森家一样，其他住户也把放不进自己公寓的东西放在了那里，院子就成了雅努什和什洛莫追逐游戏的好迷宫。

第二个问题在于共用的厨房，他们多次发生激烈争吵，因为有人用了别人的柴火或者煤炭。于是，每家人最后决定，把各自的物资放在自己的房间里，免得被偷。由于只能通过厨房的炉灶取暖，柴火就成了他们手里最重要的东西。

第三个问题也许是最棘手的，是共用一个卫生间：卫生间永远被平克太太和她公公占着。在下楼买菜前，平克太太整个早上都在里面梳妆打扮，而一天剩下的时间，卫生间就由她公公占着，因为老头在上厕所的时候，通常就在马桶上睡着了。

为了解决那个大麻烦，一天晚上，房子里的几个男人聚在厨房，商定了每家每人使用厕所的具体时间。显然，即使时刻表上没轮到艾伦，老头还是一样用厕所。甚至，有些时候，奶奶哈利娜不得不应其他人的恳求，牺牲自己，许给老头一个吻，以换取他从厕所里出来。

后来，雅努什的舅舅约瑟夫也无家可归了，便决定来和姐姐安娜一家人一起住。用不着说，约瑟夫来了以后，事情发生了巨大的变化：忧郁的玛丽西娅·斯滕伯格脸上终于露出了笑容，海伦娜·平克很少出去买菜了，年轻的鲁巴·泽尔伯曼终于怀上了孩子。

十九

一阵短暂却又漫长的沉默过后,鲁道夫和马库斯点了午餐。谢天谢地,服务员回到了他们那一桌,打破了他们深陷其中的窘迫。鲁道夫点了一份波兰饺子,这是传统的波兰菜,里面包着肉和奶酪,光是菜名就足以唤起他甜蜜的回忆:星期六的节日庆典,丰盛的晚餐,一家人坐在桌前聊天……马库斯则要了一份波兰熏肠,一道与德国香肠类似的菜,同时还配有炸土豆,这是最贴近他认知的东西。

他不希望那天上午再有任何意外。外公是犹太人,这是他一辈子听到的最难相信和出乎意料的消息,而且,在某种程度上,跟他也有关系。

"所以,如果你是犹太人,那我也是?"马库斯提出这个问题,他不知道自己希望得到什么样的回答。

"不。"鲁道夫回答,"从理论上来说不是的。只有亲生母亲是犹太人,孩子才是犹太人。你妈妈不是犹太人,因为你外婆不是。因此,你也不是。"

马库斯点了点头,试着理解透彻外公的话:"但是,如果你是犹太人,或者像你说的,从前是犹太人,那你的身体里就流淌着犹太人的血液,对吗?"

"这是肯定的。"

"所以,我作为你的后代……"

"是的,你的身体里也流淌着犹太人的血液。你介意吗?"

"我不知道。我从来没有想过这一点,这件事太意外了。"

鲁道夫露出了笑容,他非常了解此时外孙脑海里所有的情感:它们发生激烈的冲突,像市场里吆喝的小贩一样,大声号叫,以引起马库斯的注意。于是,他决定说点什么,好缓解外孙的紧张。

服务员刚把啤酒端上了桌,他喝了一口,然后笑着说:"你知道吗?其实,你的身体里流着几种不同的血液,不只是有犹太人的。如果我们去检验你的DNA,你会大吃一惊。"

"什么意思?"

"就是说,你会发现,纳粹分子所说的和你在某种程度上所推崇的'纯种',并不存在,从来没有存在过。拿我举例,我父亲雅科夫出生在罗兹,但他的父母来自乌克兰和立陶宛。而我母亲的父母出生在华沙,但他们家族来自莱茵兰,有些亲戚来自西班牙和罗马尼亚。虽然说根据《圣经》的传统,犹太人都出生于犹大王国,所以来自中东。总而言之,马库斯,在我的DNA里,你会找到许多极其不同的民族和种族所留下的痕迹,包括尼安德特人[①]。"

"你在开玩笑吗?"

"不,不是开玩笑。我敢肯定,我们所有人都有一点尼安德特人的基因。不过,我觉得德国人的身体里,原始人基因的占比远比其

---

① Uomo di Neanderthal,生活在旧石器时代的史前人类,其遗迹最早在德国的尼安德河谷被发现。

他国家的人高。"

鲁道夫不禁露出了笑容。事实上,德国人像住在洞穴里的人,是他奶奶哈利娜经常讲的一个笑话。哈利娜经常用那个概念来指德国人,把他们说成"那些穴居人,奥丁的后代",暗示他们崇尚鲁莽的暴力和北欧神话里的神祇。

鲁道夫乐意铭记的事情不多,其中包括奶奶那些刻薄的笑话。有个笑话很特别,无论他在什么地方,在什么场合,包括葬礼上,至今还能让他哈哈大笑,但他小时候没明白笑话的意思。

一天下午,在隔都的家里,他们听到做旧货生意的伊扎克·平克对妻子海伦娜怒吼,话里充满了醋劲儿,雅努什问他奶奶:"为什么平克先生和平克太太总是吵架?"

哈利娜跟平时一样,有话直说。她直接告诉孙子:"怪你舅舅约瑟夫,这就是为什么!他个不要脸的,到处勾引别人老婆。"

"为什么他管不住自己呢?"

为了回答孙子的那个问题,奶奶哈利娜从自己的笑话录里祭出了那个笑话,至今他每每想起,仍然会捧腹大笑。"我的乖孙子,"老太太对他说,"小鸟起床了,脑子就睡觉了。"

雅努什听后陷入了沉默,他请奶奶再讲清楚一些,但哈利娜只是回答:"以后你会明白的。"大人想从麻烦中抽身,想让孩子大了再去理解问题的时候,说得最多的就是这句话。

听到外公讲的关于德国人的笑话,马库斯也笑了笑,但马上又变得严肃起来。

"我妈知道这件事吗?"

"你是说我们都有一点尼安德特人基因?"

鲁道夫很清楚外孙指的是什么，但他装傻充愣，想尽可能拖着，这有点像许多年前他奶奶不告诉他那个笑话的意思。但跟奶奶不一样，他不能简单地回答"以后你会明白的"，他得说出真相。

"不是！"马库斯回答，无奈地抬了抬头。"我是说，我妈妈知道你是犹太人吗？"

男孩说出"犹太人"这个词时，身体朝外公倾了倾，声音忽然也变小了，有点像只是说出那个词，他就感到羞耻。

鲁道夫注意到了那个细节，但他假装没什么。显然，那个问题有一石二鸟的作用：第一，马库斯可以知道他外公和他母亲互相信任的程度，两个人对彼此生活的了解到了哪一步；第二，或许也是主要的目的，他可以知道他和他母亲互相了解的程度。约翰娜把他卷进了这场旅行，存在两种可能：一是母亲像他一样毫不知情，二是她知道外公是犹太人，却从来没对儿子提到过一个字。

外公的回答令他大吃一惊："她不知道。"

"你是说真的吗？"

"千真万确。"

"她也不知道你真正的名字不是鲁道夫·斯坦纳，而是……"

外公刚把自己原来的名字告诉了他，但他记不起来了，他向外公求助。

"雅努什·卡茨尼尔森，以前我叫这个名字。不知道，她连这个也不知道。"

"你的意思是，你从来没有跟她说过你的任何故事，一个字都没提到过？"

"什么也没说过。只有你外婆知道一点，但也只是她应该知道的。"

"所以,除了外婆,其他认识你的人,包括你的朋友,都不知道你真正的家人全被纳粹分子杀害了?因为你的家人都被纳粹分子杀害了,所以你才不告诉他们,是吗?还是说,这只是你的一种说辞?"

"不,不,那是真实发生了的,是我的家庭和当时所有住在这里的家庭真实经历过的。"

当服务员把菜端上来的时候,马库斯陷入了沉默,试着把刚刚听到的一切理出头绪。他无法想象有人能把这样的事情隐藏整整一生,更何况是他如此亲近的人。

在学校的时候,每逢纪念日,老师就让他们读讲述那段历史的书,看讲述那段历史的纪录片。他不能否认,当看到堆在集中营营房外面的白骨和从焚尸炉烟囱冒出的黑烟时,他并非毫不动容。但他觉得,那些场景属于一个遥远的世界,并不比电影或者电子游戏真实多少。

而现在完全不同了。现在呈现在他眼前的,不是一张底片中的一个画面,或者一本书上的一张照片,而是他外公的生活,一个活生生、有血有肉、就坐在他旁边的人。

但他也为此感到生气,因为外公从前一直刻意对他隐瞒真相,迫使他参加了一场演出。真正的历史是无言的,隐藏在无数谎言和沉默之下。

马库斯根本没想过外公那样做是因为爱自己的家人,对他来说,那只是令人极其痛苦的背叛。他能重新信任一个连自己女儿都骗的人吗?谁知道外公还瞒着什么。这是他得出的结论。他埋头吃饭,避免抬头看到外公。

那个在维也纳送他上学，带他散步，允许他买"一个礼物"的人究竟是谁？连他一直喊的名字都不是真的。除了外公愿意让他知道的，他对外公一无所知。

"你在想什么？"见外孙眉头紧皱，心不在焉，鲁道夫问。

马库斯抬起目光，眼里充满压抑了几个月，甚至几年的怒火。

"我觉得自己陷入了一个噩梦，但是我没法从里面醒过来，因为我本来就是醒着的。为什么你什么也不告诉我？"他用颤抖的声音问道，"我的意思是，你是怎么做到隐瞒这样一件事的？难道我不应该知道吗？还是说你不够信任我？"

鲁道夫被外孙激烈的反应吓到了。他想过自己与外孙的关系会在疏远多年后变得复杂，他想到了马库斯会当面责怪他的疏远，但他从未想到，马库斯会因为他隐瞒了自己的过去而变得那么愤怒。

他想，他们迈出的第一步就错了。他必须马上把脚收回来，否则这场双人行很快会一败涂地。

所幸外孙提的问题给了他挽救的机会。

是时候该敞开一点心扉，让里面尘封了近八十年的往事见一点光了，但他不能立刻让马库斯看见圈禁在里面的怪物，因为那可能会吓到外孙，使外孙被恐惧淹没，从而逃走。目前，他只需要让外孙在远处隐约听到那头怪物的号叫，这可以让马库斯对事情的未知面产生好奇。尽管他们没有说过，可其实，两个人都看守着一头怪物。

"我当然信任你。"鲁道夫说，同时深情地把一只手放在外孙的胳膊上，但马库斯却不领情，生气地推开了外公的手，"我敢肯定你也藏着很多事情。你应该没有把你所有的事情都告诉你妈妈，对吧？"

"是，对。可这跟我做的事情有什么关系啊！"

"当然有关系。你为什么要那样做？为什么不把事情都告诉你父母？"

马库斯咬了一大口香肠。然后，他用塞得满满的嘴巴给出了他觉得很明显的答案："为了不让他们瞎操心，懂了吗？"

"对啊，我也一样啊，我不想我的家人为我瞎操心。"

"什么啊，怎么可能！"外孙激动地反驳，"我的情况不一样，他们又没杀我爸爸妈妈。我要藏我干的破事还不容易！"

"你小点声。"外公尴尬地看了看周围。他已经许多年没有和青少年打交道了，往日的威严似乎有些减弱，"这么多年，我选择不把事情说出来，还有另一个原因，只跟我自己有关。"

马库斯转头看着鲁道夫，他很好奇，想知道外公还能怎么辩解。鲁道夫当然会对外孙回忆自己的过去。

"马库斯，事情是……"鲁道夫开始说，他忽然又想拉着外孙的手，但这一次他没有那样做，不会再自讨没趣，"事情是这样的，有一些回忆是不能再回到人的脑海的，原因很简单，因为你做不到。那些记忆像刮胡刀一样锋利，可以让人流血。"

听到那些话，马库斯惊讶得快跳起来了，但尽量不露声色。

"虽然已经过了这么多年，"外公继续说，"但我的伤疤仍然没有痊愈，甚至有时候，那些伤疤还像原来那样疼痛，仿佛一秒钟也没过去。"他快速看了一眼外孙，男孩看起来在听他讲，不像之前那样激动了，于是他接着往下讲："每当我回想起战争年代发生的事，我的遭遇，我家的遭遇，所有我爱的人或者只是我认识的人的遭遇，那些伤疤就好像被人重新揭开了，用大颗大颗的盐摩擦，我根本忍不了这种痛苦。可能我是个懦夫，可我就是没法把那些事情告诉任何人。我不是没有试过……"

鲁道夫停了下来，他想知道这些话对聆听者有什么效果。他转头看向外孙，发现马库斯眼神空洞，表情诧异，好像被狠狠地恶心到了。男孩狼吞虎咽，一根接一根地把薯条往嘴里送，这说明外孙恶心的并不是食物。

"你知道我不明白的是什么吗？"最后马库斯说，他望着餐厅外面，没有看他外公。

"不知道。是什么？"

"你的故事跟我有什么关系？为什么你非要跟我说？我又不能带你回到过去，改变历史。发生那些事又不是我的责任。没错，我是犯了很多错误，包括我在墙上写了那句胡话，可你们现在也不能把世上所有的坏事都赖在我头上啊……"

"不是，不是这样的。"鲁道夫试图解释，但男孩继续自说自话，好像他外公没张过嘴。

"还有，为什么是现在？今天之前你什么也没说，一个字都没有。然后过了这么多年，我们实际上连面都没见，你突然就把我带到华沙来，就是为了把所有事情告诉我？"

"对，因为就像你说的，你在墙上写了'那句胡话'，我觉得我也有责任。"

"为什么是你的责任？关你什么事？"

"因为，如果我以前有勇气把我的故事告诉你，也许你就不至于闯下那样的大祸。原谅我这样说，但那个行为真的让人恶心！能干出那种事的只有傻子，而不是你这样聪明的孩子。而且，更不能是我外孙。"

说完最后几句话后，老人意识到自己有些激动，使用了头脑冷静时不会使用的词语，他马上表示了歉意。

"对不起……我不该……"

但已经太迟了。

"我怎么知道你是犹太人？"马库斯大喊，他站了起来，椅子倒在地上，"你告诉我，我知道什么？你告诉过我吗？你连你的真名字都没告诉过我！"

马库斯激烈的言辞使鲁道夫变得更加激动，他全力投入争论，决定针锋相对地反驳，而非支支吾吾地示弱。

"但是这改变不了事情！"他吼道，一拳拍在桌子上，"你明白吗？不管怎么样，你的行为都让人恶心，跟你知不知道我的事情无关。你的行为让人恶心，因为它代表的意思，因为你选的符号，因为你憎恨和羞辱了那个可怜的女孩！你明白这些吗？你明不明白？"

"不明白，我不明白。"马库斯这时的语气充满了挑衅。上午的时候，他身体里的憎恨已经平息，现在堤坝崩溃了，他决定任凭再次高涨的恨意肆虐。"你知道我为什么不明白吗？因为我不像你想的那样聪明！不，是所有人想的那样！我是个可怜的傻子，只会干蠢事，把身边所有的事情搞砸。行了吧？这就是你想听我说的？这就是你带我来这个破城市的原因？行，你满意了吧？现在你听到了。"

马库斯没再说别的，他拿起外套，摔门而去。

二十

鲁道夫没有追出去,他的脸上露出了痛苦和窘迫的神情,他连声用英语向餐厅里所有看向他的客人道歉。现在他只剩一个人了。忽然,"Przepraszam"也从他记忆的隐秘之处回到了脑海,这个词在波兰语中是"抱歉"的意思,上次说出这个词是什么时候,他已经记不得了,这使他更加分心了。

他被所有的陌生人好奇的目光包围,觉得脸因羞愧而发烫。他赶紧从兜里拿出随身携带的降压药,吃了一片,一口气喝光了杯子里剩的啤酒。他感觉心跳得很快,耳边响起了令人烦躁的嘶嘶声,却不是助听器的问题。他需要冷静和深呼吸,免得像在飞机上那样,身体状况再次变坏。

没吃完盘子里的食物,他便向服务员要了账单,匆匆付了钱,用的是现金,也没要找零。然后他马上出了餐厅,寻找外孙和补救的机会,他看看四周,附近的路上,商店里,身边经过的游客里,喊了很多次马库斯的名字,希望能在路人中间看到外孙金色的头发。

可他什么也没找到,马库斯不见了踪影。

他从外套口袋里拿出手机,试着给外孙打电话,电话虽然通了,却一直没人接。他又试了一次,两次,三次。没用,外孙根本不打算跟他说话。

鲁道夫一动不动地留在原地,再一次站在餐厅门口,不知道该怎么办。他应该给妻子打电话,寻求建议吗?或者最好通知女儿,这样女儿可以试着联系马库斯;或许他应该给警察打电话,毕竟男孩还未成年,他有责任监护。

他决定等待,把大家弄得心急如焚也没有用。没准儿马库斯已经回酒店了,正在大堂里玩手机。这一刻,他只想深深责怪自己,责怪自己鲁莽地跟外孙发生正面冲突。再说他已经八十六岁了。

他希望自己没有来华沙,没有开启这场没有意义的旅行,没有幻想拯救那个显然已经走入歧途的人。另一方面,鲁道夫想,在学校的墙上画卍字符,把自己的犹太朋友叫作婊子,还为自己干的事自豪,四处散播,如果一个人已经到了这种地步,好吧,那很明显,他不是个十足的傻子,就是心已经坏得无可救药了。

然而,鲁道夫相信,虽然马库斯和自己吵了一架,说了些混话,但还不是个傻子。可毫无疑问,马库斯的内心已经腐坏,灵魂已经受损,情况远比他想象的严重,病根远比他想象的深。

他在外孙眼里看出了外孙对他的不满、他离开那些年里对他产生的憎恨,还有外孙对自己父母的怨恨。马库斯说自己是"可怜的傻子,只会干蠢事,把身边所有的事情搞砸",也许他父亲就总是这样数落他,以至于他一字不差地记住了,或许还相信了那句话。

"可恶。"鲁道夫仍然在想刚才的事,他正背着手,踱着平时的小步子往酒店走,他本来决定在和外孙关系回暖之前不碰"卍字符"的话题,可在他们疏远多年后吃的第一顿午饭,他就把事情搞砸了。但是,他怎么能以为,回忆他的故事会对今天的孩子起作用呢?

鲁道夫和马库斯之间只隔了两代，七十年多一点。他的外公出生在十九世纪末，但是，从他外公出生到他出生之间发生的变化，比从他出生到马库斯出生之间发生的变化要深刻和巨大得多。几代人之间的差异从未像新千年初期那样显著，就连父母和子女也已经像是属于两个不同的世界了。那祖孙之间的差异就更不用说了：就好比钟表上的指针，如果父母和子女尚且在同一个表里，不过是指的时间不同，那么祖孙两辈就根本不在同一个钟表里。

想到这里，鲁道夫真感到委屈。

现在，在这座与他再无任何瓜葛的城市里，他唯一的愿望是重新坐在阿加塔身旁，聆听巴赫的《哥德堡变奏曲》，望着窗外街上步伐缓慢的行人。他十分需要某种东西让他冷静一点，没有什么能像他妻子那样让他平静：阿加塔是他生命的救赎，是他永远停靠的港湾，没有妻子，他一定会走错航线，沉没在失望的黑色海洋中。

他原本打算在万不得已的时候，才解释发起这场旅行和选择这个目的地的原因，那席话，他已经在脑海里反复练习了很多次，但外孙没有给他说完的机会。他们来到这里，是因为到这天上午之前，鲁道夫仍然坚信，讲述和聆听那些故事会改变他们两个人：马库斯会明白自己干的事有多严重，会重新审视自己的行为，把卐字符和一种触手可及的恐惧联系起来，而鲁道夫会开始与折磨自己的回忆和解。

假如马库斯给了他机会，他会说："我太爱你了，只有你能让我承受回忆带来的折磨。"

然而，那些话就在他的嗓子眼，却被外孙的吼叫、放肆的行为和咄咄逼人的指责顶了回去。

163

鲁道夫明白了,他在奔赴生命中最重要的约定时迟到了。也许是他生命中最后的约定。他本应该在许多年前就说出那些话。

在渐渐老去的过程中,他坚信爱可以不言而喻,无须说出口。然而,事实并非如此,未被说出的爱也不被理解。

他双肩紧紧蜷缩,身体变得比原来更小。感到一阵凉意后,他竖起外套领子,把帽子压到耳朵上,双手揣进了兜里。

他的手指摸到了什么东西,是阿加塔的婚戒,是多年来没有说出口的爱。他看了一会儿戒指,那么明亮和光滑,然后紧紧握住,试图从那枚小小的戒指里汲取他正缺少的力量。

戒指起作用了。

作用大到使他感动。

于是,他突然在人行道中间停下,深深感到羞愧,千方百计想把眼泪憋回去。他拿出一张手帕,擦干眼睛,希望没人注意到他在哭泣,可他再也克制不住了。在这座他再也认不出来的城市里,他一个人掩面哭泣,所有从身边经过的陌生人都没有注意到他。

哭泣消退了压力,眼泪可以像笑容一样治愈内心煎熬的人。就好像阿加塔的戒指给了他一点勇气,眼泪也立刻让他好受了一些。

就在这时,手机响了。他希望是马库斯打来的,结果却是妻子。如果他像相信迷信一样,相信预见未来的能力或者超自然能力,那他会觉得妻子已经感到有事情不对劲了。

他深吸一口气,尽量恢复平静,本能地擦了擦眼泪,仿佛电话另一头的阿加塔能看见他似的。然后他接了电话。

"喂?"他尽量掩藏内心咆哮的焦虑。

"鲁迪!你还好吗?"妻子满心欢喜地问。

"当然，非常好！"

"酒店怎么样？你们都安顿好了吗？"

"安排好了，酒店非常漂亮，就在市中心。我们还去外面吃了东西。"

"天气怎么样？冷吗？你衣服穿够了吗？马库斯怎么样？"

在妻子用一连串的问题淹没他之前，鲁道夫打断了妻子，回答了前几个问题。"好，好，一个一个来：今天有太阳，很冷，但是干冷，所以天气很好。我穿得很多，你不用担心，我还戴了毛绒帽子。你最后一个问题是什么？你知道，我的短期记忆有问题……"

"马库斯怎么样了？他高兴吗？"

"我觉得他很开心。"

"你跟他说什么了吗？"

"说什么？"

"什么说什么？你们去那里的原因啊！"

"啊，对！是，说了一些……"鲁道夫回答，他希望声音不会暴露他的窘迫。

"那他是怎么想的？"好奇的阿加塔追问。

"就是……但是，总之，我之前想得太坏了，唉！"

"我就知道马库斯会明白的，他真是个好孩子。"

"对，可爱的孩子。"鲁道夫撒谎，他的脸变得通红。当妻子告诉他想跟外孙说一会儿话时，他变得更难办了。

"什么意思？"他问，想拖延时间，想出对策。

"什么什么意思？意思是我想跟马库斯打个招呼，想知道事情怎么样了。不行吗？"

鲁道夫的第一本能是把事情和盘托出，把刚刚发生在餐厅里的闹剧都说出来，但他马上又改了主意：告诉妻子他与外孙完全失去了联系，意味着他承认把一个十五岁的孩子交给他是个荒唐的错误，他没有能力独立照顾好自己，更重要的是，说明他已经老糊涂了。而外孙真正的监护人还蒙在鼓里。

"当然可以。"他肯定地回答，"只是马库斯现在没跟我在一起。"

"他怎么没跟你在一起？那他去哪儿了？"

"他去……他去……厕所了！我在餐厅外面等他。他应该是喝冷的饮料喝坏了肚子，但不严重，很快会好的。我们一回到酒店，就给你打回来，好吗？"

"好吧，那一会儿再聊。"

"一会儿聊，宝贝。"

阿加塔挂断电话后，仍然坐在客厅的沙发上，有些发呆。丈夫的话不对劲，她不太相信：说话支支吾吾，有时语速很快，还有最后那句"宝贝"……鲁道夫什么时候这样叫过她？从结婚之前，他们还是男女朋友的时候，鲁道夫就不那样叫她了。

很明显，有事情不对劲。

另一方面，她立刻觉得自己太不明智了，当初鲁道夫向她提出回华沙的打算时，她不应该让丈夫独自面对心魔。然而，那个榆木脑袋无论如何也要坚持一个人去，而她也像个傻瓜，就同意了。她当时觉得，那就像自己的孩子要和一个朋友在欧洲游玩一圈，是在请求她同意，但她的鲁迪已经八十六岁了。

她脑子里忽然闪出一个念头：也许她是在瞎担心，像往常一样产生了妄想，在没有问题的地方找问题。很明显，她丈夫旅途劳顿，操心外孙的事,多年后回到他出生和让他受尽折磨的城市,现在只是有点累罢了。丈夫感到有些不自在,这很正常。在她的心里,她只希望这次旅行能够解决他们家的问题,鲁迪能够修复与马库斯和约翰娜的关系,她这一生已经别无他求,唯一还牵挂的就是这件事。

当妻子在家里的客厅深思时,鲁道夫正踱着缓慢的小步子,终于回到了酒店。他刚穿过酒店的自动玻璃门,就发现马库斯没有像他希望的那样在大堂里面。大堂中央有一个现代的壁炉,里面放出欢快的音乐,只有几个客人坐在壁炉旁边,有的埋头看报,有的查看城市地图,有的利用免费的 Wi-Fi 上网。

前台的人说,没有看到任何符合鲁道夫描述的男孩,事情变得更糟糕了。

鲁道夫就那样站在那里,完全不知道如何是好。

礼宾员见他有些困惑,就问他:"您需要帮助吗?"

"不用,谢谢。我想我应该回房间休息了。"他回答道。

老人露出微笑,然后走到电梯旁边,一会儿就上了楼。他好不容易才把电子钥匙塞进锁孔,嘟的一声后,锁打开了,他进了房间。

房间不是非常大,但里面很明亮,墙壁是米色的,还有崭新的绿色割绒地毯。最让他开心的是,看到的确有两张单人床,而不是一张大床:约翰娜很体贴,让他避免了和马库斯睡在同一张床上的尴尬。

之前下楼去餐厅的时候,马库斯把行李箱和小背包就放在了房间中央,鲁道夫现在还得把行李箱和背包挪开。似乎在这次旅行中,外孙的存在总是显得多余又烦人,他不在的时候,鲁道夫也得为他担心。

鲁道夫叹息着。他整理了一下枕头，小心翼翼地躺下，用脚蹬掉了鞋子，然后又试着给马库斯打电话，可跟前面几次一样，电话通了没人接。他带着内心的愧疚，从口袋里拿出了阿加塔的戒指，用瘦而关节粗大的手紧紧握住，仿佛那是一块驱邪消灾的护身符。

他闭上眼睛，盼望尽快听到马库斯敲门时，手指关节撞击房门的声音。最后，旅途的疲惫和上午回到华沙时产生的激动情绪战胜了他，他睡着了。

恶狗不会迟到。

二十一

在刚住进隔都的几个月里，日子大体上过得很平静。正如掌权的德国人所期望的那样，圈起来的那块地方让住在里面的居民很安心，毕竟前几个月他们遭受了无数的陷害和袭击。

雅努什和他的家人终于可以安心地走在路上了，不用害怕无缘无故被人殴打和虐待。在隔都外面的时候，监管他们的是波兰军人和德国军人，而在那里面，维持秩序的是犹太警察。总的来说，那些警察很"友好"，至少雅努什和家人希望如此。

不管走到哪里，他们都可以遇到外表和他们相像的人，遇到熟人，嗅到家的味道，听到镌刻在脑海里的词语。在那里面，人们讲意第绪语的时候比讲波兰语的时候多，有在欧洲发展起来的各种形式的意第绪语。可以说，里面有一种令人欣慰的家庭气氛，也多亏了千年来互帮互助的文化传统，即使总督府强加了许多禁令，但犹太人还是挺了过去。

犹太居民委员会的策略是接受德国人的所有要求，包括最荒谬的，然后实际上只执行其中的一部分，尽可能少地压迫隔都里面的人。但无论所有人如何遵守那些最严苛的规定，敲诈勒索、滥用职权、毫无道理的迫害从来没有断过，就好像纳粹分子每一次都在拿他们做新试验，看他们能忍耐到何种程度。

纵然盖世太保不断地迫害，他们仍然在抵抗。为了不在众人面前被剃成光头，大多数传统的犹太人决定把胡子和鬓角的卷发都剃掉。而最固执和极端的人找到了一个权宜之计，他们蒙上面巾，戴上帽子，霎时间隔都里仿佛爆发了一场让人牙疼的可怕瘟疫。

犹太教堂虽然被禁止开放了，但宗教活动却继续秘密地举行，所有的犹太节日继续庆祝。给他们带来一丝安慰的是，拉比坚定地告诉所有人：卡巴拉[①]非常清晰，战争很快会结束。

M夫人验证了犹太智者的话，她也是这样告诉奶奶哈利娜的。

在那种情况下，有少部分人觉得喘不过气来，比如雅科夫，他从知道隔都的含义开始，就不喜欢隔都。使他怒不可遏的是，他们所有人被关在里面，就因为他们是犹太人，就好像他们所有的身份，只能用宗教信仰来概括。由于他不是虔诚的教徒，所以他每天都折磨他自己和妻子。他问妻子，德国人怎么可能不知道那里面除了犹太人，还有父亲、孩子、堂亲、叔伯、波兰人、乌克兰人、立陶宛人、罗马尼亚人、同性恋、艺术家、小偷、商人、诗人、木匠、叛徒、智者和文盲？

为什么纳粹分子只关心他们的宗教？他们每个人都远不止于此，他们每个人都是一个完整的世界，那个世界的每一面都令人惊叹，值得被探索、认识和尊重。

毫无疑问，他必须承认，与许多其他宗教的信徒相比，犹太人更加团结，更加尊重传统，对他们的归属更有荣誉感，也更加"惹

[①] Cabala，字面意思是"接受"，常指犹太教一系列的神秘教义。

眼",这在那些年自然是一个负面因素:他们的宗教决定了他们的许多选择,包括服饰、胡型、发型、谈话和祈祷时的语言、家里和教堂里的庆祝仪式。总而言之,所有那些东西都使他们与他们的波兰同胞显得极其不同,使他们在传统的天主教徒眼中属于另一个世界。

雅科夫坚信,那也是早在纳粹分子的铁拳到来之前,民族主义者就非常憎恨他们的原因。当然,他也许明白,但并不认为那就是正当的。有时候他嫉妒安娜和哈利娜,因为她们拥有信仰的力量:宗教,祖祖辈辈信仰的同一个宗教,对她们来说,是在她们迷失、沮丧和绝望时可以依靠的灵丹妙药。在那几个月里,使人感到迷失、沮丧和绝望的原因当然不少。在当时,那些一成不变的仪式、典礼、祈祷带给她们所需要的慰藉。可他却没有得到慰藉,至少他感受到的不如妻子和母亲多。

雅科夫虽然没读过书,脑子也不怎么灵光,但是喜欢下功夫思考哲学问题,他既跟拉比哈伯班德探讨,也跟朋友聊。他经常读有关那些话题的书。

意第绪语里有句古老的谚语:"智者听一个字,懂两个字。"他不是智者,话也只明白一半,但明白的那些就给了他继续辩论和探讨的动力。在刚被关进隔都的几个星期里,他经常跟小舅子约瑟夫讨论,当时他们一起四处跑,挨家挨户推销他们原来从店里抢救回来的商品。

最后,经过一楼一楼和一家一户地"朝圣",他坚信,是一个共同的期望,推动他母亲、他妻子和所有像她们那样的信徒树立了一个坚如磐石的信仰。因为,有信仰不仅仅意味着相信某个人,更意味着集体信任某个人。统一的思想、仪式和习惯无可比拟地团结了犹太人,筑就了他们之间牢不可破的关系和联系,即使你远在他乡,是奴隶,是流亡者,或是移民,那也无妨,千年来他们遭受过许多那样的磨难。这有一点像反犹主义团结了德国人,最后变成了他们的宗教。

但这些道理不足以让他安心。另外,那里被高墙和铁丝网隔绝,他觉得自己在那里面,像一只落入陷阱的动物,被关在一个巨大的动物园里,雅利安人则去里面观光游玩。于是,他看到雅利安人,就开始四处乱蹦,扮鬼脸,挠胳肢窝,捶打胸口,像猴子一样,两个孩子看了,忍不住大笑起来,但他妻子没笑。

"你早晚会挨枪子儿!"每当他进行那样的表演时,安娜就这样指责他。

"为什么?他们不就是想这样吗?那我就遂他们的愿。孩子们,你们也振作起来,来像爸爸一样扮黑猩猩!我们来让先生们高兴高兴!"

后来到了11月16日。

他们搬来还不到一个月,华沙的隔都就被彻底封闭和孤立了,隔都与外面的边界顿时成了两个敌对国家的前线。城里的犹太人随时会在自己家里变成外国人,没有合法的许可,他们被禁止离开隔都,"因为那片区域出现了斑疹伤寒,传染风险极高"。另外,从晚上九点到第二天早上七点规定实行宵禁,早上八点到晚上七点才允许人出去,而且只能是出于"必要和必需的工作原因"。贴在墙上的告示是那样说的,那是占领当局颁布的最新法令,第无数条法令,雅努什和家人虽然不情愿,但也习以为常了。

在那些日子，里面的人也被禁止与外界通书信和打电话，没人能和外界取得任何联系。所以，就连向远方的亲戚朋友借钱和求助也不行，实际上谁也不可能逃出波兰。

一天晚上，安娜、雅科夫和哈利娜等两个孩子睡着了，他们小声嘀咕，像在策划什么阴谋，这是他们陷入那个境地以来第一次这样，他们商量有没有可能让莉薇和雅努什逃离华沙。全家人都逃走是不可能的，特别是在那样的情况下带着奶奶哈利娜，但必须在来得及的时候，把两个孩子送出去。

雅科夫听一些熟人说，可以联系上波兰抵抗运动的人，他们会把孩子送到雅利安人居住区，然后让信仰基督教的家庭或者天主教会的成员收养孩子，至少可以度过那段艰难的时期。

那天夜里，在经过漫长的讨论后，他们没能拿定主意。三个大人当中，最难接受与孩子分开的，无疑是奶奶哈利娜。她相信如M夫人所说，战争就要结束了，那天她刚咨询过M夫人。

不幸的是，没过多久，她的预言就完全失败了；总督府的最新法令规定，不允许犹太人从外面带报纸进入隔都，在里面他们也不能拥有收音机。一天早上，她的收音机也被两个犹太警察没收了，她羞辱了那两个警察和他们的母亲，说他们的母亲为了挣几个钱，从事世上最古老的职业，他们是纳粹分子的帮凶。当然，她的原话远比这粗俗得多。那两个可怜的家伙辩解说，自己只是在执行上级的命令，他们又能怎么办呢？但哈利娜不接受那个理由。她没有从平时坐的沙发上挪动一步，嘴巴里吐出难听的辱骂和诅咒，那些话是人的耳朵从来没有听过的，按照惯例，她吐了三次口水，但这一次她没有像平时一样往地上吐，口水是直接朝两个警察飞去的。

就这样，在很短的时间内，隔都的居民失去了与外界的联系，外面发生的事变得越来越遥远和陌生，与他们毫无关联。他们现在只关心日常生活、当下、内心的秘密和身边的人。

要紧的是生存下去。

生存也变成了一个越来越艰难的任务：除了书信、钱和报纸，他们也不能接收外面来的包裹，那些包裹里装着他们的生活必需的物资，是华沙几乎所有犹太家庭对抗饥饿的唯一援助。许多波兰人冒着生命危险，给他们送去了食物，原因除了友谊或其他情感，还有抵抗一个共同的敌人时产生的纯粹的同情心。那份意料之外的支援也是无数天主教教士布道的结果。在波兰的几十座教堂里，教士请求教徒摒弃前嫌，对犹太人抱有一点同情心。

现在，没有了那份帮助，光靠粮票上规定的份额，他们根本无法活下去。犹太人每天只允许得到一百八十四卡路里的热量，分别为面包、土豆和脂肪，实际上，这只是满足人一天所需热量的十分之一。

卡茨尼尔森一家也很快意识到了这个问题。

到目前为止，被强迫搬到新的房子和别人一起居住，带给他们的好处极少，不过，塞雷克和鲁巴·泽尔伯曼的家人每周都会从比亚韦斯托克给他们寄来好吃的，比如奶酪、油浸蘑菇、泡菜、腌黄瓜、自家做的面食、鸡蛋饼干和蜂蜜饼干，运气好的时候，还有几包黑麦面粉。比亚韦斯托克还没有建起隔都，犹太人还可以自由行动。那对善良的新婚夫妇十分慷慨，他们把收到的东西给大家都分一点，如果不及时吃掉，那些东西也会坏掉。相反的是，伊扎克·平克家就很不情愿分享他们从雅利安朋友那里收到的东西。

来自比亚韦斯托克的帮助随时可能平白无故地中断，并且，除非经走私贩的手，任何包裹也跨越不了隔都的围墙。

塞雷克和鲁巴有一次没有收到快递，就去邮局问怎么回事，他们发现快递被邮局的一个员工扣押了，员工勒索他们，要求把一部分东西送给他，不然就要告发。两个倒霉蛋不得不接受那宗交易。

他们回到家时，对刚刚发生的事情十分愤怒，安娜试着安慰他们："就算我们不为收到的东西高兴，可至少要为没被夺走的东西高兴。"

只要去路上看看，或者透过窗户上剩下的破玻璃看一眼，他们就会明白，虽然他们缺衣短食，但外面有无数人的日子过得绝对比他们还苦。

在短短几个月内，华沙的四十万犹太人里又增加了几万难民，那些难民先是来自附近的镇子和乡村，后来是波兰全国各地，最后连邻国的人也逃来了。现在五十万人扎堆，生活在一个仅有几平方千米的地方。隔都像一个蚂蚁窝，还在变得更加狭小和拥挤。

雅努什每天都看到楼下有一队一队的人经过，数量数不清，像绝望的鬼魂一样。那些人带的东西很少，都装在箱子或者包袱里。有的头上顶着装食物的篮子，像牲口一样。

"那些是什么人？"有一天雅努什问他奶奶，他们正站在朝向主路的窗户旁边。

"是难民，从附近镇子和村子来的。"

"也跟我们一样是犹太人吗？"

"对，当然。"

"可是他们太多了，一直来个不停！"

175

"我的乖孙子,到处都有犹太人。"

"那就是德国人被包围了,他们是犯人!"

奶奶哈利娜转头看着雅努什,然后忍不住大笑起来。"你的外表跟你爸爸一样。"她高兴地说,"但是内心完全像你奶奶。"

雅努什和哈利娜站在窗前,目光惊愕,看着楼下无数失魂落魄的人走过,他们在风雨和严寒中冻得麻木,拖着箱子、锅和垫子,漫无目的地游荡。

比起隔都的居民,难民更为可怜,受饥饿和死亡的威胁更大,他们没有钱付房租,也没有工作糊口。甚至也没有任何一点"关系"可以帮他们在那群濒死的人中谋得一条生路。于是,由于找不到住的房子,所有的难民都睡在大楼的院子里,包括雅努什家楼下的院子,他和什洛莫一起嬉戏打闹的家具迷宫很快就挤满了那些寻找庇护所的难民。

没在院子里找到位置的难民,就躲在一些"收容点",那些地方从前是犹太教堂和工厂,没有供暖。最先说到那些地方的是莉薇,一天下午,外面异常寒冷,雨夹着雪不断拍打窗户上的帘布。窗户上没了玻璃,他们就在上面拉了一块帘布。莉薇和母亲、奶奶、弟弟都在家里,围坐在一个烧油的旧炉子旁边烤火,炉子是雅科夫用一套床上用品和一件几乎崭新的婚纱从一个熟人那里换来的。在那些日子里,男人都想方设法地结婚,因为一开始的时候,只有单身汉会被流放,抓去强制劳动。

这天,莉薇回到家时非常不安,像她把建造隔都的消息带回家的那晚一样。安娜正在整理裙子,雅努什在玩他的陀螺,而奶奶哈利娜坐在沙发上,笑得像个疯子一样。哈利娜平时读报纸的时候,看到有德国士兵的讣告，就是那个样子，这是她一天少有的纯粹快乐的时候。

"乖孙女，怎么了？"哈利娜问孙女，目光从报纸上挪开了一阵子。

"我看到他们了。"

"看到谁了？"

"那些饿死的人。"

看到那些难民所处的境地，小女孩似乎是整个家里最受震撼的，仿佛他们自己的境地还不够坏，她想竭尽所能，帮助那些人。虽然她年龄小，只有十一岁，但看着外面的人被活活饿死，特别是那些最小的孩子，她不能无动于衷。

她做的第一件事情是加入青年团。她在团体里面很忙，好在青年团的位置离她家不太远，她把萦绕自己的恐惧驱逐出了脑袋，否则那些恐惧就会在她晚上睡觉时找上她。白天和她一起工作的朋友就遇到了这样的情况，她们不把活下去当作明确的目标，迟早要屈服于沮丧，变得绝望，失去行动的力量。

艾娃·雷克特曼坚韧不拔、乐善好施，在她的领导下，莉薇和其他十几个女孩照顾着隔都里最小的孩子，包括许多新生儿，那些孩子要么是孤儿，要么父母忙于工作，没办法照顾他们。在青年团里，莉薇找到了一个希望，一个让她做自己的庇护所，她在那里收获了笑容，并且，她继续对人类保持信心。这正是她大多数朋友所做不到的。

她跟雅努什和露丝上的是地下学校，位置在一座大房子的庭院里，房子已经被炸毁了一半。每天放学以后，她就去青年团或者一个公共食堂帮忙。像这样的食堂有很多,是由帮助穷人的互助组织"房屋委员会"开设的。

那天下午,她回到家时十分不安。此前她和一个朋友在外面散步,到了一个"收容点"附近,她看到了难民,那些人一个挤一个,身上很脏,长满了虱子,没有水,没有力气,没有希望。他们中大多数人躺在肮脏的垫子上等死,由于地方不够,一整个家庭只分到了一个床位。百姓食堂每天给难民提供一次面包片和索然无味的汤,能勉强活下去的人,每天都在找其他的东西下咽。

从那一刻起,莉薇再也不能装作不知道了。当父母问她,为什么要为隔都的穷人那么辛苦,而不为自己多想想时,她回答说:"我不知道明天会发生什么,但是孩子们今天对我笑了,他们拍掌,转圈唱歌。这就够了。"

二十三

马库斯在各个口袋里搜寻钱包,但是没找着,钱包被他放在酒店的小背包里。而回去的机票,母亲强迫他交给了外公。母亲太瞧不起他了,甚至觉得他连飞机票都保管不好。

这跟卐字符那件事和其他事情无关。在那件麻烦事发生之前,他父母从来都不觉得他长大了,或者有能力做好什么事情。父母一次也没有让他照看过瓦莱丽和亚历山大,就算弟弟妹妹只有半小时没人看管,父母也总会找个保姆。

幸好他对此并不介意,他讨厌跟在那两个小孩后面。但这并不意味着他没有照顾好弟弟妹妹的能力,可这似乎恰恰是他父母的想法。

因此,父母一直没有满足他养狗的愿望,他们总是说:"以后谁负责遛狗?"甚至连买辆自行车,他费的力气也是朋友的两倍,原因也很简单,父母认为他没有能力打理好一辆自行车。

马库斯对生活中的大人真的很生气,生气到他没有一秒钟这样想过:父母从来不把弟弟妹妹留给他,原因不过是他们爱他,不想让他承担照顾两个小孩的责任。但更重要的是,他们不想让他为两个他并不欢迎的"闯入者"负担太多。同样,父母不允许他养狗,是因为他以前养过金鱼,他发誓会好好照顾那些金鱼,不过发的却是伪誓,后来所有的金鱼都死在了玻璃瓶里。在一个随时可能破裂的家庭,如果养一只狗,那么谁来照顾狗这个问题就可以成为家庭破裂的导火索。事实上,马库斯的家庭后来确实也破裂了。还有,自行车那件事的原因也完全不是他想的那回事:父母的确难以接受他骑自行车,但纯粹是因为他一个人在维也纳的街上骑车,父母很担心。的确,生活在城市里的人从小就骑自行车,但是很多年以前,在他还不满六七岁的时候,他父亲失去了一位表弟,原因就是骑自行车出了车祸,所以,托马斯害怕同样的悲剧发生在自己儿子身上,也情有可原。

可马库斯不可能知道这些事情,他没有要求父母解释,父母也从来没主动对他讲过。跟世界上大多数的家庭一样,"不说"是造成深层误会的原因,随着时间流逝,那些误会会摧毁人与人之间的关系。人际关系需要建立在一定的基础之上,所有没有说出口的,就是在把人际关系的基础一点一点摧毁,最后就只剩下了沉默和孤立。

这一刻,马库斯只想大声喊出来,发泄在内心爆发、可能把他逼疯的愤怒。

他忽然感到一种无法抑制的冲动,想要再次用刀割自己。在那一刻,他觉得身体是他唯一可以控制的东西。脑子里面喧哗吵闹,充满了各种一刻也不消停的想法。

他不假思索,脱下了外套。然后,他卷起卫衣的袖子,撕开了创可贴,开始用手指抓前一天造成的伤口。一开始慢慢地抓,然后越来越快,越来越深。直到最后他感觉好受些了,几乎感到欢快。

伤口现在正传递给他剧烈的灼烧感。他舔干净流出来的血,把创可贴恢复原位,然后放下袖子,穿上外套,用清醒一点的脑子思考他的处境。

他一个人,在一个他连名字也不知道的广场中间,口袋里没有一块钱,也没有回家的机票。这当然不是他来之前设想的情况。

他只想坐出租车去机场,搭最近的一班飞机回维也纳,立刻杀死沃尔夫冈·库尔兹那个混蛋。都怪沃尔夫冈,他才会陷入这些麻烦。外公、母亲、父亲、校长和围着那些混蛋转的整个世界,去他的。他再也受不了这次旅行了,他已经明白自己上当了。前一天晚上,他有一瞬间梦想过,这次旅行会像他小时候睡觉前和外公出门散步一样,但现在他觉得根本不是一回事。

那个用假名的臭老头想对他洗脑,所以把自己的故事和因为纳粹分子受的痛苦告诉他。老头只想感化他,让他咽下那口气,即接受这场两个人的历险。午饭过后,什么都一清二楚了。

他的外公和母亲为他准备了一场精彩的小节目:一顿长达五天的臭骂,一场令人心碎的阐说,里面掺杂着不少的负罪感。大人有时候就是那样天真,那样自以为是。因为很明显,事情并不像他外公所说的那样,他母亲不可能对他外公小时候的经历一无所知。他外公不可能对他母亲隐瞒那么重要的一件事情。那两个人肯定是商量好了骗他,因为他们认为,讲故事还不足以让他感到愧疚,只有参观死人的墓地,再加上一些骇人听闻的细节,才能奏效。

他想得很周到,不排除明天或者后天自己会收到一份"超级大礼":去奥斯维辛好好转一圈,或者其他某个让人毛骨悚然的地方。在学校里,老师强迫他们看纪录片,他从纪录片里听到过几十次,说波兰其实遍地是集中营,整个欧洲的犹太人都在里面被杀死。

他怎么会不明白华沙不是随便选择的地方？华沙不是阿姆斯特丹，不是伦敦，不是巴黎，不是一个随便的地方，一个八十六岁的老人和他十五岁的外孙怎么会毫无缘由去那里度过五天的假期？华沙是完美的目的地，在那里，外公可以让他切身感受自己曾经遭受的痛苦，还有他写在那堵破墙上的话给自己带来的痛苦。他犯的错严重、极端、可怕、反人类，鲁道夫，不管外公叫什么名字，会找到其他两百个近义词准确描述他的行为。从鲁道夫愤怒的程度看，他的行为永远玷污了鲁道夫和整个宇宙的眼睛。

只要外公愿意，外公就会像某部他记不得名字的电影里那样，像美国士兵对待纳粹罪犯那样，在他的额头上刺一个卐字符。这样，所有人都会知道他犯下的恐怖罪行。不，外公是怎么说的？"能干出那种事的只有傻子，而不是你这样聪明的孩子！"聪明得连机票都保管不好吗？

大人连他手上的伤痕都发现不了，谁知道他们有多爱他。就算他在大夏天穿卫衣和长袖T恤衫，成天把自己关在房间里，他们也从来没有发现过，连问都没问过。他想尽办法让他们注意到那一点，可就是没用。

另一方面，他母亲是他外公的女儿，两个人很像，这没什么好奇怪的。他们一样疯狂地追求有秩序和有组织，一样害怕长途旅行和坐飞机，一样讨厌炖土豆和德国狼狗。也许正因如此，他们才很久没有说话了，马库斯想：他们太像了，没法达成一致。如果真如那句谚语所说，"异性相吸"，那他们两个人自然就会互相厌恶和排斥。

这时，他正着急想办法尽快回家，牛仔裤口袋里的手机响了。

他下意识地掏出手机，看了一眼屏幕，"库伊拉"，这是他给母亲的电话号码设的备注，跟电影《101忠狗》里的坏女人同名。

马库斯平生头一回看到这个名字觉得高兴，他要找的解决燃眉之急的办法现在来了。

"妈妈，求你了，带我离开这里吧。"他原本打算这样说，直接说出真正的问题，他不想在那里多待一秒钟。可是约翰娜没有给他机会："我嘱咐过你，你们一到华沙，就要给我打电话。"她用平时那种责备的语气说，"路上顺利吗？"

"嗯，很顺利，但是……"马库斯试着说出问题，却又一次被母亲打断。

"那你呢？你还好吗？一切都OK吗？"

"妈妈，你在听我说话吗？"

"乖儿子，我在听。你说。"

"这就是了，我他妈一点儿也不好！"

约翰娜对突如其来的言语暴力感到震惊，她想马上知道在儿子远离她的短短几个小时内到底发生了什么。"出什么问题了吗？飞行不顺利吗？你不喜欢酒店吗？你外公出什么问题了吗？"

"飞行非常顺利，酒店非常漂亮，外公精神非常好。是我有问题了，我想回家。现在，立刻。"

"可是不行啊，我们说了——"

这一次马库斯打断了她："我他妈才不在乎我们说了什么。我想马上离开这个破城市，回维也纳！我一秒钟都不想在这里多待，OK？"

"出什么事了？拜托你给我解释一下，不要大喊大叫好吗？"

"我识破了你和外公给我设的圈套。"

"马库斯,什么圈套?我不明白……"

"你知道外公是犹太人吧?"

约翰娜此时在美景宫美术馆的办公室里,她差点没从沙发上栽下去。

"儿子,你说什么呢?你在开玩笑吗?"

她的问题在马库斯的脑袋里产生了爆炸性的效果,马库斯这次真生气了。他觉得母亲在假装,以为他傻到发现不了。

"什么开玩笑啊?!妈妈,外公是犹太人!"

"马库斯,如果你这是在玩游戏,我不知道原因是什么,我请你不要再这样,因为我觉得一点也不好笑。"

"你不要再这样了!不要假装什么都不知道,我没这么傻,知道吗?"

"儿子,拜托,你让你外公跟我说,我现在全糊涂了。"约翰娜非常生气自己同意了他们一起去旅行。她父亲很可能忘了吃药,或者机舱里气压太高,刺激了他的大脑。她曾经了解过,坐飞机的人可能会得血栓。

父亲说那样的谎话,很不正常,她必须趁还来得及的时候介入问题,搞清楚那些胡话是父亲老年痴呆的症状,还是说父亲真的脑溢血了。

"马库斯,拜托了,让我跟我爸说话。"她再次恳请,更加急躁了。

"外公没跟我在一起。"

马库斯忽然为扔下外公而感到愧疚。他在街上闲逛时,外公去哪里了？外公可能非常需要他，也许在哪里晕倒了，或者情况更糟糕，外公几乎不认识那座城市了，他可能迷失了方向。但现在他最好撒谎，等挂了电话，再考虑他外公。

"他怎么没跟你在一起？那他在哪里？"

"他已经上楼回房了。他很累，在床上躺了一会儿。我在酒店楼下散步，消化一下吃的香肠。他跟我说的那些……"

"儿子，拜托你了，你得马上叫医生来。你让酒店的工作人员帮助你，我敢肯定，你外公现在不舒服。"

"不，妈妈，我跟你保证，他现在很好！"马库斯尽力让自己的话显得可靠。他必须让母亲放心，以免母亲发现他根本不知道外公在哪里，"真的，他只是有一点累，仅此而已。你想想，他刚刚还吃了好大一盘饺子呢……"

"可是他说的那些事情是不正常的！他什么时候跟你说的？在飞机上吗？他可能在飞机上出了问题。"

"不是，是在吃饭的时候，我们都坐在餐厅里。"

"你觉得他当时人舒服吗？"约翰娜一再坚持，"或者你发现他有什么异样吗？他有没有做什么让你觉得奇怪的事？"

"没有，妈妈，一切都跟平时一样。我觉得他当时精神很好，人不可能一下子就变疯。而且，我觉得他说的时候很真诚。你真的不知道他是犹太人吗？我要你发誓！"

"儿子，我发誓我不知道，我用命发誓。"

约翰娜说完后，两个人陷入了一阵很长的沉默。马库斯对母亲的反应很吃惊，他母亲要么是一个天才的演员，要么真的一无所知。从对母亲的了解来看，再考虑到母亲连笑话都讲不好，他更愿意相

185

信第二种假设——跟他一样，母亲也对外公的故事一无所知。

"妈妈，你在吗？"

"在。"约翰娜轻声回答，她心绪不宁。

于是马库斯明白，那个消息对母亲来说同样震撼。他忽然产生了一丝同情。"所以他才把我带到了这里。"马库斯的声音变得平静多了，"他出生在华沙，在华沙长大，直到纳粹分子侵略波兰。据他所说，在这里他失去了他所有的家人。"

"马库斯，你在说什么？你外公的家人祖祖辈辈都是基督教徒。我没见过他的父母，但是我知道，就是因为他的父母信仰天主教太深，所以他们才从波兰逃走，躲避波兰的共产党政府。我爸一直是这样跟说我的。"

"我以前也是这样认为的，但是外公告诉我，他们不是他的亲生父母。他是战争结束后寄养在那里的。不是全部……"

他有些喘不过气，在说下去之前犹豫了一下。他正在告诉母亲的事情，也许是他人生中最震撼人心的消息。面对那件事，他画的卐字符显得非常愚蠢，就像他弟弟亚历山大干的没有恶意的恶作剧。所以，尽管他仍然恨母亲把他卷入了这场荒唐的旅行，但他还是决定谨慎一些。这份谨慎，他外公可没有用在他身上。

"妈妈，外公还跟我说了另一件事。"他说道。

"马库斯，拜托了，你告诉我，还有什么事？"

约翰娜想不到还有什么比她刚刚听到的更加难以置信。显然，她得改主意。

"外公说，鲁道夫·斯坦纳不是他的真名字。"

"什么意思？"

"他其实叫雅努什什么的……我不记得了。但肯定不是鲁道夫·斯坦纳。"

约翰娜感到筋疲力尽,眼前的一切仿佛是一个拼图游戏,她无法把所有的碎片拼在一起。此刻她的脑海里一片混乱,她茫然无措,像有些喝醉了酒,或者某种药物对她产生了效果,跟她小时候在学校的女厕所里抽大麻一样。她把手机紧紧夹在肩膀和耳朵中间,往办公桌上的杯子里倒了一点水,然后一口气喝了下去。

假如这些事情是真的,父亲是如何保守秘密的?父亲从没对自己说过什么,从没说漏过嘴,从没露出过任何马脚,任何暗示也没有。这怎么可能呢?要保守这样一个秘密,他必须集中所有的注意力,任何时间都不能忘记。没有人耐得住这种非人的疲劳。

约翰娜可以肯定,她妹妹对此也一无所知。埃莉卡哪怕知道一个字,就会马上跑来把事情告诉她,不管是白天还是晚上,不管是几点钟,会马上给她打电话。当埃莉卡发现自己是同性恋时,找的第一个倾听者就是约翰娜。更不用说埃莉卡得知她父亲是来自华沙的犹太人,全家都被纳粹分子杀死了。

但母亲呢?母亲在这个谎言中扮演了什么角色?母亲这些年也一直保持沉默?是父亲的同伙,还是说跟所有人一样,也是受害者?

此时,约翰娜再也忍不住泪水了。她对父亲既失望又愤怒,极度地失望和愤怒。几个小时前,她决定要和父亲重新开始,给他们之间被误会破坏了多年的关系一种新的可能。可是现在,一切又变得像从前那样糟糕和不可原谅了。

约翰娜试图最后一次为一件不合逻辑的事情找一个合乎逻辑的

解释，她想那一切或许是编造的，是一个有点古怪的权宜之计，为的是使马库斯感动，让他为自己的所作所为感到一丝愧疚。鲁道夫有能力编造出令人难以置信的故事，她和埃莉卡小时候睡的是上下床，一个在上面，一个在下面，她们睡觉之前，鲁道夫就经常把自己编的故事讲给她们听。

假如事情不是这样，假如这一切不是编造的，那她愿意相信那些幽灵般的令人意想不到的事情不过是她父亲中风的结果。总而言之，她不愿相信父亲一辈子都在骗她。

鲁道夫隐瞒了这个秘密，有没有可能只是为了让她们免受痛苦？是不想让她们白白受记忆的毒害？

约翰娜想，是的，有可能。她很焦虑，用手指夹住长长的头发，把头发卷起来，仿佛在戴上一枚一枚戒指。

但这并不能为鲁道夫辩护。什么也不能为他的沉默辩护。

"拜托你了，马库斯。"漫长的停顿后，约翰娜说道，她重新开启了对话，"你现在就上楼回房间，把你外公的状况告诉我。其余的我们以后再说。我现在要打个电话。"

约翰娜挂了电话，她马上又打了一通，她有许多事情要跟她母亲谈。

二十四

马库斯明白，现在不是闹情绪和回家的时候。怒气平息了一点，无数思绪在他脑海里，像碰碰车一样互相碰撞。一方面，他生气自己相信了一个几年前让自己失望过的人，他曾发誓再也不会跟那个人有任何关系。另一方面，他在那个人眼中看到的痛苦触动了他，尽管他还不愿意承认这一点，但他觉得那种痛苦是真实的。

如果鲁道夫经历过他自己所说的那些事情，那么就可以理解为什么他不愿意谈及：那些不应是轻易被唤醒的记忆，是需要埋在心底的噩梦，离阳光越远越好。

然而，马库斯和母亲一样，认为外公的沉默是不可原谅的，外公隐瞒了自己一段不可或缺的经历，使大家没能完全认识他，让他几乎成为一个陌生人。但更重要的是，那个巨大的谎言使后来发生的一切都变得不那么可信：如果他们连他真正的名字都不知道，又怎么能再信任他？

虽然对外公不利的想法远远多过有利的想法，但马库斯还是决定再给这次旅行一个机会。离回家还有几天，这是他远离维也纳和家人的宝贵机会。否则的话，等待他的就是四天禁闭，他只能被关在房间里，总是高瞻远瞩的母亲会拉长着脸，随时准备训斥他，说他做事没有展现出一点儿成熟。

至少这可以为他的新愿望正名,继续和外公待在一起,是他内心的渴望,仿佛是一道悠远绵长的声音,承载了他的爱意,他不能假装没有听见。他的心跳声在空气中震荡,宛如星星闪耀的光芒。

不管怎么样,他和他父母的关系不会改变。在他们眼中,马库斯是个爱讨人厌、爱惹麻烦、还爱生气的孩子。墙上的卐字符就是证明。凭着那些无疑十分鲁莽的行为,他迫使父母那样看待他,把父母强加给他的痛苦还了回去,并使父母不得不一直对他保持那样的想法,一瞬间也没有改变过。

那是他的报复。而现在,他的报复正在奏效。

但在回酒店的路上,马库斯想,父母对他的成见无法改变,可能会导致他的大多数愿望无法实现。在他这个年纪,要实现那些愿望,必须依靠父母的钱包。所以绳子最好不要拉得太长,否则容易断裂。

显然,这场风暴过后,他这次在学校闯的祸会跟几个月前他干的其他蠢事一样,被大家遗忘。这只是时间问题,很快他父亲和他母亲会再给他一次改正的机会,让他向他们证明他改过自新了,他明白了自己的行为有多么愚蠢。显然,他会重蹈覆辙,照旧浪费掉这次机会。

但约翰娜和托马斯不会投降,他们会继续给他其他机会。而马库斯呢,会还以他们其他的失望。面对不成器的子女和子女带来的痛苦,父母有着让人难以置信的坚毅。假如他们在生活的其他方面也这样不屈不挠和乐观开朗,那么他们会是世界上最完美的人。父母从不放弃,总是相信一切终会柳暗花明。所以,那些痛苦和无眠的夜晚都是值得的。

马库斯感到吃惊,自己竟然对父母产生了那种近乎温柔的想法,他再一次觉得现在不是用力拉绳子的时候。因为一旦绳子断了,他唯一的收入来源就将永远消失。况且,就在这个时候,母亲发现了外公撒谎,没有把真实身份告诉她,所以最好别招惹母亲。

甚至他现在考虑得很全面,母亲发现外公撒谎这件事对他大有好处,因为他画卐字符和侮辱女同学的事就显得没那么紧要了。外公犯的错误比他犯的错误严重得多,单凭这一点,他就应该感谢外公。

现在要紧的是,外公的身体不能有问题,母亲提出的极具戏剧性的假设一定是错的。想到自己身处华沙,单独陪着一个八十六岁、可能中风了的老人,他马上变成了一列疾驰的火车。约翰娜能在千里之外让他焦急不安。

马库斯心急如焚地回到了酒店,他走进大堂,快步朝前台走去。前台里面是一个男人,穿着极为优雅,头发梳得整齐,男人接待了他,脸上露出花样游泳运动员脸上那样的假笑。

"您看到我外公了吗?就是鲁道夫·斯坦纳先生。"马库斯用英语有点吃力地问。"或者他叫……"他又用奥地利德语说。

"看到了。"礼宾员回答,"大约二十分钟前,斯坦纳先生上楼回房间休息了。"

"啊,天啊!谢谢!"男孩大声地说,长舒一口气。他外公在酒店,已经是天大的好消息了。现在他只希望外公身体无恙。

"先生,希望您在大都会酒店住得愉快。"礼宾员向他告别,脸上的表情仍然没有改变。

马库斯也笑了笑，回敬礼宾员，他以最快的速度走到了电梯旁边。到了房门前，他用手指节轻轻敲门，他希望外公还醒着，血管没有梗塞。情况已经变得不明朗。

鲁道夫忽然被吵醒了，但是他很开心：因为梦中的恶狗比往常要凶狠。这一次，他梦见恶狗在新修的华沙的街上追他，他被一群人围着，所有那些人留着希特勒式的胡子，他们大喊："犹太人！犹太人！"面对那些叫喊，他感到无比羞愧和丢脸，因为他没有穿衣服，完全裸露于众人，像他刚刚揭示的真相一般赤裸。

鲁道夫很容易就明白了把他唤醒的声音来自哪里。当马库斯第二次敲门时，鲁道夫完全清醒了。从起身到走至门口的路上，他十分希望敲门的人是外孙。他在梦里和现实中累积了太多不安，当他看见马库斯时，立刻就用手臂抱住了外孙的脖子，在一声声啜泣中，他无数次祈求外孙原谅他，与此同时，泪河开始沿着他沟壑纵横的脸庞流淌。

一切都在马库斯的预料之中，除了那个如此热情的拥抱。

马库斯僵硬地站在原地，手臂放在两侧，他无法后退，也无法给外公回应。后来，他虽然感到尴尬，却慢慢抬起一只手，开始轻抚外公瘦削的肩膀、骨瘦如柴的肩胛骨和离他咫尺的脊骨。

"原谅我。"老人不断重复，"如果可以，请原谅我。"

"我当然可以。"马库斯想。

但他没有说。至少没有用声音表达。

跟儿子打完电话后，约翰娜站了起来，开始在她的办公室里紧张地走来走去。她很生气，甚至是愤怒，愤怒到如果不平静下来，血管会马上堵塞。

她站在巨大的窗户前,久久望着外面,仿佛那里有解决她所有麻烦的办法。从她所在的位置,可以享受到绝妙的景观,欣赏花园、公园中央的小湖,小湖是欧根亲王为自己的消夏居所而建。和每天一样,那里有一些游客和一些来散步的人。此刻,她也需要一些空气。她打开几扇小窗户,让肺里充满空气,然后呼吸恢复了正常,不再像刚刚那样激动了。

这时,她觉得自己准备好了。她浏览电话簿,找到父母家的号码,拨了出去。她有太多话要对母亲说,她太需要跟母亲聊一聊了,以至于不知道从何说起。但她更想呐喊。

所幸阿加塔亲切的语气使她迟疑了片刻,阻止了她按照预想的那样开始对话。

"乖女儿!你还好吗?"母亲问她,听到女儿的声音,阿加塔非常兴奋,"我刚和你爸打了电话,他告诉我他们已经到了,他们很好。他们也吃了饭了!"

"对,我也给马库斯打了电话。"

阿加塔立刻注意到女儿的声音中有一股愤恨,纵使在千种情感中,她也能分辨出来。

"有不开心的事情吗?"她问女儿,"你又跟托马斯谈了?"

"不是,妈妈。这次跟托马斯没有任何关系。"

"那发生什么事了?是孩子出什么问题了吗?他们不舒服吗?"

"不是。"

生硬的回答。

接着是一阵沉默。

然后约翰娜提出了一个出人意料、令人错愕的问题。

"妈妈，为什么你从来不跟我说爸爸的事情？"

阿加塔清楚地感到这一刻自己的心跳停止了，心脏先掉落至腹部，忽然又一下提到了嗓子眼。

她一生时刻准备着面对这个问题。最近几天她准备得尤其充分，仿佛一切被从阁楼的大箱子里取出，摆到了他们眼前。那是一种沉默，她曾拭去了上面的灰尘，捧在手心，仔细观察，仿佛一段无法割舍、尘封多年的回忆。

她总害怕自己询问鲁道夫不愿意讲的事情，如果丈夫说得太多，可能会勾起丈夫的痛苦回忆。她和丈夫讨论过许多次，并试图说服丈夫：两个女儿应该知道真相，不说出他生命中的那一段经历，意味着对女儿隐藏父亲真实的一面，那一面虽然使人痛苦，但应该被述说。那样做，不是为了让女儿理解那些事情，而是为了不让她们觉得一直生活在巨大的谎言中，因为那个谎言会削减所有围绕它所形成的价值。

阿加塔觉得，如果事情超出了他们的控制，他们会造成一场无法挽回的灾难，而在那场灾难面前，因为离婚而发生的争吵会变得像小孩间的吵架一样不值一提。但鲁迪总是不听她的话，总是拖延，说要等到合适的那一天才会按照她说的做。

像他们推迟的许多事情一样，合适的那一天总是没有到来。至少在鲁道夫决定带马库斯回华沙那一刻前没有到来。于是，约翰娜提出问题的那一刻变成了"合适"的时候，即使不是真的"合适"，但她们强迫它变得"合适"。

阿加塔在沙发上从容地调整了坐姿，准备回答女儿所有的问题。

她只是很想鲁迪在她身旁,由鲁迪回答问题。或者,至少给她一点支持。

"是你爸爸选择这样做的。"她开始说,"我接受了他的选择。我能怎么办呢?"

阿加塔添上了后面两句话,她不想把所有责任都推给丈夫。她知道责任是两个人的。

电话的另一端随即沉默了很久。就在那一瞬间,约翰娜保留的最后一丝希望也破灭了,因为父亲告诉马库斯的秘密,不是一个八十六岁的老人忽然发疯时的胡言乱语。

事情没有让约翰娜好受一点。

"为什么你从来没跟我说过?"

"因为我尊重你父亲。"

"你觉得这个回答能敷衍我吗?"

"不能,可是我只有这个回答,乖女儿。"

约翰娜感觉此前在内心滋生的愤恨不断成长,变成了一条饥饿的九头蛇,每只蛇头都想以不同的方式生吞她母亲。尽管此前她能勉强把九头蛇锁在心里,但那只怪物现在占据了上风,抓住了约翰娜张口呼吸的机会。

"乖什么啊,妈妈!"这句话从她口中吐出,仿佛是来自大地深处的一声咆哮,又像来自她的灵魂深处,她的灵魂最深邃的深渊。

在和母亲分开的那些年里,约翰娜积怨已久,她觉得母亲没有给她足够的支持,现在她把那些怨恨顷刻间全部发泄到了母亲身上,把她想说的和原本不想说的都告诉母亲。

当她停下时,大脑一片空白,呼吸变得急促,身体开始颤抖。

她重重地倒在椅子上，深吸了一口气：终于说完了。

另一方面，阿加塔任由女儿如波浪般的愤怒席卷自己，憎恨聚成的潮水如石油一般粘在她的身上，此后好几天都挥之不去。但她仍然坚持着。她拿着电话，双眼紧闭，心绪恍惚，为了不停留在向她袭来的某一件事上，她默默等着约翰娜说完，一直没有打断女儿。

这一刻，她觉得自己像一个为自由而牺牲自我的教徒。或者像圣巴斯蒂安，乱箭加身。当然，她知道，自己不是殉道者，但身上中了一些箭却是真的。

她继续沉默了一阵子，她在听，听到了约翰娜低声啜泣。她想起了女儿小时候哭泣的样子，约翰娜哭到筋疲力尽，喘不上气，再也没有一滴眼泪，然后昏睡过去，进入一个极其深沉、使她恢复元气的梦乡，醒来之后，一切就都过去了。

当一滴眼泪从面颊缓缓滚落时，阿加塔想，儿女永远不应该长大。父母也不应该。

二十五

他暂时逃过一劫。被三个士兵团团围住，其中一个是波兰人，另外两个带有明显的乌克兰口音，雅科夫一路上被推搡，最后跟一群被捕的人会合了。那些人早已聚集在主路上，由许多刚从军用卡车上下来的警察看着。

随着警察高喊出不容置疑的命令，一些犯人被迫走出了队伍，场面毫无秩序可言。一个官员走近他们，没对他们说一个字，也没正经瞧他们一眼，就朝着他们的脑袋开了一枪，犯人一个一个倒在地上，仿佛游乐场里的靶子。

有些幸存的犯人大叫起来，另一些吓得用手捂住嘴巴。但也有很多人一动不动，害怕同样的事发生在自己身上。

最使人心惊胆战的是，警察的选择毫无规律。是生是死，全凭一个由上帝创造的人的意志，一个傲慢得能够取代上帝的人。除此之外，警察扣动扳机时表现出的冷漠使所有的犯人目瞪口呆，毫无抵抗之力。

当所有人暗自思忖，杀人的标准和目的是什么时，雅科夫深知那一切背后的策略：恐惧使人服从。

犹如被群狼围困的绵羊，那群惶恐的犯人抱团壮胆。就这样，所有的人一个紧挨着一个，他们被赶到了卡文钦斯卡街，一条非常宽阔、热闹，从东向西横贯隔都的街道。人群里有强壮和力气仍然充沛的人，有从医院拉出来的病人和饿得站不稳的难民，但也有老人和小孩，都被吓坏了，他们举起双手，做出投降的姿态，眼神四处寻找帮助。几天前，纳粹分子扩大了征召劳工的年龄段，现在老人和十二岁的孩子也会和其他人一样被抓去强制劳动。

队伍的最后几排里有一个小男孩试图逃跑，但马上被抓了回来，被一个警察用枪托砸了脑袋。男孩的身体倒在地上，一摊鲜红的血慢慢浸染了路面的白雪。

雅科夫一时间感到一股强烈的冲动，想要去救那个男孩，那可怜的孩子年龄应该跟莉薇差不多大，但只看了一眼旁边穿制服的暴怒者，他就改变了主意。他低下头，又回头看了看，想到他的莉薇和雅努什可能有一天也会那样死去，脑袋被打破，脸埋在雪里，没有任何人帮助，他就非常害怕。

他必须撑下去，他想，必须再回到家里，趁还来得及，找到办法救他的孩子。没时间再拖了，妻子和母亲必须接受那个选择，那不再是一个可能的选项，而是他们唯一的退路。莉薇和雅努什必须逃离隔都。

带着那个坚定的想法，雅科夫跟这天许多像他一样的倒霉鬼在城市里穿行。他重新开始祈求哈希姆，小声念出所有他知道的祈祷文，其中大部分他有好些年没有念过了。然而，所有的经文在这一刻都回到了他的脑子里，好像他从没有停止过祈祷一样。

警察一路上都在侮辱和蹂躏他们，朝他们吐口水，对走在后面或者摔倒的人动不动就是拳打脚踢，老人深受其害。挨鞭子毒打最多的就是老人，一些士兵配有粗壮的牛筋鞭子，他们随心所欲地鞭打胆敢拖慢行进速度的人。看见可怜的老人被打，毫无抵抗之力，雅科夫感到十分悲痛，他们受到那样的羞辱，仅仅是因为纳粹分子喜欢看到他们褪去身上唯一的遮羞布——尊严。在德国人的眼里，他们是在其鞋跟下面蠕动的虫子，被踩在雪地上，随时可能断气。只有德国人把靴子抬起来，他们才有喘息的机会，但这很正常。因为靴子会时而抬起来，然后又踩下去，又抬起来，仿佛一个无休无止的残忍游戏。

犯人走在路上时，行人目光惊恐，纷纷躲避。那些还在屋里的人透过窗户看到他们，也马上走到屋子里面去，赶忙关好窗子，以免警察找借口把自己也抓走。

他们终于到达卡文钦斯卡街时，发现那里已经挤满了人：等着被筛选的人都集中在那里。犯人排成数列极为有序的长队，被盖世太保和党卫队一个一个检查，只有这些人有权力决定谁会留在隔都，谁会流放到劳动营。

身份证上得到警察指挥官的盖印，是所有在那里的犯人唯一的目标和希望，只有这样，他们才能得到蓝卡，而蓝卡能够证明他们可以对第三帝国的战争事业作出贡献，可以去隔都或者雅利安区的工厂工作。简而言之，那意味着"得救"。

那些被淘汰的人会被集合在一起，然后带去乌姆施拉格广场，通往特雷布林卡和其他营地的火车，就要经过广场附近的铁路道岔。

在地狱的这一层，雅科夫在几分钟内就明白了生与死仅仅取决于那些杀人犯反复无常的心情：他看到不止一个人被划入流放的名单，原因仅仅是头发颜色太深，或者在走到官员面前时犹犹豫豫。

另外，有些人第一轮就被淘汰了，却看起来要比进入第二轮筛选的人优秀，没有任何规则可以解释那些选择。

再一次无法预料。单凭一个简单的手势，人就被送到外面，即送死；或者留在里面，即逃生。一切都取决于运气，取决于盖世太保的心情，或者犯人为继续在隔都生活而准备的贿款。

在那群人中，最幸运的是在一些波兰公司供职的技术工人，他们的雇主已经向纳粹政权提供了工人的名字，额外交了一笔钱，以保证工人的自由：没有那些工人，工厂就有关闭的风险，老板可能会被送去前线。对那些工人来说，得到身份证上的盖印几乎是一种形式。但也不难想象，他们中间也不乏被流放的例子，原因不过是党卫队觉得那些人满以为自己一定能成功，喜欢看到他们绝望的样子。

同样的情况也发生在那些志得意满地展示医疗证明的人身上。医疗证明可以让那些人不用工作，为了拿到这个证件，他们既要付给犹太医生钱，也要付给德国医生钱。要证明他们的残疾，医生的签字必不可少。然而，这些人中也有一些被充入流放的队伍，抗议也没有用。

事实是，在队伍中没人是安全的。在那场屠杀游戏中，永远不会有胜利的犹太人走出来。

更为糟糕的是，几个星期以来，隔都里传言说劳动营变成了名副其实的灭绝营，尽管还只是苗头。少数逃过了检查的书信、从劳动营逃出来的人和由于健康问题被开除的人，传来的消息坐实了这个怀疑：在劳动营，有人病死，有人被警察打死，有人饿死，活下来实在不可能。

几天以前，在完全保密的情况下，雅科夫从伊扎克·平克那里得知，一些犯人的尸体被送回了隔都，那些人生前受过酷刑，变得残缺不全，令人毛骨悚然：有些没了耳朵，有些被打断了四肢，很多两者兼具，既没有耳朵，也被打断了四肢。

但是，要说德国人想杀死所有的犹太人，这没有任何意义：为什么要浪费这些免费的劳动力呢？德国人是疯子，但不是傻子。如果他们想赢得与同盟国的战争，他们需要奴隶，而犹太人完美符合这个目的。

这种想法当然无济于事，雅科夫这样在心里想，他在队伍里，等着轮到他：他没有医疗证明，没有钱，没有保荐，没有任何东西能够翻转他觉得已经注定的命运。

轮到他时，他走到党卫队官员面前，低着头，双腿颤抖。如果他现在什么也不管，他会晕倒，在所有人面前晕倒，但他坚持着，他深呼吸让心跳平静下来。他决定静静地站着，一动不动，不活动一块肌肉，尽量不做任何会触动面前那个人神经的事情。他亲眼见过，一声咳嗽也会引得纳粹分子暴怒。他在脑海里祈求哈希姆足够仁慈，希望哈希姆看他一眼，救救他。

警察坐在一个小桌子前，面前摆了一份长长的名单、一支笔和一枚印章。他大约三十岁，颌骨方正，金色的头发梳得整整齐齐，鬓角的头发很短。警察刚修了面，散发出一股很好闻的剃须膏的味道。

没有任何缘由，雅科夫只觉得那是个好兆头。他太绝望了，需要抓住一丝希望，哪怕是好闻的剃须膏。

官员旁边站着一个更年轻的士兵，同样有着金色的头发，但是块头更大，脸看着像牛一样，深紫的面色突显他的农民出身。这两人旁边还有一个犹太警察，负责把两个德国人的话翻译成波兰语。

雅科夫稍稍抬头，这时他才注意到官员的左手戴了一只黑色皮手套：官员应该是因伤从前线退下，被派来华沙做文职工作的。

官员打量了他一会儿，然后把健康的那只手伸向他，问他要证件，说的是德语，带有浓烈的巴伐利亚口音。雅科夫一刻也不敢耽误，呈上了证件。他的心脏在胸腔里疯狂地跳动，他像害怕被发配到劳动营一样害怕官员听到他的心跳声。

"您是做什么工作的？"军官问道，并直直地看着他。同时，犹太警察向雅科夫翻译："您的专长是什么？"

"我以前有一家布店，卖各种各样的商品。"雅科夫回答。

军官不太相信似的摇摇头。

"Nicht notwendig。"军官说，连看也没看雅科夫一眼。

"没用。"犹太警察翻译。

"求您了，先生，您再考虑考虑。"雅科夫恳求官员，差点跪在了地上，"我是个好工人。我身体非常健康。我向您保证，您说什么，我就做什么。"

"Nicht notwendig。"官员重复了前一句话。

雅科夫试图继续坚持，但牛脸士兵粗暴地推开了他。

"没有蓝卡给您，请吧，那边。"士兵大吼，并示意雅科夫右转，然后往前走。

雅科夫忽然觉得身处一个没有时间的虚空之中，周围的一切都静止了，凝固在他被拒绝的那一瞬间。直到士兵命令他走开的声音把他拉回现实，他才恢复了现实的节奏。

难道上帝这么心不在焉吗？他在心里问，同时看看四周，寻找生机。他要再试一次，再给哈希姆一次机会，让他展现自己的伟大和无与伦比的慷慨。

按照士兵的命令，他慢慢往注定要流放到劳动营的人群走去。但是后来，他趁乱掉转脚步，逆着人流沿原路挤了回去，在另一队人的末尾重新排起了队。

这一次他准备得更好，他要撒谎，如果他还想活下去，就要让谎言显得更有说服力。就这样，慢慢又轮到他了，新官员身上的香气没有之前那个官员浓，但更让人有好感，或许只是没那么严厉，官员问了他有什么特别的技能，他肯定地回答说："先生，我是裁缝。不，我是非常优秀的裁缝。但是修皮鞋我也非常在行。我父亲就是干这一行的。"

官员盯着他看了很久，雅科夫觉得那段时间是永恒的。到最后，军官拿起印章，砰的一声盖在了他的身份证上。在他的生命中，从来没有一种噪声像那般温柔。

从当天起，雅科夫就和其他上千名犹太工人一起在普罗斯塔街的托本斯公司工作。在那家与雅利安区接壤的大工厂，他很快学会了为德国人缝制军装，学会了修补从前线死掉或受伤的士兵身上收回的军装，学会了做大衣和鞋子，一如他之前保证的那样。

在回家的路上，走在那群绝望的人中，他容光焕发，高唱意第绪语老歌、赞美上帝的圣歌和在教堂里学到的所有圣诗，所有遇到他的人都把他当作疯子："他们把他折磨得太狠了，应该已经疯了。"然而事实完全相反，雅科夫一辈子从来没那样快乐过。他差一点就完蛋了，但现在他还在那里，往家的方向走，心里充满了喜悦，一只手揣在兜里，紧紧握着他的蓝卡。他是一个在刽子手挥刀的前一刻获得赦免的死刑犯。

所以，在这一刻，他觉得自己获得了一份生平从来不敢奢望的福气。他收到了在那个年代、在那座城市，一个像他那样的犹太人能够渴求的最厚重的礼物——一个有工资的工作岗位，离家很近，不用花一兹罗提。上帝听到了他的祈求，决定施与他近来如此不幸的人生一点公道。

从前母亲问他为什么很少祈祷，他总回答说，他的祈祷每年有固定的份额：得到的恩泽少，祈祷就少。但是从这天开始，雅科夫会不间断地赞美哈希姆，会根据日历进行斋戒，会在吃饭前进行祈祷和感谢哈希姆赐予食物，会庆祝每一个安息日，一个也不会落下。他承诺，从那以后，他要做的一切都是为了还清他欠哈希姆的债，"赞美天主之名"，如他恳请那般仁慈的哈希姆。

在回家的路上，只有几家面包店还开着，他在一家店前停下，用所剩无几的钱买了一点用黑芝麻和蜂蜜做的甜品，他们要庆祝。

回到家时，他不禁号啕大哭，拥抱和亲吻了全家人，仿佛多年未见后久别重逢。

仿佛他差点再也见不到他们了。

二十六

历经许多磨难后，卡茨尼尔森家的未来似乎突然变得光明了，这正应验了 M 夫人和卡巴拉的预言。

那些天眷顾他们的好运又延续了几个星期：奶奶哈利娜记起了藏在一个抽屉下面的一小把钞票；雅努什在地上捡到了一张还有效的粮票；雅科夫刚得到工作没几天，安娜也找到了工作，她在布隆菲尔德家做女佣，那个犹太家庭非常富裕，跟其他的富人和改信他教的人住在西耶纳街，莉薇的青年团也在那条街上，约瑟夫常去那里捕获他的高级猎物。

布隆菲尔德家是华沙非常古老的商业家族，家族的最后一位掌门人是艾布拉姆·布隆菲尔德。在隔都关闭之前，他成功卖掉了许多财产，因此，在他周围有人饿死的时候，他还能过上非常优渥的生活。艾布拉姆发色乌黑，梳着大背头，眼睛深邃、幽暗，留着两撇克拉克·盖博式的胡子，他也以真诚的笑容接待陌生人，人们第一眼见到他，就会不自觉地信任他。从他的身上可以看出，他的生活很幸运，他对未来有着坚定的信心，比如，即便是现在，他大部分时间在家里度过，没有在办公室打理生意，身上也依然穿着裁缝手工缝制的西服。

尤金尼娅太太是艾布拉姆的妻子，丈夫深情地叫她泽尼娅。她是丈夫的翻版，她紧跟潮流，留着黑色的波浪卷发。她的鼻子很高，而嘴唇上总涂着一层口红。无论外面发生什么，她总是心情愉悦，非常快乐，继续过她舒适的生活，好像什么也没发生一样。她希望一切有序地运转，仿佛秩序真的还存在一样。

除了把家里打扫干净，尤金尼娅太太也请安娜替她熨衣服，把她衣柜里的所有衣服都整齐放好，她觉得自己还有社交生活需要维持。尤金尼娅太太家一天吃三餐，餐桌上必须摆满丰盛的菜品，好像还有美味佳肴可以享受一样。多亏了走私生意，布隆菲尔德家是少数还能吃得起真正食物的家庭，比如肉、鱼、蔬菜、糖和白面包，这些都是其他人只能想一想的东西。相比之下，卡茨尼尔森一家人及其邻居只有食物的替代品可以下咽，即稀薄的糨糊，里面掺了几块马肉，此外还有煮土豆。更有甚者，至少在1941年年底以前，布隆菲尔德夫妇还搞到过几包真正的咖啡，尽管也只是偶尔，但其他人只能喝糟糕的替代品。

布隆菲尔德夫妇仿佛在演一出戏剧，留在了一个平行空间里面，那个空间完全是想象出来的，但无论如何一定比外面的世界好。他们根本无法承认，在他们的身边，与此同时，世界正变成一块块碎片。

由于儿子在四岁时因麻疹夭折，布隆菲尔德夫妇现在只有一个女儿，名叫蕾尼娅，比雅努什小两岁。女孩长得娇小、秀气，总是打扮得优雅漂亮，完美无瑕。她喜欢在头发上扎许多天鹅绒蝴蝶结，使得长长的黑发整齐有序，总是紧紧贴着身上做工非常精美的衣服。但她身上最令人印象深刻的，是那张洁白无瑕的面庞，几乎是蜡做的，还有那一道像被训斥后的小狗一般忧郁的眼神，使她看起来神似基督教堂里受人爱戴的圣母。像童话里的公主被关在一座金牢笼里一样，蕾尼娅每天都很孤独，没有机会和像她那样的孩子一起玩耍。她唯一见到的外人是犹太家庭教师和安娜，老师只给她一个人上课，而安娜很忙，要把她家住的大房子打理得井井有条，很少有时间可以和她玩耍。

雅努什第一次见到小女孩，是他奶奶生病的那天，安娜把他带去了上班的地方。由于隔都的房子寒冷潮湿，哈利娜的身体每况愈下，但让不时去看她的医生更加担心的是她的糖尿病。

那一次，布隆菲尔德家使男孩瞠目结舌，他求安娜不要再带他去那里，也求安娜自己也不要再去。从他踏进那个家开始，蕾尼娅痛苦的表情、客厅里蕾尼娅哥哥的遗照、皮革封面的硕大的宗教典籍、厚重的壁毯和干花的气味都使他恨不得拔腿就跑，离开那所公寓。他能坚持留在那里，不过是因为主人家给他东西吃，比如茴香糖和蜂蜜糖，还有白面粉做的小面包，再蘸上极其美味的樱桃果酱。布隆菲尔德家在乡下有古老的果园，樱桃就是他们直接让人从那些果园送来的。虽然雅努什以前没有吃过那么特别的东西，但这并不足以让他留恋那里，从那以后，尽管安娜还在那里工作，但小卡茨尼尔森再也没踏进过那个家一步，而且很快就忘记了那个黑头发、表情忧伤的女孩。

再说，他父母每天都很忙碌，可是他每天都有很多空闲时间，虽然他和朋友什洛莫都向父母保证不会离开楼下的院子，但对两个孩子而言，隔都很快变成了一个游乐园。在楼下的院子里，在勉强安营扎寨的难民和还没有拆了当柴火烧的家具之间，有一个大家叫作"小角落"的地方，年龄大一些的女孩在那里照顾被留下的儿童，有时莉薇也去帮忙。可大楼门外的世界充满了生气和冒险，不断呼唤着雅努什和什洛莫，他们怎么能禁得住诱惑呢？

盎然的春意到了最蓬勃的时候，天气越来越暖和，几乎是夏天了。在五月初的几个星期，由于温度上升和新来了几千难民，华沙的隔都里长满了喜欢温暖、昏暗和潮湿的虱子。随后，一场真正的斑疹伤寒开始蔓延，接踵而至的是疥疮和肺结核，造成这些疾病的原因也包括极其糟糕的卫生环境。不管雅努什和什洛莫把目光投向哪里，他们看到的地方都肮脏得无法描述，垃圾堆积成山，从来没有处理，四处是半裸露的骸骨，从来没有掩埋。尽管出现了很多地下医院，但瘟疫造成的死亡人数急剧增加，最后连遮盖路上尸体的报纸都不够了。那些尸体是被死者的家人抛弃的，因为他们害怕受患病的家人连累而被隔离起来。

六月的一天早上，德国兵把几十上百张告示贴满了隔都，告知民众斑疹伤寒肆虐。最震撼雅努什和朋友什洛莫的那些告示，把犹太人描绘成长着巨大鹰钩鼻的人，胡子里面爬着一条大寄生虫，那些告示上写着：犹太人都感染了斑疹伤寒。

一个非常肥胖的士兵看到雅努什和什洛莫紧盯着告示，想知道写了什么，便对两个小孩说："你们知道上面写的什么吗？你们真是脏东西，懒东西！"

"才不是呢！"雅努什生气地回答，他无视危险，吐出了舌头，什洛莫也马上模仿。

为了避免麻烦，两个孩子撒腿就跑，而士兵在他们后面哈哈大笑。

那些天，两个孩子每天花很多时间练习阅读，他们刚在地下学校学会一些字，在实际阅读中仍会遇到一些困难。他们很幸运，隔都里到处是可以阅读的文字：面包店外面的口袋上面写着"面粉"；寥寥的几家食品店里写着"概不赊账"；小隔都附近的路牌上写着"波兹南"；画有大卫星标志的电车上写着"仅限犹太人"；格西亚街的市场上有一些流动商贩偷偷卖染发剂，染发剂的小瓶子上写着"染发"。

两个孩子并不知道，在那几个月，隔都里有两样东西卖得最多，比面包、牛奶和土豆还受欢迎。第一样东西是染发剂，上了年纪的犹太人可以用它掩饰自己的白发，不让人觉得自己干不了活。第二样东西是镇静剂，对很多人来说，苯巴比妥和菲诺巴比妥就像是从天而降的吗哪[①]，比如那些晚上失眠想要清净一点的人，那些在德国人来搜查时和父母一同藏起来但可能哭闹的婴儿，那些走投无路想要一了百了的人。

除了在市场的摊位中间乱逛，雅努什和什洛莫还喜欢透过茶馆的橱窗看人吃点心，喜欢玩警察抓小偷的游戏，他们在厚纸板上画犹太警察的徽章，然后把假徽章戴在胸前。但他们最喜欢的，一定是去谢别戈街尽头的木桥，从那里可以欣赏到一幅壮观的景色：维斯瓦河与河对岸的自由世界。

两个孩子虽然不谙世事，却觉得将他们与雅利安区隔开的墙是一道边界，被隔开的两个世界相距极其遥远，中间有一段无法缩短的距离，但另一个世界就在他们眼前，近得几乎触手可及。雅努什

[①] Manna，古代犹太人出埃及时上帝赐予他们的一种食物。

和什洛莫的目光迷失在河那边,他们想起了那些通过边界处楼房的墙洞,悄悄溜出去,再把货物运进隔都的孩子,想变得像露丝和其他所有从事走私生意的孩子那样勇敢。

他们好几次想加入一个"大孩子"的团体,但一直没有成功。有一天,为了实现那个目标,他们接受了一个极其困难的勇气测验。"大孩子"团体的头领是个叫米甲的男孩,身体干瘦,没有房子,没有家人,他交给雅努什和什洛莫的任务是进入公墓里的停尸房,至少摸一具尸体。

"是真正的摸,不是碰一碰就算了。要不然,没门儿!"头领命令道,直勾勾地盯着他们。

再三犹豫后,两个男孩最终接受了挑战,加入大孩子的团体是一项艰巨的事业。

他们慢慢推开小屋的门,眯着眼睛,弯手捂住脸,抵挡里面的臭气,往前走去。屋子里面光线暗淡,照明全靠一扇小窗户,他们发现四周是一堆堆可怕的尸体,一具压着一具,尸体只被一层皮包着,显露出骨架,里面男女老幼都有,许多小孩和婴儿看起来像在睡觉。有的赤裸,有的穿了衣服,还有的只盖了一张破布或黑纸,那黑纸是前不久他们在空袭时用来遮窗户的。很多尸体上爬满了蛆,一种在腐烂的肉上蠕动的白色小生物。所有的尸体都发出一股让人无法忍受的恶臭,两个孩子捂住鼻子也没用,在后来的很多天里,那股气味还粘在他们身上,留在他们的鼻孔里。为了完成挑战,他们靠近一点尸体,注意到那些可怜的人中许多都没了牙齿,嘴巴被打烂了。

"晚上有小偷来。"什洛莫说,"偷金牙。"

"谁告诉你的?"

"我爸。他说那些埋了的人也会被偷。"

雅努什露出恶心的表情。

这时候,眼前恐怖的场景和令人窒息的恶臭战胜了他们,两个孩子跑了出去,任务半途而废。他们在停尸房旁边呕吐,一个字也没有说,而其他更大的孩子捧腹大笑,然后雅努什和什洛莫跑回了家,没跟那些人打招呼,甚至连头也没回。

一到了自家楼前,他们就约定不把刚才的事情告诉任何人,最好把那场历险藏在肚子里,大人是不会知道的。为了使誓言变得神圣,两人往各自的手掌吐了口水,随后紧紧相握,像两个刚做完一桩生意的马商。

他们一打开门,踏进共同住的公寓,就发现里面热闹非凡,男人都外出工作了,几个女人正在家里追着一只火鸡跑,吵吵嚷嚷的。火鸡是舅舅约瑟夫通过一个做走私生意的朋友弄来的。两个孩子也跟着女人捉鸡,玩得不亦乐乎。

唯一不掺和捉鸡的是萨拉,什洛莫最小的妹妹,她双手叉在胸前,站在一边,大声地让她母亲海伦娜给她买一件胸罩,因为在五岁的她看来,只有穿胸罩,才能让胸部尽快长得像她母亲那样大。

与此同时,可怜的火鸡被吓疯了,满屋子咯咯乱叫,那群绝望的女人想要抓住火鸡,而火鸡在地板上奔跑扑腾,从一件家具上跳到另一件家具上。

什洛莫和雅努什瞪大了眼睛,难以相信眼前的场景是真实的,因为在看到由尸体堆成的金字塔后,他们看什么都觉得是反着的。最后,当火鸡试图从还开着的大门逃跑时,雅努什直接扑到火鸡背上,就这样把它擒住了。

火鸡抓到后，就该杀掉，准备下锅煮了，可是家里没人愿意揽这个活儿。唯一能干好这件事的是奶奶哈利娜，她一辈子杀过上百头农场里的牲口，可是几个孩子想救下火鸡。面对他们的哭泣，哈利娜也退缩了，决定不杀那只鸡。

经过漫长的商量后，母亲和孩子之间最终达成协议：火鸡要杀，因为就是买来吃的，但它不会受苦，他们会给它喂苯巴比妥。

火鸡吞下大量苯巴比妥后，像个醉汉一样晃悠了一会儿，然后僵硬地倒在了厨房中央。然后，在孩子同情的目光下，火鸡被拔得一毛不剩，像根蠕虫一样赤裸，被放进了灶台上的大锅里，水已经沸腾好几分钟了。

当火鸡光秃秃的屁股从沸腾的水中露出来时，所有在场的人感到十分震惊，场面难以描述。可怜的动物彻底清醒了，发出一阵痛苦的叫声，连雅利安区都能听见。大家更加同情火鸡了，谁也没有勇气再让它受苦，他们把火鸡从锅里拿了出来，为了不让没毛的火鸡冻死，奶奶哈利娜用羊毛线给它织了一件蓝绿相间的小毛衣。

从那天起，火鸡就被叫作古斯塔沃，跟他们一起生活，直到一天夜里，在孩子们熟睡时，大人们迫于饥饿，决定把鸡杀掉，吃了它，这一次他们没有任何犹豫。第二天，孩子们醒来后，没有见到古斯塔沃像平时一样在屋里转悠，大人们说火鸡思乡心切，就回乡下，它来的地方去了。

吃饭的时候，艾伦还是那样糊涂，说自己一辈子没见过像古斯塔沃那样好的火鸡，面对孩子们的高声质疑，他发誓说自己指的是古斯塔沃的性格，不是它的肉。

二十七

下午,在餐厅中席卷他们的暴风雨已经过去,他们暂时上了岸。祖孙两人手挽着手,朝华沙隔都的遗迹走去。酒店距离目的地并不很远,走路大约三十分钟出头,但考虑到鲁道夫的年龄和精神状态,他们更愿意坐出租车。

男孩仍然感到茫然无措。一方面,他态度十分坚决,不愿意做出一分一毫的让步,要保留那些年里积攒的所有仇恨,他就像一个细致而有耐心的工匠,日复一日地用那些仇恨慢慢锻造出了一副充满怨气的盔甲。但另一方面,他感觉心里有一股遥远却无法抵挡的力量在膨胀,并且势头越来越猛,他回想起自己八岁时的样子,绿色的罗登大衣,锅盖头发型,拉着最爱的外公的手走在路上。他萌生了退却的念头,想做回那个八岁的男孩。

多年以后再和外公拥抱,他异常激动,掩饰不住内心的欢喜。尽管他想说服自己,事情与从维也纳出发时相比没有任何改变,但他心里清楚事实并非如此。他感觉到,外公拥抱他的双臂、轻抚他肩膀的双手和身上永远不变的香味,在他漆黑的仇恨盔甲上开了一道口子。

的确,马库斯不过是了解了眼前这个人的另一个故事,就再也不认识这个人了。可那一双手、那个拥抱、那种香味永远象征着外公；还有一个马库斯从前没有听过的新名字，这仿佛是吟游诗人的玫瑰，虽然叫法会不同，但其香味永远不会失去。

出租车行驶在前往隔都的马沙尔科夫斯凯街，路面很宽阔。马库斯带着脑海里的那个思绪，头不自觉地转向坐在他旁边的外公。鲁道夫望向窗外，眼睛睁得很大，盯着相继而来的大楼。交通比平时要堵一点，让他有机会看清路过的所有大楼的正面，每栋大楼他都认出了一个特点，那些特点大多很细微，仿佛一台计时的时光机，把他带回到了过去。

快要上车的时候，马库斯向外公坦白，说他把他们的争吵告诉了他母亲，内容当然包括鲁道夫是犹太人和另有一个名字。

荒唐的是，鲁道夫反倒感觉轻松了。那本来是件麻烦事，他应该尴尬，他拖了一辈子，现在外孙倒替他省去了麻烦。这个时候，约翰娜一定已经给阿加塔打过电话了，找阿加塔要了说法，吵了一架，若不是鲁道夫和外孙来了华沙，和女儿吵那场架的就是他了。

鲁迪想，回到华沙没带来多少好处，但那一定算一个，他尽量深呼吸，让自己平静下来。如果外孙为已经发生的事茫然无措，那他就正为即将发生的事茫然无措。

回到隔都不再仅是一个想法，一种可能会在某天实现的可能，他曾几次想象过回到隔都，同样也想象过在华沙举行自己的葬礼。出租车每前进一米，那种可能就变得愈发具体，大地出现在他的脚下，地平线映入他的眼睛，声音进入他的耳朵。

鲁道夫确信，隔都里面发生了翻天覆地的变化，但这丝毫没有挫伤他内心的激动之情。他知道一切都变了，但也没变，因为塑造那些地方的不是楼房,而是保留在他内心的回忆。那片寥寥几平方千米的空间锁住了他和其他五十万人的记忆,他们曾在那里居住、受难、呐喊、祈求、吃饭、做爱,一去不复返的人曾在那里与孩子告别、为母亲哭泣。那里面同时保存着那么多人的痛苦,世上再没有比这更大的珠宝盒了。

无数的眼泪曾在华沙隔都的石子路上流淌。它们仍未深深浸入路上的青石、墙上的红砖和楼房开始脱落的灰泥层,也没有落入下水道。这是它们聚集成河、汇入大海前的最后一道程序,在海里,它们会找到自己的起源,咸水融入咸水。

存在于隔都的一切都受到了最崇高的祝圣。一切都受到了眼泪的祝福,这是世界上最神圣的水。

下出租车的时候,鲁道夫忽然感到一阵眩晕,仿佛他站在山巅,正往下看。他在俯瞰他记忆的深渊,那是灵魂中心吞噬所有幸福的黑洞。

马库斯注意到他有些不对劲,于是问道:"还好吗?"

"很好……"他心不在焉地回答,觉得膝盖在发抖,好像人真的悬在空中一般。

马库斯不太相信。"你真的觉得没事吗?如果你是为了我才这样做,我们可以放弃。事情我都知道了,就没必要去这里面了。"

"不用担心,我很好。我只是想坐一会儿。"

附近停了一辆汽车,马库斯帮助外公靠在引擎盖上。鲁道夫慢慢喘上了气,头不晕了。

他产生那样的感觉很正常。从几天前他拿起电话,女儿求他帮忙那一刻开始,他的情绪就开始反复波动。由于"旋转木马"加快速度，急速旋转，如果他不想完全失去控制，就必须坐稳扶牢。

老人由外孙搀扶着，两人慢慢走在旧时隔都的路上。1943年的起义过后，纳粹分子为了报复或警告还想起义的人，把隔都彻底夷为了平地。所以，他们现在看到的并不是鲁道夫童年时的隔都，他曾经上的学校在另一个地方，他记得的每一家店铺都不在原来的位置了，连那些最重要的建筑也改变了位置，甚至消失了。

像在从机场打车到酒店的路上一样，鲁道夫觉得自己充满了一种奇怪的疏离感，这次更加深刻和强烈。

然后，他忽然看见了一条窄路夹在两栋新建的灰白色大楼中间，尽头有一堵红砖砌的围墙，把那里面与外面的世界隔离。

在墙的那一边，看到的是一座座现代高楼和一幢巨大的玻璃摩天大楼，那是华沙塔酒店。然而，它，那面墙，仍然在那里，屹立不倒，是德国人工艺精湛的耀眼例证。

在马库斯的搀扶下，鲁道夫拖着短步走到了墙边。围墙的顶部从前是带刺的铁丝和碎玻璃，如今由一个很长的透明护棚取而代之，以保护围墙不受恶劣的天气破坏。在顶部往下挪一点的地方，挂有两块紧挨的牌子，一块铜的，一块金的，像两幅画一样，提醒着游客那一堵砖墙曾是隔都的边界。再往下面嵌着一个壁龛，有人在里面点燃了一些蜡烛。

鲁道夫在那里站了很久，纹丝不动，近乎在欣赏那一块块层层叠加的六面体，仿佛他是一个游客，在博物馆里仔细欣赏一部现代艺术作品。随后，他伸出一只颤抖的手，手指放在砖上，好像在确认眼前的建筑是真实的。

围墙所属的世界许久以前已经被摧毁，它是那个世界现在唯一仍然真实的、屹立着的、人触摸得到的元素。

他张开手掌，掩住冰冷而湿润的脸，闭眼哭泣。

他像许多年前那样哭泣。

他像孩子一样哭泣。

他毫不害臊地哭泣。

他号啕大哭。

从前为了不让眼泪流出来，他一生都拼命地把眼泪往回挤，保存起来，如今所有的眼泪一涌而出。

但他更是为所有那些已经不在的人哭泣。

鲁道夫忽然确信，已然逝去的那些人应该都见过这堵墙，一生至少见过一次，如今他站在墙的前面，仿佛他是在用那些人的眼睛观看。一时之间，他让所有那些人都复生了，他们站在他旁边，一个挨着一个，同时又都在他的心里，仿佛他是一个俄罗斯套娃，套着所有的人。

老人没有回头，紧紧抓住正扶着他的外孙的胳膊，否则他会因思念过度而倒在地上。

"你知道吗？所有人都还活着的时候，是我一辈子最快乐的时光。"他说，仍然闭着眼睛。

"就算在打仗？"马库斯吃惊地问。

"对，就算在打仗。"

"是因为那时他们都还活着吗？所以你现在思念他们？"

"不，是因为那时我还不知道他们的离去有多么沉重。"鲁道夫叹说。随后他扭头看着外孙，继续说："人的离去，一旦被察觉到了，原来所占据的位置就会空出来，永远空着，没有什么能够填充。

而有人离去,当你意识到之后,那种想法就会缠着你,甩也甩不掉,一秒钟也不行,如影随形。没人会怜悯留下的人、幸存的人,大家只为逝者哭泣。他们并不知道,幸存者会受更多的苦。幸存者要死两次……"鲁道夫沉默了一阵,像在消化自己刚才说的话。接着,他长叹一口气,最后说道:"我们活下来的人要带着残缺的身躯生活。我们是不被人看见的截肢者。"

马库斯撇嘴皱眉,这是他表达疑惑的独特方式。他没有明白外公说那些话的意思,但他什么也没说。他想以后有时间明白,现在他只要明白母亲的父亲刚才紧紧抓住他胳膊意味着什么就足够了。

这不是鲁道夫为了向外孙倒苦水而施展的诡计,他不再打算像在餐厅里那样感化马库斯。恰恰相反,鲁道夫想让马库斯明白,没有外孙,自己无法做到这一切。他是为了感谢马库斯回到他身边,帮助他了却心事,也是因为他爱马库斯。

马库斯此刻明白这一点。

外公决定返回华沙,是为了他。因为外公爱他。

他下意识地把一只手放在老人手上,老人那只手从未如此瘦削和粗糙过。他轻轻拍拍外公,看起来像电影院里男生不太熟练地接近年轻的女友。

鲁道夫很快察觉到了外孙的动作,但他保持不动,担心自己的反应会打破魔法。

在这一刹那,两个人感受到了同样的尴尬。这就像你不熟悉的人公然对你做出饱含深情的举动,或者一个熟人与你生疏了许久,却突然对你做出亲密的举动。

"你现在感觉怎么样?"马库斯问他。

鲁道夫转身看着外孙，笑着说："很好。"

"你确定吗？"

"确定。但是我想请你帮个忙。"

"你说吧。"

"你可以陪我回家吗？"

"你是说回酒店……"

"不，我说的就是家，我的家，就在隔都里面。你愿意陪我去吗？我不知道它现在还在不在了，但是我想找一下。"

在提出请求之前，鲁道夫已经考虑了很久。早在出发之前，他就问过自己是否有勇气回到泽拉兹纳广场附近那条昏暗的小路。当时他给自己的回答是没有，他永远也做不到。可他现在就在那里，对家的回忆仿佛一个老朋友，祈求他找到自己，不断请他去看望自己。他没法拒绝那样一位老朋友。

"所以，你愿意吗？"

"当然愿意。我来这儿就是为了这个，不是吗？"

老人踌躇了几分钟，试着辨清方向，记起他曾经的家在哪里。周围的一切令他感到太陌生，对他没有一点帮助。

好在有马库斯帮他，外孙用了谷歌地图，几秒钟内就明白了究竟该往哪个方向走。

他们一直肩并肩，慢慢走在新隔都的街道上，两旁满是银行、时装店和极其现代的楼房，中间也夹杂了一些半废弃的简易楼房，较矮的楼层窗户被砌上墙给堵死了。一处建筑物上贴着一些巨型黑白海报，海报上描绘的是隔都曾经的居民，有眼神高傲、留着传统长胡子的男人，有眼神肃穆、静止不动的女人，有盛装打扮的女人，有身着节日服装摆好拍照姿势的孩子。那些肖像中的一个面孔使鲁道夫的双腿再次颤抖,他看见一个小女孩特别像表叔莫伊什的女儿露丝,童年时排在他母亲、姐姐和奶奶之后的第四个女人。假如画上的女孩头发不柔顺,脸不那么瘦,就真有可能是露丝。

已经很多年他没有想起露丝了,现在他忽然听到了露丝欢快的声音,看到了露丝人人见了都想拧一下的红润脸颊,看到了露丝在有人想羞辱她时露出的凶狠眼神。鲁道夫继续和外孙肩并肩地往前走,同时,那张如此熟悉的脸庞在他眼里停留了几分钟,他回头又看了看那张脸。

走了一刻钟后,他们到达了泽拉兹纳广场,鲁道夫在这里度过了童年的最后几年。这里跟保存在他记忆中的地方一点也不像,周围没有任何熟悉的样子。他目光所及之处,只有钢筋混凝土建筑,一个巨大的商业中心和一些正修缮房子的工地。

他们加快脚步,拐进了主路后面的一条小径,直至来到他曾经住的那栋楼前面,心脏再次疯狂地跳动起来。他向前走去,衷心希望那里还有当年的一点遗迹,哪怕是像刚才看到的那一堵残垣断壁。

他需要再找到他的家人曾经也见过的东西,他们曾经触摸过的东西,哪怕是路过时不小心轻轻碰到。他需要找到他们曾经存在过的痕迹和记忆,证明他不单是一个极度兴奋的可怜老头。他需要证明他们存在过。

他找到了。

这栋楼房跟他小时候的那一栋并不完全一样,但非常相似,同样是六层楼,同样是红砖,同样是白窗户,尽管他住在那里时窗户上没有玻璃。仅有的不同是,所有的墙上都用油漆喷着涂鸦。沿着人行道停放着现代的汽车,一辆接着一辆,上面有一个沿楼房正面搭设的网格护棚,棚子的作用很可能是防止行人被掉落的灰泥砸到。跟他住在那里时一样,这栋重建的楼房过得也不太好,这是住在那里的人的命运。

对面的楼房也保留了原来的样子,至少较低的楼层是如此。楼房是用砖砌成的,但在二楼出现了一间用玻璃和金属装修的屋子,风格更加现代,于是诞生了一个混合物。这其实浓缩了这座城市的历史和哲学:过去与现在于同一处融合。

来到从前住的大楼前,鲁道夫站在通往内院的门口,他一时间不想进去了。

那不过是一刹那,在这极其短暂的一瞬,他没了勇气,一步也无法移动,他合情合理地向懦弱屈服了。

或许他只是害怕,害怕感受到太多恐惧,被恐惧支配。

或许恐惧太少,他会失望。

"拜托了,帮帮我。"他抓紧马库斯的胳膊说。

"你想做什么?"

"我想进去。"

"你确定吗?"

"不确定。但我还是想试一试。"

二十八

穿过半开着的灰色栅栏门，马库斯和外公进入了一段很短的通道，里面光线昏暗，也到处是用喷漆写的字。不久后，两人终于重新见到了阳光，来到了大楼的院子。

走过那段通道，就像穿过科幻电影里的时空隧道。在鲁道夫抬头环顾四周的那一刻，从前的记忆画面出现在眼前，再次使他内心受到极大震撼。他不再憋着，开始哭泣和抽噎，哭声先是很小，后来哭得越来越动情。

这是他人生第一次任由记忆回访他，并且他一刻也没有阻拦。即便他想阻止，也做不到，亲人、邻居和萍水相逢的人一个接一个出现，仿佛戏剧演出结束时演员谢幕一般。

在那些人里，姐姐莉薇匆匆忙忙地下楼梯，赶着去地下学校上课，母亲安娜正提着从黑市买到的一点东西上楼，她遇到了莉薇，父亲雅科夫走出楼房的大门，像平常一样吹着口哨，好掩饰他内心的焦虑，奶奶哈利娜站在窗户旁边，或向人打招呼，或对人谩骂。还有什洛莫，被他父亲追着满院子跑，画家跟爱吃醋的妻子在吵架，年轻的夫妇缠绵热吻，舅舅约瑟夫比谁都幸福，带着他最新的猎物回了家。

所有人都在那里，在鲁道夫面前。他们不是鬼魂，而是有血有肉的人，如果鲁道夫伸出手指，几乎可以摸到他们。

这一刻，思绪裹挟着泪水汇聚在脑海，犹如河流冲破了拦阻的堤坝，河水涌进峡谷，淹没了峡谷里的一切。他也觉得自己被太多的回忆淹没了。

忽然，鲁道夫双腿发软，交集的百感使他不堪重负。

马库斯立刻注意到外公脸色变得苍白，身体正在下坠，头朝下摔去。他用尽全身力量扶住外公，帮助鲁道夫拖着身子走到了通往楼上的楼梯处。鲁道夫重重地倒在了第一步台阶上，晕了过去。

"外公！外公！"马库斯开始大声呼唤，他轻轻拍了拍鲁道夫的脸，他在电影里见过有人这样做。

他独自陪伴着外公，才开始发现外公的秘密，肩上的责任令他心急如焚，一时间他觉得自己也要晕厥了。幸运的是，就在他要陷入惶恐之前，鲁道夫重新睁开了眼睛，恢复了意识。他尽力保持清醒，左右看看，问发生了什么。

"你应该是晕过去了。"马库斯解释。

这时候，一个女人从底楼的一间公寓里走了出来，她听到了刚刚的呼喊。女人大约五十岁，长得像电视上的美国摔跤运动员，她个子比普通人高，体型庞大，非常肥胖，穿着一套勉强蔽体的粉红色运动服。她头发很短，是金色的，用氧化剂染过，几乎呈现为白色，再加上脸部线条有点僵硬，没有化一丝的妆。她给人一种男子气。

看到坐在楼梯上的老人和弯着腰的男孩，女人很快走上前去，问他们是否需要帮助。

"不用,谢谢,我们没事。"鲁道夫用波兰语说,他连忙让那个女人放心。"我只是血压有点高。帮我把外套口袋里的药片拿出来。"他又用奥地利德语对外孙说。

"真的不用我给您叫救护车吗?"女人坚持问道。

"不用,谢谢,吃了药,我就会好的。"

"那您来我家里吧,我可以给您一点水。"

在马库斯的帮助下,女人没怎么费力就扶起了鲁道夫,慢慢把他搀进屋里。里面空气清新,有香皂和消毒水的味道。到了客厅,女人让鲁道夫坐在一张六十年代的瑞典沙发上,整个屋子的风格其实都停留在那个时期,包括沙发、茶几、壁毯、地毯、多彩瓷雕下面的针织垫子、插着一束假花的大花瓶。橱柜上有一幅巨大的基督像注视着他们,祝福着他们。

鲁道夫觉得这次巧遇是个好兆头。

离开一小会儿后,女人端着一杯清凉的水回来了,她把水递给了老人,"来,给您。"

鲁道夫接了水,就着一大口水把药吞了下去。这时他才意识到,自己还不知该如何称呼主人家。

"非常感谢,太太。我叫鲁道夫·斯坦纳。他呢,"老人指着站在自己身旁的男孩说,"是我的外孙马库斯。"

"很高兴认识您和您外孙。我叫伊沃娜·切斯拉克。"

"亲爱的伊沃娜,我不知道该怎么感谢您。没有您的话,我还在楼梯那里坐着。"

"您客气了,我习惯了,我是普拉斯基医院的护士,就在华沙。如果您愿意,我想给您量一下血压。这样我们大家都更放心。"

"我怎么能拒绝这样的盛情邀请呢？"

伊沃娜帮助鲁道夫脱下外套，然后卷起了老人衬衣和毛衣的袖子，把血压仪的袖带紧紧贴在手臂上。血压仪是最新一代的，是那个家里最现代的东西。

护士神情严肃地盯着仪器，等了一小会儿后，袖带终于瘪了，笑容重新回到了护士的脸上。

"很好。"她满意地说，"八十，一百四。高压还是有点高，但是我觉得在慢慢稳定。"

"太太，我真的不知道该怎么谢谢您。您太热情了。"

"别这样说，我没帮什么大忙。再说，我们都是罗兹来的，应该互相帮助。"

鲁道夫目瞪口呆。"其实，我是在华沙出生的。"他说，同时露出了十分惊愕的表情，仿佛刚看到魔术师从礼帽里拿出一只兔子，"但我父亲和我奶奶的确是来自那里。您是怎么知道的？"

"我听您的口音，马上就知道了，我在那里长大的，不会听错。就算是合唱里面有一个罗兹人，我也能听出来。"

伊沃娜不禁笑了起来。鲁道夫和外孙对视了一眼，眼里充满了惊讶，然后也笑了起来。

"可是您和您外孙来这栋楼做什么？找人吗？不好意思我这样问，也许我可以帮忙。"

"太太，不用，谢谢。其实我就是在这栋楼长大的。准确地说，不是这一栋。是在以前的这栋楼，当时这里还是隔都。"

"您是犹太人？"

"是的，也可能不是。其实我现在也不知道了。"

鲁道夫感到窘迫,垂下了目光。他瞒了一辈子的事情,现在告诉了一个根本不认识的人。

从老人的语气和神色看,伊沃娜明白不该再问下去,她在医院认识了许多从犹太人大屠杀中幸免于难的犹太病人,所有人都很难开口。

"我明白。"她简短地说道。

鲁道夫趁机换了话题。

"这是我从逃走以后,第一次回华沙,差不多有八十年了。"

"真的吗?那您以前为什么没有回来?"

"因为我没有勇气。"

"可能有些冒昧,我想问问,是什么让您改变了主意呢?"

老人瞥了一下外孙,但对于把他们带来这里的新原因,他一个字也没提。

"乡愁。"他简单地说,"特别是人老了的时候。"

伊沃娜点点头。"您知道吗?人年轻的时候也会有乡愁。虽然我也不是那么年轻……我一有几天假期,就会马上回罗兹的家,跟我儿子和我丈夫一起。"

女人转身指了指橱柜上的一张照片,恰好在基督像下方。照片里有她本人和一个男人,男人有着漂亮的金色胡子,还有一个胖男孩,男孩的体型跟他母亲一样大,脸上的线条和表情也一模一样,笑得非常灿烂。

"这个是我儿子,西伯尔,在华沙学习建筑。另外一个是我丈夫,安德烈,是工人。"

伊沃娜简单聊了聊她的家庭,她从罗兹开始的闯荡,她跟安德烈的婚姻，还有她的儿子西伯尔，儿子出生时她还很年轻。鲁道夫听得很仔细，作为回应，他也聊了聊他自己的家庭，他和阿加塔组建的那个家庭，聊到了两个女儿和所有的外孙、外孙女。他为正站在他旁边的马库斯感到非常自豪，说了外孙的很多事情，在所有的孙辈之中，他最喜欢的就是马库斯。

"他就像我的儿子一样。"鲁道夫又说道，并满脸自豪地看着外孙，"所以我和他才来到了这里，一起度过一段时间，只有我们两个人。"

显然，这段用波兰语进行的对话，马库斯一个字也没听懂。他站在那里看着他们，很吃惊外公能够完美运用那门自己一窍不通的语言，到这一刻之前，他只听外公跟出租车司机、酒店礼宾员和餐厅服务员讲过几句。可是，现在他听到外公非常自然地用波兰语提问、回答、聊天，他认为外公讲波兰语远比讲奥地利德语自如。

最后，在聊了大约二十分钟后，鲁道夫觉得是时候重新上路，回酒店去了。

"斯坦纳先生，您确定身体没问题吗？"伊沃娜问他，"您要是愿意，我可以试试给医院打电话，替您约个门诊，心脏病专家没准也能约到。斯特平斯基医生是我的好朋友。"

"不用，真的感谢您，我现在觉得好多了。现在我们要向您道别了，您真的太热情了。"鲁道夫笑着对她说。

"对我来说，您和您外孙想在这里留多久都行，反正我明天才上班。喝点伏特加怎么样？酒是我父母在乡下酿的。我敢保证，这酒会治愈一切！"

"谢谢，但是我们真的不想太打扰您。给您添的麻烦，我现在还

227

不好意思呢。您也知道,情绪有时候会恶作剧。"

"说得对。但是,斗胆说一句,我觉得您是个幸运的人。您外孙也是。在离开之前,我想对他说一些话,您能帮帮忙,替我翻译一下吗?"

"当然可以。"

"他叫什么名字?"

"马库斯。"

"马库斯,你是幸运的孩子。"女人再次说道,这是她第一次直接对马库斯说话。鲁道夫把伊沃娜的话翻译给了站在他旁边的外孙。"你知道吗?"她用严肃的语气问,同时食指指着男孩。

"知道。"男孩回答得有点急,他并不在乎自己说的话是否诚恳,只是不想反驳伊沃娜。

女人继续说:"我从来没见过对自己外孙这样自豪的外公。你要照顾好他,维系好你们之间的关系。两个人如此深爱着对方,这样的情况并不多,明白吗?你们很幸运。看到你们一起来到华沙,感情这样深厚,我打心底里高兴。"

鲁道夫接着翻译,他没有勇气直视外孙。那些话原本不是他说的,却又不得不从他口中说出,他感到很难为情。

刚才他随心所欲地和伊沃娜聊天,认为马库斯永远不会知道自己说了什么,至少不会全都听懂。糟糕的是,伊沃娜继续火上浇油:"马库斯,我父亲和我儿子西伯尔非常爱对方。虽然以前他们很少在一起,因为我们在这里生活,我父亲和我母亲在罗兹。他们很少有机会说话,互相倾诉,问对方问题。现在西伯尔的外公不在了,他很懊悔,他还有很多事情没能告诉他外公。你要答应我,你不会让那样的事情发生,你会像现在这样,一直在你外公身边。你能答应我吗?"

翻译完毕后,鲁道夫把目光转向外孙,等着外孙的答案。他希望听到的与他预料会听到的有所不同,这一次他深感惊讶。

"当然。"马库斯说,同时把一只胳膊放在鲁道夫的肩膀上,"太太,我答应您。"

"很好。我真的很高兴。"

在鲁道夫他们离开之前,伊沃娜把自己的电话号码留给了他们,这样她感到安心一点,假如他们有需要,可以向她求助。她还拿出了一小瓶自酿的伏特加,鲁道夫和马库斯实在无法拒绝。寒暄结束后,祖孙两人出了公寓,重新回到了院子。

鲁道夫在院子里停留了一会儿,最后看了一眼四周。他迅速垂下脑袋,闭眼笑了笑,仿佛他看到了一些人,他在回应那些人的道别。他希望马库斯没有发现自己的动作。

随后,他踱着平时的小步子,和走路无精打采的马库斯再次穿过了门口的通道,回到了路上。

是时候回到当下了,他顿时觉得当下已然不那么可怕。马库斯仍然把手搭在他肩上,他紧紧贴着外孙,觉得自己小极了,但有了安全感。

就在这一瞬间,他明白了他们之间的关系发生了多少变化:现在需要帮助的人是他,需要有人帮助他下楼梯,需要有人扶住他,免得他摔倒,需要有人照顾他,免得他忘记吃药。现在他是家里的小孩。如果那个拥抱能够带来这样的意义,那愿他欣然接受。

二十九

1941年秋末，战事即将来袭的消息传遍了隔都，整个华沙很快布满了新的士兵、高射炮和哨岗，雅利安人的许多房屋被征作了应急医院。

不出意料，除了大量士兵涌入，对犹太人的围捕和流放也不分昼夜，每时每刻都在增加。雅科夫担心的事终于发生了。一天晚上，房子里所有的人在一起吃晚饭，他们弄到的食物很少，只有土豆和醋泡包菜。忽然，伴随着一道急促的刹车声，一辆军用卡车正好停在了他们大楼的门口。

从车上立刻下来八个士兵，由盖世太保的一名官员指挥。卡茨尼尔森家及其邻居听到那些士兵打破了楼下的大门，大步踏上了楼梯，像着了魔似的大喊大叫。所有人提心吊胆。根据众所周知的惯例，他们马上熄灭了屋里的灯，等待着。所有人都在默默地、毫不羞愧地祈祷，祈祷被带走的是别人。

每个人都渴望纳粹分子带走的是别家的人，那些和自己一起居住和生活了好几个月的人。安娜内心充满了痛苦，认为是德国人把他们变成了这样。

随着饥荒、疾病、流放逐渐加剧，"团结"一词走出了隔都所有居民的字典，先是变成了一种多余的美德，极少数人才有资格拥有，后来甚至变成了一种弱点，一种谁也不得不改掉的毛病。你唯一能团结的，是你最亲密的亲人，而其他的人，包括邻居，都变成了敌人。

在那片绝对的寂静和黑暗中，大人用手捂住小孩的嘴巴，不让孩子出一口气，四家人听到士兵来到一个一个楼梯间，开始用拳头和枪托砸门。

每当一扇门被打开，许多声音就会接踵而至：用德语发出的吼叫、用波兰语喊出的哀求、拽椅子和打烂家具的响声、女人和小孩绝望的哭声。与此同时，房子里的男人，包括最老的，被推搡着走下楼梯，经常被拽着头发拖到路上。

在吵闹声响起十分钟后，士兵也敲响了他们公寓的门。最先去开门的是雅科夫，而安娜却用目光恳求他坐着不要动。由于塞雷克·泽尔伯曼失去了在艺术咖啡馆的服务员工作，雅科夫成了公寓里唯一有蓝卡的人，他是所有人中危险最小的。

正当其他所有人低头坐着，一动不动，屏住呼吸，心提到了嗓子眼的时候，雅科夫开了灯，他走到门前，尝试保持冷静，最后开了门。

"晚上好。"他说，脸上尽量装得高兴。

首先进门的是盖世太保的官员，官员指责雅科夫磨蹭了很久才执行开门的命令，作为回应，他照着雅科夫的脸狠狠打了一拳。官员胖得令人难以置信，外面裹了一件到脚的黑色皮衣，尽管这个季节天气寒冷，他方阔的脸上却有汗珠，脸上还有一只猪鼻子，一个宽而无用的前额，一副恶心的表情，好像他正在接触的不是人，而是某种他一根手指也不会去碰的东西。

在官员之后，又进来了其他五个士兵。第一个进来的士兵检查了每个人的证件，其余的则挨个搜查所有房间，看有没有人藏在衣柜里、床底下，或者什么秘密的藏身之处。

搜查完毕后，士兵在公寓门口集合，四家人也全都被带到了那里。

跟预料的一样，雅科夫不在被带走的人之列，画家马里乌什·斯滕伯格也是，给德国人画肖像的工作让他安然无恙，只要德国人的虚荣心还胜过他们实行种族灭绝的决心，马里乌什就是安全的。约瑟夫很走运，他在外面，藏在了他最新的情人家里，那是个波兰女孩，约瑟夫很少提及，但女孩给他弄到了一张假的工作证。

官员喊出一个一个名字，命令伊扎克·平克及其父亲艾伦出列，随他去外面。当塞雷克也被他们强行带走时，妻子鲁巴跪在了纳粹官员跟前，求他不要带走丈夫，因为鲁巴已经怀孕了。听到那多余的知心话后，官员显得十分恼怒，也可能是因为他想到一个小犹太人又要来到这个世界了。可是，他想，我们一边费力铲除他们，他们却像没事人一样继续繁殖？

没等女人再多说一个字，官员重重一脚恰好踢在女人肚子上，女人刚刚还把肚子展示给他看了，妄想感动他，好像纳粹分子的心可以变软一样。

鲁巴在地上打滚，开始痛苦地呻吟，她丈夫塞雷克试图冲到她身边，但被一个士兵拦住，挨了一枪托。

其他人都没有对女人伸出援手。他们低着头，被发生的事情吓坏了，但同时又松了口气，因为事情没落到自己头上。后来，伊扎克、艾伦和塞雷克被带出大楼的时候,海伦娜在楼梯上大喊,什洛莫把她拉住了。三人排成一列,站在大门口,其他被带出来的人早已等在那里。接着,盖世太保官员从皮带上掏出他的手枪,露出快速处理公事时或者冲马桶时一样的表情,开枪打死了队列里的老人,包括艾伦。和其他落得这般命运的人一样,可怜的老头倒在了地上,脸朝下,同时响起了骨头破碎的恐怖声音。

而幸存者,包括伊扎克和塞雷克,都被装上卡车带走了。他们的亲人站在家里的窗户前,目光惊愕,亲眼看着他们消失了。

雅科夫想,又是一些种子,消失在纳粹分子手中的种子。

几天后,雅努什和什洛莫坐在院子里,漫不经心地看着几个小女孩玩跳房子游戏。

什洛莫面容消瘦,表情痛苦茫然。雅努什想办法吸引他注意,逗他笑,但无论是拿手绝活扮鬼脸,还是讲笑话,甚至有些是荤段子,都没有任何效果。似乎一切都没有用,他的朋友总是待在一边,眼神空洞。

雅努什很清楚什洛莫的脑袋里在想什么,亲眼见到父亲被带走,爷爷被杀死,不是一件能轻易忘记的事。大人把那件事叫作"哀悼",一个使人恐惧、催人泪下、令人悲伤的词。

如果那件事落在他头上,失去了父亲雅科夫和奶奶哈利娜,他一定会痛苦到发疯,满隔都地跑,找天杀的纳粹分子算账,见一个打一个。

但当他问朋友怎么了时,什洛莫的回答令他瞠目结舌。

"我饿了。"什洛莫说。他没有看雅努什。

没有哀悼,没有复仇的渴望。

只有饥饿。

简单、纯粹的饥饿。

"这三天,我们只吃了两个土豆和一块不新鲜的面包。"

平克太太成了寡妇,无法继续养活三个孩子。再过几天,什洛莫、萨拉和阿摩斯就会饿死。

事实上,在那些日子里,饥饿是隔都所有居民面临的主要问题,没有哪一天哪一刻他们哪一个人不在想食物。在当时,食物是最有价值的,所有人拿去黑市置换东西的钻石、黄金、钞票,也不能与之相比。住在那里面的人,谁也没想到他们会面临那样的饥饿。他们什么都缺,连喝的也缺,水也缺。

时间长了,他们学会了嚼口水,好让胃相信他们在吃东西,但这种伎俩收效甚微,因为身体不像他们想得那样愚蠢。

这天早上,雅努什告诉什洛莫,他知道怎么解决问题。只要去隔都的天主教堂,问题就会迎刃而解。他听到有人跟奶奶哈利娜说,改信天主教的犹太人得到了明爱会的食物援助。显然,奶奶哈利娜对那些人嗤之以鼻,把他们叫作"叛徒,间谍,爱占便宜的人,发伪誓的人",那时她像平时一样,往地上吐了三次口水,最后加了一句:"邪眼[①] 让他们永不安生!"

当孙子问她,为什么他们不变成基督徒,那样他们就可以得到更多帮助了,她差点亲手掐死孙子。于是雅努什赶紧换了话题,又说了一些他知道奶奶肯定喜欢听的事:"奶奶,为什么上帝不从天上

[①] Malocchio,一些民间传统里信奉的迷信力量,多数时候会给被嫉妒或厌恶的人带去厄运。

来到我们中间,好好教训一下纳粹分子?"

笑容重新回到了哈利娜的脸上,她摸着孙子的头发说:"孩子,假如上帝住在人间,求他帮忙的人就会踏破他家的门槛。"

"可是那谁来关心我们呢?"

雅努什的问题并不愚蠢。

那时候,由于犹太居民委员会被官僚主义和形式主义掣肘,关心犹太人的是与犹太人互助会联合的房屋委员会。尽管他们做了很多努力,甚至把富人的家围起来,等富人家的女人从市场回来时,祈求施舍一些东西,但要让隔都所有的穷人都不饿肚子,是一件极难的事,因为富人现在也变成了穷人。

小卡茨尼尔森信誓旦旦地对什洛莫说,只要他们假装改信天主教,就可以得到吃的,还会有剩余的带回家。

反正也没有其他办法,两个孩子就朝格日鲍斯基广场走去,像是在沙漠里迷了路,追寻海市蜃楼一样。

诸圣教堂是华沙最大、最宏伟的天主教堂之一,恰好坐落在隔都与雅利安区的交界线上,就在诺兹克犹太教堂的背后。那里聚集着改信天主教的人,在出生就是天主教徒的人眼中,他们代表了一种中间路线,就好像他们对天主教的信仰不够虔诚,不配和天生的天主教徒一起留在隔都外面。

在路上,雅努什和什洛莫遇到了许多乞丐,数量之多使他们瞠目结舌。乞丐躺在地上,奄奄一息,犹如一堆堆可怜的骨头和人皮,饥饿的程度是他们永远无法体会到的。那几乎全是没有工作的难民和父母被流放或被杀死的孤儿,在飘雪的夜里,他们光着脚,穿着破衣烂衫,成群结队地走在隔都的街头。他们是唯一得到犹太警察允许，在宵禁开始后还能在街头游荡的人。那些可怜虫像疯子一样，在一栋栋大楼的窗户下声嘶力竭地喊饿，直到天亮。不止一天夜里，乞丐的哀号吵醒了雅努什本就不安的梦，现在他看到那些有血有肉的人站在自己面前，心里忽然五味杂陈，几乎是一种痛苦。

有个刚死不久的小男孩躺在地上，尸体一半在人行道上，一半在公路上，手仍然保持着乞讨的姿势，脸朝向天空，像是在问上帝为什么他会落得这个结局。或许只是在请求上帝给他留一个位置。

很快来了一位老妇，用几张报纸盖住了那具瘦小的尸体，报纸的角用四块石头压着。老妇匆匆为逝者进行了祈祷，然后离开了。而尸体周围不断有活人经过，就好像把那个可怜的孩子藏起来，路过的人看不见了，尸体就消失了；就好像那是一种魔法，尸体在魔术师的手帕下消失了。然而，对于愿意看到那具尸体的人来说，那个伎俩昭然若揭。

雅努什最后看了一眼尸体，发现老妇并没有完成工作，尸体的面部还暴露在外，于是他又折了回去，弯下腰，小心翼翼地用报纸盖上了小孩的脸部。令人难以置信的是，这一次他一点也不害怕触碰死人。他想，如果那些大孩子看到他这样做，他们会马上让他入伙。

施行完善举后，他回到了什洛莫身边，他们又走了十分钟出头，终于来到了格日鲍斯基广场。

诸圣教堂在一排灰色的台阶之上，是两个孩子平生见过的最雪白和最神圣的事物。跟他们经常去的犹太教堂相比，诸圣教堂由许多大理石、玻璃窗和钟楼组成。雅努什目瞪口呆，他想，很多犹太人选择皈依天主教，是有道理的。一跨过大门的门槛，雅努什感到更加吃惊了，他和什洛莫身处一团香气缭绕的白雾之中。

在上午的那个时间，教堂里挤满了排队求助的人。没人注意到那两个鼻子朝天，转来转去的孩子。他们先在深色的长木凳中间转悠，后来又去了中殿，在每个供奉着一个天主教圣人的祭台前驻足。

雅努什并不知道，那些年，一些犹太人改变信仰或者假装改变信仰，原因不是基督教堂里面富丽堂皇，也不是明爱会给了他们帮助。大多数皈依基督教的犹太人把他们的孩子带去诸圣教堂，是为了让孩子快速学会天主教的祈祷和仪式，这样的话，假如他们的孩子在隔都外面被人拦住了，就可以假装是基督教徒。因为正是从那里，在教区神父戈德莱夫斯基蒙席[①]的帮助下，人们可以通过墙上的一个洞逃到雅利安区。

慢步走在大理石铺就的中殿，雅努什和什洛莫被墙上的灰泥、巨大的吊灯、铜制的布道坛和点燃的蜡烛深深吸引。但最震撼他们的，毫无疑问是教堂里无数的壁画和雕塑。以前他们一幅宗教画或者描绘超自然世界的画也没见过，因为犹太教堂里面没有。

在那些无处不在的画像中，两个闯入者注意到有一个面孔尤其突出，留着不修边幅的胡子和及肩的长发。那个人很瘦，身上只有腰间盖了一张破布，跟他们在外面看到的很多奄奄一息的人一样。在一些画中，那个人的头上戴着一座荆棘王冠，血流到了脸上。肋骨上、手上和脚上都有血。那应该就是他还在隔都外面的学校读书时，老师和同学对他讲到的耶稣。他现在看到的那个人被许多人围着，有跪在地上的女人，长有浓密胡子、头顶光晕的男人，眼神充

---

① 蒙席（Monsignor）是天主教会神职人员的一种荣誉称号。

满杀气、长着鸟喙般鼻子的坏人，而坏人的模样，恰恰吻合通常纳粹分子在隔都贴的告示里对犹太人的描述。

雅努什心中顿时很生气。

"有件事我不明白。"他小声对站在旁边的什洛莫说，"为什么好人画得像德国人，坏人像我们？"

什洛莫耸耸肩，不知道怎么回答。"我们排队吧。"什洛莫最后说，"我们来这儿是为了吃饭，不是为了看画。"

他们在人群中钻来钻去，成功地在队伍中间占到了位置，长长的队伍已经排到了中殿的尽头。就在中殿尽头再远一点的地方，一群走私贩正坐在最后一排长凳上谈生意，商量着商品远高于市价的价钱。

当终于轮到他们时，分发圆面包和土豆的教士有一丝疑惑：许多人为了得到明爱会的帮助，假装皈依天主教，这两个小孩看着就像骗子。教士身穿黑色长袍，有着金黄色的胡子和清澈的天蓝色眼睛，他看了雅努什和什洛莫一会儿，等着两个孩子上前露出马脚。

但两个小孩都不说话，低着头，所以他先开了口。

"你们两个真的是基督徒吗？"他带着疑惑的语气问。

"当然。"雅努什和什洛莫马上异口同声地回答，"非常虔诚的基督徒！"

"奇怪，我没在这里见过你们……"

"因为我们太矮了。"雅努什回答道。那张厚脸皮马上赢得了教士的信任，教士没有丝毫犹豫，给了他们三个圆面包、一小包樱桃果酱和一袋土豆。

"您为什么要给我们这些东西？"雅努什问教士。他不敢相信有人如此慷慨。

"这样你们就会长大,"教士回答说,"我就能看到你们了。现在你们走吧。"教士最后说道:"愿上帝保佑你们。"

"赞美天主之名。"雅努什顺口就说,同时他马上用一只手捂住嘴巴,想堵住说漏了的嘴。

但已经太迟了。男孩没说别的,撒腿就跑,什洛莫紧随其后,在后面疯笑。

教士也笑了,他感谢上帝让这两个小家伙在那般地狱中还能快活地笑。

三十

雅努什和什洛莫跑进了一条小胡同,他们大口喘气,这里远离格日鲍斯基广场,离教堂足够远,不会被人追到。确定没人在看他们后,他们一刻也不耽误,马上把手指伸进了装果酱的袋子,一把一把地狼吞虎咽。

果酱吃在嘴里,像无数烟花在嘴里绽放。他们的味蕾被煮土豆和稀薄的糨糊麻痹了几个月,现在全都欢欣鼓舞地苏醒了。雅努什和什洛莫从来没有那样开心过,从来没有体会过那种纯粹、绝对、完整和甜蜜的快乐,两个人轮流舔舐装果酱的纸,不浪费一丁点美味的果酱。

接着,他们直接用嘴撕面包,上一口还没下咽,就又咬上一口,嘴里塞得满满的。他们再一次欣喜若狂,因为手里拿的,吃起来是真面包,不像凭粮票发的那些,里面木屑比面粉多。

三个圆面包没有吃完,一个是完整的,另外两个还剩一半,他们打算按计划带回家去。所有的土豆都还留着,只是因为他们啃了一个后,发现生土豆的味道实在让人恶心。

他们无法想象回到家时,家人看见他们怀里捧着上帝的恩赐,会是什么样的表情。雅努什敢肯定,奶奶哈利娜会把他抱在怀里,送给他足够受用一辈子的祝福。什洛莫也知道，他妈妈会抱住他，不停吻他，因为海伦娜终于又有东西给他的弟弟妹妹吃了。由于没了父亲，就轮到什洛莫照顾家人了，他妈妈在举行他爷爷葬礼那天就是这样告诉他的。

在好好填饱肚子后，两个孩子坐在地上，享受糖分和碳水化合物带来的疲惫感。他们感到开心得心要爆炸了，想马上和家人分享那种幸福。

充满新能量后，他们站了起来，怀里紧紧抱着面包和土豆，朝家的方向跑去。与此同时，他们在脑海里想象家人迎接他们的场景，仿佛他们是带着丰厚的战利品，从前线荣归的英雄。

雅努什和什洛莫拼命地奔跑，脸上洋溢着幸福，同时发出清脆的笑声。或许正因如此，引起了一些德国士兵的注意，那些士兵在克罗德纳街拦住了一群等着过桥去小隔都的人。一些女人刚才被强迫用自己的内裤擦干人行道，然后再若无其事地把内裤穿上。同时，两个掉了牙的老乞丐被强迫像猴子一样跳舞，旁边正好有个人在吹口风琴。

纳粹分子见他们那样跑，就把他们拦了下来，认为他们跑得那样着急，肯定是犯了什么事，或者偷了东西。

"这些东西你们是偷的谁的？"一个又矮又胖，圆脸凶相，留了两撇大胡子的士兵问他们。

士兵用德语对着他们的脸大吼，什洛莫和雅努什显然一个字也不明白，尽管士兵觉得，提高嗓门是让人听懂他说话的有效办法。

"小偷！"士兵开始大叫，唾沫星子溅得到处都是，"小偷！卑鄙的犹太小偷！"

士兵反复说了好几遍，语气越来越愤怒。直到后来士兵忽然动手，从两个孩子手里抢走了面包和土豆，然后暴跳如雷，把面包和土豆摔在地上，用靴子狠狠地踩，好像连同食物一道被踩的，还有盗取那些东西的人。

雅努什和什洛莫还没反应过来，一小群人就已经扑在了碎了一地的面包上，他们直接用手从地上捡起面包，随即狼吞虎咽，好像鬣狗扑食一般。

雅努什胸中燃起熊熊怒火。

"丑八怪纳粹混蛋！"他对着士兵怒吼。

周围的人群即刻退散，他们害怕的不是眼前正看到的情景，而是即将看到的事情：小孩侮辱了士兵，他会为此付出沉重的代价。什洛莫也意识到了，他朝朋友跑去，紧紧抓住雅努什的外套，试着把雅努什拉走。

但雅努什并不低头，他全力挣脱掉把他往后拉的力量，开始用拳脚攻击他的敌人，同时嘴里吐出他从奶奶哈利娜那里听到的所有脏话。

所有在场的人大惊失色，德国士兵对受到的攻击和辱骂不为所动。士兵的圆脸上甚至露出了讥笑，他只是伸手抵住雅努什的额头，不让他靠近自己。

雅努什的攻击都落空了，但他并没有停止，他低着头，越来越愤怒，试着让打破了他英雄梦的纳粹分子付出代价。

后来士兵玩腻了，忽然撒了手，没了支撑点的雅努什失去平衡，脸朝下摔在了地上。士兵马上抓住他的肩膀，将他提了起来，然后把他放在脚前，狠狠一脚踹在他屁股上，可怜的孩子在地上滚了好几米远。

这一次，用不着什洛莫提醒，雅努什就明白现在不是还手的时候。他从地上爬起来，拍拍身上的灰尘，用袖子擦干了鼻孔里流出的许多鲜血。

雅努什回到家时，安娜看到儿子那个样子，脸上和衣服上全是血迹，差点没晕过去。她丢下手中正在缝补的衣服，赶忙朝儿子跑去。

"天啊，雅努什！上帝啊！你怎么了？"她大喊着，紧紧抱住孩子。

"没事……"

"什么没事！你跟人打架了？你又去跟那些大孩子鬼混了，是不是？跟我说实话！"

"没有。"

"乖儿子，你这是怎么了？"

"勇敢一点。"海伦娜也问什洛莫，"马上告诉我们发生了什么事。"

面对两位母亲严厉的询问，两个孩子和盘托出，一五一十地讲述了早上发生的事情。他们从什洛莫被饥饿折磨讲起，然后讲到在天主教堂里满是奇怪的画，最后说到在克罗德纳街的桥边挨了德国士兵的打。

当安娜听说儿子身上的血是因为跟一个纳粹分子打架流的，她马上坐在椅子上，才没有晕过去。为了把一块面包带回家，儿子冒了生命危险，她为儿子的无私和勇敢自豪，但一想到那个壮举可能要付出的代价,自豪感马上被抵消了。

士兵没有杀他,真是个奇迹。安娜亲眼见到过,一个孩子的尸体被吊在房子的阳台上,成为一群醉醺醺的盖世太保射击的靶子。有件事在隔都已经传了有段日子了,人们议论纷纷,说是有三个孩子坐在儿童医院门口,被一个德国士兵一枪打死,那颗子弹连穿过了三颗小脑袋,三个可怜的孩子就这样死于一个士兵的游戏之中。

雅努什还活着,真是一个奇迹。哈希姆,"赞美天主之名",再次眷顾了她的儿子和她的家庭。她会终生感激不尽,她开始用所有她知道的祈祷语赞美哈希姆。安娜想,她以后再也不会问哈希姆要什么了,仿佛她一次就打光了所有的牌,现在她再也没有王牌可以出了,但这并不重要,重要的是雅努什还活着,在自己身边。

看见母亲那样伤心,雅努什准备好了受重罚。

"你生气了,对吗?"他问母亲,同时低着头,闭着眼睛,准备至少挨一记耳光。

安娜有一瞬间真的想打儿子一耳光。她抬起手掌,准备惩罚荒唐、鲁莽的儿子,但最终住了手。

她既害怕失去儿子,又为还拥有儿子开心,她扑到孩子身上,紧紧地抱住他。她需要感受雅努什柔软而结实的身体,还有雅努什身上的香味,她第一次拥抱儿子时就闻到的那股香味。

这天上午,安娜一边大哭,一边抚摸雅努什的头发,不断对儿子说充满爱意的话,那些话她甚至对她最爱的丈夫也没有说过。那几个月,她和雅科夫受了太多屈辱和伤害,都是为了保护雅努什和莉薇,让两个孩子活下去。孩子活下去的希望给了她和雅科夫超乎常人的力量和坚韧。正是多亏了那个希望,他们的心,隔都数万犹太人的心，才没有被恐惧支配，而是充满了成功的信念。

假如雅努什和莉薇失去了生命，他们所有的努力还有什么意义？

雅努什那天早上冒的危险太大了，晚上她无法若无其事地睡觉。安娜忍不住想象雅努什头被打破的场面，已经有几十个孩子那样死去。在隔都生活变得太危险了。

深夜，雅科夫回到了家，像往常一样，军服厂的工作使他疲惫不堪，甚至连回家的时间也没有。安娜走到他身边，很快把雅努什早上遇到的危险和冒失的行为告诉了他。妻子说服丈夫照他先前的决定做，最后说道："你说得对，他们必须离开这里，两个都要走。趁还来得及，我们要想办法让他们逃出隔都。"

雅科夫垂下脑袋，点点头。他之前也是这样想的，在几周前，他看到警察为劳动营抓人时，在雪地里杀了一个小孩。他已经和妻子讨论过了，现在他很高兴妻子终于相信那是唯一的办法了。

雅努什和莉薇必须离开这里。

唯一让他有点顾虑的还是奶奶哈利娜。哈利娜十分清楚他和安娜的打算，两个孩子是哈利娜的"宝贝"，要是没了他们，哈利娜就活不下去了。

"上帝现在不在，但他会回来的。"哈利娜坚信这一点。她试着用这句话和其他千言万语让儿子和儿媳改变主意，让他们再次相信局势仍有可能很快转变。

似乎难以置信，但局势越是恶化，民众越觉得战争快要结束了，德国人快要战败了。隔都里也流传着这样的话："纳粹分子在苏联抓了一些俘虏，他们把俘虏当作战利品，在华沙游街示众，而为了让抓到的俘虏显得更多，总是同一拨人在游街。"

尽管有那些充满希望的预兆，尽管奶奶哈利娜的初心是好的，她声泪俱下，悲痛地祈求，但仍然不能让安娜和雅科夫改变决心。尽管那样做，需要她做出许多努力，但最终她还是接受了。

她的儿子和儿媳说得有道理，留在隔都对雅努什和莉薇来说太危险了。如果那些纳粹混蛋杀了她，她会在未来世界欣然回到她的什洛莫身边。

但她的孙子和孙女不能被杀死，他们必须千方百计活下去。

就这样，安娜和雅科夫开始行动，想办法实施他们筹谋的计划。

一听说姐姐和姐夫想让两个孩子逃出隔都，舅舅约瑟夫就帮上了他们的忙，他说他知道怎么办。一天晚上，安娜用表弟莫伊什弄来的一块肉煮了一锅汤，晚饭时筹划开始了。

为了避免孩子听到他们的谈话，从而提前开始担心，甚至孩子可能会不经意泄露他们的计划，安娜让雅努什和莉薇跟什洛莫一家人在厨房吃饭，把自己做的汤给了他们一些。

"我知道怎么做。"约瑟夫一边用勺子喝汤，一边真诚地说。

"你知道怎么让孩子们安全出去？"雅科夫问他，想确认自己是不是真的听清楚了。

"对。有个波兰女人每天都来隔都，她把小孩带走，德国人没有发现。她已经带走几百个孩子了。"

"她叫什么名字？"

"没人知道她真正的名字。大家只是叫她'约兰塔护士'。"

"那被带去雅利安区的孩子怎么样了？难道不危险吗？这事靠谱吗？"安娜暗中希望弟弟给出一个不确信的答案，这样她就有足够理由改变主意，不让孩子离开。

但遗憾的是，约瑟夫信誓旦旦地对她说："你放心，一些波兰家庭或者天主教机构会收留孩子，把孩子藏起来。当然，他们事先会给新来的孩子做一些假证件，用的是已经死掉的孩子的名字和姓氏，所以，就好像那些死了的孩子还活着一样"。

"天知道这要多少钱……"

安娜想再找一个借口使计划落空，可这一次她还是没能达到目的。

"我们一分钱也不用花。"

"一分钱也不用？"

"一分钱也不用。有一个秘密组织专门为这个事筹措资金。"

"那你是怎么知道这些事的？"

安娜提出了这个问题，她一如既往地自信，觉得这中间肯定与某个女人有关，而的确，约瑟夫的脸马上变得通红。大家都知道，他是公认的花花公子，可当问他那种问题的人是他姐姐，或者他要向他姐姐做出某种解释的时候，他还是会感到尴尬。

"我最新的情人，就是帮我弄到蓝卡的那个。"他的脸上开始露出平时那种狡黠的笑容，"她跟这个约兰塔合作。她在卫生部工作，但是暗地里负责为出去了的孩子找到领养他们的家庭。"

姐姐觉得不可思议，在暴力横行、人心惶惶的局势中，她弟弟竟然还有时间和心思想着性事，冒着生命危险满足自己的欲望。但她也要承认，正是由于弟弟饥渴难耐，她的孩子才会有机会活着离开那里。

"你可以联系上她吗？"她问道。

"当然可以。"约瑟夫回答，"我试试带她到这里来。这样我们可以聊一聊，看是不是像听说的那样靠谱。"

"雅科夫，你觉得呢？"安娜问丈夫。

"我觉得这可能是唯一的办法。"雅科夫说，耸了耸肩。

"妈妈，你呢？你觉得怎么样？"安娜转身对婆婆说。

"我觉得你是个比我优秀的母亲。"

"怎么这样说？"

"因为我永远没有勇气让我的孩子离开我。"

三十一

这天夜里，鲁道夫像往常一样梦见了恶狗。但与其说那是一个梦，不如说是一种梦一般的谵妄，时而呈现出前所未有的怪诞风格。这种新事物自然受到许多因素影响，但主要是由于伊沃娜的伏特加，这位护士那天下午热情招待了他，令人肃然起敬。

反正睡不着，鲁道夫背着马库斯喝了两口酒，并且是直接拿着瓶子喝的。他年轻时就很喜欢伏特加的烈劲儿，喜欢一口气喝完后产生的那种颤抖，但他已经很多年没有喝过了。夜里，他借口要上厕所，把自己关在厕所里面，然后开始偷偷地喝，好像那是一种药，苦涩却又不得不喝。最后他思索片刻，又喝了第三口，免得自己偷喝了，却没有效果。

但伊沃娜的"药水"并没有完全见效。恶狗追逐他的场景不在华沙街头，而在隔都从前他住的旧公寓里。在他的谵妄中，公寓变得巨大无比，几乎没有尽头，里面没有一扇窗户供他逃走，他只穿了一件蓝绿色的长羊毛衣，从一个家具跳到另一个家具上，从一张长沙发跳到一张短沙发上，从一张桌子跳到一把椅子上。凶相毕露的畜生对他紧追不舍，而公寓里所有的女人显得更加凶狠与愤怒，跟在狗的后面。

"古斯塔沃！"所有的女人这样叫他，"你快束手就擒吧，水已经开了！"

而他反驳道："可我不是古斯塔沃！"他试图逃脱将要抓住他的犬牙和手。

最后一只狗忽然咬住了他的小腿，他摔在地上，再也逃不掉了。这时候，奶奶哈利娜来了，她抓住他其实是火鸡爪子的脚，轻松把他从地上提了起来，好像他没有重量一样。"一锅美味的鸡汤，我们正需要呢。"她大声地说，"现在我来割它脖子！"

"什么脖子啊，奶奶，我是你孙子！"他为自己辩护，想摆脱束缚。但哈利娜根本不松手。

"我没有孙子！"她愤怒地回答，"我只有一个打仗死了的丈夫！"哈利娜像着了魔似的笑着，她拿出什洛莫从前线寄给她的叉子，开始在火鸡身上到处乱叉，试试孙子的肉硬不硬。后来她揭开大锅，像童话里的女巫一样，她尝了尝锅里的汤。"一切准备就绪！只差一样东西……"三泡口水一落进汤里就升起了汽云。

当一切似乎都来不及了，鲁道夫已然要化成一锅肉汤时，他的救星化作伊沃娜的模样到来了。女人的金发颜色比现实中更深，她身躯庞大，用强有力的双手把鲁道夫从奶奶的魔爪中救走，救回了自己家里。到了家里，伊沃娜温柔地把他放在沙发上，让他舒服地坐着，然后在他身上盖上假花和基督祝福像，再洒上几滴伏特加，像伏都教①疯狂的仪式一样。

鲁道夫再次醒来时，已是早上七点钟出头。他需要几分钟理清

---

① Vudù，一种源自西非的宗教。

几个小时前经历的事情。或许只是几分钟前的事情。

他不知道自己的幻觉之旅持续了多久，但总而言之，这场旅行给他留下了十分愉悦的感觉。他要感谢伏特加，自从做那个噩梦开始，第一次有人来帮助他。梦里救他的人是伊沃娜，恰巧是给他提供神奇"药水"的人，这很有意思。

重要的是梦里的结局终于变了。他边笑边想，现在他得想办法也改变现实里的结局。

因此，他觉得自己准备好了。他的情绪有些激动，要是不激动，那就奇怪了，但一股缺失已久的能量重新回到了他的体内。在曾经是他家的地方遇到伊沃娜，使他受益匪浅。

他开始明白，与过去和解的唯一办法就是直面过去。继续逃避过去、遗忘过去、隐藏过去，对他不会有任何好处。

他不单是众人中的幸存者，他更是能够直面自我、历经痛苦的幸存者。

是时候消除那种痛苦，从容面对将把他带到终点的那段路了。

死亡没有使他感到任何恐惧，其实那不过是灵魂出窍，对此他深信不疑，这之外的事情他不敢断言。他不会说他相信自己所知道的任何宗教的任何一条教义或公理，但他总是确定存在某种超越生命的事物，一个他可以再次遇到所有他在生命中失去的人的地方。如果那个地方不存在，那他也不会知道有那个地方了。所以为什么要害怕呢？

鲁道夫慢慢从床上起来，骨头和关节一如既往地发出可怕的咯吱声。房间的窗户很大，窗帘很厚，昨晚他拉窗帘时，只留下了一个小口子，光线现在正好透过那个小口子照了进来，外面是多云的天气。天上有许多云，露出零散的蓝色，使得下午还有阳光照耀。

前一天晚上，在酒店匆匆吃了晚饭后，鲁道夫就准备睡觉了，他被白天发生的事情折磨得筋疲力尽。

马库斯后来也在他旁边的床上躺下了。昨晚睡着之前，他最后一次看到马库斯时，马库斯正在玩手机，一只眼睛负责聊天，另一只眼睛盯着电视里的体育节目。年轻人是怎么做到一心二用，甚至一心三用的，这对鲁道夫来说是个解不开的谜。他准备等外孙醒后问一问。

他轻轻把马库斯的被子往上拉了拉，然后非常温柔地抚摸了外孙的额头。曾经他也做过这个动作，在马库斯还小的时候，出门之前他会弯下腰，与外孙保持一样的高度，替外孙整理好外套。手指迅速划过马库斯的金发。他呼唤着外孙："我的小外孙，大男子汉。"

马库斯没有做出任何有所察觉的动作。鲁道夫慢慢关上洗手间的门，他匆忙地洗漱，用电动剃须刀刮胡子，穿好衣服，尽量减小动静。他不想过早吵醒外孙，所以仍然让马库斯在床上安静地睡着，自己一个人下楼去吃早餐了，早上他胃口大开。

一踏进电梯，里面的背景音乐就提醒他该给阿加塔打电话了。阿加塔和电梯里的背景音乐有什么联系，他一时间想不通，或许是调子的节奏与阿加塔喜欢听的肖邦的钢琴曲相似，又或者更为简单，背景音乐的调子使他想起了妻子的电话铃声。

他确实应该给阿加塔打电话了。他们早有约定，等他一醒来，就给妻子打电话。鲁道夫喜欢自己跟阿加塔定下的约定，不过是因为他想永远遵守自己许下的诺言。

昨晚鲁道夫刚吃完饭，阿加塔就打电话来了，她想知道丈夫的情况如何，想告诉丈夫自己跟约翰娜的谈话，想让丈夫知道女儿得知他们两人撒谎后，对他们有多不满。

"我知道马库斯把事情都告诉她了，马库斯自己跟我说的。"妻子话音刚落，鲁道夫就接着说道，"我觉得这其实是件好事。"他又带着笑说，听起来像松了口气。

"什么好事？"

"就是事情是她发现的，而不是我说的。"

"为什么？"

"因为我没有勇气再说一次。我只对马库斯说了那么一点儿，就已经很吃力了。如果再讲下去，我觉得我会死的。"

鲁道夫发觉最后一句话有点夸张，但其实离事实也不远了。回忆是一项使人的身体异常疲惫的操练，仿佛思绪也有特别的重量，在映入他人的眼帘之前，需要先担在自己的肩上。

"我很伤心，约翰娜现在应该比以前更生我的气了。"

"是啊。我想你回来后，你们应该谈一谈。至少应该向她解释你那样做的原因。"

"是我们那样做。"

丈夫最后的说明把自己也包含了进去，阿加塔对此十分不满。"不是，鲁迪，是你自己决定不把事情告诉任何人的。我一直都接受了你的选择，但不能说那是我的选择。"

"你说得对，对不起。"鲁道夫话只说到了这里。现在不是跟妻子争论的时候。阿加塔是他生命的唯一支点，此时他人在千里之外，正是需要妻子支持的时候，他不能和妻子吵架。知道阿加塔支持他，站在他这一边，已经令他感到非常欣慰了。妻子是他的支柱，没有妻子，他将倒在地上，摔成无数碎片。

"你们回来后，我们可以约她见一面，跟她解释一下。"妻子恢复平静后对他说。

"亲爱的，为什么你不替我做？"

"我做什么？"

跟往常一样，阿加塔很清楚丈夫说的是什么。几十年的婚姻给了她一把钥匙，使她能够破解丈夫的任何信息，包括最含蓄的。但她希望鲁迪能意识到自己缺乏责任感，然后为自己的选择承担责任。

鲁道夫也深深了解妻子，当他说明自己的请求时，就已经知道妻子不会答应。

"你跟她解释为什么我什么都没告诉她。"

"你知道我不能那样做。那样不对。鲁迪，要说的是你的故事，不是我的。再说了，我知道的也不多。"

"你明白我要怎么做吗？我的意思是，如果你在乎，我回来后也把故事告诉你。"

"不，你把故事告诉我，不应该是为了让我替你解释。"

"那我应该为了什么？"

"如果你在乎，你就告诉我。我在不在乎，没有任何意义。"

当外公抚摸他的头时，马库斯已经醒来几分钟了，但他一直没有动。他假装还在睡觉，因为外公饱含深情的举动让他觉得尴尬。

就像一只在笼子囚禁了许多年的狗，从来没得到过抚慰，现在它很难信任新主人的关心了。更何况，新主人就是原来的主人。

虽然他有一刻曾想过回应外公的抚摸，但习惯终究战胜了那个想法。后来当他真的想回应外公时，却已经太迟了。于是他继续假装睡觉，就好像什么也没发生一样。

他觉得很累。前一天晚上，他好不容易才睡着。外公欢快地打呼噜时，他又想了很久波兰护士让外公转告他的话："我从来没见过对自己外孙这样自豪的外公。"

昨天下午他的脑子里都在重复那句话，好像每次说出那句话时，他都听到了一个天大的真相。

"我从来没见过对自己外孙这样自豪的外公，我从来没见过对自己外孙这样自豪的外公，我从来没见过对自己外孙这样自豪的外公。"

令他动容的显然不止鲁道夫的话，还有鲁道夫说出那些话的方式和注入其中的情感。

马库斯想，他外公和伊沃娜不可能是串通好的，尽管他曾这样怀疑过。那句话一定是发自内心的。

但他仍然很难相信。

鲁道夫说了马库斯的好话，目的是重新获取他的信任，抚慰他，让他原谅自己那些年疏远了他。但是，把那些话讲给一个完全不认识的人听，用的是马库斯完全听不懂的语言，这有什么意义呢？更何况，老人对陌生人说了那些话，也没想到陌生人后来会让自己又把话转告给马库斯。

只有一种可能：那些话是他外公的真实想法。这很奇怪，荒唐，甚至疯狂，尤其是他前不久刚画了卐字符，以前还闯过许多祸。然而事实的确如此，他外公仍然以他为傲。

可是外公为什么以前不告诉他？如果外公真是那么想，那为什么不把自己的想法告诉他?

那他呢?他忽然扪心自问,他将自己对外公的思念告诉过外公吗?他将自己对外公的爱和因为外公遭受的痛苦告诉过外公吗?没有,他也保持了沉默。

把过错一分为二,自然不能减轻过错,但却是一种先原谅他人,再原谅自己的方式。

那位护士是怎么说的?"两个人如此深爱着对方,这样的情况并不多,明白吗?你们很幸运。"

马库斯想,护士说得有道理,他们真的很幸运,那份幸运不应该被浪费。他们应该趁还来得及的时候好好珍惜,否则就会像伊沃娜的儿子和他外公那样。

马库斯也把事情告诉了母亲。

昨天吃完晚饭后,他出了酒店,给母亲打了电话。就像鲁道夫给阿加塔打电话那样,他也有一个女人可以向之倾诉白天发生的一切。

约翰娜接电话时,对她父母仍然充满了怨恨,心里对他们容不下任何其他感情。她没有任何心思知道那个胆小鬼、伪君子、骗子怎么样了。多年来父亲批评她,指责她破坏了像婚姻那般神圣的纽带,但同时却连自己的真实身份也向她隐瞒。

真相远比她想的要残酷:早在她和托马斯离婚之前,父亲就已经将她排除在了自己的人生之外;甚至准确地说,她从未进入过她父亲的人生。

约翰娜那时候是愤怒、失望、怨恨聚焦的中心,一点就着。正因如此,当她在儿子的话里发现,儿子对他外公和她、托马斯的态度转变了，她便感到十分惊讶。在整场对话中，马库斯的语气里没有了平常那种厌烦，不再游走于烦躁、恼怒、苦闷之中，不再是青少年那种典型的语气——仿佛所有人在求他，在请他让步，几乎是在求他施与一种极尽仁爱的恩赐。这次有所不同，马库斯没有使用那种语气。

而且是马库斯打的电话，不像平时那样等母亲给他打来。在儿子跟约翰娜打招呼时，她就听出来了那种活泼、快乐的语气，这让她说不出话来，坦白说，她甚至想过是儿子喝醉了。

但她很快发现另有原因，不是酒精在作祟。虽然她很难相信，可是儿子给她打电话，好像不是因为儿子应该打，而是因为儿子愿意打。

事实的确如此。马库斯需要让母亲知道他那时有多么高兴。他需要有人倾听他的快乐。

需要有人注意到他。

需要有人了解他曾经是多么痛苦。

三十二

正是这全新的生活，这突如其来的幸福，促使马库斯早早就起了床。和外公之间的所有隔阂消失后，他想跟外公静静度过一些时间，他觉得这顿早饭是和外公重新开始的好机会。当然，不是一切从头再来。马库斯觉得，从当初他和外公不再联系，到现在重聚一地，这中间过去了太长时间，他们应该试着互相诉说没有说出口的事情，而且，他觉得外公已经开始这样做了。

这道思绪仿佛是上帝的启示。

仿佛世上所有的真相在同一瞬间展现在他眼前。真相赤裸而残酷，卸去了岁月中所有浮华的装饰，漂亮极了。

一切突然都变得明了。外公坦白的事情虽然让人受伤，却为走向一段绝对真诚的关系迈出了第一步。他一直想和外公保持这样的关系，但他觉得大人总是做不到。仿佛照来了一束光，在光明之下，鲁道夫的话现在承载了一种完全不同的未来。

马库斯没有洗漱，直接在睡衣外面套上了运动裤和卫衣。然后他匆匆整理了一下头发，对着洗手间的镜子眨眨眼睛。他自鸣得意，觉得在外公的事情上自己恍然大悟。

最后他吹着口哨走出了房间，他有几年没有这么高兴了。连胳膊上的割伤也快速愈合了。

到达吃早餐的餐厅时,他发现外公独自坐在一张四人桌旁,身下的条纹单人沙发色彩丰富,外公手里端着一杯卡布奇诺,眼神空洞。

"早上好!"他笑容满面地对外公说。

鲁道夫如梦初醒。"早上好!"他惊讶地回答,"这么早就起来啦?"

"是呀,我太饿了。"马库斯撒谎。虽然事情发生了变化,但在彻底敞开心扉的过程中,他仍然有一些保留,不过他允许自己偶尔破例。"还有,我喜欢跟你一起吃早饭。"他又说,显得很不好意思,"我们来这里,不就是为了一起度过这段时光吗?"

"当然是!"鲁道夫大声说,面对完全出乎意料的和解,他喜笑颜开,"你要点儿什么?"

"我也想要一杯卡布奇诺。"

"好,我马上跟服务员说。你要吃东西的话,可以去自助餐台拿。"

鲁道夫指了指餐厅尽头的一个地方,那里有木制家具和白色大理石柜台,柜台上的盘子里盛满了上帝的各种恩赐。不得不承认,马库斯的母亲没少花钱。

可能是太早的缘故,餐厅里几乎没什么人,里面除了他外公,只有一个独行的人和一对夫妇,独行的那个人穿着西装,打着领带,那对夫妇餐盘里则盛满了食物,像在出席婚宴一般。很快这里就会挤满游客、商业代理人和肖邦的爱好者,马库斯在网上了解到,华沙有一座专门为这位波兰作曲家建立的博物馆。

他把一块圆形面包和一块果酱馅饼装进盘子时,想到肖邦可以是一个绝佳的由头,他可以借此和外公谈天说地。

他们需要预热,需要探一探彼此的心意,重新学会倾心交谈。在这种情况下,千万要避免令人尴尬的沉默,不能无话可说。再次失去彼此的危险仍然存在,因为虽然他们之间的天平已经发生了改变,但还没有达到完全平衡,再次决裂的风险非常大。

马库斯从温热的面包柜里取出一些面包,连同一小块黄油和一些山莓果酱装在另一个小盘子里。他很喜欢山莓果酱。随后他回到了桌子旁,坐在外公对面,像计划好的那样,马上开始说话。

"你知道肖邦是波兰人吗?"

"当然知道。"鲁道夫回答,"他创作了很多作品,比如著名的波兰舞曲,你外婆非常喜欢。"

"我知道华沙还有一座为他建的博物馆。"

"你想去参观吗?"

马库斯心想,这下糟了,他尽量不露出愠色,摆摆手表示不愿意。幸运的是外公救了他。

"我得说清楚,如果你想去的话,你要一个人去。我讨厌肖邦!就跟我讨厌施特劳斯差不多。我知道纳粹分子摧毁过他的一座雕像,这可能是那些蠢货干的唯一一件好事……"

马库斯忍不住笑了起来。难得听到他外公讲脏话,但纳粹分子配得上。

"那今天你想做什么?"马库斯问道,避免了沉默,"已经有主意了吗?"

"我想回隔都。我需要再去转一圈,昨天太快了。然后我想尝尝波兰饺子，带馅的饺子。这可是华沙的特色菜！"

"外公，昨天你吃过了……"

马库斯露出惊讶的表情，难道他外公记不得了吗？

"你瞧我这记性！"鲁道夫感叹道，同时抬起了黑色的眼睛，"我记得我姐姐十三岁成年礼时的菜单，却忘了昨天中午吃了什么。"鲁道夫接着说，"我在酒店大堂的橱窗里看到，这里有一座为波兰犹太人建的博物馆。"

"如果你想去，我们可以去参观。"

"当然想。肯定比无聊透顶的肖邦博物馆好！"

马库斯又笑了。外公心情这么好，他很高兴，可他也恰恰为这股新生的活力感到担忧，担心外公会过分激动，那颗本来就不健康的心脏承受不住。他们不该忘记，他们只身在一座异国城市。

"确定能去吗？"

"能啊，为什么这样问？"

"好吧，昨天我被你吓惨了。当时你倒在地上，就在楼梯那里……"

"放心吧，我今天精神非常好。"

"外公，不会每次都有一个伊沃娜来救我们。"

"我们不需要她了。我已经带上了所有的药，准备行动吧！"

"你这样说的话，那我相信你。"

"真的吗？"

这个问题中显然隐含着另一层意思。鲁道夫在问他是否真的信任自己，所指的显然不只是自己的健康状况，而是在更宽泛的层面。或许只是他一厢情愿，希望外公是在那样问他。

"当然,我相信你。我做错了吗?"

"我做错了吗?"这几个字自然而然地从马库斯口中说了出来,拦也拦不住,在他想到的那一刻,就脱口而出了。于是,他马上又说了一些话找补。

"你要是出了什么事,我妈会杀了我的。她嘱咐过我,不要再干傻事。"

"你妈妈总是杞人忧天。"鲁道夫笑着说,"但她几乎总是对的。"几秒钟后他又补充说,短短的沉默里包含了世界上所有的爱。

到达隔都时,他们请出租车司机把他们放在了波林博物馆[①]门口。那里保留着波兰犹太人和意第绪文化数百年的历史。

鲁道夫向马库斯解释,"波林"一词在希伯来语中是波兰的意思,但也是"居所""家"的意思。

"波兰曾经的确是世界上许多犹太人的家。在二十世纪三十年代,这里有差不多四百万犹太人。"老人叙述道,对眼前极现代的建筑赞叹不已。博物馆的墙面是玻璃的,几年前刚举行了开馆仪式,正好坐落于曾经隔都的中心。"今天只有几千人了。"他又补充说,声音里明显带着一丝苦涩。

马库斯马上觉察到了外公的感伤。他答应来参观博物馆,没有特别兴奋,但也没有反对,因为他们来华沙是为了满足外公的心愿,而不是他的心愿。况且,他们之间现在达成的和解仍然很脆弱,他不想以任何方式破坏它。如果鲁道夫认为,这是马库斯应该为卐字

---

① Museo Polin,即波兰犹太人历史博物馆。

符和不用被人向警察告发而付出的代价,好吧,他心甘情愿地接受。

虽然他永远不会公开承认,但到目前为止,外公给他的惩罚几乎让他感到快乐,而他原本应该受到的惩罚无疑要比这严厉和痛苦许多。这说明外公还深深爱着他。

尽管是卐字符把他们带来了华沙,但马库斯最近二十四小时其实并未再想过这个符号,直到他踏进波林博物馆。

博物馆的门票对他打折,对他外公免费,门票里包含一项语音导览服务。两人在入口的接待处领取了语音导览设备,然后走在博物馆明亮的走廊里,一位小姐悦耳的声音为他们讲解着与犹太人相关的事件,既有犹太人大屠杀期间的,也包括那之前的,最早可以追溯到第一批犹太人来到波兰。从中世纪到现代,千年的历史收藏在那里面。

讲解的第一部分几乎是欢快的。大约在公元 1000 年,第一批犹太商人来到波兰,与波兰人和波兰人的邻居立陶宛人和睦相处;十七世纪末期,一些大城市兴起,犹太人的家里配备了许多家具,犹太教堂被完美重建,包括里面的壁画;十九世纪至二十世纪,诞生了许多伟大的犹太诗人、画家和导演,他们的事迹令人景仰。

鲁道夫和马库斯往前走着,两人靠得很近,但沉浸在各自的语音导览里。他们循着历史的线索,来到了与犹太人大屠杀有关的区域,历史在那里停止了,被德国军队的行进阻止。

他们仿佛走出了灰姑娘的城堡,来到了恐惧之城。

前面二十四小时的热情和激动使鲁道夫来到了博物馆,他没有想过会在里面找到什么。或者说,至少他没有认真思考过保存在那里的东西所拥有的召唤力量。

他将看到的不再是虚幻的事物，而是重新浮现的现实，尽管现实被有序地概括和包装起来，但现实终究是现实。

在这片只有几平方米的地方，他所有的过去被装在一个由记忆做成的大箱子里面，就跟他藏在科兹克瓦街家里地板下的那个盒子一样。

墙上贴着波兰总督府曾经颁布的告示，一张挨着一张，其中有些禁止犹太人进入公园、雅利安人的商店、电影院和剧院，有些提醒所有人，隔都里面住的是一窝感染了斑疹伤寒和肺结核的人。这是他儿时亲眼在墙上见过的告示，是他跟什洛莫和露丝用来学习识字的告示。

这里有残存的报纸，讲述的是犹太人居住区的历史，从它的诞生到毁灭。还有几十甚至上百张黑白照片，一些贴在墙上，另一些则像放电影一样滚动着，描绘了一个人山人海、熙熙攘攘的广场，照片上的人在找可以买或交换的东西；还有一些肖像画，是从路人脸上捕捉到的表情，有的微笑着，对很快他们要遭遇的惨剧一无所知，有的被那些年的痛苦戕害，留下极其悲伤的眼神。

外公和外孙一动不动地站着，迷失在所有那些紧盯着他们的面孔之中。那些面孔无法再发出声音，他们在沉默中呐喊，为曾经发生的事讨要说法。

展厅很宽阔，在尽头处，有几件从当年的废墟中拯救出来的物品，都是日常使用的东西，包括一条带有蓝色大卫星标志的白色袖章。袖章被置于嵌在墙上的一个小匣子里，匣子里面黑黢黢的，如同放在其中的物品来自的时代一样黑暗。1939年11月12日，华沙所有的犹太人被强迫佩戴上这样的袖章。

鲁道夫下意识地看看自己的胳膊。他佩戴那种袖章时还太年幼，但他现在仍然能感觉到袖章的重量。仿佛那些年他一直戴着，从未取下。

他慢慢把手掌贴在匣子冰冷的玻璃上，轻轻地抚摸，像在轻抚他母亲和父亲的脸庞。

他突然情不自禁地小声哭泣，没有发出声，马库斯几乎毫无察觉，直到他外公从上衣口袋里拿出一块手帕，拭去刚打理过的脸上缓缓滚落的眼泪。

外孙问他感觉如何，是否需要帮助，他回答说："我很好。对不起，你这个外公别的不会，只知道哭……"老人又说，勉强露出了笑容。

然而，与将要发生的事情相比，这场哭泣又算得了什么。

昨天在隔都围墙的遗迹前，一个时空隧洞打开了。现在，当他们进入下一个展厅时，那个时空隧洞又出现了，这次来势更加凶猛。

展厅复刻了当年电车内部的样子，设有许多木制座椅和网状的行李架。透过小窗户，可以欣赏到一部影片中隔都的街道，仿佛那些街道是真实的，仿佛他们真的佩戴着大卫星，坐在仅限犹太人乘坐的黄色电车上。

忽然，在从眼前经过的那些人物里，鲁道夫认出了一个扎着两根长辫，头发乌黑的女孩。女孩瘦瘦的，身后跟着长长一队小孩，就像许多小鹅跟在鹅妈妈后面一样。鲁道夫立刻认出了她，那个女孩是莉薇，她又出现在了那里，在鲁道夫身边，仿佛从未离开过。

鲁道夫猛然从座位上站起来，沿着房间往前跑，仿佛他真的在一辆电车里。

"莉薇！"他大声呼喊，希望女孩能够听到。"莉薇！我在这里，莉薇！"他连续喊了十几遍那个名字，目光从一个小窗转移到另一个小窗，追随着女孩。"莉薇！是我，雅努什！莉薇！"

姐姐一直没有回头，鲁道夫看着她消失，和姐姐那些年幼的学生一起消失于影片的最后一个画面。直至生命的最后一刻，她都在照顾青年团的那些孩子。

于是鲁道夫往回走，走到房间的起点，等待着影片让他姐姐重新出现。他看到莉薇走过了两次，三次，四次。为了不让啜泣打破那一刻的魔法，他默不作声。

三十三

由于一些不可抗力，与约兰塔约定商量送雅努什和莉薇逃走的会面推迟了。虽然每天都有一个可以定义为不可抗力的阻碍，但在1941年的秋天，安娜和雅科夫面临的"不可抗力"，很可能比其他所有因素更"不可抗"——小隔都将在数月内完全废除，行动在10月初已经开始。

尽管犹太居民委员会及其新任主席约瑟夫·谢林斯基先生强烈抗议，但克罗德纳街南面被围起来的区域已经封锁，里面的所有居民必须迁入隔都，桥的北面。不久后规定，若任何人被发现越过拱桥，将被处以死刑。

卡茨尼尔森家的房子在隔都与小隔都的交界处，处于要搬迁的区域，因此一家人变成了新的"难民"。从一个地方搬去另一个地方，被认为是他们很快就会习惯的第无数个麻烦。除此之外，他们还能怎么办呢？

考虑到要重新安置的人口数量，即便隔都的面积更大，显然也无法为所有人都提供居所。纳粹军队以此为借口，趁机削减了隔都居民的人口数量。

黎明之前，从克罗德纳街到西耶纳街的道路完全被特别行动队的警察封锁，几十个哨兵沿墙站岗，他们手里端着步枪，随时准备射击。所有拒绝服从命令的人都被就地射杀，雅努什和家人亲眼见证了那一切，触目惊心。他们已经来到路上，皮行李箱和布袋里只装着极少的个人衣物。

这一次他们没有时间准备搬家，保住自己的命才要紧。

这天，在隔都的数百个家庭里，桌上摆着早餐，煮锅在火上，窗户大开着，床上空空如也，一切将永远那样杂乱。这天，整个世界变得静止和凝固，仿佛面对纳粹军队的狂怒，万物都瘫痪了。

和卡茨尼尔森家一起住的所有邻居都被强迫离开了他们的公寓，他们被士兵推搡着下了楼，斯滕伯格一家和再也不想要孩子的鲁巴·泽尔伯曼走在中间，殿后的是什洛莫和他剩下的家人。

随后，所有的人排成队，一个接一个，双手高高举过头顶，被集中在附近的广场，那里还有几百个像他们一样绝望的人，全部面色苍白，瘦骨伶仃，被那些天的饥饿和寒冷折磨得十分憔悴。一切如此悲伤、苍白，显得像一张调成深棕色的照片。摄影师常常把这样的照片展示在自己工作室的橱窗里。

这天唯一的漏网之鱼是舅舅约瑟夫，已经有段日子没有他的确切消息了。安娜从她和弟弟一个共同的女性朋友那里得知，约瑟夫还藏在雅利安区他的新欢那里，等着风头过去。

看见母亲那样担忧，雅努什便安慰："别担心。"他轻轻摸着母亲的脸说，"舅舅可狡猾了！看着吧，他很快就会平安健康地回家"。

这一点他深信不疑。舅舅是他的英雄，英雄总是会成功，像电影里那样。

可惜小孩不是那样的英雄。

这天，当纳粹士兵把他们赶往路上时，他在焦躁不安的人群中没有再看到朋友什洛莫。他最后一次见什洛莫时，他正牵着弟弟妹妹的手，在人群中像父亲一样坚毅地引导他们。

自此，什洛莫和其他所有人再无音信。就这样，他们连一句道别的话都没能说就分开了，犹如麦粒从麦壳脱落。

党卫队一间一间搜查他们的屋子，关着的门用斧头劈开，放狗进去，把那些妄图藏在家具中间或者衣柜后面的人揪出来。藏匿者一旦被发现，许多人为了不被流放至灭绝营，便决心从窗户跳下去自杀，因为从那些营地传回来的只有死人的惨剧和前所未闻的暴力。据说，在贝乌热茨，一个小时里只有十二个人可以上厕所，憋不住的人就被枪打死；在奥斯维辛，大量囚犯正死于肺炎和斑疹伤寒。

来的有党卫队参谋部的官员和盖世太保的警察，这次他们穿了他们最好的制服。当他们的下属勤劳地搜查在场的犹太人，检查谁的工作证上盖了章，谁的没有盖章时，他们十分高兴，享受着演出，露出了满意的眼神。工作证上没有盖章的人被隔离在一边，聚集在广场的另一块地方，被从希望永远把他们留在身边的人手里拉走。

令所有人非常吃惊的是，这天德国人允许犹太人每人携带最多五十公斤的行李。当人们排着有序的长队从屋里出来时，德国人就在大楼的院子里把那个消息喊给他们听。尽管都是谎言，但纳粹分子还是让他们相信，所有东西都会跟他们一起被送到劳动营。事实上，那不过是德国人的借口，好让那些可怜的人把他们手里所有珍贵的东西都拿出来。在出发的火车站，德国人扣押了所有的东西，并承诺很快会把东西送到他们手上。

雅科夫和家人再也没有任何值钱的东西需要带在身上，这年的最后一段日子，为了活命，他们卖掉了所有的东西，工厂发给他的工资几乎减半，刚刚够不被饿死。

这天早上，当士兵咆哮着催促他们时，他和安娜只拿了很少的东西：一点食物，几件衣服，两三床被单，当然还有爷爷什洛莫的叉子，奶奶哈利娜把它藏在了自己巨大的内衣之下。

跟其他时候的流放一样，这天受苦最多的是老人。雅努什看到许多老人滚下楼梯，有一些被推倒在地，脸摔在了地上，德国人还朝一些老人的脚下开枪，好让那些老人像受过训练的动物一样，听他们的命令手舞足蹈。最后也轮到哈利娜了。她和其他十个老人组成一队，共有五个女人、六个男人，她最先被从所在的队伍中拉出来，当时雅努什就站在她身旁，然后被迫参加一场赛跑。

只有最先到终点的人才能免于一死。

负责宣布比赛开始和裁定获胜者的，是隔都最著名的警察。那个警察是波希米亚人，不是很高，也不是很强壮，从脸上的表情看，他不太聪明。就算他在一个没有其他人的屋子里，你也不会注意到他。然而，所有人都认识那个其貌不扬的侏儒，并给他取了绰号"弗兰肯斯坦"。他不仅是党卫队官员，还是残忍的杀人犯，从黎明到黄昏不断对民众开枪，为的只是享受杀人或看到他人痛苦而带来的乐趣。据说，他上个月杀害了三百个人，其中一半是儿童。

从他的魔爪之下逃生是不可能的。

卡茨尼尔森全家人很快明白，在那场被迫参加的比赛中，奶奶哈利娜没有任何希望获胜，即是说无法逃生。她各种疾病缠身，双腿尤其不便，每天不得不在她的沙发上度日，如果她能走到弗兰肯斯坦划定的起跑线，与其他"参赛者"会合，就已经是出乎意料了。

然而，真正宣告她失败的不是她身上的疾病。杀死她的是她对纳粹分子的憎恨，她不但没有服从纳粹分子的命令，而且胆敢奋起抵抗。

当弗兰肯斯坦发出信号，像在奥运会上一样朝天上打了一枪，所有的老人都开始朝终点移动。但雅努什的奶奶除外，她一步也没有挪动，他们把她放在了哪里，她仍然在哪里。

男孩心惊胆战，一个字也说不出来，连气都不敢出，完全被吓呆了。

那些可怜的老人拼尽全力，沿着纳粹分子即兴设置的跑道蹒跚跛行，当下属以枪击"参赛者"为乐时，弗兰肯斯坦疾步走到哈利娜身边，对着她的脸咆哮，说如果她不马上移动，自己会立刻开枪打死她。

老妇仍然一动不动，不改恨意满盈的眼神。然后，她突然开怀大笑，只有她才会那样笑。

"您胆子可真大！"军官大吼，"知道我是谁吗？"

"当然知道。"她回答道，又变得严肃起来，"可我不怕。"

弗兰肯斯坦紧盯着她，试图弄明白这个疯子究竟想干什么，而她马上就让官员明白了。

"我可一点儿不像您的首领。那是个留着两撇搞笑胡子的侏儒。"哈利娜没有一丝胆怯。

雅努什和他的父母不敢相信真的听见了那些话。奶奶哈利娜的脑子里在想什么？挑衅那个杀人犯没有任何逻辑。哈利娜自己显然也明白这一点。只是无论她参不参加赛跑，她的大限都快到了，还不如轰轰烈烈地离开。

时间在这一瞬间似乎凝固了，整个广场陷入了沉默。当时间解封后，党卫队官员再次弯腰对着老妇，这一次他颤抖地怒吼着。

"怎么敢侮辱元首？！现在我就教教您什么是教养，肮脏恶心的犹太人。"

男人反手一记耳光狠狠打在哈利娜脸上，但哈利娜受了下来，像没事人一样。于是，官员从手枪皮套中取出他的鲁格尔手枪，对准哈利娜的脑袋。"我们挚爱的元首无所畏惧。念一遍！"

"这是您说的。"

"所有人都这样说！"

"所有人其实都知道，拿破仑在俄法战争中穿了红色的衬衣，好在他受伤的时候不让人看到他的血。"

"这跟元首有什么关系？"

"哈，跟传言有关，据说希特勒穿褐色的内裤。"

说完那些话后，唯一从她嘴巴里面出去的东西是一口浓痰，正好吐在杀人犯的眼睛上。然后，官员扣动扳机，奶奶哈利娜面朝下倒在了地上，她的前额中间开了一个十分规则的红色小洞。

当生命离开她时，她觉得自己终于能见到哈希姆的真身了。她有太多事情要向哈希姆抱怨。

同一天，雅努什和他的家人搬去了另一个家，不久后，他们又搬了一次，似乎搬家没完没了。越多犹太人被流放至劳动营，隔都的范围就变得越小，而留下的人也被迫不断搬家，每次去的新住处都较之前更挤，随身带的东西也越来越少。关于住过的那些地方，雅努什只记得卷心菜、煮土豆和各种各样的人熏天的臭味，仅此而已。

　　不断的搬迁只使得本就不安稳的生活更加风雨飘摇。人与人之间无法建立稳定的情感，因为每天都有许多人从隔都消失，被转移去那些不让人生还的营地。在那几个月里，每一次停留都变得极其短暂，所到的公寓里挤满了不认识的人，快要八岁的小卡茨尼尔森根本来不及和任何人交朋友。

　　由于地下学校也几乎关闭了，莉薇成了雅努什唯一的玩伴，但在不去找食物的时候，莉薇会和集中在青年团的儿童待在一起，尽管父母不让她去，因为隔都变得越来越危险了，最好连门也不要出，可她就是不听。时局变得如此让人绝望，她和她的朋友必须比以前更加坚韧，照顾好那些无辜的孩子。

　　莉薇的做法是正确的。越来越多的小孩饿死在大路中间，这也是因为孩子是最后被流放的，许多孩子独自在隔都流浪，再也没有人照顾他们。命运开了一个骇人的玩笑，在这些天，遮盖很多小孩尸体的，正是庆祝儿童月[①]的告示，海报上面写着："我们的孩子应该活着，孩子是最神圣的。"

　　从大围捕那天开始，露丝、露丝的父亲莫伊什·里伯斯金和露丝的母亲索菲亚都没了消息，舅舅约瑟夫还藏在雅利安区。现在，姐姐、什洛莫、露丝和舅舅都不在身边，雅努什一个玩伴也没有了。他觉得很奇怪，他的生活中一直有很多人，可他最希望留在自己身边的却不在了。

[①] 在某些月份，纳粹当局出于宣传需要，会举行一些集会和活动帮助（至少表面如此）贫穷的孩子。

奶奶哈利娜的离开，给雅努什和家人的生活留下了无论什么也无法弥补的空白。周围的一切总是以这样或那样的方式让他想起奶奶哈利娜。在每个场合，他都可以回忆起奶奶的一句口头禅，一个笑话，一句极其生动的咒骂，或者只是奶奶小时候的一次历险。从前一家人一起吃晚饭时，哈利娜总喜欢讲她在乡下长大时的许多趣事。

他保存了奶奶的一件睡衣，并把睡衣放在枕头下面，睡觉之前闻闻气味，这样他就觉得奶奶还在自己身边。闻着鼻子下面的那团衣服，他想到他的奶奶是多好的人啊，他努力在脑海里固定奶奶的面容，好让她的形象不随着她的生命一起消逝。

那个胖女人慷慨赴死，并好生捉弄了希特勒和党卫队官员一番，于是她成了隔都里面的传奇人物。雅努什非常自豪，奶奶声名大噪，她现在是华沙隔都所有人心目中的英雄。

许多人被纳粹分子从家里抓出来后纷纷效仿她，他们备受英雄鼓舞，面对死亡也不那么害怕了。如果那个八十岁的老太太能做到，那么他们也能直视那些杀人犯的眼睛，甚至当面嘲笑那些杀人犯。这已经是一种胜利了。

雅努什见过很多死人，死法也层出不穷，但这是他第一次失去如此亲近的人，他朝夕相处的至亲。现在他像什洛莫一样，明白了人的眼泪究竟有多咸。

这也是小卡茨尼尔森第一次感受到留下的人的深深绝望。

对雅努什来说，那只是意味着奶奶死了，他却活着。而对雅科夫来说，除了失去母亲，原生家庭的最后一员，他还懊悔有一些老问题没有和母亲说清楚。那些小误会重新浮现，向他兴师问罪：有一次他和母亲说话,无缘无故就用恶劣的态度回答母亲;有一次他没有尽到照顾母亲的责任;有一次母亲生日,他从外面回来的时候,忘了带一枝花给母亲,尽管这不是什么大事。

母亲的遗体只用一张老旧的床单裹着,他看着遗体滚进了犹太人公墓的万人冢,从那一刻起,他也跟随母亲一起深埋在了里面。现在,他生活在一个充满遗憾和抱怨、没有任何意义的世界,这是隔都所有犹太人面对亲人被夺走生命,连一句道别和嘱托也无法说出口时的共同感受。

然而,雅科夫一刻也没有想过复仇。他需要比先前更加坚毅地抵抗,期望纳粹分子的末日早点到来。

难以置信的是,他在托本斯公司的工作给这个梦想带来了一丝成真的迹象。

这段日子,工厂里发生了一些令所有人震惊的事情。一天早上,他在清洗一件在战场染满血后送回来的德军军服,发现上衣的口袋缝了起来,里面藏了一张纸。

当他打开口袋时,发现里面藏的是一张苏联传单,因为这样的话,那个德国士兵一旦被俘虏了,就可以拿出卡片,说自己赞同苏联人,暗地里相信他们的理想。至少看到这张传单的同事是这样向雅科夫解释的。

那只是他和同事发现的第一张油印传单,后来还有好几十张,所有的都像第一张一样藏得十分隐秘。这个发现只能说明一件事:德国人在东线不太好过,或许战争真的快结束了。

遗憾的是,在这段时间,一个好消息也无法传来,不过也没传来任何坏消息。

就在同一天晚上，安娜回到家后，告诉丈夫自己丢了工作。由于西耶纳街也被划出了隔都，她工作的家庭被迫离开了原来的大公寓。为了置办一处住所，艾布拉姆·布隆菲尔德几乎花光了手里剩的所有钱和钻石，新房子在诺沃里普基街的起头，房子原来的主人刚刚被发配去了贝乌热茨。

当然，与布隆菲尔德家原来住惯了的大公寓相比，那处由两个房间组成的小地方算不了什么。但那里只有他们一家人，这在人满为患的岁月里真是奇迹，要花很多的钱和靠犹太居民委员会里的关系才买得到。

尽管布隆菲尔德一家无力再付给安娜薪水，但安娜每个星期仍然去看望他们两三次，主要是为了确认小蕾尼娅过得好不好，吃的东西够不够。她不知道为什么，但自己就是无比地爱这个小女孩，也许是因为小女孩以某种方式让她想起了小时候的自己。小时候没有任何人给过自己关爱。安娜对蕾尼娅产生了一股强烈的母爱，甚至想在那位约兰塔小姐的帮助下，让她跟莉薇和雅努什一起逃离隔都。

再说，如果她不关心这个可怜的孩子，还有谁会关心呢？坦白地说，尤金尼娅太太无力再照顾女儿，甚至她连自己都照顾不了。

她丈夫请到家里给她诊治的那些医生说，她的病是典型的"神经疾病"，或者"重度抑郁症"，她受不了家庭崩溃。在经历了长子夭折和纳粹主义导致家道中落后，现在她又失去了她深爱的、充满回忆的家，搬到了新的公寓。这给了她致命一击。

泽尼娅每天在床上度日，连个人卫生都无法自理，她整天盯着窗外，眼神空荡，沉默不语。在她少有打起精神的时候，她似乎觉得自己还在原来的房子里，已经去世的儿子还陪伴着她。在她的脑子里，时间停留在她还是布隆菲尔德太太的时候，那时的她是城里最优雅的贵妇，无论在晚上的剧院里，还是她不惜豪掷千金在自己家里举办的宴会上，她都是令所有人瞩目的那一个。

曾经的那一切都没有留下，连照片也没有。

像她一样，她的丈夫似乎也失去了曾令其闻名华沙商界的活力与执着，仿佛没有任何东西值得艾布拉姆再活下去。

什么也没有，除了酒。

三十四

据老辈人说，1942年的冬天是他们记忆里最冷的时候。

隔都的路上铺满了冰雪，但在每天早晨六点钟，总是被犹太警察组织的围捕唤醒。每个警察每日必须向纳粹当局交付五至七个犹太人，否则就轮到警察和他的家人被流放。

隔都里面的人没有像在贝乌热茨和特雷布林卡这样的集中营里干活累死，却死于贫穷与饥饿，每个月的死亡人数已经超过六千。为了不花丧葬钱，人们把尸体扔在路上，赤裸的尸体堆积如山。当小推车把尸体运至公墓，倒进万人冢时，那些可怜人的头颅一个撞一个，空气中很快响起了砰砰的声音，同时还伴随着一股让人无法忍受的气味，恶心、让人作呕。

在卡茨尼尔森家的新邻居里，也有很多人落得那样的结局。但死去的人空出的房间，很快会有其他寻找栖身之所的可怜人住进去。由于难民实际上已经死绝了，处境最糟糕的就轮到曾经的中产阶级，曾经的学者、教师、医生、律师。

在这些天里，所有人都只在想一个问题：形势那样恐怖，疯子怎么可能如此少？

隔都里设有救济处，每周三次发放一点汤食，雅努什和父母也不得不去寻求救济。他们排上队，等着轮到他们，同时得留神不让人把自己手里的饭盒抢走。一旦发生了那种情况，"合法的原主"与流氓之间将爆发异常激烈的争吵，有时甚至会以一方丢掉性命收场。

形势正急转直下，深渊在前方等着他们，只有几步之遥。

尽管苏联人和盟军在东线取得了胜利，一些德国城市在春季时开始遭到轰炸，但这些并不足以带来希望。连预言家的预言和卡巴拉的预测也不能保证胜利就在眼前。这一次什么也无法让隔都的犹太人重振精神。

入夏之前，下一场大流放即将到来的消息传遍隔都，据说会被送到东边，这令形势雪上加霜。起初雅科夫并不太担忧，因为据传闻所言，这次同以往一样，只有不从事生产的犹太人会被流放。他所在的工厂属于一家非常繁荣的德国公司，公司在这时候十分需要工人和劳动力。

真正使他愤怒的是隐藏在新一轮流放背后的悖论。在缝补军服和给靴子换鞋底的时候，他思考了很久。最后，经过深思熟虑，他得出结论：摆在他们面前的是一条死路。憎恶德国人的犹太人民要保证自己的生存，唯一的办法是帮助敌人取得胜利，但这就意味着他们会消失。

纳粹分子对他们撒下了弥天大谎，使他们相信他们有希望活着，尽管很渺茫。纳粹分子比他们想象的还要狡猾和邪恶，盟军轰炸了德国的城市，为了报复，纳粹分子就加紧迫害犹太人，不到几天的工夫，隔都里越来越多的人被就地杀害，无故挨打，甚至连不到十岁的小孩都被流放。

雅努什和莉薇随时可能被带走。

279

雅科夫和妻子讨论了一整夜，他们害怕看着孩子跟自己分开，自己却什么也做不了。就在那天早上，安娜看见了一队小孩，每两个孩子手拉着手，被他们的老师带往乌姆施拉格广场，广场附近有火车通往特雷布林卡，这个劳动营位于华沙东北部八十千米处的森林里面。母亲们面对那样的折磨无能为力，她们大声哀号，绝望地拉扯头发，有两位母亲试图接近她们的孩子，被直接杀死。

安娜无法想象那样的事发生在自己身上，只是想一想，这天晚上她就吐了两次。

她和雅科夫在那些年承受了一切，远远超出了常人的想象，包括奶奶哈利娜被杀。但他们做到了，他们还在那里，两个人一起。

他们活了下来，这是他们抵抗的方式。

但是现在，想到可能会失去莉薇和雅努什，她备受折磨，就好像有人活生生把她的心挖出来一样。

在这个无眠的夜晚，安娜告诉丈夫自己一切都准备好了，包括用自己的生命换取两个孩子的生命。如果可以那样做，她会像全世界的母亲一样，一秒钟也不迟疑。

但她很清楚，即便是她的命也救不了两个孩子，那些禽兽会把她抓走，同时也不放过两个孩子。德国人发现了施虐的乐趣，于是迫不及待地想要施虐。

令人难以置信的是，七月中旬的一天早上，就在天随时可能塌下来压在她身上时，一个出人意料的奇迹出现了，舅舅约瑟夫来到了他们的新家。他若无其事，仿佛只与姐姐一家人分别了几个小时。

约瑟夫消失了那么多天，杳无音信，安娜真想揍他一顿，但看到弟弟活生生出现在自己眼前，喜悦压住了心里的怒火。

"我跟你说了,他会回来的。"雅努什高兴地对母亲说,仍然抱着舅舅不撒手。

同他们住在一起的,还有另外二十个人,为了避免走漏风声,他们决定下楼到院子里去,那里没人能听到他们的谈话。"犹太人的事情,德国人是从犹太人那里知道的。"所有人都知道,隔都里有些人为了一碗汤、一点钱,什么都干得出来。

坐在一张被风吹日晒雨淋的残旧沙发上,约瑟夫说,自己大部分时间藏在雅利安区女朋友的公寓里。考虑到给犹太人一杯水或一片面包就是死罪,安娜对素未谋面的女孩充满了感激之情,她觉得弟弟和女孩之间的爱真的很伟大。

朵尔卡,多亏了她,约瑟夫才知道姐姐一家现在住在哪里。大家都只叫她朵拉,她加入了扎高塔[①],一个主要由天主教徒发起的地下组织,她和隔都的每个地方都有联络。

通过与约瑟夫的沟通,安娜也得到了雅科夫的表弟莫伊什·里伯斯金及其家人的消息。约瑟夫说,很不幸,他们一家三口全被流放到了特雷布林卡。这是他知道的全部。

但那天令人震惊的消息还没有完。

约瑟夫回来几分钟后,一个三十岁上下,护士打扮的女孩就走进了院子,女孩的脸圆圆的,头发乌黑,梳着两根辫子。她刚一走近,那双大眼睛和脸上真诚的笑容就给所有人留下了深刻的印象。难以置信,在如此艰难的时期,能够看到那样从容的表情。显然,

---

[①] 扎高塔(Zegota),即犹太人救助委员会。一个波兰地下组织,运送了数千名犹太儿童到华沙隔都之外的安全区域。

尽管有许多磨难,但她的生活仍然充满快乐。

护士环顾四周,确保没人会偷听到她要说的话,然后自我介绍。

"非常荣幸,我叫约兰塔。"她伸出一只手。

安娜和雅科夫目瞪口呆,这就是几个月前约瑟夫对他们说到的女人,会策划莉薇和雅努什逃走的人。他们想,奶奶哈利娜说得对:上帝缺席了太久,但也许刚才已经回来了。

寒暄之后,约兰塔说,她来这里是为了让他们的孩子逃走,这是朵拉的请求。朵拉不仅是约瑟夫的女朋友,也是她最亲密的朋友。

"我知道各位很久之前就在联系我。"她解释说,"很抱歉让各位等了这么久,但是要送去外面的孩子每天都在增加。也正是为了送孩子出去,我来了这里。"她又说道:"来这里确认两位是不是真的下定了决心,或者改了主意。"

"我们当然下定了决心。"约瑟夫插嘴说,"对吧?"

安娜和雅科夫迅速交换了眼神,然后连忙点头,不想表现出一丝犹豫。他们只要求多了解一下约兰塔的身份和出逃计划的细节。

约兰塔没有感到不悦,她习惯了这样的请求。父母要与儿女分离,把孩子托付给一个陌生女人,可能永远无法再见了,他们要让自己安心,这是理所当然的。

第一个问题由雅科夫提出,他好奇约兰塔如何能够畅通无阻地出入隔都,就像约瑟夫第一次对他们提到约兰塔时说的那样。

约兰塔从来不暴露真名。她解释说,自己是社会服务工作的负责人,得到了卫生部门工作人员的证件,任务是与传染病作斗争。多亏了那些证件,她可以带着食物、药品、卫生用品、斑疹伤寒疫苗和衣物随意进出,她把带的衣服都穿在了身上,以防被发现。

为了证明自己刚才所说的,约兰塔向他们展示了正穿在她白色工作服里面的三件毛衣,这些是准备送给接下来她要去的一个家庭的。

"您为什么会戴着一个大卫星?"雅科夫问,他看见她手臂上的袖章,觉得十分惊讶,"我想您不是犹太人。"

"她的确不是。"约瑟夫说,"她戴袖章是为了在隔都里尽量不吸引德国人注意。"

"也是为了不吸引犹太人异样的目光。"约兰塔接过话茬儿,"在这种时候,不是所有人都愿意信任天主教徒。当然,我觉得他们是对的。"

这时,安娜也不怎么拐弯抹角,提出了她心存已久的疑问:"您是怎么做到把孩子送出隔都的?我的意思是……这不危险吗?"

"太太,在眼下的日子,出门都有危险。"约兰塔压低声音回答,"您放心,我们会考虑到所有的细节,把风险降到几乎为零。我们有犹太警察帮忙,会提前知道纳粹分子的所有行动、计划和最新的决定。有时候连围捕行动的具体日期和时间都知道。"

"所以,是安全的?"安娜再次问道,她需要得到一个斩钉截铁的答案。

"不,太太,坦诚地说,我不能向您保证您的孩子没有任何危险。"

"我明白。"安娜垂下了头。

雅科夫走到妻子身边,一只手搭在妻子肩上,紧紧抱住了妻子。

约兰塔明白,面前这些人此时思绪万千,她见过几百张这般迷茫的脸,几百双这般绝望、几乎空荡的眼睛。她没有孩子,但她完全想象得到这些人脑袋里在想什么,所有矛盾的情感和情绪在这一刻交织在一起,仿佛情绪下起了暴风雨,使得波涛翻涌。假如她也有孩子,在把孩子交到一个刚认识五分钟的人手里之前,她会考虑一百次,而不是一次。

为了使这对夫妇放心一些,表明从来没有出过意外,约兰塔决定把他们的工作方法和把孩子带到雅利安区时通常使用的策略解释得明白一些。她两眼放出光芒,坦诚地说:"到目前为止,我们已经拯救了几百个孩子。"

"最简单的办法,"她开始说,"是用我开进隔都的货车把孩子运出去。小一点的孩子会藏在车厢后面的工具箱或黄麻袋里。"

"如果在运输途中孩子大喊大叫怎么办?"安娜问,一想到那些可怜的孩子和自己的家人分开,她就感到害怕。"我想没有孩子会心甘情愿和自己父母分开。"

约兰塔马上让她安心:"您想得很周到,但无论什么情况我们都知道怎么应对。用了苯巴比妥,孩子会睡着的。"

"您是说镇静剂?"

"对,事先给他们用几滴,让他们什么也感觉不到。但是为了保证万无一失,我们还带了一只狼狗。"

"那只狗叫维尔克。"约瑟夫笑道。

"一只狼狗有什么用?"雅科夫问。

约兰塔很高兴地回答了他:"在卡车靠近哨点的时候,我们的司机,安东尼,会踩一脚维尔克的爪子,然后维尔克就会发疯一样大叫。我向您保证,就算孩子铆足了劲儿大喊,一个纳粹分子也听不到孩子的声音。"

"真是个绝妙的办法。"雅科夫称赞。

"是否绝妙我不知道，重要的是这个办法有用，警卫都害怕我们那位凶猛的朋友，不敢拦我们的车查运了什么。而且，从明面上说，我们是来这里运走得了斑疹伤寒的死人。谁都会至少保持三米的距离，不敢靠得再近。"

"所以您打算用卡车把我们的孩子运出去吗？"要在脑海里勾勒出逃走的画面，安娜需要尽可能多的细节。当与雅努什和莉薇分别的时刻当真来临时，这些细节会帮助她想象自己在车上陪着两个孩子。

"太太，这个我们还不知道。我们得先确定让您孩子逃走的最安全的办法。这跟时间也有关系，您明白吗？守卫的配置，隔都吹的风，纳粹分子的注意力在哪里，我们都要考虑。"

"不是所有办法在任何时候、任何情况下都行得通。"约瑟夫解释说。他对出逃行动的参与程度，很可能比他说的要深。

"非常对。"约兰塔笑着回应。

然后，约兰塔用了很短的时间，向雅科夫和安娜逐一介绍了他们目前用来逃脱纳粹分子检查的所有办法：有时候，他们把孩子藏在经过隔都的电车上、藏在救护车或者消防车上；有时候，他们让孩子从与雅利安区接壤的房子的地下室出去；而有时候，他们从法院把孩子转移出去，因为法院的大门在隔都的莱什诺街，有一个后门在雅利安区的俄格罗多瓦街；还有些时候，他们甚至让孩子从下水道逃到围墙的另一边。

"那么大一点的孩子呢？"安娜问，"他们怎么办呢？"

"您孩子都多大了？"

"雅努什八月满八岁，莉薇十一月满十四岁。"

"我们有几队在隔都外面的工厂工作的专业工人，我们会把您女儿交给其中一队，这要更复杂一点，因为需要组织的负责人帮忙，但并不是说做不成。我们会帮她弄到一张真的蓝卡，在户籍室我们有一个可靠的人。"

说实在的，听了约兰塔的最后一番解释，安娜和雅科夫并没有感到很安心。可是，就像近几年的许多时候一样，他们没有太多别的选择。

但还有一件事他们想求得安心，至少要问一下。

"然后呢？"母亲颤声问道，"送出去之后会怎么样呢？谁照顾他们？"

"我们听说，"雅科夫插嘴说，"雅利安区到处都是眼线，敲诈逃出去的人。"

"一个一个来。"约兰塔说，脸上仍然露出笑容，"所有的眼线我们都认识，我们知道该怎么行动。但是如果有人想要滑头，我们有足够的钱让他闭嘴。"

"孩子到了外面会怎么样？"安娜再次问道。

在这场谈话中，她最关心的是这个，而不是眼线、卡车、下水道、法院。她真正关心的，是她的孩子一旦出了隔都会怎么样，他们孤苦伶仃，从小到大第一次离开她。

约兰塔完全明白她的担忧。

"救出去后，孩子会马上被一个可靠的人带去我们的救助中心。请放心，他们在那里会找到一群照顾他们的朋友。我们明白，到那时候，跟家人分别的痛苦太折磨他们了。"

"也一样折磨我们。"安娜坦诚地说,无法再抑制住内心的激动。她转身面对丈夫,站在那些破破烂烂的家具中间,双手掩面,开始哭泣。

在安娜发泄的同时,约兰塔耐心等待着,因为那是人之常情。当安娜看起来平静一点了,约兰塔说:"我必须告诉各位,我们没有一点时间可以浪费,我们需要制定让孩子逃出去的方案,安排接待他们的交通员,找到他们躲藏的房子。我们还得用新的名字给他们制作证件,没有证件,什么也办不成。要筹划好一切,我们需要时间。"

"我们的时间不多了,对吗?"约瑟夫问她。

"对。经常有这样的事情发生,孩子逃出去以后,我回去找孩子的父母,把孩子的消息告诉他们,但是发现房子空了,一家人都被带到了乌姆施拉格广场,要被流放了。但不是每次我们都这样走运。有时候我们甚至来不及接走孩子。不要让这种事情发生在自己身上。"

"不会的。"安娜说,"最后一件事,如果有第三个孩子需要逃走,也能安排吗?"

安娜关心的是小蕾尼娅,一个在半死不活的父母手里孤孤单单的女孩。

"太太,只要力所能及,所有的孩子我们都会救。"约兰塔回答。

三十五

马库斯纹丝不动，他睁大眼睛，看着外公在展厅里移动，一会儿从这个窗户探出脑袋，一会儿从那个窗户探出脑袋，好像外公真的在一辆电车上。鲁道夫不停指着一个女孩，嘴里重复念着女孩的名字，女孩隔几分钟就准时从他眼前经过，好像那是一个疯狂且没有止境的循环。老人和女孩都在移动，距离挨得很近，但他们身处不同的时空，永远也不能真正相遇，可是鲁道夫坚持不懈，每次都从头追赶女孩，就好像虽然一直看的是同一部电影，但他不断坚持，期待着一个不同的结局。

他在用意志对抗时间，谁是胜者早已明了。一切都太超乎现实了。马库斯觉得，也许正因如此，才显得异常感人。

外公在展厅里来回走动，疲惫不堪，眼里充满了泪水，追寻着一个只在陌生的人群中现身五秒钟的女孩，那群人几乎都不在人世了。这是在那场旅行中，马库斯希望看到的最后一件事。

然而，他突然觉察到老人停下了脚步，呼吸困难。他走近外公，扶住了外公的肩膀。

"好了，外公。"他说，"不要再继续了，好吗？"

鲁道夫迟疑了片刻，就好像如果不是马库斯，他在生命剩下的时间里，会继续追寻莉薇。他连姐姐的一张照片也没有。现在他在那里找到了姐姐，就在他眼前。在此前近八十年的时间里，他一直试着在记忆的经纬中重塑姐姐的模样。

莉薇，他挚爱的莉薇，他生命中深爱的人。

由于喘不过气，双腿开始发抖，他只得由外孙扶他坐在假电车里的一张长木凳上。

"那个女孩是我姐姐。"他喘着粗气说，"她叫莉薇。"

"她也是……"

不用马库斯说完，鲁道夫就明白外孙没说出口的是什么。

"对。"他回答说，同时闭了一下眼，"从那时候起，我就再也没有见过她。你知道吗？我几乎忘了她长什么样子。她的声音，我完全想不起来了。她的声音跟其他许多女孩的声音混在一起，现在我分辨不出来了。说实话，"鲁道夫继续说，同时用手帕擦擦额头，"他们谁的声音我都不记得了。我脑子里有的不是我家人真正的声音，只是我希望那些是他们的声音。"

老人再次闭上双眼，试着把刚才看到的画面留在记忆里，好像是在塑造一段新的回忆，在忧伤的时候可以拿来解忧。

"我想问问博物馆的馆长这部短片他有没有备份。"然后他说，"我希望在我想的时候，我能够看一看。你觉得能行吗？"

"不用问馆长。我给你拍一个视频。"马克笑答。

他从兜里拿出手机，调整好视线和拍摄角度，然后开始录像。

"要不要把你也拍进去？"

"不用，谢谢。只拍莉薇，只拍她。"

"确定吗？"

"确定。我不想看到自己追着影片里的人跑,那太可怜了。"

"可是你不可怜。"

"不吗?那我给人的感觉是什么样的?"

马库斯凝视着外公,心想自己以前怎么那样恨外公。看到外公坐在那里,那么孱弱,他的心就变得前所未有地软了。他忽然觉得,自己看到的是一个没有人保护、面目苍老的小孩,心里藏着一种让人痛苦到无法启齿的绝望。

其实,他也是这样的人。

"所以呢?"鲁道夫追问,"你觉得我是怎样的人?"

马库斯没有回答,因为他说不出此刻的感觉,找不到合适的言语。但他扑到了外公身上,紧紧抱住了外公,好像两具身体可以互相融合。

然后他哭了。

终于他也哭了,童年以后他再也没有这样哭过。

这是等待了许多年的眼泪,他的眼泪,从前没有哭出来的眼泪。现在所有的眼泪都流了出来,一滴接着一滴,连成了串,里面有父母通知他将要离婚时的眼泪,有数学老师当着全班同学的面骂他白痴时的眼泪,有那天母亲告诉他外公不会像平时一样来接他时的眼泪。和这些眼泪混在一起的,还有每次他独自痛苦时忍住的眼泪。

除了找回儿时的自己所带来的喜悦,这场大哭还让他卸去了身上折磨自己多年的所有罪恶感,特别是最近与卐字符有关的那些。

正是卐字符带来的罪恶感,使眼泪更快地涌出,提醒他为什么来到了这里。

他忽然觉得,展厅里的一切都在因为他犯下的过错而指责他,好像保存在小匣子里的每一样东西都用手指指着他，好像每一张照片上的每一副面孔都因为他做的事情而鄙视他。

他是嘲笑过那些人的怪物。

他是折磨过那些人的刽子手。

他是吞食过那些人心脏的野兽。

他是以前从不正眼看那些人的冷漠者。

在学校放的纪录片里，他看到过许多已经逝去的人，而所有那些逝去的人背后的生活，他从来没有停下来认真思考过，连一秒钟也没有。

他从来没有停下来思考过，那些一个叠一个的尸体，仿佛堆积成了一座恐怖的现代雕塑，他们曾经也有过一段历史，一些梦想，一些回忆和一些盼望。现在，他顿时明白了那些人跟他一样，曾经也有在他们怕黑时为他们擦干眼泪的母亲，也有把他们抱在怀里、举在头顶的父亲，也有偷偷递给他们糖果吃的奶奶，也有被许诺永远不会孤身一人的孩子。

现在，马库斯可以看到那些人。他们排着队来到他眼前，祈求怜悯和正义，通过他外公的声音和眼睛喊出他们的痛苦，而马库斯以前从来没有真正看过他外公的眼睛，因为以前他毫无察觉。

"对不起。"马库斯停止了哭泣，脸仍然埋在鲁道夫的外套下面。

"对不起什么？"鲁道夫问，同时轻轻把外孙从手臂上挪开，仔细看着外孙。

"对不起，我太傻了。"他回答说。他无法看着外公的眼睛。

"我知道，这些年我们交流很少。"鲁道夫继续说，"但是我向你保证，我对你的爱从来没有改变过。我唯一遗憾的是，我总是太放

291

不下面子,没有对你说出口。所以,其实我才是真正的傻瓜。"

"不是,我更傻……"

"得了,现在不是我们争谁更傻的时候。就当我们两个以前一样傻,好吗?这样就公平了。"

马库斯点头表示同意,然后露出了笑容。

他终于找到了勇气看着外公。

鲁道夫也笑了。他一刻也不浪费那个魔法,仍然紧紧抱住外孙,然后手指穿过外孙的头发,把头发弄乱,就像马库斯小的时候那样。他又从口袋里拿出了自己的手帕,递给了外孙。

"外公,"马库斯擦干脸后,把手帕还给他时说,"你要保证,把每件事都告诉我。"

"当然。我保证,从今以后,我再也不说谎了,只说真话。"

"不是,我的意思不是这个。"

"那是什么?"

"我希望你把你的事情都告诉我。我想知道你的故事和你家人的故事。他们也是我的家人,不是吗?"鲁道夫点点头。"我觉得我应该了解他们。现在是时候了。"

"我也这样认为。其实我已经在告诉你了。昨天我带你出去的时候,就开始了。"

"但是我想从头开始听,听完整。你要告诉我你和你家人在这里的经历,让我了解你的父母,你的姐姐。她叫什么名字?"

"莉薇。"

"对,还有莉薇的事情。我想知道你们犹太人在隔都的生活是什么样的。"马库斯顿了一下,然后纠正说,"我们犹太人。"

"其实——"鲁道夫想要纠正，但外孙打断了他。

"对，我知道，只有妈妈是犹太人的孩子才是犹太人。而我妈妈不是。但是我的血管里也流着你的血，不是吗？这是你昨天告诉我的。所以……"

"我会把每一件事都告诉你，虽然我发过誓不对任何人说，包括对我自己。"

"你什么也不应该对我隐瞒。你对我说得越多，我越能明白为什么你没有勇气吐露你的过去，包括对你的妻子和女儿。"

这些是马库斯说的话，但对鲁道夫来说，最后那句话的意思是："我知道得越多，我就会越快像从前那样爱你。"如果他想重新取得外孙的信任，他必须经过自己的意识中最蜿蜒的小径，从记忆里提取出他不想见到的东西。

就像犹太人为了自救需要帮助德国人，从而使得德国人有机会彻底消灭他们，为了拯救外孙和外孙对自己的爱，鲁道夫必须折磨自己，也许直到死亡。

鲁道夫父亲说的那种时代的谬论正在重演，但这一次显得更加自然，这种牺牲也同样刻进了爱的规则。

"我们出去吧。"最后他说，他站了起来，"我需要呼吸新鲜空气，然后我再给你讲。"

呼吸新鲜空气其实只是借口。

来到波林博物馆时，鲁道夫看见门口有一座献给隔都英雄的纪念碑，是为纪念抵抗纳粹分子的游击队员而建。

他想去的是那里，那是他向马库斯回忆过去的理想地方。

两人迈着缓慢的步子，一步紧接一步，来到了巨大的深灰色石墙前面。当鲁道夫问起马库斯纪念碑的细节时,马库斯用了谷歌,把搜索出来的内容读给外公听,网上说石墙是为了铭记隔都的围墙,但也是为了铭记耶路撒冷圣殿的西墙。

纪念碑的一面上是铜制雕像,雕刻着隔都的抵抗者——在1943年拿起武器抵抗纳粹分子的女人、男人和孩子。纪念碑的另一面描绘的是受压迫的犹太人排队登上乌姆施拉格广场的火车。

纪念碑的石头原本是德国人运来华沙为自己建造纪念建筑的,最后却用来赞扬他们英勇、顽强、坚韧的敌人,这真是意义非凡。

在纪念碑的前面,还有一块小的圆形纪念石碑,上面写着:"致那些在一场史无前例的英勇斗争中,为犹太人民的自由与尊严,为一个自由的波兰,为全人类的解放而倒下的人。他们是波兰的犹太英雄。"

"就是这里了。"鲁道夫说,"要向你讲我的故事呀,我觉得这里很合适。"

祖孙二人坐在纪念碑下的台阶上,头上是莫尔德哈·阿涅莱维奇庄严的雕像,那位英雄雄视远方,隔都起义的首领仿佛庇佑着坐在他身下的两个人。

鲁道夫感觉自己受到起义首领和"所有为自由而倒下的人"的保护,他可以感觉到那些人,那些犹太烈士就在那里,在他身边,支撑着他剖析自己。他们围着鲁道夫,像古希腊戏剧中的歌队一样,鼓励他向前迈步,帮助他承受他独特的悲剧。说到底,那也是他们的悲剧。

在讲述中,鲁道夫时而叹息、落泪、陷入长长的沉默,但也不乏微笑和开怀大笑,他让马库斯了解了他完整的人生,包括他从前缄口不言的部分。他开始进入一座宝库，那里面珍藏着他最深沉和最珍贵的记忆。他出生后最初几年的时光，那时的华沙还是犹太人的摇篮，后来犹太人开始受到迫害，局势开始变得紧张，再然后纳粹分子开始侵略。接着，鲁道夫走到宝库深一点的地方，那里记载了他父母的商店关门，他们被迫服从禁令，他们离开原来的家，搬到隔都。在那个过程中，有纳粹分子滥用职权，施加给他们侮辱、暴力、压迫。鲁道夫往宝库更深的地方走去，那是充满饥饿和悲惨的最后几个月，最让他痛苦的，是奶奶去世和父母决定在一个叫约兰塔的护士的帮助下，让他逃离隔都。

在讲述最令人恐惧的深渊之前，鲁道夫停了一下。1942年7月，德国人开始实行所谓的"第一行动"：短短两个月内，三十万犹太人被流放到了特雷布林卡。

看见那深渊里，虚弱无力的人们排队朝火车走去，鲁道夫惊恐万状。

三十六

鲁道夫说完后，感到如释重负。回忆的过程让他十分痛苦，但比他预想的要轻松许多。重新把记忆的画面整理清晰，忽然变得很自然，好像他经常那样做似的。其实，在他的脑海里，所有那些瞬间早已演绎过无数次。

在讲述过程中，扣人心弦的故事和激烈的情绪经常使他偏离正题，乱了头绪。但他想过滤掉那些无用的细枝末节，不遗漏任何重要的地方，他很快就转回了正题。就这样，他很冷静地让故事告一段落了，尽管他迫不及待想吐尽几十年来让他备受煎熬的痛苦。

现在，除了像往常一样感到绝望、惋惜和怀念，他还感受到了倾吐之后产生的宽慰，就像他通过了人生中最困难的考试。他很开心跟别人分享了自己的回忆，更何况聆听者是他外孙——一个对他来说特别重要的人。其实，这正是他们来到这里的原因。

鲁道夫说："我们永远是追寻自己过去的孩子。"像他这样的幸存者都饱尝同一种疾病之苦，那种疾病无法治愈，叫作"记忆的疾病"。为什么他们活了下来，亲人却没能幸免于难？所有人都在为自己的幸存寻找一个原因和目的。

自从卐字符的事情发生后，这是鲁道夫第二次相信，他活着的目的是做他此时正在做的事：讲述，让记忆重现。记忆不再是一种疾病，而是对无法再行使这项权利的人的回忆，是给无法再行使这项权利的人的公道。

"我想今天讲到这里就够了。"他在这场极其漫长的独白结束时说，同时拍了拍外孙的大腿，"最坏的我留着明天再给你讲，你说呢？"

马库斯没有回答。外公讲的故事像汹涌的波涛一样，深深震撼了他。

他呆坐在外公旁边，没有勇气直视外公。他羞愧这样的事怎么会发生在他的身上。他从前干的那么多蠢事中，没有哪一件像他刚刚听到的那些话一样，让他感到如此窘迫、不安和厌恶。

震撼他的不仅是故事的内容，即便是最坚硬的心，听到那个故事也会变得柔软，更何况是马库斯的心。更令他动容的是，故事主人公是他的外公，他母亲的父亲，是他外公承受了纳粹分子竭力制造的恐怖，而且那些恐怖远比他想象的更加骇人。

况且故事还没有结束。鲁道夫还有什么要讲的呢？难道还有什么比他刚才听到的更糟糕？似乎是这样的。

可是怎么可能还有更糟糕的？人类怎么可能犯下那样可怕的罪行？那么卑鄙和堕落。

或许外公知道，外公亲身经历过。

"这一切怎么可能呢？"马库斯问。他希望那其中真的有什么原因，一个他到目前没有找到的原因。

"'当良善之人放弃行动时，邪恶开始统治'，拉比哈伯班德一直这样说。我觉得他说的有道理。你知道吗？如果我们为犹太人大屠杀中被杀害的每个犹太人默哀一分钟,那我们得默哀十一年。邪恶在那个年代统治了太久……"

"这就是我想不通的地方。六百万人怎么会毫无反抗地就被杀害了呢?"

鲁道夫笑着耸了耸肩。犹太人大屠杀中的每一个幸存者一生都至少被这样问过一次。现在轮到他了。

"我不知道。说实话,我思考过许多次这个问题。我没有找到答案。然而,在那个历史的黑洞里我找到了一丝光亮,非常微弱,却是存在的。"

"什么光亮?"

"大屠杀向所有人展现了人可能掉进去的恐怖深渊。但同时也让人看到了人可以到达的高峰:你要知道,我遇到了太多美好的人,哪怕在那个时候,帮助一个犹太人,所有人可能都会没命。"

"你是说像约兰塔那样的人吗?自愿帮助你逃离隔都的那个人。"

"对。但是像她那样帮助华沙犹太人的,有几十个,甚至几百个,他们是神父、修女、普通人。他们所有人都愿意为了救人奉献生命。"

"外公……"是否要说下去,马库斯犹豫了一下。他要问的事情会让他感到窘迫,比之前还要窘迫,可他无论如何也忍不住。外公应该知道答案。

鲁道夫让他说下去:"你说。"

"为什么你们没有反抗?难道受了那么多压迫和伤害,就没有一个人尝试反抗吗?如果是我的话,我会怒不可遏……"

面对这个有些天真的问题,鲁道夫又笑了笑,但这一次的笑容比上一回更加苦涩。许多人都持有相同的观点,认为犹太人没有进行足够的反抗,几乎消极地接受了纳粹分子施加在他们身上的所有恶行。但事实绝非如此。有人觉得这只是一种偏见。也有人觉得,这是一个反犹太人的谎言,像《锡安长老会纪要》中的观点或者像犹太人蘸小孩的血吃逾越节的面包那种说法一样卑劣。这些疯狂的指责,在战争刚开始的时候,他父亲就对他讲过。

"他们当然试过反抗。"鲁道夫开始说,"他们怎么没有试过反抗。但是一切都被恐怖笼罩,我们受了屈辱,就连大声回应都不可能。自从有人搬进隔都,德国人就开始随意对路人开枪,没有任何原因。每天要死二十个人,那些人出了门就回不去了,因为纳粹分子从窗户后面开枪打死了他们。死的人里面,有些我也认识,有的就住在我家附近的路边,有的是我在犹太学校的朋友的父母。"

"他们就那样开枪杀人吗?没有原因?"

"不得不承认,那真是个高明的主意,纳粹分子在这方面很有天赋。没有原因,没有理由,没有任何选择标准,一切都是随机的。当你找不到他们的标准时,随便一件事情,就可以让你成为躲在窗户后面开枪的疯子的靶子,连出门工作或者买东西都成了噩梦。还有连坐的问题,这个主意更高明。"

"什么?什么意思?"

马库斯从来没听过那个词,但那是德国人统治占领区时营造绝对的恐怖氛围的主要策略。

"意思是,一个人犯错会连累其他人,牵连很多人。有一天,应该是1940年年中,在一次围捕中,两个德国士兵被杀了,地点离我家不太远。你知道后来纳粹分子干了什么吗?"

马库斯摇摇头。

"为了报复,他们来了几卡车人,在两个德国士兵被杀的附近几栋楼,有两百个居民被枪杀。另一次,应该是几个月之后,他们发现了一台非法的收音机。我现在说的是收音机,不是地下军工厂,是一个收音机!唉,一天晚上,三百个人被抓捕和枪杀。其中当然包括无辜牵连进去的人。我还可以给你举出十几个这样的例子。有人被指定了去强制劳动,跟他住在同一栋楼的邻居就会被当作人质,你可以想象,如果那个人不去强制劳动,会是什么后果。我父亲也有两三次被列入了强制劳动的名单。现在你明白为什么没有人敢公开反抗了吧?"

这一次马库斯给出了肯定的回答。他终于开始理解了,理解得越深,越说不出话来。

"你觉得所有这些事情都是不可能的,是吗?"鲁道夫问他,"这些事情很难让人相信。"

"是啊。"

"但是,你知道我要告诉你什么吗?犹太人不是像许多人指责的那样没有行动过,没有抗争过,没有抵抗过。那样说的人根本就不了解华沙的隔都。因为,从那个地狱里逃生就是我的抵抗,面对那种敌人,活着,是那些年里最高形式的反抗,如果考虑到我们的生存环境,也是最卑微的反抗。这是属于所有人的反抗,包括死掉的那些人,虽然他们死了,但他们曾经忍受了所有的不幸,每一天,每一小时,每一分钟都在为活着而抗争。不仅如此,如果你仔细思考,进行抗争的还有难民食堂、犹太教堂、学校、剧院和所有的地下工作者。总之,他们是进行抵抗的榜样。你不要忘了,我们那时孤立无援。"

"为什么会孤立无援？波兰之外的犹太人没有帮助过你们吗？"

"没有。连英国和美国的犹太财团也不相信从我们国家传过去的消息。似乎大家都觉得，德国人，我们西方的一个发达民族，不可能像坊间传闻的那样，做出那些骇人听闻的丑事。那些怎么可能是真的呢？你看，你也在怀疑，不是吗？"

马库斯低下了头。由于知道了真相，他为过去的一些想法感到更加痛苦。

"是，"他坦白说，"我之前确实不相信他们会残暴到那个地步。可能是因为我没想过要了解，没想过要深入了解。"

"也许是因为我一直没有给你讲过。"鲁道夫补充说，同时紧紧抱住马库斯的肩膀，"其实我也有错。你知道吗？我很内疚现在才讲出来。我非常内疚。但是现在我很开心。知道为什么吗？"

"不知道。为什么？"

"因为以前我想到死都不告诉任何人，把包袱留给自己。但是，现在这样才是正确的。应该让某个人知道。而你就是那个人，我最好的倾诉对象。"

这一刻，鲁道夫和外孙互相看了一眼，他们的眼神从未像这般真切和相通过。这一次他们不再感到难为情，就好像他们接着刚刚中断的对话，重新聊了起来，是如此自然，没有任何勉强。外公讲的故事起到了很大作用，剩下的就是他们曾经对彼此的爱，那份爱仍然在那里，等着他们重新唤醒。

"你看，我这不是也干了件好事吗？"马库斯大声说，并露出了一种怪异的表情。那种表情预示着他要说一件比他自己了不起的事，一件本不应该说,却为了俏皮又忍不住说的事。

鲁道夫立马就明白了。他也笑了,他想看看外孙究竟想说什么。"你干了什么好事?"他针锋相对地反问。

马库斯终于说出了口。"画了那个卐字符,写了那句话。"他大声说道,忍不住大笑起来。

鲁道夫竭力保持严肃。

"别开玩笑了。"他一本正经地说,但马上也大笑起来,"其实,我得承认你说的也有道理。"他又说。

"你当然不能否认。如果我没用喷漆画那个符号,写那句话,我们现在就不会在这里了,这段时间我们就不会在一起,你也不会给我讲你的故事,不会……"

男孩忽然停下了。

"不会什么?"鲁道夫追问他。

"我也不会记起来我有多爱你。"

"我可从来没忘过。"

"没忘过你这么爱我?"

"对,也没有忘记你有多爱我。"

鲁道夫抑制不住这一刻的情绪。一滴滴小泪珠不等他藏起来,便开始从眼里滚落。

"对不起。我不知道这些天我怎么了。"他感叹道,"我不断地晕倒,流眼泪。可能我是怀孕了……"

马库斯再次大笑。

"我看起来一定有点可怜,那么悲伤,那么多愁善感。"

"一点儿也不。我反而觉得你帅呆了。"

"得,既然你这么说了,那我觉得你也帅呆了。"

"真的吗?"

"真的。再说了,你是我外孙,对吧?所以你是一个帅哥的外孙。我们在附近找家餐厅,吃点东西怎么样,'帅哥先生'?"

"我觉得这个主意好极了。"

"但是你得保证,今天你不会再丢下我一个人了。"

鲁道夫拿前一天他们吵架的事开玩笑,表明那件事在他心里已经过去了。马库斯顺势接招,做出了恰如其分的回应。

"那当然,我向你保证。"他带着狡黠的表情说,"你说什么就是什么,鲁道夫外公。不,是雅努什外公。"

漫步在博物馆附近,二人很快发现了一家非常漂亮的旧式风格小馆子,里面客人很少,几乎都是游客。过来招呼他们的服务员是个光头,留着两撇车把胡子,服务员有个奇怪的习惯,每句话的最后都要说"谢谢"两个字。服务员毕恭毕敬地等祖孙两人点完菜,然后去了厨房,最后给鲁道夫拿来一杯啤酒,给马库斯拿来一杯可乐。

"我们该为什么干杯呢?"鲁道夫问。他端起满满一大杯啤酒,泡沫非常漂亮。

"我不知道。"马库斯回答,也举起了杯子。

他们就这样举着杯子,僵持了一会儿,直到鲁道夫大声说:"我们为这次旅行干杯,我人生中最美好的旅行。"

"也是我最美好的旅行。干杯!"

"干杯!"

303

正当两个杯子相碰时,马库斯的电话响了,是母亲打来的。

由于心情过于激动,或者想跟人分享他的喜悦,又可能因为他希望母亲也和他外公和解,在简短地和母亲打完招呼后,他就对母亲说:"你等一下,有个人想跟你打招呼,我把电话给他。"

鲁道夫开始朝外孙摆手和摇头。他很清楚,女儿对马库斯昨天告诉她的事情十分不满。他还没准备好挨约翰娜一顿臭骂,至少不是现在,他刚找回一点平静。

"喂?"女儿的声音在手机的另一头重复,"喂?"

鲁道夫拿着手机发愣,不知道说什么。但最终他还是拗不过外孙。

"嗨!"他回应女儿,已经准备好了牺牲。

然而,随之而来的是一阵寂静。

一阵漫长的寂静。

直到约翰娜的声音打破沉默。

"啊,是你呀。"

"是啊。"

"你想跟我说什么?"

"我想打个招呼。"

"好的,现在打完招呼了,把手机给我儿子。"

鲁道夫垂下目光,把手机递给了外孙,但马库斯没有接手,而是示意鲁道夫继续。外公服从了,这一次他很高兴这样做。

"我真的也想跟你说说其他事情。"

"你想跟我说什么？快点吧，我在工作。我要查查克里姆特[①]一幅画的物流信息，要送去国外展览的……"

"我想跟你说对不起。"

"爸爸，你对我说了那么多谎话，我觉得一句简单的'对不起'解决不了。你不只对我说了谎，还对埃莉卡，对妈妈，对所有认识你的人说了谎。"

"你说得对。但是我想这总是一个好的开头。"

"什么开头？"

"宽恕我们自己。"

电话里又陷入了沉默，但这一次静得更加彻底。鲁道夫清楚地听见女儿的怨恨出现了裂痕，他从裂缝钻了进去。

"其他的道歉，等我回来了再补上，可以吗？我可以当面道歉。你说呢？"

"等你们回来了我们再说。"

约翰娜积怨太深，无法这么快就摒弃前嫌。鲁道夫深知这一点，因为女儿和他太像了。就像他一样，女儿最终也会让步。

但路还很长，还有一段人生需要叙述。

[①] 古斯塔夫·克里姆特（Gustav Klimt，1862—1918），奥地利象征主义画家。

305

三十七

1942年7月23日，德国人发动了所谓的"第一行动"，在八个星期内，纳粹分子以异常暴虐和残忍的手段围捕华沙隔都的犹太人，强迫成千上万犹太人登上每天从乌姆施拉格广场开往特雷布林卡的两列火车。即使是有相关证件的人，甚至是犹太居民委员会的领导人和工作人员，也未必能再幸免于难。

小隔都被彻底摧毁，围墙和铁丝网之内原来近五十万的居民勉强剩下了六万人。七月的这些日子天气炎热，人们心中的希望也被流放至了灭绝营。

街头几乎没有活人，只剩下死尸和死尸旁边许多被遗弃的物品：行李箱敞开着，包袱凌乱不堪，家具也被从窗户扔了下来；为了搜刮钱财和珠宝，纳粹分子还撕碎了羽绒被和枕头，因而空中飘扬着许多羽毛，仿佛盛夏时下了一场雪。

面对这场灭绝，在"行动"开始的第二天，犹太居民委员会的主席亚当·切尔尼亚科夫先生决定自杀，因为党卫队刚刚命令他每天找一万人流放。对留下的人而言，委员会主席自杀的消息犹如一颗炸弹：如果连切尔尼亚科夫那样地位尊崇的人物也失去了信心，到了了结自己生命的地步，那他们还有什么希望呢？有一天晚上，安娜就这样问过雅科夫。几天后,党卫队就第无数次强迫他们离开现在的公寓,搬去托本斯公司巨大的宿舍,现在安娜也在那家公司工作。

他们很幸运,还没有被流放,但他们的运气还能持续多久呢?没有时间可以浪费了,现在他们住在工厂外面,可以自由行动,还能谋划让莉薇和雅努什逃走。但假如纳粹分子把两个孩子也装上了火车,会发生什么?谁来照顾这两个可怜的孩子?

一家四口都在他们生活的房间里,父母的那段对话,雅努什听得清清楚楚,他正在角落玩舅舅约瑟夫几年前送给他的木玩偶。不幸的是,莉薇正坐在雅努什旁边看书,也听得很清楚。

"我不离开这里。"女孩说。她已经快满十四岁了,觉得自己是一个女人了,她也希望其他人把她当作大人对待。

当安娜说,只要莉薇一天还和他们在同一个屋檐下,做决定的就是她和雅科夫,而莉薇进行了激烈反驳,说自己的成年礼已经过去几乎两年了。如果她的年龄已经足够大,可以在上帝面前为自己的行为负责了,那她也可以决定自己的命运。

"我不逃走。"她带着准备抗争到底的表情说,"我不能丢下我的孩子,让他们无依无靠。更何况从今以后,能照顾他们的人更少了。如果我不在了,谁来关心他们?"

"如果那些人把你带走了,谁来关心我们?"安娜反问道,痛苦使她心力交瘁,"莉薇,你明不明白,没有你,我怎么活?"

"但是如果你让那个女人把我带走,你的生活里也没有了我。所以有什么区别?"

这一次,雅科夫回答了女儿:"区别就是,如果你逃出去了,你就有机会活下去。我们就有机会再见到你。可如果你留在这里，随时都有可能被带去灭绝营。虽然我们在工厂里工作，但不能保证每次都能救你们。所以，我和你妈妈这么坚持，就是为了让你和雅努什跟着约兰塔逃走。我们没有办法了，只有这样做，才能放心你们不被纳粹分子抓走。"

"我也不想离开！"这时候雅努什也顶嘴，他站了起来，"如果莉薇留下，我也留下。"

"唉，天啊！"父亲疯狂地喊道，"你不要也来插嘴，好吗？"

小男孩马上哭了起来，投入了母亲的怀抱，希望能够得到母亲的支持。

"妈妈，你永远不会让我离开，对吗？你会让我留下来跟你在一起，对吗？"

"不行，我的乖儿子。不行，你也必须走。"

"可是过几天就是我的生日！我不想一个人。"

眼看没有回旋的余地，雅努什哭得更厉害了。而在他身后，莉薇一言不发，她双手交叉抱在胸前，脸色非常难看。本来她也很想像弟弟一样大哭，但为了向父母表示，她像自己所说的那样长大了，她没有哭。大人是不会哭的。

尽管安娜和雅科夫一再坚持，但莉薇不为所动，她永远不会放弃青年团的孩子。在这一点上，父母必须顺从她。

为了替自己的选择正名，莉薇提出了一个让父母沉默的理由：宗教经典，他们一直坚持让她学习的宗教经典。

"是你们让我学习《妥拉》，教会了我无私、同情和怜悯，告诉我不要丢下后面的人，要照顾最贫苦的人。是你们！奶奶哈利娜总是说：'每个犹太人都对其他犹太人负有责任。无论是好是坏。'难道现在不是这样了吗？"

"但是我的乖女儿，现在不一样了！这跟自私没有关系，只是简单和纯粹的生存。如果他们把你带走了，你再也不能照顾任何人了。"

"那宗教经典里说的那些呢？《圣经》里面写道，我们要先人后己，'不要对穷人的哀求充耳不闻'。这是哈希姆说的，不是我！"

莉薇像她奶奶一样固执，经常在某件事情上坚持己见，不肯服软。"性格使然"，他们总是这样说，同时非常赞赏她的执着，但现在她固执的行为可能让她付出生命代价。

安娜失去了耐心："但是莉薇，哈希姆从来没对任何人说过要当傻瓜。"

"对。"女儿镇静地回答她，"但是他也说过：'你不要害怕，因为我与你同在'。"于是，女孩开始吟诵以赛亚那句著名的话："'不要惊慌，因为我是你的上帝。我必坚固你，我必帮助你，我必用我公义的右手扶持你。'所以呢？我是家里唯一有信仰的人，唯一相信哈希姆会用'公义的右手'扶持我的人？"

"我害怕这一次公义的右手不是哈希姆的……"雅科夫回答她，"但是我们希望一切像你说的那样。"

她父亲不知道再说什么了，母亲也一样。

夫妇二人认为，在等待上帝将他们和孩子救出苦海的同时，最好也开始自救。

雅科夫的观点历来是：实用主义有时在信仰之上，要在信仰成真之前开始行动。由于上帝的帮助还没有到来，现在他更加相信这个观点了。

总而言之,无论莉薇是否同意,他们都会按照约兰塔的计划行事。

女儿过于固执,但是他们相信,在筹划出逃的时间内,他们有办法让她改变主意。假如不成功的话,好吧,他们会像对待婴儿那样,用安眠药让她平静下来。

那天晚上,雅努什则直到入睡才停止哭泣。他人生第一次梦见了来追捕他的狼狗,恰好是在他的生日宴会上。

在后来的几天,尽管父母一再嘱咐和祈求,莉薇仍旧无动于衷,每天下午都去青年团,孩子仍然比她的生命重要。

8月19日,酷热,是这几个星期以来最热的一天。隔都的空气沉闷且烫人,让人感受不到任何希望,与上一个冬季寒冷的空气如出一辙。四周没有一片树叶飘落,就连"第一行动"结束后在空中飘扬了几日的羽毛,现在也全都静静地躺在地上,由于沾满灰尘而变得漆黑和肮脏。空气中弥漫着一股死亡和尸体腐烂的气味,令人作呕。

上午十点左右,还不到午饭时间,一队德国士兵闯入了青年团,带走了所有在场的儿童,当然还有莉薇和其他三个女孩。那三个女孩跟莉薇一样,在她们的负责人艾娃·雷克特曼被流放后,依然在照顾孩子。

当他们一个接一个,排成队往前走的时候,莉薇没有害怕过一秒钟,她忙于安抚那些跟在她身后的孩子。她告诉孩子们,他们正在去一个有魔法的国家。她把最小的孩子抱在怀里,那孩子还不到一岁,她在小家伙的耳边哼唱摇篮曲,而小家伙不停地啜泣,脸上满是鼻涕和眼泪。

走了半个多小时后,一行人来到了乌姆施拉格广场,那里有去特雷布林卡的火车。广场上面有一些建筑物,左边是医院,右边是党卫队总部,而火车铁轨几乎是在这些建筑物的下面。整片区域四周有极高的围墙,每隔几米就有荷枪实弹的警察把守,他们把枪对准拥挤的人群,仿佛那些可怜的人是十恶不赦的罪犯。

莉薇用目光四下搜寻了许久,当她确定弟弟不在人群中时,松了口气。前一天,她把弟弟留在工厂里,和父母在一起,尽管父母一再央求她不要再去青年团,但她还是离开了家。为了照顾两个因为斑疹伤寒而发高烧的孩子,晚上她没有回工厂的宿舍,夜里两个孩子夭折了。

没有在人群中看到雅努什而带来的喜悦很快就被抛在了脑后,因为她意识到自己陷入了绝境,没有任何生路。根据从同事口中听到的故事,她知道乌姆施拉格广场是地狱的一间等候室。

莉薇第一次真正感到了害怕,她很后悔没有听母亲的话。

但片刻之后,她就找回了原来的力量,那股明知要面对何种危险,也选择照顾孩子的坚毅。在她的周围,几百个孩子被吓坏了,他们绝望地哭着,缩成一团,由于恐惧而咬着手指,只要看一眼那些孩子,莉薇就觉得自己应该义无反顾。她要为了他们坚持下去。

在广场的周边,有一些妈妈正看着这一大群儿童:有的妈妈假装镇定,好让自己的孩子也镇定下来;有的妈妈则撕扯着头发,悲痛欲绝地哀号。哀声极其刺耳,莉薇宁愿耳朵聋了,也不想听到那哀声。

忽然，一个女人以极快的动作窜出人群，径直朝一个士兵跑去。她扑倒在士兵脚下，开始祈求士兵救救她儿子，那个瘦瘦的金发男孩，只有三岁，就在他们面前。士兵勃然大怒，朝她大喊滚回原来的地方去，但女人仍然不肯罢手，士兵粗暴地推开了她。就在可怜的女人转身的一刹那，士兵朝她的肩背中间开了一枪，女人仰倒在地，当场毙命。

那些妄图逃跑的，或者拒绝上火车的，也是同样的下场。只要有任何不顺从的举动，都会被判处枪决，没有申诉的可能。

制造绝对的恐怖，历来是纳粹分子用来控制他们的手段，所以，那群沮丧、可怜的人眼里充满了异常的恐惧和无奈的绝望。但他们的沮丧不尽相同：一方面，有人仍然心存幻想，只要能救命，什么都可以不顾，即便是要花一千兹罗提，或者要从医院逃跑；另一方面，有人屈服了，放弃了，这也是大多数人的想法，他们只希望死亡快快降临，把他们从那痛苦中解脱，以慰藉自己。

在那个满地是尘土、粪便和泪水的广场，莉薇看尽了人类的绝望：一位身着黑衣，留有长白胡须的老人正抓住陌生人的衣服，祈求帮助；一位妈妈抚摸着自己垂死的孩子；一个男孩像小狗一样孤单，歇斯底里地喊出他的恐惧；一位妙龄少女帮助父母就着水喝下氰化物，好让他们免受痛苦。

就在那周围，几十个士兵对那些生命的最后一幕无动于衷，与那群变得渺小的人相比，他们仿佛是巨人。

"我们要拖过上车的时间。"一个女人对另一个女人说道，莉薇站在她们旁边，"火车一天出发两次。只要我们能不上车，就有时间尝试逃跑。"

莉薇看看她周围的孩子，一个小女孩紧紧抓着她的裙子。逃跑意味着把他们抛弃在那里，让他们落得孤零零的。就是想一想，她也做不到。

她后面有完整的一家人，那家人手里都拿着一包果酱和一些大的圆面包。旁边其他的人也一样，都拿着上帝同样的恩赐。

"谁给的你们这些东西？"一位老者问道，仿佛他面前的是天堂。

"德国人。"那家人当家的回答，同时把纸包往后藏了藏，像是怕被抢了一样。

"德国人？您在拿我寻开心吗？"

"绝对没有！所有自愿上火车的人，他们都给三公斤面包和一公斤果酱。"

"那你们都接受了？"

老者无法相信自己的眼睛，在所有人想办法逃走的时候，这些人竟然自发来到广场，甘愿被流放。

"当然！"对方坚定地说，"营地的那些事啊，大家听到的都是胡说八道！如果他们想杀我们，为什么现在给我们吃的？没有意义嘛。"

"那您觉得现在这个处境就有意义吗？讲得通吗？"老者反问。对方无话可驳。

新鲜面包的香气从那些人的纸包里飘来，几乎让人晕厥。

为了不跪倒在那个人的脚下，讨要一点面包，哪怕是为了她那些孩子，莉薇必须克制自己。男人很快就明白了莉薇的心思，他朝莉薇瞪了一眼，然后在心软之前转身去了别的地方。而男人周围的那些人则不像雅努什姐姐那样畏缩,他们一发现男人手里有食物,就一哄而上,朝他扑去,试图从他手里夺食。

顷刻间一场可怕的斗殴爆发了,几十个人卷入其中,他们互相殴打,在地上打滚,为了同一个目的而争斗:得到一块圆面包。混战愈演愈烈,以至士兵不得不出手息事,最后至少三人被杀,躺在地上,包括刚刚与老者对话的男人。

就在这时,安娜来到了广场,她头发凌乱,喘不上气,脸上露出惊慌的表情。

上午十点左右,她离开了工厂,她听说纳粹士兵从人们的家里、幼儿园和孤儿院抓了小孩,把隔都所有的儿童都集中在了乌姆施拉格广场。

很快,雅努什和其他好几十个他那样的孩子被带到了主楼的顶楼上,藏在一个黑暗、没有窗户的房间里。至于莉薇,安娜和雅科夫只知道前一天晚上她留在了青年团,等医生来诊治两个生病的孩子。

安娜立刻觉得莉薇处境不妙。

当丈夫忙着把儿子藏起来时,她丢下手里的活儿,一秒钟也不耽误,拼命跑到了乌姆施拉格广场。到达广场后,她像着了魔似的,在人群当中寻找女儿,高喊女儿的名字,直到声嘶力竭。

后来,当她觉得莉薇不在这里时,却忽然看到了被几十个孩子围着的女儿。

"莉薇!"她用突然恢复的声音大喊,"莉薇,我在这里!"她不断重复,同时把手举了起来,开始摇晃,好让女儿看到。

莉薇听到了妈妈的呼唤,她转过身去。她抬起双手,从远处回应妈妈。"妈妈!"她大喊,"妈妈!"

一股新的力量注入了安娜体内,她在人群中挤出一条路,试着往前走去,但就在她与女儿只相差几米的时候,人群淹没了她。士兵们怒声呵斥,朝天上开枪,在他们的注视下,庞大的人群仿佛一阵汹涌的潮水,开始朝火车移动,像是燔祭①用的牲畜,要献祭给人种之神。

当安娜终于来到火车旁边时,莉薇的一只脚已经踏上了运送货物的车厢,随后淹没在人潮之中,她跟在一大群跟她一样的犯人后面,在开着的车门口挥手,好让母亲注意到她。

她母亲一刻没有过迟疑:如果女儿被带走了,她也要跟女儿一起去,她永远不会丢下女儿,让女儿独自面对危险。至于雅努什,雅科夫会照顾,她要关心的是莉薇。

她一跃跳上了一张与车门同高的木桌。有个已经上了车的人向她伸手,她抓住那只手,好迈出登上火车的最后几步。

可就在这一刻,一个远远就盯上了她的士兵朝她跑来,士兵没说一句话,用枪托狠狠地砸了她的双腿,使她摔倒在地。

安娜重新站起来,好像什么也没发生一样,她连身上的尘土也没有拭去,再次登上了帮助上车的台子。这一次,士兵先动手打了她,没有让她迈出一步。

莉薇踮起脚尖,目光穿过车门附近的人,她看到母亲又有两次倒在尘土之中,与此同时,殴打安娜的士兵出手越来越重,并与身旁的战友大笑。最终安娜筋疲力尽,浑身是血,她沮丧地躺在地上,

---

① Olocausto,此处指犹太教徒的一种祭祀,祭祀所用的肉必须全部烧掉。

315

一只手朝莉薇的方向伸去,眼里充满泪水,连喊出女儿名字的力气也没有了。

亲眼看着女儿独自去往灭绝营,是德国人在这天给她的惩罚。德国人选择了最残忍的惩罚。

三十八

在莉薇被流放后的几天，安娜整日像机器一样工作，清洗血迹斑斑、从前线送回来的军装，给军靴换鞋底。工人每天只能得到一份像水一样的汤，好像他们也是劳动营的犯人。假如那种东西可以称之为饭，那安娜就连饭也没有吃。

她试着专心于纳粹分子交给她的工作，可脑海里不断回想起女儿的脸，那时莉薇站在车厢内拥挤的人群里，努力让母亲看到自己，还有女儿最后那个眼神，那时女儿朝她大喊："妈妈，我爱你！我爱你！替我向雅努什和爸爸问好！"

安娜那时甚至没有回答女儿，她没有力气。当她刚抬起手时，火车已经带着她女儿和她残缺的心走远了。

在不那么伤心的时间里，安娜无数次懊恼自己没能说服莉薇小心一些，不要出工厂，不要再去那可恶的青年团。她无数次祈求上帝让女儿活着，即便是以自己的生命为代价。"哈希姆，带走我吧。"她对上帝说，"哪怕是立刻！但请让莉薇活着回家。"

尽管占领者施加了诸多禁令、阻碍和困难，但她和家人遵守了每一个赎罪日，以最好的方式庆祝逾越节，没有忘记任何一个安息日，他们尽到了一个好犹太人的义务。现在轮到哈希姆尽他的义务了。他们经历了那么多的磨难，哈希姆当然欠他们一份债，而哈希姆还债的方式就是让莉薇活着，不让她落得传闻中那个谁也躲不掉的结局。

关于发生在特雷布林卡的事，有很多消息传了过来，安娜尽量一个字也不听。有一个犹太眼线也经历了流放之旅，他发现火车每天到达营地时都装满了人，离开时空空荡荡，但从来没有一列火车送食物来。据说后来升起了一阵非常浓烈的黑烟，营地附近森林的上空飘散着恶臭味。在附近村子的广场上，那个线人遇到了两个从灭绝营逃出来的人，他们全身赤裸，告诉线人说，从前些日子开始，火车运来了许多犯人，犯人下车后就被剥光衣服，被毒气杀死。所以，流放意味着必死无疑。

可是，明知女儿就在那样一列火车上，安娜怎么能相信那些话呢？她怎么能不希望莉薇也是逃生者呢？莉薇年轻力壮，非常顽强，纳粹分子一定会留她一命，让她在营地干活。安娜拼尽全力让自己相信这个想法，以免疯掉。她越是那样想，扼住她咽喉的绝望就愈发变成一种纯粹的能量，给予她所缺乏的决心，使她彻底相信把雅努什送到远离隔都的地方，是她生命中要做的最后一件事情。

她的儿子藏在工厂主楼的顶楼已经很多天了，那里很脏，和雅努什做伴的是老鼠和几十个比他还要害怕的孩子。晚上，她偶尔可以上楼安慰儿子，同时把自己的汤带一些给雅努什，但上一次她去的时候，雅努什用力抓住她的裙子，几乎快把裙子扯掉了。小男孩当时开始哀哭，请求母亲不要把他一个人留在那里，他在那里一个人也不认识。安娜费了很大力气，她保证第二天早上会来看儿子，最终才让儿子平静了下来，可是她并没有做到。一个像她那样爱得疯狂的母亲，承受不住见到儿子那样恐惧而带来的痛苦。

与此同时，安娜也着手让蕾尼娅，布隆菲尔德太太的女儿，跟雅努什一起逃走，这是她早就计划好的。如果她救不了莉薇，那么她要救蕾尼娅，况且女孩的父母已经没有能力救女孩了。卖完最后几本珍贵的宗教典籍和最后几颗钻石后，布隆菲尔德夫妇再一次避免了流放，他们像安娜和雅科夫一样，得到了隔都里所有人口中的"生命之数"：在"第一行动"结束时，德国人确定了可以留在隔都的人数，留下的都是有用的人，他们要在隔都为德国人的工厂工作，当然，工资是一分钱也没有了。每一个被选中的人都极其幸运，他们得到了一个数字，而失去数字的人，就会立即被流放，或者就地枪毙，以免白白浪费时间。

虽然纳粹分子千方百计否认正在进行的大屠杀，甚至还四处播放一段影片，宣传隔都内的生活一如既往地平静安详，但灭绝计划早已人尽皆知。

为了谋得那个数字、那张通行证，为数不多的幸存者使用了他们剩下的每一分力量。工作岗位的买卖耗尽了他们最后的力量，尤其是财力。而没有争到数字的，就马上把自己藏起来。至少有三万人躲了起来，藏匿的地点有地下室、阁楼、密室、地道、厕所和厨房的暗门后面，甚至还有面包店的烤箱里。

安娜和雅科夫着实无法理解那些人的所有努力，如果他们可以选择，他们宁愿马上被流放到特雷布林卡，这样他们就可以重新拥抱女儿。可是他们不能，他们首先要让雅努什和蕾尼娅逃出隔都。仍然健在的大思想家、拉比和哲学家也支持逃走计划。在这些人看来，拯救孩子对于塑造整个犹太民族的未来具有十分重要的意义。

雅努什是怎么想的，其实从来没有人问过他。假如他可以选择，他会像他母亲那样跑到乌姆施拉格广场，登上第一列前往灭绝营的火车。安娜只是告诉他莉薇被带去了很远的地方工作，一个叫作特雷布林卡的地方，而她被迫见证的所有暴行，显然一个字也没有提。雅努什思念姐姐，从来没有人让他这样思念过，连什洛莫和露丝也没有，也许连奶奶哈利娜也没有。

莉薇没有像奶奶那样死去，雅努什根本不愿意去想那场意外，但身边没了姐姐，他的肚子产生了一种奇怪的感觉，就好像他吃了太多甜食，感到后悔的时候一样。那就好像某种重要的东西忽然被人夺走了，仿佛那是他身上的一块肉。

1942 年 9 月初，白昼仍然很长，天气尚未完全入秋，一天下午，约兰塔带走了藏在工厂顶楼的小卡茨尼尔森。由于和其他孩子一起藏在楼上，雅努什无法知道背着自己策划的出逃计划到了哪一步。

不管雅努什愿意与否，安娜和雅科夫都替儿子的命运做了决定，他们决定什么也不告诉他，以免他走漏风声。在工厂的院子里，他们再次与约兰塔碰面，商定那场惊心动魄的出逃细节。安娜说，自己的女儿被流放到了特雷布林卡，另一个小女孩，"朋友的女儿"，会取代自己女儿的位置，约兰塔听到后情绪毫无波澜。

安娜去布隆菲尔德家的次数越来越少了，有一回她向艾布拉姆先生暗示，也许她可以让蕾尼娅和她儿子雅努什一起逃走，艾布拉姆先生当即表示同意，想到女儿可以离开那个地狱，他感到非常高兴，而且也不用花他一分钱。他现在既没有东西可以拿去卖，也没有东西可以拿去贿赂，而且对任何人都不抱希望了。

艾布拉姆什么也没告诉妻子尤金尼娅。尤金尼娅坐在沙发上,一动不动,她穿了一件过时的晨衣,戴着一双黑色的毛绒长手套和一顶巨大的羽毛帽。她对着墙面,眼神呆滞,仿佛迷失在墙外。

安娜刚一敲门跟她打招呼,她就回过头去看了一眼。但她没有认出来是安娜。

"啊,贝阿特,是您呀……"尤金尼娅说,她把安娜当成了自己家世显赫时某个年老的女佣。"请告诉法国大使,我们今天晚上一定赴宴。请准备一下我的绿裙子。"她笑着说,"缎子做的那条。还请您丈夫安德烈备好马车,晚上七点准时出行。迟到了大使会不高兴。"

一开始的时候,约兰塔护士计划让雅努什和蕾尼娅通过法院逃出去,从法院的后门离开,在和安娜夫妇初次会面时,她就解释过这种方法。但是,最近有太多探子盯着通往雅利安区的那扇门,那些人什么都干得出来,靠敲诈从那扇门出去的人过活,只要给他们钱,他们就不告发。自从"第一行动"开始以来,要拯救的孩子呈指数增长,扎高塔很难筹到足够的钱付给那些接收逃出来的孩子的家庭,他们不会把钱白白给了那些卑鄙的敲诈者。

唯一能让两个孩子跟着约兰塔逃走的办法,是把他们藏进两只麻袋中,放在车厢里。

出发前一天的夜里,安娜和雅科夫去顶楼看了雅努什,他们带了一小块巧克力,是在黑市上从一个工友那里以极高的价钱买到的。男孩马上就明白那个礼物背后其实隐藏着欺骗。

为了不让人找到,雅努什藏在了旧书架下面,父母花了很长时间才说服他出来。正如安娜和雅科夫希望的那样,最终得胜的是巧克力的力量。

他们把雅努什带到了工厂后面的院子里，以免有人不经意听到他们的谈话。在院子里，他们尝试各种办法，说服儿子按照他们计划的那样明天逃走。

"没有你们，我不走！"小男孩坚决地反抗，同时双手交叉放在胸前。

"可是我们走不了，你明白吗？"父亲大声说，并尽量克制自己。他马上压低了声音，"这对你是非常宝贵的机会。不是所有人都有的，明白吗？"

安娜瞪了一眼丈夫。这不是他们原本计划对雅努什使用的语气，他们一方面要说服他，一方面要吓住他。

于是，安娜俯身对雅努什说："乖儿子，我知道这对你很难。非常艰难。但你还是要走，要像我们告诉你的那样做。我知道你是个勇敢的孩子。"

"那你们什么时候来？"雅努什呜咽着问。

"很快。"

"你说的是真的，还是只是为了骗我？"

"当然是真的。"

"你向我保证吗？"

这一刹那，安娜心头一颤。一生中最强烈的罪恶感使她的声音和双腿颤抖。她正在向儿子撒谎，因为她非常清楚，与儿子再见面的机会几乎为零。

关于她，雅努什记得的最后一件事会是这句谎言。雅努什最后的回忆，将永远保存在记忆中的回忆，是母亲欺骗了他。那是一个母亲永远不应该做的事。

然而，安娜知道自己没有其他选择。

时间已经过去了几年。

不会剩下太多时间了。

就连归顺纳粹分子的通敌者、探子、线人也被杀死或流放了，包括那些进入犹太居民委员会和盖世太保的人，那他们面对这一切，还能有什么希望呢？

"我保证。"安娜最后说，她从内心某个地方找到了勇气直视着儿子，"我保证，我们很快会去接你。"

"不对！"雅努什大喊，同时把母亲推开，"你们不会去接我的，我知道。"

安娜几乎就要崩溃了。她用所有剩下的力量压抑着泪水："你说什么呢？我们当然会去接你。"随后，她转身看向丈夫，"对吗，雅科夫？你也告诉他"。

"我们当然会去接你。"父亲信誓旦旦地说，"我们只是暂时分开。"

雅努什看起来根本不相信这些话。原因很明显。

"我知道，你们也会去莉薇被带去的那个地方，我知道他们在那个地方干的事。他们在那里用毒气杀人，然后把尸体像木头一样扔到火炉里。"

母亲十分惊愕："谁告诉你的这些事？"

"亚伦告诉我的，跟我一起藏在顶楼的一个男孩。他说他听到他爸爸妈妈这样说的。他们的亲戚被带去了那里，他们觉得所有的亲戚都已经死了。亚伦说，所有的犹太人都会死在那里。所以你们也会……"

"那全是胡说八道！"雅科夫回答，他试着展现出自己最具说服力的微笑，"那些都是纳粹分子为了吓唬我们，故意说的。你想想，他们怎么可能杀了我们。以后谁给他们做军装？子弹和坦克，谁来给他们造呢？德国人根本没有能力独立完成这些事情。你没有看到他们脸上是什么表情吗？"

雅科夫吐出舌头，歪着眼睛，想做出一个鬼脸，可这不仅没让雅努什笑起来，反而让雅努什不太信任似的看着他。

于是父亲加大了攻势。为换取儿子的性命，他愿意说出世上所有的谎言，承受上帝所有的惩罚。他面对着儿子，双膝跪地，然后轻轻抚摸儿子的脑袋。"你放心，要不了多久的。"他说，"战争就快结束了，到时候我们所有人会一起回来，像以前一样开心。"

"莉薇也会吗？"

"当然也会。"

"我们会回我们的老房子吗？科兹克瓦街的房子。"

"我保证！"

雅努什终于笑了，他想，大人是不会说谎的，不然的话，大人也只是小孩。如果他父亲说有一天一切将恢复如初，那么就会恢复如初。

雅努什心里重新充满了希望，他想起了藏在儿时家里地板下面的金属盒子。他会重新拿回盒子里面的玻璃珠、铅制小兵和其他所有东西。他会回去和莉薇在同一个房间睡觉，睡前和她聊天。这一切值得他等待。

"哈希姆，带走我吧。"安娜在心里反复念叨，"带走我吧。但请让我这个孩子活下去。"

三十九

马库斯难以相信自己刚刚听到的。

外公在纪念碑前讲完一些事后,承诺明天会让他听到故事剩余的部分。

但在博物馆附近的餐馆吃饭时,他请求外公马上讲给他听。

"求你了,我想知道出逃计划的后续。"他说。这时他刚挂了母亲的电话。

"但我又不是在给你讲一部电影。"鲁道夫笑着说,"这可完全是发生了的事。"

"我明白,正是因为这样,我才想多知道一些。最后你是怎么逃走的?是像约兰塔说的那样,藏在卡车里吗?"

"对。"

"像你妈妈计划的那样,那个富家千金也在车里吗?"

"你是说蕾尼娅?啊,她当然在。我看到她的时候,她已经被藏在了卡车的后面,你不知道我当时有多惊讶。她坐在地上,头发梳得整整齐齐,穿着锃亮的鞋子和过节穿的平绒衣服,像是要坐船出去度假一样。她手里紧紧抱着一个小皮箱,里面有一些干净的毛巾,一把刷子和一个毛绒熊玩偶。但是约兰塔不让她带箱子,因为那太危险了，如果德国人搜查车厢的时候发现了箱子，他们马上就会明白车里除了必要的消毒物品，还有其他东西。我的东西很少，我妈妈也不许我带，逃出去后，约兰塔会想办法帮我找衣服穿。我只带了三样东西：一张全家福相片，是战争开始前拍的，我奶奶的一件睡衣，最后……最后是我妈妈这枚胸针。"

鲁道夫摸了摸别在外套衣领上的银质蜻蜓胸针。

马库斯眼睛瞪得大大的，这件首饰他见过许多次，每次他都会想，为什么外公要戴这样的东西，毕竟它与外公也不太搭。现在他终于明白了。

"你是说这是你妈妈的？我的外曾祖母？"

"对，在分别时她给我的。从那以后，我就把它当作我最珍贵的东西。"

"我可以看一下吗？"外孙问鲁道夫，同时朝他伸出一只手。

"当然。"

马库斯小心翼翼，仿佛是在触碰一件圣物，他像外公刚才那样轻轻抚摸。这是到目前为止，他摸过的与他的犹太出身最贴近的东西。

"有一天它会是你的，如果你想要的话。"鲁道夫说。

"我当然想要。但现在还不是时候。"马库斯笑着回答。他抚摸了一下外公。

"那时候我不知道这会是她留给我的唯一一件东西。从开始逃走到抵达藏身点的一路上，我什么也没做，只是把它紧紧握着，就好像它有魔力，能够让我成功。事实上它起了作用。"

"所以，最终你还是愿意离开了？"

"可以这样说。但是我一直都很抗拒,闹了很久的脾气,最后我才踩在卡车的保险杠上,上了车。在这之前,我爸爸为了不让人发现我,他穿了一件很长的大衣,衣服是他在工厂里改的,我的手抱住他的裤腰,我光着的脚踩在他的脚上面,就这样,我藏在他的大衣里面,然后他把我带到了后院停车的地方。只是我不愿意走,所以,他没少费力气把我藏好,不让别人发现。"

想象着外公藏在外曾祖父的大衣里面,抱着外曾祖父的腰,马库斯就想笑。鲁道夫也想笑,他已经太久没有想到那个场景了。让人难以置信的是,他越讲下去,他想起的事情就越详细。许多细节再次鲜活地呈现出来,在他生命中上演的这场盛大戏剧中,迄今为止的每一个细节都扮演着特别的角色。

"现在想起来,我挺想笑。但当时我非常生气。我上了车,看到了那个我跟我妈妈说永远不要再见到的小女孩,我马上就蒙了。我觉得我一辈子没有恨过谁,但是那一刻,我非常恨她。当然,用枪打死我奶奶的德国人除外。这不公平,我姐姐的位置换成了她,她是一个篡夺者。她在那里,不过是因为她有钱。你可以想象,我连声招呼都没跟她打。她很可怜,一动不动,一个字也没说,就连后来他们让我和她假装成感染了斑疹伤寒的死人,把我们塞进了两个麻袋,她也一动不动,没有说话。"

"那你当时做了什么?还记得吗?"

"我记得我看了我爸妈最后一眼。我妈妈一会儿哭得伤心欲绝,一会儿又笑了起来,她向我保证我们很快会再见面,晚上哈希姆会守护我。而我爸爸,在跟我道别之前,他走近约兰塔,对她说:'请您教育我儿子,让他成为一个善良的波兰人,一个内心高尚的人。'

在那一刻，我明白我们不会再见面了。这就是为什么我没有跟他们道别，我太生他们的气了。当时我觉得他们很不尊重我，把我送走，太不公平了。那时我还不理解他们所做的牺牲。我奶奶哈利娜说得对，我妈妈是一个异常勇敢的人。我爸爸也是。"

此时，鲁道夫的声音出现了裂痕，眼睛变得明亮起来。许久以前他就得出结论：在那些可怕的日子里，送走自己孩子的父母是战争中的真英雄。里面当然包括他的父母和所有那些像他父母一样的人，他们把自己的孩子交给某个陌生人，让孩子有希望活下去，哪怕希望很渺茫。那是父母所没有的希望。

他们需要多少力量？他们承受了多少痛苦？鲁道夫根本无法想象。

马库斯立刻明白，外公正重新经历一个非常痛苦的时刻，他轻轻拍了拍外公的肩膀。等外公眼里的风暴退去，他问了一个新问题，迫不及待地想知道真相。

"所以你上了车，待在麻袋里面，没有折腾，没有吵闹？"

"对。但是很奇怪，你知道吗？就好像我没有真的意识到在发生什么，就好像我在看一部电影，就好像我站在窗户旁边观看别人的生命。我对纳粹分子，我父母，还有那个占了我姐姐位置的小女孩太生气了。我太执着于仇恨，没有时间做别的。也许那是我的幸运。"

"车上除了你和蕾尼娅，还有其他孩子吗？还是说只有你们？"

"有，还有两个在箱子里安睡的小孩儿，镇静剂让他们很安静，约兰塔和司机把他们藏在了车厢里的一堆东西中间。我记得有个孩子的脖子上系了一根毛绒丝带，上面挂着一把银勺子，勺子上刻了名字和出生日期。"

马库斯撇了撇嘴。

"一方面是护身符，一方面是让孩子记得自己是谁。大家总是希望有一天孩子能够回到自己的父母身边，正是因为这样，约兰塔保存了一份名单，叫作'儿童名单'，上面记录了所有救出去的孩子的姓名和收留他们的家庭，这样，等战争一结束，这些孩子就可以回自己家了。当然，所有的内容都是用电码记录的，就算纳粹分子得到了名单，也永远不会知道内容是什么。"

"你的意思是，在这些孩子里面，真有在战争结束后回到自己家的？"

"唉，说实话，流放到特雷布林卡和其他集中营的有几十万人，但活着回来的只有一千个人，极少数儿童找回了自己的父母，你也明白，我不在其中。"

这一刻，两个人的手握得更紧了。马库斯想要让外公知道，当外公的记忆正在做出异乎寻常的努力时，外公并不是孤身一人。任何一个字都不会遗失，他来到这里是为了守护那些回忆。现在，他将是在未来岁月里守护那些宝藏的小匣子。

"就像救我们的人预料的那样，"外公继续说，"当看守隔都大门的一个士兵来查约兰塔的证件时，狼狗就开始发疯似的叫。当时我在麻袋里面，但是从那个士兵用德语骂的脏话听来，他比我还要害怕。"

鲁道夫讲述着一段一段回忆，故事慢慢深入下去，马库斯则专心听着外公的话，午餐几乎什么也吃不下。

老人也没有太大食欲，他不紧不慢地吃下一个饺子，同时讲到他们一行人出了隔都后,他、蕾尼娅和另外两个孩子被送去了一个叫"紧急救援站"的地方。那是一个可靠的家庭,几个孩子可以在那里度过他们流亡生活的最初几天。接待几个孩子的,是达里乌斯和他的妻子马格达莱纳,夫妇两人年龄大约五十岁,是非常好的人,他们做的第一件事就是给几个孩子洗澡,换衣服,让孩子吃饭。

蕾尼娅听从了那对夫妇的安排,雅努什却很难接受他们的帮助,只要了他们给的食物。雅努什脸上黑黑的,他双手交叉抱在胸前,独自待在一个小角落,直到他们端给他一盘土豆和卷心菜。他接了食物,连声谢谢也没有说,就回到了小角落,然后一个人开始吃东西,没有跟任何人说一句话,包括大人和跟他一起来的小孩。

现在回想起来,鲁道夫才意识到,那些信仰天主教的波兰人是多么特别,他们不仅冒着生命危险在自己家里收留了完全陌生的犹太儿童,还想方设法缓解那些小孩因与家人分别产生的痛苦。

在最初的几个小时里,孩子们备受煎熬。大部分孩子都在哭泣,呼喊他们的爸爸妈妈,直到口干舌燥,他们傻傻地要求重新回到隔都。

鲁道夫记得,有个孩子穿得像蕾尼娅一样体面,他什么也不配合,包括睡觉,坚信他父母随时可能会把他带走。显然,没有人来接他,也没有人来接那里的任何一个孩子。

回想起来,鲁道夫不知道那些小孩后来怎么样了。达里乌斯和马格达莱纳对他们精心照料,擦干他们的眼泪,向他们保证一切都会好起来的,把他们抱在怀里,直到他们哭得筋疲力尽,然后睡去。由于许多犹太小孩只会说意第绪语,而为了让他们在离开那里以后更好地与外界融合,夫妻两人甚至教孩子一些波兰语。

遗憾的是，雅努什可以拒绝换衣服和洗澡，却无法拒绝他的新名字。

在雅努什到达那里的第二天，约兰塔又来到了达里乌斯家，带来了雅努什的新证件，包括一份假的出生证明，弄来这份证件的是一位天主教神父，约兰塔信任的本堂神父。自此以后，他，雅努什·卡茨尼尔森，就变成了鲁道夫·斯坦纳，一个在华沙与他同年出生的波兰男孩，而事实上，那个男孩几个星期前就因腹膜炎死了。

而蕾尼娅的新名字是多拉塔·沃伊西克。

"换了一个新名字，你想象一下我当时的感受……还有什么能比我们的名字更能代表我们自己吗？从那天以后，我不再是雅努什，而是鲁道夫了。谁认识这个鲁道夫？他想从我这里得到什么？我当时说，不，我是雅努什·卡茨尼尔森，雅科夫和安娜·卡茨尼尔森的儿子，现在和以后我都不会接受成为另一个人，而且那个人已经死了。假如我奶奶当时在那里，'愿她之名有福'，她会毫不客气地怼回去，一定还会吐最少三次口水！"

想到生命中有那样一位奶奶，即便自己现在如此苍老，也仍然惦记着她，鲁道夫觉得自己十分幸运，不禁大笑起来。

当他们通知雅努什要换名字时，他在这个家里开始发狂。但之前在衣服和卫生方面没有过多坚持，十分宽容他、容忍他耍小脾气的达里乌斯和马格达莱纳，在给他换身份的事情上没有让步，因为这决定着他和照顾他的人的未来。

不能跟纳粹分子开玩笑，雅努什十分清楚这一点。

可是，为了说服他现在他叫鲁道夫·斯坦纳，达里乌斯夫妇和他承受了好几天心理折磨。在深夜的时候，夫妻二人甚至忽然把他叫醒过几十次，把光照在他脸上，声色俱厉地问他名字是什么。在那个家住了快一个星期时，他已经身心俱惫，终于支撑不住，回答对了他们问他的所有问题。

"你叫什么名字？"马格达莱纳问他。

"鲁道夫。"小孩嘟囔道，声音里携着睡意，两只眼睛仍然闭着。

"还有呢？"女人追问。

"斯坦纳。"

"很好。你在哪里出生的？"达里乌斯也开始问他。

"华沙。"

"什么时候？"

"1934年3月27日。"

这对波兰夫妇这才感到满意，但为了确保鲁道夫记住了所有的信息，不会再回答错误，比如在纳粹分子忽然闯进来搜查的情况下，他们又在几天夜里进行了那种测试。就连在白天，在他喝汤，或者想象窗帘外面的生活时，达里乌斯夫妇仍然问他那些问题。为了不让路人看到不该看的，窗帘总是遮得严严实实。

除了新的名字，鲁道夫还必须学会天主教主要的祈祷文，这也是为了预防德国人忽然闯进来，或者他被交给其他的非犹太家庭。

"要说上帝，不说哈希姆，你知道这对我有多难吗？"鲁道夫向外孙解释，"在我生命的前八年，不断有人告诉我直呼上帝的名字是一种极大的罪恶，没有人敢随便喊出哈希姆的名字。可是当时，他们强迫我诵祷几十遍《天主经》《信经》《圣母经》。一般是用拉丁语念，我以前从来没听人说过这种语言，但我知道这是我们犹太人的迫害者——古罗马人的语言，因为在犹太教堂里有人告诉过我们。

那仿佛是一种灾祸、命运开的一个恶毒的玩笑。当然,"他继续说,"假如纳粹分子查得更严一些,他们很快就会明白我是犹太人,只要看看我的内裤里面就知道了。在这一点上,祈祷帮不上任何忙。"

马库斯疑惑地看着他。"什么意思?"外孙问,"为什么是内裤里面?"

"所有的犹太男性都要举行割礼。所以,士兵或者盖世太保的警察为了确认他们找的是犹太人还是雅利安人,会强迫那个人在大路上脱光裤子,展示他的生殖器。幸运的是,这种事情一般发生在大人身上。但是永远也不能掉以轻心。"

"那蕾尼娅呢?"马库斯问。那个女孩非常安静,没怎么反抗就接受了她的命运,马库斯不知道自己为什么会被她吸引。

"你是说离开父母后的前几天,她有什么反应吗?我不知道她怎么想的,但是我觉得,她跟那两个疯子生活了那么多年,离开对她来说也是一种解脱。以前她习惯了一个人待在房间里,没有跟任何人玩过。逃出去后,有四五个孩子和我们做伴,对她来说,也许就像过节一样。有时候,她忽然看起来没那么伤心了,她跟另外两个小女孩一起玩儿,假装和一个小熊玩偶、一个布娃娃喝下午茶,我甚至看到她笑了。"

"她的名字呢?成为多拉塔后,她高兴吗?还是说她的反应跟你一样?"

"啊,没有,她没吭声就接受了,像平时一样听话。可这并没有让她逃过晚上的测验,跟其他人一样,她也被那样对待了。但达里乌斯和马格达莱纳这样做,只是为了确保她不会出错而已。他们做得非常对。在那个家里度过十几天后,我们被转移去了另一所房子,这是一开始就计划好的。但是在新的地方,我和蕾尼娅无时无刻不待在地下室里,连气都没出去透过。跟我们在一起的,还有另外两个小孩和一个大点的孩子。这一次,我们连去楼上走走都不行。窗帘也不能拉开。"

"为什么?收容你们的人就那么坏吗?"

"完全不是这样的。那对夫妇是非常好的人,我不记得他们的名字和姓氏了。但是我记得那位先生高高瘦瘦,金色头发,前额很宽,细长的鼻子上托着一副金框眼镜,他经常抽烟,一根接一根,可能是为了缓解压力,因为收留我们非常危险。那位太太的头发也是金色的,瘦得几乎只剩一副骨架。他们的儿子是一位波兰英雄,在纳粹分子刚占领华沙时倒下了,客厅里挂着他们儿子的一幅画像,就在一面墙的正中间,下面是沙发。他们的女儿是护士,住在离家不远的地方。问题不在他们……"

"那在谁?"

"我们的面貌是不会撒谎的,就凭我们黑色的头发,身体的轮廓,特别是鼻子,"鲁道夫用手指着自己如此显眼的外表,"没人会把我们错看成雅利安小孩。他们尝试用双氧水给我们染发,在多拉塔头上效果还勉强过得去,可是在我头上,结果太糟糕了,就没人再试过了。总而言之,就算在外行的眼里,我们的犹太面貌也非常突出,更何况是那些处心积虑追捕犹太人的纳粹官员。还有……"鲁道夫的眼中突然出现一道充满恨意的光,"我之前跟你说过,在那个时候,除了纳粹分子,城里还有几十个探子,他们到处找犹太人敲诈。"

救他们的人可以遵从内心坚持下去,但就算那其中的所有谎言可以让人信以为真，事实也总会浮出水面。从证件上看，他是鲁道夫·斯坦纳，但在其他所有人眼里，他永远是原来的雅努什·卡茨尼尔森。能够改变的很少。

然而，在那些日子里，无论他是否愿意，他的第二段人生以某种方式开始了。不难想象，他的第二段人生并不比第一段人生轻松。

四十

鲁道夫几乎没动盘子里的食物，整个午餐时间他都在讲自己的故事，坐在对面的外孙露出惊讶的表情，全神贯注地听着，一字不漏，吃得也不比他多。

随着外公慢慢倒出自己的回忆，一段接一段，仿佛那是一条长长的项链，由徒手挖掘出来的宝石串联而成，外公的生活以越来越精确的方式呈现出来。他非常惊讶，因为外公的讲述是那么细致，列出的时间、地点、人名是那么精确，那些回忆被囚禁了几乎八十年，现在外公才允许它们来找自己。

祖孙两人点了意式奶冻，当甜品送来时，鲁道夫说，他和多拉塔在第二个家只待了三个月，因为多亏一名犹太警察透露消息，约兰塔得知那个藏身处就快暴露了。第二个家的邻居直接当起了盖世太保的探子，他们去了苏查大道的办公室，并告诉接待他们的警察，说那家人没有孩子，最近买的食物却远比两个人吃的多。"如今四处都藏有犹太人……他们比耗子还狡猾！"一场深入的调查会解除所有的疑惑。

幸亏扎高塔四处有耳目，包括令人意想不到的地方。

情况十分紧急，鲁道夫和多拉塔在深夜被带去了第三个藏身处，位于一栋漂亮的楼房三楼的一所公寓,离上一个住处很远。

收留他们的是一对新的夫妇,比之前的两对夫妇年龄更大。但现在没有其他孩子再与鲁道夫和多拉塔做伴,他们彻底孤独了,远比想象的更孤独。藏身处变成了大楼楼梯下面一间狭小的地下室,他们白天和晚上都被关在里面,等着有人来看他们,给他们送食物,带走他们迫不得已用来解手的便盆,每天都是如此。屋内唯一一扇窗户在靠近天花板的地方,朝向大楼的内院,一丝像刀片一样的光线穿过又厚又脏的玻璃照了进来。地下室的其他地方漆黑、寒冷,弥漫着一股极其强烈的霉味。墙上挂着一辆没有车胎的自行车;地上到处散落着东西,有塞满稻草的长颈大肚酒瓶、白铁皮罐和一副木制的滑雪板,还有几个大箱子,里面装着老旧的时尚杂志,都在一个角落堆成了一垛。

"也许,那种被迫的亲密共处也改变了我和多拉塔之间的关系。"鲁道夫苦笑道,同时回想起那时当着女孩的面解手,自己感到多么尴尬。"一开始我还是不跟她说话,就算她有时候靠近我,想寻找一点安慰,我也不说话。"老人叹息道,充满了忧思,"我就让她在自己的小角落小声哭泣,不管她,不安慰她,也不鼓励她。那时候我对世界太生气了,因为我要照顾一个在我看来是篡夺者的女孩,一个抢走了我姐姐位置的女孩。我太想念莉薇和我父母了。所以我也恨他们。离开了他们,我很伤心,我很想念他们。我那么孤单,都是他们的错造成的,跟别人没有关系。"

后来,过了一段日子,鲁道夫明白了多拉塔的处境和他相同,女孩也想留下来和她妈妈在一起,她也想家,她也梦想有一天能够回去。稻草和破衣烂衫铺成了他们的窝,紧紧挨着,多拉塔在自己窝里的时候,总是那样嘀嘀咕咕,自言自语。自从他们被送出隔都后,她就经常那样。

鲁道夫告诉外孙,虽然天主教的祈祷文他们学得非常好,但在心里,他和多拉塔仍然向至高无上者祈祷,总是用他们习惯了的名字称呼上帝。他不断为自己的行为道歉,尤其是因为他被迫几十上百遍地重复《信经》:"我信唯一的主,耶稣基督,天主的独生子。他在万世之前,由圣父所生。"然后他又说:"他为了我们人类,并为了我们的得救,从天降下。"他并不怎么理解这些祈祷文,但奶奶哈利娜对改变信仰的人的咒骂,他倒记得一清二楚。

所以,那些祈祷文中必定存在错误。鲁道夫这次笑得很高兴,他补充说,这就是为什么他每天晚上都要向哈希姆发誓,说事情不是那样的,他根本就"不信"那些东西。

"虽然那种生活只有几年,但我也不得不做了许多次那样的祈祷。就差上帝因为我的那些祈祷惩罚我了!我被关在那个黑暗、发臭的屋子里。"他又变得严肃起来,"把妈妈的胸针和奶奶的睡衣拿在手里转来转去,正是在那些天,我对多拉塔的愤怒和对我父母的愤怒慢慢减弱了。取代愤怒的是一种极深的思念,几乎让我心如刀割。我突然想念他们的一切:妈妈身上薰衣草的味道,爸爸身上的檀香,他们的一言一行,特别是他们的声音,每一天我都会忘记一点,还有他们的脸,样子逐渐变得模糊,奶奶哈利娜的声音和样子,我已经开始忘记了。"

鲁道夫停了下来,马库斯也保持沉默,凝视着外公。他感动得双眼湿润。

现在他终于明白了一切。

一切都展现在他眼前。

真相就在那里，在他面前，像泉水一样清澈澄莹。

那么多年以来，是他的眼睛不够清澈，没能捕捉到真相。

外公对自己的过去缄口不言，对所有家人连一个字也不透露，促使外公这样做的原因与自私、冷漠、情感缺失、撒谎癖没有任何关系。

外公决定把那段生活埋在心底，也只是因为封印在他内心的真相太残忍，他希望所有人免受折磨。把他推向沉默和忘却的，只是一种原始的力量，是从原始时代就保存在每个人基因里的力量——保护后裔免受痛苦的本能。而为了达到这个目的，如果有必要，纵然牺牲自己的生命又何妨！鲁道夫正是这样做的。

但男孩还想知道一件事。

"你再也没有你父母的消息了吗？没人告诉过你什么吗？"

"没有，没有任何消息。逃亡的每个孩子都没有自己父母的消息。也是因为我们中的大多数人没有人可以问。他们再也没跟我们说过什么，直到我们需要再次逃跑的那一天。有一个探子得知地下室里藏了两个小孩，就向收留我们的家庭要一笔封口费。在那些日子里，无论在什么地方，没有哪个犹太人是安全的。1943年1月，'第二行动'突然在隔都发动，但是在整个城市，整个国家，纳粹分子都加强了对藏匿的犹太人的搜索。由于犹太人不再束手就缚，而是开始行动，纳粹分子变得更加残暴了。"

马库斯睁大了眼睛："你是说犹太人最后真的反抗了？他们拿起了武器？"

"正是如此。复仇的方式不再是苟活下去，而是不再服从。所有的人公然反抗,无所畏惧,因为他们除了自己,已经一无所有了,没有什么东西或者人值得他们再忍气吞声下去。"

"所以呢?发生了什么?"

"城市里发生了一场游击战,一场真正的武装抵抗。在那些天里,六十个人拒绝登上去特雷布林卡的火车,这是第一次发生这样的事。"

"纳粹分子对他们做了什么?"

"用枪把他们打死了,一个不留,就在原地。"

鲁道夫说起那件事来很兴奋,所以,男孩看他时表情很疑惑。

"我知道,你觉得这一切很荒唐,可能也是徒劳的。但是,这个事件标志着一个转折:犹太人第一次反抗纳粹分子。他们受够了逆来顺受,他们失去了一切,他们要让那种生活结束,尝试逃跑。也是因为,"鲁道夫补充道,"在灭绝营里没有马上被杀死的人,几个月后也会累死、饿死,过非人的日子。受那种罪有什么意义?这次事件最直接的影响是,没人再自愿去乌姆施拉格广场被流放了。大家都拼命躲起来,像我们孩子一样。这也是为什么各个城区的搜查增多了。你想象一下,隔都的一座还没倒塌的旧楼房,在其中一间屋子里面发现了二十六个人,他们一个叠在一个上面,就那样生活了几个星期。让他们暴露的,好像是一个孩子的哭声。"

"纳粹分子是怎么对待犹太人的新态度的?"

"纳粹分子比原来更疯狂了。他们连所有跟他们勾结的通敌者、线人和探子都处死了,包括那些加入了犹太警察和盖世太保的人。谁也逃不掉。"

"可是你们怎么知道这些事情的?你们,被关在地下室里……"

"当时我们一无所知。我们只知道天气有多冷、肚子有多饿。关于外面发生的事,我们只能听到一些。楼上的先生每天早上七点准时去洗手间,而底楼的太太天不亮就出门去黑市买东西,大楼里应该有一个爱好歌剧的老太太。我们不止一次听到有人用一种我们听不懂的语言唱歌。长大以后我才知道那是意大利语,也是长大以后我才知道,所有那些故事都跟'第二行动'有关,跟我们被关在那个潮湿、发臭、隐秘的地窖里时发生在外面的事情有关。在那里面,时间似乎永远停滞不前,就好像一秒钟变得像一小时,甚至一天一样漫长。我们百无聊赖,期待着发生什么,一切都因此变得缓慢下来。你想象一下,就连找到一只蟑螂,跟蟑螂玩儿,也变成了让人兴奋的趣事。在那里面,多拉塔跟我在一起感觉很孤独,她又变得像逃出隔都之前那样悲伤,每天她都抱怨寒冷、饥饿和孤独。有一天,她甚至试图从窗户逃跑,她说她想回到父母身边,她受够了漂泊的生活,还不如死掉,让一切结束。当时我抓住她的双腿,告诉她再耐心一些,我把我的汤分了一些给她,我向她保证一切很快会好起来,就好像还不到九岁的我,真的能够确定这些事情一样。"

"你是说,直到那时候,你也没有你父母的消息。那后来呢?后来发生了什么?"

"最后,为了不受敲诈和保证安全,扎高塔决定再次将我们转移。这次我们要去一个叫特科维采的村庄,在卢布林省附近,与乌克兰交界,我们不是去一户人家里,而是要去一个修道院。我们藏在一所孤儿院里,里面有另外几十个像我们一样可怜的小孩,但几乎都是天主教徒,我们脱险的机会更大了。有些孩子有显著的外貌特征,一看就是闪米特人,无法假装成波兰人,他们不能假扮成战争留下的孤儿,留在寻常人家,所以最终只能去修道院。总而言之,是跟我和多拉塔一样的孩子。"

"可是这跟你父母的消息这件事有什么关系？"跟所有的同龄孩子一样，马库斯想马上知道究竟。

而鲁道夫喜欢设置悬念，一步一步将故事推向高潮。或者说，他觉得，他将要揭晓的故事值得让人再等待一会儿。

"我马上就讲到了，你这孩子，太心急了！那天下午，那对夫妇中的丈夫来到了地下室，他告诉我们准备一下，他们很快来接我们。我们收拾好了仅有的一点东西，等着他们来接我们。晚上，快要吃晚饭的时候，约兰塔亲自敲响了我们地下室的门。跟她一起来的，还有朵拉，我舅舅约瑟夫的女朋友。嗯，当然……"

"当然什么？"

"他也去了。"

"真是难以置信！"马库斯大声说道，眼睛瞪得大大的。

看见外孙脸上露出惊讶的表情，外公很是高兴，曾经他看见舅舅的身影跨过地下室的门时，脸上也是那副表情。

"你舅舅约瑟夫也去了？"男孩问，马库斯并非没有听清楚，而是因为想再听一次这个消息。

"对，他也去了。"鲁道夫回答，"虽然他不应该去。但是他一再向朵拉坚持，最后朵拉同意他陪自己一起去。"

"那你看到他的时候是什么样子的？我的意思是，天知道有多兴奋啊，我根本想象不到……"

"一开始我以为是某个长得像他的人，我觉得不可能真的是他。那个意外让人太高兴了，可我已经不再习惯让人高兴的意外了，所以我觉得其中肯定有诈。后来，当我明白那真的是他，是我活生生的舅舅约瑟夫,我跳起来搂住了他的脖子,紧紧抱着他。那几个月我很孤独,所以我一下子就把缺失的拥抱在他身上找补了回来,我差点把他勒死。我太高兴了,有一瞬间我觉得,当我和多拉塔躲在那间发臭的地下室里时,外面的世界前进了,战争结束了,纳粹分子战败了,一切又回到了以前。但当我问他是不是来接我回家时,他垂下了头。于是我就明白了。"

马库斯看见外公的双眼忽然变得黯淡了。一个逃亡中的孩子,只要一秒钟就可以从大喜转为大悲。

"再说了,我一开始就知道里面有诈……"短暂的停歇过后,鲁道夫继续说下去,"我舅舅把我放了下来,然后弯腰对着我,看着我的眼睛,只有尊重孩子的人才会这样做。"

"他对你说了什么?"

"他说他来那里,只是因为他想在我被送往修女那里之前,来看我一眼。我什么也没说,垂头丧气,表情已经替我说了。他把两只手放在我的肩膀上,像以前一样拍了拍,想让我重新笑起来。他说,我在修女那里会过得很好,我可以吃很多东西,那里会有很多孩子,我可以跟他们一起玩。我并不太相信那些承诺,因为大人为了让你做你不想做的事情,从来都是这套说辞。于是,他忽然拍了一下额头,说他太傻了,几乎忘了把我爸爸和我妈妈的问候带给我。"

"所以当时他们还活着,他见过他们吗?"

"对,他告诉我他们很好,他们很想我,迫不及待地想再拥抱我。我应该做个好孩子,因为一切很快就会结束,我就可以回家了。他还说他们嘱咐我要吃饭,不要耍脾气,因为帮助我的那些人冒了很大的风险。"

343

想象外公在孤独中度过几个月后和他的舅舅再次相见,马库斯的心里充满了一种特别的喜悦。那种因为别人幸福而感到的喜悦,只有极少数人能够真正体会到。

"为什么他们不来?你问过他吗?"

"当然,我最先问的就是这个。他回答说他们要工作,里面的人不能出来。但是他们一直在想我,他们生命的每一秒钟都在想我。"

"真的是这样吗?你爸爸和你妈妈还在隔都吗?"

"当然不在了。"

外公回答时表现得很镇静,这使马库斯感到惊异:需要多少年时间,回答时才能那样漫不经心?至少在表面,外公是不放在心上的。马库斯想,或许外公有时候停下来,就是在为回答某些将要到来的问题做准备。

"就像几年后我发现的那样,"鲁道夫继续说,"我父母在'第二行动'期间,坐最后一班火车去了特雷布林卡。和他们一起的,还有多拉塔的父母。舅舅把我父母的消息告诉我时,表现得犹豫不决,我马上就起了疑心,怀疑他在撒谎,但是在那些日子里,我太希望他们平安健康了,这比什么都重要。在那份像沥青一样黏稠和沉默的孤独中,只有想到他们还活着,我才能感到一丝安慰。我盼望着再见到他们,再拥抱他们。像所有那些为了让我逃离隔都而说出的谎言一样,那种憧憬拯救了我的生命。"

鲁道夫无法再说下去。激动的情绪再次占据了上风。

马库斯抓住了外公的手,桌子上离他最近的那只,紧紧握住,然后轻轻抚摸,仿佛那只手属于他崇拜的一位圣人。

他现在的确崇拜承受过如此多谎言的外公,哪怕只是想象一下那些谎言，他也会喘不过气来。他以前怎么能评判外公呢？他有什么资格？他生命中承受过的最沉重的事，不过是父母离婚和被学校停课。外公做出的选择和保持沉默的决定，他有什么资格来充当判官？他连那个念头也不该有。马库斯想，等一回到酒店，他就会给母亲打电话，把所有事情都告诉她。母亲也理应知道。无论外公对她做过什么，外公都不应该被她恨。不该再恨下去了。

鲁道夫喜欢外孙的轻抚，为了不让外孙停下来，他继续讲述自己的故事，同时也是为了让外孙散散心。

"我们走出地下室的时候，天气非常寒冷。约兰塔给我们带了两件小孩穿的厚大衣，我和多拉塔就赶紧穿上了。他们还给我们戴了一顶帽子，在脸上围了一条很大的羊毛围巾，好遮盖我们的外貌特征。"

"你就乖乖地跟着他们，没有反抗吗？"

"老实告诉你，没有反抗。当时我已经放弃了，我舅舅根本不让我跟他走，我第二次问他能不能把我带走时，他回答的方式没有留给我任何希望。再说了，听话和不惹麻烦很重要，这是我父母的要求。如果要说实话，那一次……"

鲁道夫再次停了下来。马库斯已经明白，外公在讲到关键点的时候，总是这样做。这很可能是他在做校长时养成的习惯，那个角色让他不得不经常在公众场合讲话，在跟家长和学生谈话时斟酌词句。然而，鲁道夫此次要对外孙讲的，似乎的确至关重要。或许，只是更加痛苦。

"这次发生了什么？"马库斯问，"能不能别吊我胃口？"

鲁道夫长叹一口气，然后继续说："那天晚上，大发脾气的是多拉塔。还没有出大楼,她就开始抱怨,说自己厌烦了不断漂泊,从一个地方到另一个地方,她又不是一个包袱,她父亲永远不会允许任何人这样对待她。约兰塔、朵拉和我舅舅尝试各种办法让她安静下来,可女孩一点也不配合。我们刚走出大门,寒风迎面而来,给了我们一记耳光,女孩吵得更厉害了,她大喊着想要回家,围巾扎她的脸,她宁愿自杀,也不去修女那里。很明显,她的叫声不会没人注意到。"

"有人听到了?"

"一个巡逻的士兵落在队伍后面系鞋带,还牵了一只牧羊犬。一看有个女孩像疯了一样挣扎,士兵就起了疑心,他走了过来,问怎么回事。我舅舅用手捂住多拉塔的嘴,假装是在和小女孩玩;约兰塔跟士兵解释,说我们刚刚去了一个亲戚家,现在我们正要回家。看了我们的证件,那个人产生了怀疑,他问,大人不是小孩的家人,两个小孩怎么会跟他们在一起?约兰塔想蒙混过关,说我们是战争留下的孤儿,他们负责照顾我们。那一刻,我舅舅明白,我们要想活着离开,唯一的办法是马上干掉那个爱管闲事的家伙。约瑟夫在地上捡了一块砖头,但可惜的是,就在他即将把砖头拍到士兵脑袋上时,纳粹分子发现了他的攻击,并大喊'有危险!'士兵的一个同伴马上放开了狗,让它朝我们冲过来。"

"后来发生的事,我就记不太清了,我只记得舅舅约瑟夫朝我们大喊快逃,朵拉在大叫,当时狗扑到了她身上,约兰塔拉着我们跑进了一个巷子。最后,我们拼命地往车站跑。"

四十一

在约兰塔的带领下,鲁道夫和多拉塔来到了华沙火车站,他们终于可以不用再跑了。站台和铁轨上挤满了人,一转眼的工夫,他们就混了进去,消失在熙熙攘攘的人群中。

华沙火车站笼罩在火车头喷出的烟雾和蒸汽之中,这里挤满了德国士兵和平民百姓。士兵或是正要去前线,或是刚从前线回来,平民则或是逃去乡下避难,或是回到城市来找营生。

找了一会儿后,他们终于找到了维多尔达修女,她是童贞玛利亚的一位卑微侍女,负责将孩子带回位于特科维采的修道院,把他们藏起来。身为华沙社会服务工作的负责人,约兰塔事先发了一封电报给修女,请她来华沙"取一包给她孤儿院孩子的衣服"。修女此行的真正目的显然是把孩子带回去,但德国人永远不会知道这件事。

除了一块表明她所属修会的白色大头巾,维多尔达修女从头到脚身着黑色,看起来完全是玛利亚卑微的侍女,因为她身高不超过一米六。虽然她快三十岁了,但她的脸光滑圆润,没有一丝皱纹,使她看起来像一个打扮成修女的小女孩。她身上最令人印象深刻的,是那双又黑又大的眼睛和那副从容的表情,仿佛她在最极端的情况下也能保持镇定。不难想象,在那段时期,修女不止一次应对过那样的情形,因为她已经拯救了至少三十六个犹太儿童。

约兰塔、鲁道夫和多拉塔与修女碰面时,修女正站在还在营业的小售票亭旁边,她已经买了三张去卢布林的票。到了卢布林,他们会换乘另一列火车到海乌姆,然后再从海乌姆乘汽车,最后抵达修道院所在的特科维采。这座修道院实际兼有孤儿院的功能。

维多尔达修女先介绍了自己,然后把两块香气四溢的饼干给了她的两个新朋友。她非常了解孩子,深知一个小礼物就可能使最顽固的孩子变得温顺。事实上,这确实起了作用。鲁道夫和多拉塔都接过甜甜的饼干,一下子就吃了个精光,两个孩子想,以后有的是时间闹脾气,可是吃东西却不能再等了。

"这个饼干我带了一大包。"修女对鲁道夫说,指着放在自己脚边的布背包,"都是我们修道院的修女亲手做的。"

鲁道夫问自己能不能再要一块,修女满足了他的心愿。

"你也想再要一块吗?"维多尔达问多拉塔。

女孩用力点了点头。德国士兵的突然排查,朵拉的惊叫,牧羊犬的狂吠,仓皇的出逃,彻底使叛逆的小女孩安静下来了。恐惧起到了劝说没有起到的作用。

在真正分别之前,约兰塔陪修女和两个孩子到了车站的后面,一行人一起溜进了女厕所,他们还有事情需要完成。多拉塔的头发已经染过,头上的帽子压得很低,脸庞由围巾遮住,她的外表可以骗过火车上的检票员和守卫车站的士兵,但鲁道夫需要好好乔装一番。修女从背包里拿出一根很长的绷带,这是她从修道院的医务室取来的,她用绷带包住男孩的额头,男孩安静乖顺,没有说一个"不"字。他也像多拉塔一样,被不久前发生的事吓坏了。

绷带把他裹得像一具小木乃伊,纳粹分子发现他是犹太人的可能性已经降到了最低。

"他们记得住祈祷文吗?"维多尔达问。

"非常熟悉!"约兰塔信心十足地回答,"对吗,孩子们?"

两个孩子像刚刚要饼干那样,再次表示肯定。这时,约兰塔弯下腰,最后嘱咐了他们。

"如果有人问你们问题,你们不要说话,让维多尔达修女回答。尤其一定要记住,"她用极其严肃的语气说,"不要相信任何人。听明白了吗?"

"明白了。"鲁道夫和多拉塔异口同声,试着从盖住他们的羊毛围巾或绷带下面传出声音。

这时候,约兰塔把他们的证件交给了同伴,然后热情地拥抱了他们,又一次把他们交到一个陌生人手里。在这里,华沙火车站的女厕所里,她跟两个孩子告别了。

奇怪的三人组一秒钟也不耽搁,登上了前往卢布林的火车,他们在三等座车厢找到自己的座位,修女坐在中间,两个孩子坐在她的两边。

车厢里很冷。座位是木头的,他们对面是一对穿羊毛大衣的老年夫妇。据那两个人说,他们的儿子是军人,刚刚在华沙休了几天假,于是他们前去看望,现在他们正在回家的路上。在过道的另一边是两个女人,她们带着各自刚出生的孩子和两个大一点的女孩,那两个女孩一路上都在争她们正一起看的书该由谁拿着。

车厢里很快就挤满了人,可以闻到各种气味,听到各种方言。

修女告诉两个孩子要安心地坐着,要有耐心,旅途会持续四五个小时,而不像平常那样三个小时就可以,因为在从华沙到卢布林的铁路沿线,纳粹士兵频繁搜查抓捕在逃的犹太人、逃兵和破坏分子。

成功地把孩子带回修道院,变成一项越来越艰巨的任务,但维多尔达修女从来没有放弃过。她向上帝发过誓愿,因此,无论付出什么代价,她都要帮助最需要帮助的人。在这一刻,还有人比这两个纯洁的生命更需要帮助吗?

她鼓起勇气。以前没有出过一次差错,这次也会顺利的。如果说她能够确定什么,那就是纳粹分子的皮带扣在撒谎,上面写着"Gott mit uns",即"上帝与我们同在"。

不,上帝根本就不在他们身边。

至少天主教徒的上帝没有在。

就在不久前,两个孩子经过了那么多天的幽禁,却马上暴露在寒风中,鲁道夫为重新见到舅舅激动不已,随后他们遭到士兵突袭,又惊心动魄地逃跑,这一切使得两个年幼的逃亡者筋疲力尽。多拉塔坐在靠窗的位置,她看着火车站在团团黑烟中远去,同时火车轮子与铁轨摩擦产生吱吱嘎嘎的声音,火车头巨大的发动机喷出蒸汽,发出鸣笛声。随后,她闭上眼睛,在火车摇摇晃晃的节奏中,慢慢进入了深沉的梦乡。

鲁道夫入睡用的时间稍长一点,在睡着之前,他又开始像逃亡之初那样恨多拉塔:都是因为多拉塔的错,那些士兵才发现了他们,假如多拉塔像他一样不折腾、不吵闹,他至少还有时间跟舅舅道别。不知道舅舅怎么样了,他逃走了,还是被抓了?或者情况更糟糕,他被纳粹分子杀害了?

"我舅舅是英雄。"他不断在脑子里重复这句话，好让自己相信舅舅还活着。直到最后，他尝试各种办法，将约瑟夫、朵拉、士兵和其他所有画面从眼前驱逐出去，然后才迷迷糊糊地打起了瞌睡。

内心的斗争使他疲惫不堪，他逐渐向修女滑去，直至脸靠在修女身上。修女的衣服刚刚洗过，散发出风和阳光的味道。他感到害羞，重新调整坐姿，回到了原来的位置。可当脑袋第三次靠在她身上时，他决定保持这个姿势，因为修女身上有马赛皂的味道，勾起了他对奶奶哈利娜深深的思念。

鲁道夫闭上眼睛，想象着自己靠在奶奶身上，他们在去罗兹的路上，奶奶经常对自己说起，那是她的家乡。他们很快就会到达目的地，奶奶会带他去看她的房子，他父亲也在那里长大，他们还会去看田野、果树和耕种了的菜园，还有奶奶常常对他说起的动物：鹅、母鸡和火鸡。当他进入梦乡时，那些画面变成了一个真正的梦：鲁道夫在绿油油的草地上奔跑，那里鲜花盛开，洋溢着衣服刚洗过的味道。哈利娜在他身后奔跑，想要追上他，而莉薇头上戴着草帽，身上穿着白裙，正和青年团所有的孩子手拉手，围成一个巨大的圆圈，欢声舞蹈。安娜和雅科夫则坐在一棵橡树下面，跟舅舅约瑟夫和他的女友朵拉一同准备丰盛的野餐。他们面前的餐布上摆满了上帝的每一种恩赐：乳酪面布丁①、胡萝卜蛋糕、填了肉馅的鱼、文火炖肉、鸡汤面条、用黑芝麻和蜂蜜做的甜品、鱼汤面疙瘩、烤饺子、烤香肠、醋腌脾、鸡蛋饼干、麸皮面包，用洋葱、黑芝麻和小茴香做的咸饼干。还有自家为逾越节酿的几十瓶李子白兰地。

---

① 一种犹太面食，通常用奶酪、面条、土豆等来烤制。

忽然,一群牧羊犬冲了过来,打破了这种宁静,狗先朝食物扑去,彻底毁掉了一切,然后又扑在围圈欢唱的孩子们身上,将孩子一个一个吞掉,包括莉薇,最后扑到了其他人身上,面对那些狂暴的猛兽,没有人能幸免于难。

从来没有人能幸免于难。这是年幼的鲁道夫第二次梦见德国牧羊犬。而从这天以后,他就不断梦见那些狗。

噩梦猛然被一道深沉、嘶哑的声音打断。

在车厢的过道上,一个德国士兵站在了他面前,士兵身材高大,颌骨方正,胡子刚刚刮过,是不久前在登布林车站上的车。

跟维多尔达修女事先说的一样,士兵及其同伴正在检查所有的乘客。用不着说,他们最想找到的是那些隐姓埋名的犹太人。

"早上好。"看见他睁开露在绷带外面那只眼睛,士兵便向他打招呼。士兵用德语问:"睡醒啦。乖孩子,你的头怎么了?"

鲁道夫被吓坏了,他没有回答,约兰塔在离开前这样嘱咐过他。与此同时,多拉塔脸靠在窗户的玻璃上,还在睡觉,丝毫没有察觉。

维多尔达修女想回答士兵的问题,但士兵狠狠瞪了她一眼,命令她不要说话。

"我没有问您。"他说。

"这孩子不懂德语。"修女继续说道,"他遭了意外,他住的房子塌了,砸到了身上。所以我们才给他包了绷带,他伤得太重了。"

"修女,您和他们要去哪里?"

维多尔达修女解释说,战争使那两个孩子变成了可怜的孤儿,她正带他们去特科维采,她们修道会在那里的修道院转变成了孤儿院,收留那些再也没人照顾的孩子。

修女说完后，德国人问："不好意思，我可以看一下证件吗？"士兵表面上客套，其实很不耐烦。

"当然。"

维多尔达从背包里拿出他们的证件，并交给了士兵。士兵看了很久，然后他侧身对着鲁道夫，露出笑容，用有点蹩脚的波兰语问："乖孩子，你叫什么名字？"

从士兵提出问题到鲁道夫做出回答，维多尔达修女一直不敢喘气，她甚至想象到了假如自己身旁的男孩回答错误，所有可能发生的惨剧。

"我叫鲁道夫。"男孩坚定地说。

士兵又笑了笑："你姓什么，鲁道夫先生？"

"斯坦纳。"男孩还是那样坚定。

"在哪里出生的？"

"在华沙。"

"什么时……"

德国人还没说完，鲁道夫就抢先回答了。

"1934 年 3 月 27 日。"

男孩的举动令士兵感到匪夷所思，难道有人这样询问过这个男孩吗？他直勾勾地看着男孩的眼睛，把男孩的证件拿在手里看来看去。

士兵站在那里，无法确定眼前的男孩究竟是不幸受了伤的可怜孤儿，还是说就是一个小犹太骗子，而与此同时，鲁道夫害怕得心都要跳出来了，他希望士兵没有察觉到。他差点就被吓死了。

士兵继续盯了他很久，最后依然像先前一样客气，让他诵念

353

《天主经》。"你肯定很熟悉，对吧？"士兵笑着问他。

鲁道夫松了一口气，他坚定地点点头，他已经把《天主经》背得滚瓜烂熟了。

直到纳粹分子问他《天主经》时，他都是安全的，关键的是不要让他脱掉裤子，在这一点上他没法说谎。

男孩一字不差地诵念着祈祷文，就好像每天晚上睡觉之前，他真的诵念过这些经文一样。

德国人似乎相信了，但还没有完全相信。

男孩念完《天主经》后，士兵又让他先后念了《圣母经》和《信经》。这些经文从前使鲁道夫受了许多苦，为此他常常请求哈希姆宽恕，'赞美天主之名'，现在却正在救他的命。他每用洪亮的声音念一句"我信"，心里就像往常一样重复一句"不是真的"，既是说给他的上帝听，也是说给他的奶奶听。

纳粹分子不但没有发觉他的内心活动，这次甚至还感到非常满意。

"真是个好基督徒。"士兵说着，轻轻捏了一下鲁道夫脸上露着的地方，随后他祝修女一行人旅途愉快，转身离开了。

到了这时候，维多尔达修女的呼吸才恢复正常。她打开背包，拿出了另外三块饼干。

"这些是你应得的奖赏。"她说。

鲁道夫接过饼干，放进了嘴里，慢慢享受着胜利的滋味。

四十二

去特科维采的路上火车经常停下来，每个车站都要耽搁时间，旅途仿佛永远没有尽头。

所幸没有别的德国士兵太注意他们，这也是因为两个孩子靠在维多尔达修女身上，修女用毯子盖住了他们，使他们躲过了警察的眼睛。

一到卢布林，三个人就下了火车，快步朝候车室走去。候车室可能比火车上还要冷。晚上他们要在这里度过，等待去海乌姆的火车，因为下一班车要第二天早上才会经过这里。

晚上这个时候，车站里面挤满了穷人和难民，他们在找可以遮风挡雨的地方过夜。不出意外的是，这里距乌克兰仅有一百多千米，也有许多从苏俄前线回来的德国士兵。

他们三人待在候车室的一个小角落，两个逃亡的孩子躺在修女旁边的长木凳上，好在他们没几分钟就睡着了，也没有人留意他们。

与此同时，外面雪下得越来越大，给每样东西都盖上了一张毯子。月台的灯光照亮了白皑皑的景色，维多尔达修女想，假如他们不是在逃跑，那将是一片迷人的景色，几乎充满了诗意。

修女拉了拉毯子，替多拉塔和鲁道夫盖好，然后，她本能地轻轻抚摸了两个孩子,手指温柔地掠过两张消瘦的小脸。她习惯了那些令人痛苦的故事,因为她已经见过和听过太多,可想到那些无辜的小生命仅仅因为是犹太人就受了那么多罪,她还是不免潸然泪下。

上帝怎么能容许他的孩子承受那样的痛苦?修女无法找到令自己满意和信服的答案。

在忏悔时,她问过她的忏悔神父这个问题。耶稣会士斯坦尼斯拉夫·巴伊科这样回答她:"上帝创造了我们,但也给了我们自由意志。"

她仍不放弃。她说,一个仁慈的上帝永远不会允许这样的事发生在我们国家和欧洲其他国家。神父提醒她,上帝的意旨神秘奥妙,人类的脑袋无法参透,只须接受即可。

"你要请求上帝赐予你忍受痛苦的耐心,帮助他人免受痛苦的力量,接受事实且不提出太多问题的谦卑。"

维多尔达信服地点了点头,但是接受那些意旨,她实在做不到。

帮助犹太小孩,纵然可能失去自己的生命,正是她个人对至高无上者的反叛。上帝越是让他的子民受苦,她就越是要全力帮助他们。她千方百计、不计代价地救助来到她们修道院的孩子,那些孩子衣衫褴褛、消瘦憔悴,常常光着脚,连双鞋也没有。她看到那些孩子逃避其他孤儿的目光,他们脸上的表情和身体的姿势表明他们心中藏着一种恐惧,那恐惧令他们时刻保持警惕,仿佛他们随时准备逃走,逃到某个地方躲起来。

年幼的孩子可以很快习惯新地方,和同伴玩耍,几乎像什么事也没发生过;不同的是,那些大一点的孩子什么都明白,他们不得不经历难以忍受的事情,常常包括父母被杀害,或者被流放。对他们而言，要永远伪装下去，包括在其他波兰小孩面前，显得极其困难，却又必须这样做。

特科维采的修道院收留了几十个来自天主教家庭的孤儿，他们谁也不会怀疑有同伴是犹太人。如果有一个孩子知道了真相，并把真相告诉了偶尔来看他的亲戚，那么整个救助系统就会崩溃。最令人担心的时刻是这些孩子的亲人每周来探望他们的时候，因为那时犹太小孩更容易被发现。正因如此，巴伊科神父也允许没有受洗的孩子领受圣事①，目的是不让他们与其他孤儿有什么不同，这样就不会使他们的同伴和同伴的亲人产生过多疑问。

第二天早晨，鲁道夫睁开眼睛时，脸上的绷带让他感到厌烦。但他没有请求拆掉绷带，至少在到达修道院之前不会。在那之前，他不得不用一只眼睛看世界。

候车室的外面，雪仍然下得密密麻麻，他从没见过这样密的雪。他把脸贴在结了冰的窗户上，痴迷地看着那些柔软、微小的雪花一片一片飘落。他像维多尔达修女一样，在只有冰雪和悲哀的地方找到了诗意。

在一些持枪的德国士兵的威胁下，一队身穿绣有大卫星外套的工人正准备清扫铁轨和站棚上的积雪。而士兵却躲在屋内，至少吹不到飕飕作响、从窗框边缘的缝隙钻进来的寒风。

鲁道夫第一次以直接、明显的方式，见证了奶奶哈利娜口中那

---

① 传统的基督教派认为有七种圣事：圣洗、坚振、圣体、忏悔、临终涂油、圣秩和婚配，其中圣洗是加入基督教的首要圣事。

些"高贵的人"的生活是多么容易。假如那些士兵知道他也是犹太人,就会马上把他扔出去,让他穿上带有黄色大卫星的外套,跟其他人一起扫雪。

于是男孩想象,他父亲在一座集中营里面,也像那样在风雪中,穿着破烂的衣裳,无比绝望,在一群像他父亲一样可怜的人中间工作。然后,他想象到了父亲的尸体,尸体再变成灰烬,从烟囱顶部飞出。在那些天里,这样的场景已经在他脑海出现了很多次。

"他们在那里用毒气杀人,然后把尸体像木头一样扔到火炉里。"最后一次见到父母时,他这样告诉他们。尽管父母安慰他,说那只是谎言,可当他离开父母后,他的大脑就乐于向他展示那些可怕的场景。

一种深深的思念涌上他的心头。自从离开隔都后,他什么也没有做,只是细心观察每一个地方,寻找能够勾起他回忆的细微之处,逼迫自己再想起家人。

他回到昨夜卧睡的长凳上时,多拉塔也醒了,女孩的头发又脏又乱,衣服又皱又破,没有一点曾经那个富家千金的样子,她在自己家第一次见到鲁道夫时表现出的那种高傲和冷淡也消失了。看到她这个样子,没有人会想到她来自华沙最富裕和优渥的家族,如今她是那个家族唯一的后人。曾经,她的姓氏会令王公贵胄、外国大使、军政要员敞开大门欢迎她,而现在为她敞开大门的只有一所乡间的孤儿院。

而现在,他是鲁道夫·斯坦纳,由于不断重复这个名字、这个名字所有的户口信息和所有的祈祷文,最后他几乎相信了他真的是那个在数月前死于腹膜炎的小男孩。有时候,尤其是前几个星期,他被关在地下室里感到孤零零的时候，他觉得自己过去的生活完全是一种梦，关于它的回忆不属于他。而为了让自己打消这样的念头，他就想，假如自己真的是小鲁道夫·斯坦纳，从一出生就是，那他就不用从一个地方逃到另一个地方，像猎物一样被人追捕，现在他应该埋在潮湿的土地下面，距离地面两米，躺在一口木棺材里面生蛆，就像他想加入那帮大孩子时，在隔都公墓旁边的房子里看到的尸体一样。

距离那些日子似乎已经过了几年，甚至几十年。与他在宁静的生活里度过的每一分钟相比，他在那段悲惨的光阴里度过的每一刻都黯然失色。

虽然他不时觉得自己真的就是鲁道夫·斯坦纳，并且为了不露出马脚，他和多拉塔决定以后只用新名字，可是他的身体里有许多雅努什·卡茨尼尔森的碎片。这些碎片仍然跃跃欲试，想亮出自己的身份。

他不止一次心惊肉跳，因为自己差点说出犹太人才会说的话：在该说"上帝"时差点说"哈希姆"，在该说"星期五"时差点说"安息日平安"，在表达祝福时差点说"Mazel Tov"[①]。甚至有天晚上他心不在焉，在该念《天主经》的时候，竟然念起了《妥拉》的开头，因为以前他在睡觉前经常跟父母一起念。后来，每次他都在肱二头肌的内侧狠狠地拧一下，感受到很强烈的疼痛。他的策略起了作用，自此以后再也没出过差错。

尽管新的身份让他很受伤，但如果他继续做雅努什·卡茨尼尔

---

① 在希伯来语中，字面意思是"祝好运"，常用于表达祝福。

森就太危险了。如果他还想保留一线希望，再见到父母，他就必须忘记原来的名字，不要再想从前的生活，让那段生活在心里沉默。当他和多拉塔坐在汽车的后排时，维多尔达修女也这样嘱咐过他们。海乌姆火车站距离波乌边境不远，上午十点钟左右，一辆汽车来到车站迎接他们。驾驶座上的人是斯坦尼斯拉夫·巴伊科神父，神父张开双手欢迎这两个孩子，并给了他们两颗蜂蜜糖。

"你们一定要记住，"在车子就快到修道院时，修女转过身去，严肃地对孩子们说，"你们不能告诉任何小孩你们是谁，从哪里来。不管是什么原因，你们永远也不能说出自己的真名字和故事。特别是他们的亲戚到来的时候，你们要安静，不要说话。好吗？"

"好。"两个孩子异口同声地回答。

"你们真的明白了吗？这关系到你们的性命。"

维多尔达修女想要说清楚那一点，两个孩子带着恐惧活着，总好过不明不白地死去。

鲁道夫和多拉塔再次坚定地回答了修女。他们还没见过修女这样严厉地说话，被吓坏了。

修女也意识到孩子害怕了，马上安慰他们："孩子们，一切都会好起来的。"她笑着说，"对吗，神父？"

"当然！"神父回答，"修女会和你们玩很多游戏，可以唱歌、跳舞、演戏，特别是有很多吃的。你们饿吗？"

神父侧身看向后视镜，看到那两个小孩点头回应，并对他庄严的形象感到有点胆怯。

最让神父难过的是鲁道夫，男孩看起来实在受不了自己脸上的绷带了。

"孩子,你想把绷带取下来吗?"他问。

"可以吗?"

"当然可以。"维多尔达回答,"也该取下来了。"

在多拉塔的帮助下,鲁道夫解开了脸上的绷带,他终于可以自由地看外面,自由地呼吸了。

"难道你想绑成木乃伊一样到修道院吗?"修女笑着问他,"要是那样,你知道大家会多害怕吗?"

"所有的孩子会拔腿就跑,那样我们就一个孩子也没有了。"巴伊科神父回答说,然后大笑起来。

维多尔达修女也笑了,她再次转过身去,摸了摸两个孩子的头。气氛终于缓和下来了。

第一眼见到维多尔达修女时,鲁道夫就对修女产生了好感,当时修女站在火车站的售票亭旁边。可能是因为修女从容的表情,给他的饼干,或者修女身上的香味,他觉得自己可以信任这个女人,这是几个月来他不曾有过的感觉。

他望向车窗外面,看着白茫茫的景色从眼前闪过,同时手指轻轻抚摸衣兜里的胸针。

奶奶哈利娜总是说:"心怀畏惧的人有福。"

好吧,在这一刻,鲁道夫终于明白,畏惧少一点,也一样会有福气。

四十三

华沙之旅的第二天下午,鲁道夫和马库斯留在了大都会酒店的房间里,他们休整一番,整理整理思绪。从他们到这里开始,短短数小时内发生了太多事情,就好像他们在这里已经待了一个月一样。

所有的回忆肆意涌现,随之产生的激动情绪使得鲁道夫疲惫异常。而那些没有主动浮现的,他就亲自到内心深渊的底部取出,把它们混在第一段人生和第二段人生之间的瓦砾堆中,那正是他含恨放弃雅努什·卡茨尼尔森的身份,变成鲁道夫·斯坦纳之际。

现在他终于从先前藏身的深处浮出了水面,感觉好受多了。在餐馆里讲完故事时,他流下的是快乐的泪水,使他摆脱束缚的泪水。后来,当外孙紧紧抱住他,并对他说出"我爱你"时,他欣喜若狂,他以为再也不会拥有这种喜悦了。

在睡着之前,他反复看了几十遍马库斯拍的他姐姐的视频,直至疲劳战胜了他。

现在他在床上缩成一团,鼾声洪亮。他睡上几个小时,就能恢复精神。

像计划的那样,在外公睡觉的时候,马库斯躲到了房间的小阳台上,他靠着窗户,给母亲打了电话,把几个钟头前外公对他讲的事情简短地向母亲复述了一遍，包括鲁道夫和多拉塔跟随维多尔达修女一起去了位于特科维采的孤儿院。

当马库斯讲完后，约翰娜沉默了良久，仿佛她突然失去了所有的言语。她坐在家里的沙发上，两个孩子已经睡了，外面下着绵绵小雨，已经两天没有停过。

"妈妈，你在吗？"马库斯问她。

"在。"她回答。

"你没什么要说的吗？"

"我不知道说什么……"

事实的确如此。约翰娜心潮起伏，思绪不宁，找不到合适的方式表达内心再次变得骚乱的种种情感。

但这次与之前不同，在得知父亲八岁时独自历经了那么多磨难后，她的内心对父亲产生了怜悯和一种极其强烈和深刻的痛苦。她也像她儿子一样，开始明白鲁道夫为什么这么久一直缄口不提自己的过去，而打动她的不仅仅是那个故事，还有马库斯向她转述时激动的语气。假如她可以的话，她会在儿子讲述时用手抚摸儿子。

她觉得儿子从没这样关心过一件事，至少对家里的事不曾有过关心。也许除了对他小姨埃莉卡和外婆阿加塔，马库斯对家里其他人从来是漠不关心。而如今，外公的不幸和悲惨使他产生了一种纯粹、绝对和极其清澈的同情，仿佛他也亲身经历了那些苦楚，所以他才这样关心。

约翰娜怎么也没想到，自己要向儿子学习，她很想和他们一起在华沙，紧紧抱住他们，最后像在她已经在梦里梦到的那样，重新拥有他们。如今，一切在她眼前变得清晰，清晰得令人难以置信，

363

包括她通知父亲自己将要离婚时,父亲为何会决然反对,态度不容任何商量。父亲那样做,显然是因为他见过许多家庭受到骇人听闻的迫害,迫不得已永远变得支离破碎,其中包括他自己小时候的家庭。他当然无法接受女儿的家庭主动分裂。

但假如父亲之前把所有的事都讲出来,现在情况是不是更好?一切是不是更简单?约翰娜想,对自己来说是这样,但对父亲来说并非如此。

鲁道夫宁愿不再见她,不跟她说话,让她生自己的气,也不向她坦诚,解释自己不同意她离婚的原因。父亲的举动充满了爱意,是约翰娜感受到的最伟大的爱意。然而,她以前并不知道。

"我想和你们在一起。"这时她对儿子说。

"我也想。"三个字已经到了嘴边,马库斯却没能说出口。

"你跟外公说,我爱他。不,算了,你什么也别说,等你们回来了,我自己说。"

"都行。"

"今晚你们有什么安排?"

"我们应该会在酒店吃饭。这里吃得很好。今天早上参观了博物馆,外公有点累。他假装没什么,但是他没一会儿就累了……"

"那可不嘛,他八十六了。"约翰娜说。想到自己错过了多少时刻,又还有多少时刻留给自己,她马上就难过起来。

"明天你们做什么?"她问道,强行转移自己的注意力。

"外公让我做一件事。"

"什么事?"

马库斯犹豫了一会儿,他知道自己要说的可能会带来危险。"他想让我带他去特科维采，看他以前待过的孤儿院。"

"很远吗？"

"我在网上查了，这里到海乌姆要两个半小时，坐两次火车。然后我们可以坐出租车去特科维采，时间大概要一个小时……"

"晚上你们住在那里吗？最好不要一天就走个来回。"

"对。其实我想过了，看完孤儿院后，我们可以回海乌姆，因为特科维采是个很小的村庄，很难找到酒店。第二天我们再回华沙。"

"好，我觉得这样可以。你真棒。"

"你不用担心，所有的事情我来安排。你就相信我吧。"

马库斯没有斟酌最后几个字，便脱口而出，很快他就后悔了。他现在会在华沙，正是因为父母不再信任他，因为他辜负了父母所有的信任。

随之而来的是一阵沉默，约翰娜察觉到了儿子的尴尬。在她和儿子互不信任这件事上，现在出现了一点余地，她在余地消失之前抓住了机会。"你不觉得，这对你外公来说太辛苦了吗？在那么短的时间内，坐那么长时间的车。"

"我知道，但是他太固执了，我没法拒绝。妈妈，你知道吗……"他再次犹豫了。约翰娜听见了儿子在叹息。

"什么？"

"这有点像，外公是在向他生命中最重要的地方打最后一声招呼，好像他是来道别的。他不想对任何事和任何人留下遗憾。"

前一段时间，约翰娜觉得儿子非常浅薄，他除了自己和自己的破事，比如卐字符这件麻烦事，什么也不关心。但现在约翰娜又一次感到惊讶，因为她觉得儿子考虑得很仔细，很周到，对人和事物

365

的理解非常深刻。

也许她的错在于把马库斯当作"最大的孩子",好像长子就不需要被呵护一般。她觉得彻底破坏他们关系的,是她和托马斯离婚,在那个关键的时候,儿子甚至公开表达了对她的厌恶,也许是因为马库斯认为那一切都是她造成的。

"我们明天联系。"她说。然后又腼腆地添了一句"我爱你",她几乎希望儿子没有听见这句话。

"我也是。"马库斯立刻回答。他没有多想,也为自己的回答感到吃惊。

约翰娜脸上的阴霾散去,露出一丝欣慰。她转头看看朝向街道的窗户外面,发现雨已经停了,一轮圆圆的明月在云间探出了头。她重新拿起电话,马上打给了母亲,她想知道父亲真正的姓氏,她需要把自己的名字与父亲的姓氏联系起来,想象自己又会变成怎样一个约翰娜。

在火车上,马库斯和鲁道夫的座位相邻,旅途刚开始的时候,他们没有说话。第一站是卢布林,再是海乌姆,最后是特科维采。天气很晴朗,温度比前几天高一点。

他们是上午十点钟左右出发的,目标是在过了午饭后就到达修道院。马库斯在网上买好了所有的票,用的是外公的信用卡。他打电话咨询了负责旅游事务的办公室,对方保证在海乌姆火车站,他们会找到带他们去目的地的出租车。车费当然不会便宜,他在谷歌地图上查过,至少要一个小时才能到达与乌克兰交界的目的地。但外公说自己不在乎钱,只要能去他原来住过的孤儿院,花多少钱都值得。虽然他曾经有些讨厌那个地方，但他还是很想再看看那里的一草一木，闻一闻那里的气味。

接他们电话的修女说，经常有战争期间在修道院住过的孩子重游故地，当然他们现在已经是老人了。修女还用极其礼貌的语气说，修道院十分乐意接待他们，到了以后，会有一个修女陪同他们。

马库斯早上醒来时，奇怪地发现身体里充满了能量，想做很多事情。这场旅行带给他的好处，远比他外公和母亲希望的要多。他手臂上的割伤现在已经结痂，用不了几天就会像以往一样消失，只在前臂上留下一条小小的凸痕，显得比其他地方的皮肤更明显。他身上有几十条这样的疤痕，他记得每一条形成的时间和原因，仿佛每一条都是他生命中的一篇特别的日记。

尽管前几个小时他心潮澎湃、百感交集，却没了割伤自己的冲动。他现在的愿望是听外公讲完剩下的故事，鲁道夫也满足了他。

这天早上，鲁道夫看起来做足了准备，马库斯觉得外公肯定又起了什么迷信。鲁道夫不停地寻找能够预示旅途一帆风顺的细节，比如他们刚刚登上的火车列车编号里包含数字"5"，紧接着是"100"，他就认为这肯定是个吉兆。至少犹太人的卡巴拉是这样说的。

鲁道夫在座位上坐得很舒服，一侧是外孙，另一侧是窗外的波兰平原，他就在中间重新讲起了自己在特科维采的生活。

他从第一次见到修道院院长说起，院长是斯坦尼斯拉娃修女，身材特别高大，差不多和巴伊科神父一样高，但她要比神父胖一圈。"我第一次见到她的时候，"他讲道，同时想起了快过去八十年的那一天，"真是大吃一惊，她像巨人一样高大，整个脑袋被一块奇怪的白色纱巾包着,只有脸露了出来,形象显得更加庄严了。她看起来就像一个巨大的复活节彩蛋。"鲁道夫笑着说,"她全身穿着黑色的衣服,张开双臂向我们走来,脸上挂着十分灿烂的笑容,非常具有感染力。因为她太高大,我和多拉塔在她的怀抱里完全消失了。她身上有维多尔达修女身上的那种香味,所以我很快也喜欢上了她。相反,孤儿院的味道很奇怪,是消毒水和烂卷心菜混在一起的味道。斯坦尼斯拉娃院长先带我们去了厨房,给了我们一份土豆鸡肉汤,那是我这辈子吃到的最好吃的土豆鸡肉汤,汤里甚至有几块真的肉,当时我已经几个月没吃过肉了……"

"所以你们很幸运,两位修女太好了。"马库斯插嘴说,外公乐观的态度让他很惊讶。

"啊,是啊。"鲁道夫继续说,"斯坦尼斯拉娃院长太和蔼了!但是必要的时候,她也会变得严厉,她会用一只大手用力地扇几个耳光,挨了第一下,孩子就不敢再跟她顶嘴了,也不敢再说饭菜不好吃。而且老实跟你说,那时候日子太艰难了,谁也不敢把自己的饭剩下。那不是要脾气的时候。"

鲁道夫闭上眼睛,回想着那些日子。他静静享受了几秒钟,那些面容重新回到他的记忆中,一个一个浮现在眼前。当思念将要席卷他时,他摇了摇头,继续讲他的故事。

"斯坦尼斯拉娃院长眼里没有畏惧。她几乎把危险当作一种挑战,德国人越是搜捕犹太人,她就越是要在修道院里藏匿犹太人。所有的修女都尊重她,爱戴她,好像她真的是她们的母亲。她对待我们犹太人非常特别:吃饭的时候多给我们一点汤,冬天的时候给我们两个被子,演出的时候分配给我们更有趣的角色。在我们到达那里的第一天,她先让我们洗漱和吃饭,然后带我们去了一个很大的房间,里面空荡荡的,但是有很多黑色的橡树衣柜,一个挨着一个,她从衣柜里面拿了一些适合我和多拉塔穿的衣服。当然,衣服上有一股樟脑丸的味道,特别难闻。"鲁道夫做出恶心的表情,"但是衣服几乎是新的,我们都不敢相信真的能脱下身上的破烂衣服,穿上那些新衣服。就这样,洗了澡,穿好了衣服,梳好了头发,我们看起来就是两个不一样的孩子了。我第一次在镜子里看到了鲁道夫·斯坦纳,而不是雅努什·卡茨尼尔森。"

鲁道夫脸上露出了灿烂的笑容,他正回想起自己在孤儿院的厕所里,踮起脚尖想照一照洗手池上面模糊的镜子。多拉塔身上散发出香味,穿得非常体面,又变回了原来那个富家千金。修女用打了香皂的海绵用力擦洗她的身体,却不能拭去累积在她脸上的忧伤。

马库斯试着想象他年迈的外公小时候的样子,在波乌边境的孤儿院里,外公孤零零的。就在这时,鲁道夫告诉他,在特科维采的日子过得很慢,每天千篇一律。最初他们很兴奋,有食物吃,可以洗澡,有二手衣服穿,但要适应那个新环境却一点也不容易。

尽管许多修女告诉他,他比里面大多数孩子更加幸运,远离自己的家庭,但他无论如何也无法赞同这样的想法。自从到了修道院以后,他没有再像以前那样饿过肚子、受过冻,虽然收留他的人真的很善良亲切,但他必须和其他孩子一起生活,要遵守清规戒律,对此他常常感到十分痛苦,尤其是修道院要求他参加所有的仪式,为的是不引起其他孩子的怀疑。

他和多拉塔的关系又缓和了下来。他们被迫来到一个新的世界,原本互相熟知的关系使他们感到不那么独特和孤单。为了不在那孤独的海洋中迷失,他们两个人都特别需要一个依靠。

然而,随着时间流逝,尽管困难重重,但鲁道夫心里仍然希望尽快见到父亲、母亲和姐姐,而且愿望越来越强烈。

"如果真的像天主教徒深信的那样,上帝真的存在,"他说,"那他一定会从修道院的教堂壁画里下来,来拯救我,我就可以看到他多么英俊和威严了!我想象他把我抱在怀里,带我回到华沙的老房子里,同时用闪电消灭敌人。"

听到这段有点天真的想象,马库斯笑了起来,鲁道夫也笑了。

"可惜,等我们在修道院已经待了差不多一年半,还是很少说话,像哑巴一样,小心翼翼地隐藏自己。"老人继续说,突然又变得严肃起来,"等来的不是上帝,却是一些天主教小孩的亲戚,他们发现了我们的身份。他们大吵大嚷,威胁修女,说如果不马上把我们犹太人赶出去,他们就要告官。"

"为什么啊?我不明白,这对他们有什么影响?"

"他们担心我们在那里会引起纳粹分子的注意,让他们的亲戚,那些已经失去父母的小孩,陷入危险。"

"那修女是怎么办的?"

"我们又一次进入了黑暗,又一次变得孤单。修女把我们藏在了阁楼,藏了六个月,直到苏联人在1945年1月解放了波兰。"

四十四

在第二列火车上，外公的故事仍在继续。将他们从卢布林带往海乌姆的是地区火车。

那三十多个犹太小孩挤在阁楼上，生活在一个与时间和空间隔绝的气泡里。考虑到那些孩子已经经历了许多苦难，修女为了避免她们的小客人过于害怕，选择不让他们知道外界发生的一切。孩子的心里最好保留一丝希望，至少希望再见到他们的亲人，有一天一切会回归正常。

鲁道夫对一件事一直记忆犹新，仿佛就发生在昨天：一天晚上，他不小心听到了维多尔达修女和斯坦尼斯拉娃院长的谈话，他得知，华沙隔都里的犹太人真的拿起武器反抗纳粹分子了。纳粹分子为了复仇，把隔都夷为了平地。关于父母的命运，男孩无比希望舅舅之前撒了谎，他宁愿父亲和母亲早就被流放到了特雷布林卡，莉薇已经在那里了。

鲁道夫再一次感到不可思议，他不明白自己对那时的记忆为何如此清晰，那些话为何会如此轻易就说出了口，仿佛它们等待了几十年，不为别的，就是为了被说出来。他不止一次觉得，那些事情跟他没有什么关系，好像他刚读完一本有趣的书，正在讲述书中的情节。

马库斯坐在他对面,看起来听得十分认真和入迷,外孙直勾勾地看着他,并不时提问打断,跟随着他的讲述,没有半点分神。

这时候,他的背后来了一名查票员,并问他们要了车票。面对那个身穿波兰铁道部门制服的人,鲁道夫在刹那间回想起了曾让他背诵祈祷文的德国士兵,恰好也是在这一段铁路上。那一天已经过去了许多年,当时维多尔达修女正带他和多拉塔前往修道院。

而这一次,他不用背诵任何祈祷文就可以活着离开。

当查票员离开后,祖孙两人沉默了许久,但他们并不尴尬,只有深深信任彼此。只有深深爱着彼此的人才会有那种感觉。

"这火车上太热了。"外公说道,他脱掉了厚毛衣,"他们把暖气开得太热了。你不热吗?要不要脱掉卫衣?"

"不用,谢谢。"马库斯回答,"我这样就好。"

马库斯从不露出胳膊,即便是夏天。他的皮肤上发生了太多故事,有太多故事要讲。

"真的吗?我怕你流汗……"

"真的。我说了我很好。"男孩的脸顿时变得通红,显得很激动。

鲁道夫察觉到了他的微妙变化,但他决定到此为止,不过分坚持。

为了换个话题,他没有仔细考虑,就对外孙提出了他来华沙之前就想提的问题。此前,他决定等待合适的时机,希望他们之间的关系重新缓和下来,缓和到允许他提起这个话题的地步。

"你为什么那样做?"他这样问道,令人猝不及防。

"我为什么哪样做?"男孩问,十分诧异。

"卐字符,还有那句话。为什么?我的意思是,你不是那种人。这一点我清楚。你怎么会和那个东西扯上关系?"

鲁道夫察觉到,马库斯马上就产生了抵触,就像一只乌龟,决定保护自己不受世界伤害,缩进了龟壳里。于是,他尝试把外孙引出来,让男孩明白可以信任他。

"我发誓,我没有半点要批评的意思。"他说道,脸上的表情显得无比真切,"我只是想把事情弄清楚。但是如果你不想说,也没关系。我明白。"

一时之间,他期待外孙能够大发脾气,就像两天前他们在餐厅里,只是提及这个话题时那样。

但现在有些事情已经发生了变化。马库斯先低下脑袋,然后又抬起目光,没有任何愤怒和急躁的迹象。

于是,鲁道夫明白也许自己没有做错,也许时机真的成熟了。

"你想知道真相吗?"外孙问他。

"对。我们现在对彼此只说真话,不是吗?"

马库斯喜欢外公说的这句话,因为里面暗含了道歉的意思,"现在"两个字说明此前事实并非如此。在他们之间,真相是一个新事物。

"真相就是,我不知道自己为什么那样做了。"

鲁道夫紧盯着他,看起来有些失望,男孩明白这句话不足以说明什么。

"我的意思是,没有确凿的动机。或许又有很多。并不是因为我恨犹太人,我就在学校的墙上画了卐字符。"

"这一点我相信。那到底是怎么回事?你为什么那样做?因为到

373

目前为止,唯一能够确定的,就是你做了那件事。我们都认为那件事很可怕,对吧?"

这一次,马库斯在回答前没有低头。此时他的外公不是法官,而是他的辩护律师,他生命中第一个替他辩护的人。

"我现在当然知道那是件蠢事,像犯罪一样严重。特别是我骂希尔德的那句话。你想,那个女孩连嘴都没跟人亲过,她怎么可能是妓女?而且,实话实说,我也不关心她是不是犹太人。"

"那你为什么那么恨她呢?"

"因为她总是出风头。她总是完美无瑕,总是举手回答我们不会的问题,总是做完作业、做好笔记。老师总是拿希尔德当作我们的榜样。这样一个人,我们能不讨厌吗?"

这些话鲁道夫听过几百遍。他当校长的时候,每年都有像希尔德这样的学生被同学讨厌和嫉妒。"班上的尖子生"或者像许多人叫的"书呆子",似乎就是让人攻击的靶子。

并不是说鲁道夫容许学生间的暴力行为和报复,但是在学校里面,这些冲突是常有的事,就好比学生写作业,能抄就抄,好比也有些老师不能胜任教学工作,好比周五会罢工。可这一次,毫无疑问马库斯过火了。

"所以,"鲁道夫用很肯定的语气说,"我们可以说,你说那个女孩是犹太人,但并没有赋予'犹太人'这个词特别的含义,对吗?"

"嗯,是这样,也不是这样。你知道大家都是怎么说犹太人的吗?"

"不知道。怎么说的?"要说出自己所有听到的对犹太人的偏见,马库斯觉得很难为情。鲁道夫明白这一点。因此,他坚持让外孙说出来，同时也好明白，自己讲的故事是不是像他觉得的那样奏效了。"所以呢？大家都是怎么说犹太人的？"

"好吧，据说犹太人很矮，很黑，鼻子肥大。"

"好吧，我的确很矮，很黑。我的鼻子也很大。希尔德也像我这样吗？"

"不，她其实很漂亮。"

"所以我让人讨厌，是吗？多谢夸奖。"鲁道夫用讽刺的语气表示抱怨，他想缓和气氛，"你还知道其他对犹太人的偏见吗？是怎么说的？"

"好吧，据说犹太人吝啬，只想着钱。犹太人有经济霸权，他们想用金钱统治世界。"

"我从来没有过这个野心，我以前认识的人当中，也没有任何一个人这样。也许会让人不可思议，想统治世界的，是侵略过我们国家的德国人。那些极端的德国雅利安人、天主教徒，他们身材高大，有金色的头发、精致的鼻子。"

马库斯笑了起来，点了点头。外公讲得越多，他越是意识到自己脑袋里究竟装了多少蠢事。他认识的犹太人非常少，所以可以说，他那样讨厌犹太人，有点像他把犹太人当作布鲁塞尔白菜。但讨厌一种蔬菜是一码事，讨厌一个可怜的女孩就是另一码事了。如果那女孩有错，那她唯一的错就是在学校表现得太好了。

抨击错误的思想观念、揭露偏见、攻破"据说"……鲁道夫也觉得，他的策略仍然像原来一样奏效。对于某些立场和虚伪的信仰，要揭露它们的非理性，这是唯一有效的办法。

"那你的朋友希尔德呢？"鲁道夫继续说，"她也想统治世界吗？

她跟你讲过她的星际统治计划吗?"

"当然没有!她害羞得连话都不爱说,更别提什么统治世界了。她连征服一个男孩儿都费劲……"

"很好。那你也看到了,人不能一概而论,要以事实为据,不能凭肤色、种族和信奉的宗教来评判。但是,依据这些陈腐的因素而得出的错误观念,其他人肯定对你说过了无数遍。你以前也认同,对吗?"

"对。"

"所以,根据我的理解,你说那个可怜的女孩是'妓女',其实是因为你知道事实恰恰相反。"他继续说,"这是一种让她生气,让她痛苦的方式。这一点也对吗?"

"对,但是我之前没有想这么多。我很肤浅,这是真的。但我不是真的恨她。"

"这一点我相信,但是需要小心。因为肤浅和残忍之间是有区别的。残忍不需要聪明才智,这对傻子来说很适合。所以,纳粹分子以前才能那样胡作非为,甚至延续到了今天。我的乖外孙,你对你的同学希尔德很残忍。"

马库斯低下了头,但点了点头。

"但是还有一件事我不明白。"外公继续说,"为什么要画卐字符,敬纳粹礼,还有其他的那些行为?为什么跟纳粹的世界有关系?你是不是被纳粹主义吸引了?"

"不是!"为了不让外公心中留下任何疑惑,马库斯激烈地回答,"我对你发誓,不是那样的,绝对不是!"他重复说道。

"那是为什么呢?这不可能只是偶然。"

年老的校长十分清楚，他们正靠近问题的核心。当然，这需要圆滑，现在比任何时候都需要圆滑，但他必须在这一点上坚持。能够解答他所有疑惑的答案就藏在这个核心里面。这份答案同样也能解答他女儿的问题。

"有那么多残忍、恐怖的形象可以选择，为什么你偏偏选择了纳粹分子？为什么是他们？"

"因为纳粹分子是坏人。这就是原因。"马库斯大声说，仿佛他是一个罪犯，在经过几个小时的讯问后，终于承认了自己的罪行。

鲁道夫的感觉很强烈，他们离真相近在咫尺，所有模糊、没有讲出来的事情终于要露出面目，真相大白了。但其中还有很多疑问需要弄清楚，首先是动机。

"说纳粹分子是坏人，对此我没有任何疑问。这不是偏见，而是历史事实。"外公说，"我可是切身体会过纳粹分子的邪恶。所以，我们可以这样说吗？因为他们邪恶，所以你才喜欢他们。"

"在某种意义上是这样。"

"那为什么坏人会让你喜欢呢？因为你也是坏人吗？还是说，你想当个坏人？"

"因为人们对坏人不会有任何好的期望。我的情况就是这样，也没有人对我有什么好的期望。"

"那大家都期望你什么？"

"越来越坏。随着时间过去，坏永远会显得不够坏。所以，我每一次都会提高标准：我每一次做的坏事，程度都要比上一次更严重，否则就没人会注意到我做的事了。"

"所以，你也落入了一种偏见，就像我们之前所说的对犹太人的

377

那些偏见。"

"是的。"

"可以这样说吗？你把自己塑造成了另一个人，现在很难变回来了。"

马库斯再次点头。

"这就对了，我觉得这是最好的解释，比其他说法要好。我并不是说这种解释是正当的，但如果把它当作你的动机，一定比'我不知道'要有说服力。做坏人，有时候很容易，这是事实，特别是人想验证一些偏见的时候。有时候也让人很快乐。如果有人告诉你人是完美无瑕的，你千万不要相信，因为就像你所见到的，每个人都有阴暗的一面，我也一样。一般来说，我会主动怀疑一些绝对善良的人，因为要说良心，教堂里经常空空如也。但是，根据我从你身上所了解到的，做坏人其实并不比做好人容易，那需要非比寻常的力量。我认为，我们正在靠近我们整个谈话的核心。但我知道，这里面还有个奥秘……"

两个人对视了一眼。马库斯最终决定对外公完全敞开心扉："纳粹分子让人害怕。可能也是因为这个，我才喜欢他们。完美的制服，梳得整齐的头发，有气势的行军，威严的敬礼……所有的同学都尊重他们。"

"那你呢，同学们不尊重你吗？"

"不怎么尊重。特别是在学校里，有时候很难跟那些混蛋相处，他们不干别的，只想着折磨你。如果他们看到你屈服了，那你就完蛋了。所以，与其当个弱者，不如让他们觉得你也是个混蛋。"

鲁道夫很清楚外孙说的是什么。在学校工作时，外孙口里的那些"混蛋",各种类型的他都遇到过。

"你知道陀思妥耶夫斯基的《罪与罚》里主人公是怎么说的吗?"鲁道夫说,"有时我们感觉自己像一只昆虫,有时像拿破仑。我想,在青春期的孩子身上也会发生一些这样的情况,对吧?"

"说实话,我更觉得自己是一只昆虫。可能正因为这样,我才喜欢纳粹分子。"马库斯说,但他马上又纠正自己,"我是说以前喜欢。"

外公所说的核心就在于此,离他只有四个字的距离。

"什么意思?"他问道。

"我喜欢坏人,因为他们总是失败。"

"你说什么?"

"可不是嘛!你看,电影、电子游戏、书里面都是好人赢。不可能会发生相反的情况。那些被认为是邪恶的人,大家都讨厌的人,失败的总是他们。跟我的情况一模一样。"

"你觉得自己是个失败者?真的吗?"

"我是失败者。我爸爸妈妈从来没有夸过我什么,一次也没有。什么考试拿了高分,运动会取得了好成绩……都没有夸过。一句赞扬的话都没有说过。"

"你觉得不管你做什么事,他们都不满意,他们不关心你为此付出了多少努力,什么都不符合他们的期望,是吗?"

"就是这样的。他们吵得不可开交,根本没时间管别人。而我……"

"你什么?"

"我只想快乐。一辈子至少要快乐一次。"

"为什么这样说？难道你没有快乐过吗？"

"可能有。但我记不起来那是什么感觉了。"

"你是想告诉我，你从来没有被爱过，一次也没有？"

"没有。"

"真的吗？就连我们那个年代经常说的'好感'也没有吗？"

马库斯一直没有勇气敞开心扉和别人谈论"爱"这个话题，更不会主动去深入思考。当爱发生在别人身上，而不在他身上时，他可以看见爱。他是一个无私的目击者。从来没有女孩让他怦然心动过。即使有，那个女孩也不足以让他冲破用不安筑起的堤坝。哪个女孩会爱上一个像他那样的人？最好连试也不要试。

"从来没有。"马库斯最后回答，"连好感也没有。但我不认为这是我不快乐的原因。"

"你知道这些天我明白了什么吗？"外公问他。

马库斯坐在外公旁边，看着外公，并摇了摇头。

"我明白了除了极其短暂的瞬间，快乐并不存在。这很合理，不然我们根本察觉不到快乐。用一辈子受苦来换取一些快乐的瞬间，我觉得值得这样做，虽然那些非常短暂。我们应该懂得抓住那些时刻，享受那些时刻。在经历过隔都的一切后，我想我以后再也不会快乐了，一点快乐也不会有了。可是，这些天和你在一起，我很快乐。我真的很快乐。谢谢！"

马库斯再次陷入了沉默。他把头靠在了外公肩上。

鲁道夫抬起一只胳膊，抱住了马库斯的脖子，让外孙完全靠在他身上。他轻轻抚摸着外孙，整个世界也装不下他的爱意。

现在一切更加明朗了。鲁道夫终于明白了在他身边的究竟是什么样的人。从前他先入为主,长期以来,凭印象看待这个人的天赋、品德、梦想和恐惧。恰恰相反,他的外孙与他假设的形象有天壤之别。马库斯是一个独一无二、无法复刻的人,远比鲁道夫止于表面的肤浅印象要复杂。父母离婚带给马库斯的打击比大家想象得要沉重,他们那般强硬、坚决的态度无疑对正确解决问题没有任何帮助。除了父母离婚带给他的痛苦,又有两个他不喜欢的弟弟妹妹和他竞争,外公在和母亲吵架后也忽然离去,种种缘由汇聚在一起,使他变成了一颗一触即发、难以控制的炸弹。

既然做什么好事也得不到关注,那么做坏事,就成了马库斯实现那个目标的唯一途径。获得关注是世界上所有孩子的共同愿望。

他的外孙还是个孩子,充满不安,被迫住进了一副大人的身躯,头上有一个巨大的红色箭头,上面写着:"我在这里。"

四十五

特科维采的修道院位于一个缓坡的顶部，周围只有片片田野和寥寥几间带马厩的农舍。鲁道夫和马库斯看见修道院出现在远处，仿佛那是灰色的天空下，树丛里的幻象。与此同时，天上下起了一阵密集、恼人的小雨，雨水在出租车的车窗上流淌。

鲁道夫很快就认出了那个地方，因为波兰的这个村庄离波乌边境不远，看起来仍然和战争年代他住在这里时一样。

前方出现了一副巨大的木十架苦像，鲁道夫以前来这里的时候，苦像还不存在，在就要到达苦像时，出租车忽然左转，驶入了一条长长的上坡路，道路两旁有两行秃溜溜的树，这些树在鲁道夫小时候就已经存在了。到达山丘顶部后，两人来到一处宏伟的建筑前，建筑由前后两部分组成，前面是为童贞玛利亚建造的一所教堂，后面是一排呈十字架形状的高楼，其中有以前孩子的宿舍、修女的宿舍、教室以及各种公共厅室，包括食堂和剧院。

来教堂大门口迎接他们的人自称塞莱斯蒂娜修女。这位修女瘦得像女童，两只眼睛又大又蓝，身穿所属修会深蓝与纯黑相间的修女服，但头上没有斯坦尼斯拉娃院长那样的大头巾。鲁道夫第一次见到院长时，那个头巾让他笑了很久。

所有的修女都面容恬静,仿佛她们知晓快乐的奥秘,但塞莱斯蒂娜的脸很光滑,没有皱纹,除了让人看不出年龄,还显露出一种至美的快乐。鲁道夫想,显然,远离世俗生活使她们拥有其他人所缺失的平静。

塞莱斯蒂娜修女说着一口近乎完美的英语,不过有很重的波兰口音。她说自己接到通知说他们会来,自己会陪他们一起参观。

"两位请进。"修女迎接他们,"就把这里当成自己的家。而且,有一段时间的确是家。"

"您说得对。"鲁道夫回答。他露出了笑容,修女马上也以微笑回应。

"我听说,战争期间您就在这里,对吗?"修女问。她看着老人,眼里充满了深情和敬佩。

"对,在这里待了几乎三年。从1944年年中到1945年年初,至少有六个月是在阁楼里度过的,就在有孩子宿舍的那栋楼里。"

"在阁楼待了六个月?唉,上帝仁慈……"

"我们待在几乎完全黑暗的环境里。苏联人把我们找出来后,我们眼睛疼了好几天。我当时觉得阳光就是一种折磨。"

"那后来呢?从阁楼出来后,您和其他孩子还在修道院吗?"

"在。战争是1945年9月正式结束的,但是我们还在特科维采这里待了几个月,看政府怎么安置我们这些举目无亲的人。"

塞莱斯蒂娜修女站在大门前,推开了一扇很大的木门,紧接着是一段狭窄的通道。

"您知道吗?之前经常有像您这样的人回到这里。"修女说,同时让他们跟着自己,"现在很少了。"

"修女,我们都在慢慢死去。"鲁道夫回答,"我也八十六岁了。活到这个岁数,也算是奇迹。如果不是这个地方,我今天肯定不可能站在这里。我想我连九岁都活不过……"

"我们应该感谢曾经照顾过您的修女!"

"的确要感谢她们!当时有很多修女照顾我和其他的犹太小孩。但是我对斯坦尼斯拉娃院长和维多尔达修女记忆尤其深刻。您听说过她们吗?"

"当然听说过。"修女回答道,她的眼睛亮了起来,"我们现在做祈祷的时候还会纪念她们,感谢上帝把她们赐给了世界。请跟着我,我来带路。"

修女小心关上背后的大门,然后沿着走廊往前走去,光线从两旁的大窗户射进来,将走廊照亮。正走着的时候,修女告诉他们,修道院的这一段是后来重建的,因为苏联军队在向华沙进军的时候,打歪了几颗炮弹,这里受到了炮击。

"这件事您比我清楚。"她转身对鲁道夫说。

"是啊。"

老人清楚地记得灾难发生的那一天。一天清晨,苏联红军的一颗炮弹没有击中撤退的德军,却落在了孤儿院,炸塌了那条走廊的外墙和顶部。炮弹的威力像一场小型地震,鲁道夫和阁楼上所有的孩子都吓得趴在地上,开始大喊大叫。在炮弹打来的时候,几个孩子和两个修女正在去食堂的路上,她们不幸遇难,遗体被尘土和瓦砾盖住。晚上,在煤油灯的光亮下,村子附近的人帮助修女和神父把遇难者的遗体从废墟下挖了出来,花了好几个小时。

"就连在这里,战争也没那么容易结束。"鲁道夫评论道,没有再说其他的。

三人慢慢往前走着,仿佛是一个探访团,鲁道夫和塞莱斯蒂娜修女谈论着往事和曾经住在这里的修女。这座修道院里的一草一木都唤起了他对往事的特别回忆,每一寸墙都听见过那上百个举目无亲的孩子的梦想,每一寸地板都收集过他们绝望的泪水,情况就跟在华沙的隔都一样。那里的马路早已变成了收集痛苦的海绵。

鲁道夫坚信,修道院里的房子和物品都对他曾经的样子保有鲜活的记忆。他清楚地感受到修道院里充满了回忆。这里见证过极度的痛楚,但也见证过大爱。

三人也参观了宏伟的主教堂,在那里面,有献给童贞玛利亚的祭台,柱子上悬挂着苦路画像,墙壁上有一层浅色的木头。随后他们参观了剧院。鲁道夫突然记起了修女为了逗她们的小客人开心而组织的所有表演,比如耶稣诞生的表演,修道院每年都会组织,把它作为庆祝圣诞日最激动人心的时刻。刚开始的时候,鲁道夫觉得自己有点见外,好像这些庆祝活动与他无关。他不自觉地担心,参加这些活动是在冒犯哈希姆,冒犯他奶奶;但是,他在演出的过程中非常开心,最后也就不再去想是不是真的会惹哈希姆和奶奶生气了。表演节目可以让人远离思念和孤独。

"第一年的时候,他们让我演小牧羊人。"鲁道夫想起那时的场景,"我又瘦又矮,穿的绒毛背心都快到我的脚跟了,让我看起来更像只绵羊,而不是牧羊人……"塞莱斯蒂娜修女和外孙都大笑了起来。他继续说:"而第二年,我升级成了一个小天使。巴伊科神父砍了附近的树,专门为演出搭了一间小屋,他们把我们放在了屋顶。您和马库斯要是当时在场,会看到我穿着白色的衣服,背着羽毛翅膀,戴着金色的假发,全是卷发。我能忍受那样的装扮,完全是因为扮演天使的确让人很光荣。"

"好吧,所有的孩子都想演小天使,现在也是这样。"塞莱斯蒂娜说。

"说实话,"鲁道夫说,"我当时想演耶稣。而且他和我一样,都是犹太人。修女不同意,觉得那样我会太显眼,考虑到后来发生的事情,她们做得一点不错。"

参观完剧院后,三人来到了曾经的男生宿舍。那里现在没有了战争年代生锈的行军床,取而代之的是更为现代的床,但是一般没有人睡,除了偶尔来一队童子军,或者一群绕特科维采为圣母玛利亚做祷告的人。

鲁道夫走近一扇窗户,他曾无数次从那里望向外面,希望看见父母来接他走,但那一切都是徒劳的。当苏联人开始解放波兰和集中营后,他的那种希望愈发急切。在那几个月里,他越来越频繁地梦见自己被家人接走,就像他母亲和他父亲在让他跟约兰塔走之前承诺的那样。

在这座修道院里,人们至今仍然对她尊敬有加。

鲁道夫提到了自己逃出隔都多亏了护士约兰塔帮忙,然后塞莱斯蒂娜修女就说:"我们也为艾琳娜女士做祷告"。

"她不是叫约兰塔吗?"马库斯不解地问。

"那是她的假名,就是我们所说的'战时化名'。"外公解释道,"约兰塔实际上叫艾琳娜·森德勒。"

想起艾琳娜,鲁道夫意识到,在他的生命中女人有多么重要,他一辈子亏欠无数女人啊:奶奶哈利娜、他母亲、他姐姐、艾琳娜、修女。当然，还有阿加塔、约翰娜和埃莉卡，她们是后来出现的，但毫无疑问，她们肩负着更艰巨的任务。

对修道院的参观延续到了中午。每间屋子都使鲁道夫的心扑腾扑腾地跳，跳进了一片由思念和回忆汇聚而成的海洋。那些回忆几乎都是美好的，这让他感到非常快乐。

与变化万千或者"虚假"保留原貌的华沙相比，修道院及其内部的空间与他离开的时候一模一样。这里的气味也没有一点改变：教堂里气味甜蜜、刺激，有花的香味和真正的蜡烛燃烧的味道，装着干净衣服的大衣柜散发出一股更为苦涩和强烈的木头味，阁楼上还是积满了灰尘，一股霉味。

当三人到达男生宿舍所在楼房的最后一层时，他们登上了一段很短的盘旋木梯，来到了一扇黑色的门前，这扇门曾经将小鲁道夫和他的伙伴与整个世界隔绝了几乎六个月。

塞莱斯蒂娜修女刚打开门，鲁道夫的泪水就不受控制，夺眶而出。修女靠近他，扶住他一只胳膊，轻轻拍了拍他的肩膀，让他觉得不孤单。站在另一侧的马库斯也做了相同的动作。

有了修女和外孙的安慰，鲁道夫回想起了那段日子，他的脑海里忽然出现了所有那些小孩的面孔，那些和他一起关在阁楼里的小孩。他在屋里看见了他们，他们一个挨着一个，蜷缩在直接铺在地上的草垫上，在几乎完全昏暗的环境中度过漫长的时间，说服自己一切会好起来。

六个月很漫长，难以忍耐。

阁楼里只有一扇窗户，是一个圆形的小天窗，他曾想过从那里逃走。虽然修道院里食物也开始短缺，他和所有被隔离的同伴都瘦得只剩下骨头架子了，但即便是不考虑高度，天窗也过于狭窄，他的身体还是无法穿过去。

修道院粮食短缺，主要是因为苏联军队抢夺了附近农民本就不多的余粮。孤儿院的食物几乎全靠施舍和天意，再有就是扎高塔寄来的一点给犹太小孩当生活费的钱。农民剩不下粮食，也就施舍不了孤儿院了。

在战争结束许多年后，2003年，九十三岁的艾琳娜·森德勒获得了白鹰勋章——波兰的最高荣誉。她当时讲，没有任何一个神父、修女拒绝帮助隐藏他们从华沙隔都救出来的孩子。

鲁道夫在一份奥地利报纸上读到了对艾琳娜的采访，他一直都坚信，像特科维采修道院这样的地方是神圣的，是真正神圣的。在那些地方，人类的爱以最崇高和最无私的形式表现出来，即对孩子的爱，它回应的是历史上最可怕、最卑鄙、史无前例的一种恨。这是至善与至恶之间一场轰轰烈烈的交锋。

那些充满爱的善举不容置疑地表明，像纳粹这样的政权永远无法拥有广阔的群众基础，只要有人愿意响应自由、平等、博爱的崇高口号，甘愿冒着生命危险拯救陌生人，那么人类就是安全的。

只要保持人性，就可以消灭那些不再是人的怪物。

鲁道夫慢慢走进了漆黑的阁楼，但他无法再迈开脚步。里面没有任何对他有用的东西。不用触碰那些东西，他就可以再次感受它们，因为它们都刻进了他的脑袋。

"我永远忘不了那些日子。"他说，"我太愤怒了。我记得我对自己很生气，因为我没有留在父母身边，当时我已经确定他们被带去了特雷布林卡。我不知道为什么,但我就是觉得,如果我和他们在一起,事情就会改变,像会发生奇迹一样。"鲁道夫停了一会儿,又叹了口气。

"没人知道您承受了多少痛苦。"修女说,"我想,您应该还恨着犯下那些罪行的德国人吧,要原谅实在太困难了。"

"修女,原谅是不可能的。理解也不行。但是我上年纪了,明白憎恨对被恨的人没有任何作用,只会让心怀恨意的人受苦和受伤。我不想把我的任何一点恨意留给我的孙辈,没人应该想着复仇。您知道吗?"他继续说着,同时为接下来要讲的一则趣事会心一笑,"在德国人占领波兰期间,波兰的犹太人就看有关第一次世界大战和拿破仑的书,以德国人曾经的失败为乐。他们说,大家只能用想象来报复敌人。"

"您的意思是,您没有想过复仇吗?我很吃惊,也很感动。来这里的人没有几个能说出这样平和的话。"

"我当然想过,如果我说没有,那就是撒谎。但是后来我明白了,复仇只会导致失败者滋生报复欲。如果整个人类的道德水平不提高,那么谁也没有生路。而且,我已经复仇了。"

"您是说真的吗?"

"当然,我还活着。有比这更好的复仇吗?虽然纳粹分子千方百计要铲除我的家庭,但我的家庭还是延续了下来。您看,我有个多好的外孙啊!还有两个在维也纳呢。但我最喜欢这一个。"

马库斯感觉脸像火烧,马上变得通红。

"的确如此,战争暴露了人最坏的面目,但也展现了人最好的面目,不是吗?"修女抒发见解。

"一点不错！有善良的基督徒，也有排斥犹太人的基督徒。有人计算过，救一个犹太人需要十个波兰人的帮助。有些人背叛祖国，拒绝帮忙，更有甚者给纳粹分子当眼线，比起他们，善良的人就像海水，无穷无尽。同样，有慷慨的犹太人，也有铁石心肠的犹太人，包括犹太人委员会和犹太警察那些人，他们引起的争议很大。但其实他们跟我们一样，也是受害者，而且实话实说，他们干的事几乎都不是自愿的。您应该知道，"鲁道夫抬头上仰，张开两只胳膊，"在某些情况下，一个人为了救自己和自己的家人，什么都干得出来，包括最下流和无耻的事情。也许，站在他们的位置上，我也会那样做，一样自私无情。"

"我明白。"塞莱斯蒂娜修女说道，她十分钦佩这个表现得如此仁慈的陌生人，基督徒里这样善良的，她这辈子遇到的很少。

"修女，如果，"老人继续说，"没有那些帮助我的人，我今天也不能站在这里。这是事实，是现在唯一重要的事情。所以，我除了感恩，什么也不会做。虽然我经历了那么多，但我无疑是个幸运的人。"

"就像人们常说的：'上帝不会满足我们所有的愿望，但会遵守他所有的承诺'。"

"关于这一点，我得反驳。"鲁道夫对她露出一丝苦笑，"既然上帝在《圣经》里说犹太人是上帝特选的子民，那我就想，如果没有发生那些事情，我们又会承受什么样的痛苦呢？情况会更糟糕吗？"

塞莱斯蒂娜修女不仅想象到了她眼前的老人在来修道院之前所承受的痛苦，她还相信这位老人现在特别仁慈。

鲁道夫再看了一眼阁楼里面。一股微风把一副蛛网吹到了他脸上。

"好久没人来过这上面了。"修女表达歉意。

"幸好没有那个必要了。"鲁道夫回答说,"我记得在里面的时候,我大部分时间都在鼓励我的朋友多拉塔。在这个阁楼里,我开始真正地爱她,而她已经无所谓了,厌倦了活着。那时她只是个七岁的女孩,您能想象吗?"

修女一听到那个名字,眼睛就亮了起来:"您说的是多拉塔·沃伊西克吗?"

"对,就是她。您认识吗?"

"您肯定不信,但是几个月前,这位多拉塔太太跟您今天一样,也来找了我们。"

"您是说多拉塔还活着?"鲁道夫不敢相信自己的耳朵。

"活得好好的。"修女肯定地告诉他,"我记得她,因为她跟我的一个好朋友同姓。现在我想起来了,她提到过很多次您的名字,但是我没想到她说的鲁道夫就是您!"

"她身体怎么样?还好吗?"

"她很健康,至少我觉得。虽然走路有点吃力。从她对我讲的话里推测,她丈夫去世有几年了。她是八月的时候由她一个女儿陪着来的,可她女儿的名字我不记得了,来访登记簿上应该有她女儿的邮箱。如果您愿意的话,我可以把邮箱给您……"

"当然愿意!我很想再见到她。"

"您和她多久没见了?"

鲁道夫抬起了头,脑子里快速计算了一番。

"差不多七十五年了,应该是……"

"您的意思是,自打离开这里以后,您和她就再没有见过?在这么长的时间里,从来没有?"修女听后大吃一惊,无法相信。

"从来没有。您知道吗?过去有时候非常痛苦,没人愿意回头。"

"嗯,我知道。我外公在乌克兰也打过仗,不过站错了队。"

塞莱斯蒂娜修女没再说别的,她加快脚步,走在了鲁道夫和马库斯前面,朝出口走去。

四十六

他们在海乌姆落脚的房间不算宽敞，里面有过时的家具，极可能是二十世纪五十年代的，有印花墙纸、两张单人床和绿色的羽绒被。但总的来看，环境一点不像华沙那家大酒店那样没有特点、平庸和千篇一律。

这是一家家庭旅馆，位于这座边陲小城的中心，附近的一座教堂气势庄严，雪白高耸，傲视其他所有建筑。显然，耶稣的母亲在这附近颇受爱戴。

第一次来到这里时，鲁道夫根本没有见到小城的影子。巴伊科神父在火车站接到他、多拉塔和维多尔达修女，就匆匆忙忙把他们带回了特科维采。

这天晚上他也没有怎么熟悉小城，因为太疲惫了，刚在主街上走了几步，他就跟马库斯回了旅馆。回到旅馆后，他们决定就在旅馆吃晚饭，正好品尝一下旅馆老板提供的美味佳肴。老板是一位优秀的厨师，对波兰菜了如指掌，他的大肚腩就是证明。俗话说，"永远不要相信瘦厨子"。

在开始品尝厨师亲自给他们做的佳肴之前，鲁道夫和马库斯先碰了一杯啤酒，这一次他也允许外孙喝酒，为他们的旅行和他仍旧怀有的期待干杯。

塞莱斯蒂娜修女记得不错，多拉塔及其女儿在夏天拜访了修道院，她在到访者的记录簿里找到了多拉塔的女儿留下的邮箱。离开修道院后，还在回海乌姆的出租车上，马库斯就向修女给的邮箱写了一封信。

鲁道夫一刻也不想再等。想到能够再见曾经和他共患难的老朋友，他万分激动。在过去几十年里，他一点也不愿意记起那个女孩的名字，有三次他对女孩恨得要死：他认识女孩的时候，女孩取代他姐姐位置的时候，女孩几乎使他们被士兵发现的时候。而为了不被那种彻底的孤独和思家情绪压得喘不过气，他又三次改变想法，转而爱这个女孩。现在，与她重逢变成了鲁道夫最在意的事情。

马库斯用外公口授的短短几句话向阿涅拉——多拉塔的女儿，解释了他们是谁，他们在这里干吗，他们怎么有她的联系方式。鲁道夫诚挚地问候了多拉塔和阿涅拉，这种客气在一个八十六岁的人眼中是必不可少的，但在问候之前，他请阿涅拉转告其母亲，他们在回华沙的路上，如果不会过分地打扰，他们很想在第二天见见她。当然，鲁道夫在信里也为自己的唐突致歉，但遗憾的是，他们只能再在海乌姆停留二十四小时。

邮件发送后，他们等待着阿涅拉回信。两个人一样地焦急和忧心。

在海乌姆旅馆的 114 号房间，他们还没放好行李箱，马库斯的手机就发出了震动的声音，提醒他收到了一封新邮件。

男孩手指颤抖着打开了邮箱，此时外公就坐在他旁边。鲁道夫的心疯狂跳动，他试着瞟外孙手机的屏幕，忘了在这种距离看，自己根本就是瞎子。

阿涅拉的答复非常客气，充满了感谢。

"她说了什么？"鲁道夫急不可耐地问。

"她说很高兴收到你的来信，也很高兴知道你身体很好。她说，她妈妈经常对她讲起你和你们一起经历过的事情。"

"很好。然后呢，就没啦？"

"不是，你等一下，让我看一看。啊，她还说她妈妈几天前开始，就在华沙城外面的一家私人诊所住院。可惜她妈妈身体不好。"

"她妈妈有什么病吗？"

"我不知道，里面没说。"

"所以对见面只字未提？"鲁道夫失望地问道。

"不是，你等一下。'我母亲'，"马库斯大声念道，"'很高兴明天能够见到你们。'你明白了吧？"他转身对外公说，"她说，她妈妈明天很高兴能见到我们。你高兴吗？"

"太高兴了。"

外孙拥抱了他，但鲁道夫还是放不下心，仍然想着这封邮件。"然后呢？还说了什么？"

"她说，'我妈妈很高兴我们下午去诊所找她。上午她要见很多医生，不能好好接待我们'。所以呢？我们去吗？"

"当然去啊！她写地址了吗？"

"写了。"

马库斯高声念出地址，一字一字地将街道的名字读得清清楚楚。鲁道夫从没听过那条街。

"下午四点以后她等着我们。"

"很好,这样我们还有一点时间可以买点纪念品,寄两三张明信片。"

"外公,现在没人寄明信片了。"

"是这个世纪出生的人不寄了。以前我去任何地方,都会寄明信片,当然现在我也不会改变。没准儿这就是我寄的最后几张了……难道你要扫我的兴?"鲁道夫笑了,露出他的一口假牙,"我知道,只有老人才这样做。可难道你觉得,我看起来年轻吗?"

"说实话,不太年轻……"

"那就让我做老人做的事。"

他们的旅行即将结束,明天早上他们就该回家了。在从卢布林回华沙的火车上,鲁道夫趁机重新提起了来时说到一半的话。昨晚他想了一整夜,最后得出结论:结局只能是他想象的那样。

"我考虑了一件事。"他说。马库斯就坐在他对面,正一头扎在手机屏幕里跟某个朋友聊天。

"什么事?"男孩回答,连头也没抬。

"我去你学校,把我的故事讲给你同学听,你觉得怎么样?也许可以在大礼堂?"

男孩抬起头,露出了惊讶的表情,比他听到外公是犹太人时还要惊讶。

他没有马上回答,他需要几秒钟消化这个提议:"你确定想这样做吗?"

"千真万确。"

"你想来我们学校讲话?把你的故事讲给所有人听?"

"对，我说的就是这个意思。"

"为什么？你将近八十年没对任何人讲过，现在却想一下子讲给几百个人听？"

"你不愿意吗？"

"愿意，我愿意。但是我在想，你为什么想对所有人讲述你的过去。我的意思是，我可以理解你把事情告诉我，告诉我妈妈，告诉我外婆……我们是你的家人。可那些人你都不认识。"

"你说得对。但是你看，虽然这一切来得太迟，可我觉得我已经还清了欠你的债，就是诚实债。而感情债，我也在慢慢开始还了……"

"那你在乎其他人干吗？这是你告诉我的，不是吗？"

马库斯不知道自己为什么有点排斥外公的想法。其中的原因，一定包括他害怕招人议论，学校的同龄人已经把他看作叛徒，而带外公去学校，更是毫不符合他塑造的形象；一定也包括他担心外公这样做，会间接使科勒尔校长改变对他的看法。但最为重要的是，他其实有些吃醋：鲁道夫把自己的故事第一个告诉了他，这让他觉得自己很特别，他以前从没有过这样的感觉。他外公一辈子遇见了那么多人，偏偏选择把自己的秘密告诉他，而不是他母亲，不是他外婆，不是他姨妈，也不是他弟弟妹妹。跟学校那些"蠢货"分享这项特权，他可一点儿也不乐意。

鲁道夫意识到了外孙犹豫不决。于是，他试着向马库斯解释他做出这个决定的原因。"我觉得自己亏欠所有的孩子。"他解释道，"亏欠所有跟你一样大的孩子，我没有把我的故事告诉过他们，阻止他们像你一样做出过那种蠢事。或者，就算他们会做那样的事，至少他们知道自己在干什么。所以，我想过了，我可以向科勒尔校长申请在大礼堂讲话。但是，在此之前，我想知道你是怎么想的。我希望你能同意。"

最后两个字并不是随口说说。鲁道夫想把做决定的责任转移给外孙。一锤定音的应该是马库斯，学校是他的地盘，没有他的允许，鲁道夫永远不会闯入。

"我没问题。"马库斯说。他做出这个决定，主要是出于对外公的爱，而不是外公的话说服了他。

"我们也可以邀请你妈妈，你觉得怎么样？"鲁道夫继续说，"那应该是个好机会，我可以再见到她，让她听我的故事。"

"对，可以这样。当然，我觉得你应该提前私下告诉我妈妈……"

"你说得有道理。她、你外婆和你小姨埃莉卡会比你同学先知道。太好了，我很高兴你能同意。因为说实话，我还想了另一件事。"

鲁道夫戛然而止。马库斯盯着他的眼睛，等他继续说下去。外公脑子里现在又在想什么？难道自己做出的牺牲还不够多吗？

鲁道夫接下来要求马库斯做的事，实际上比先前任何一桩都要困难许多。对于这一点，鲁道夫十分清楚，他已经意识到了，但他很乐观，他知道自己手里有很好的牌，好得可以像在纸牌游戏里，押上所有筹码一决高下的时候那样"梭哈"。

"就是，我考虑了一件有点儿不理智的事情。"

"什么事呢？"

"我考虑过，在我开始讲话之前，你当着所有人的面向希尔德道歉。"马库斯瞪大了眼睛。"这个想法是不是太不理智了？"

"我觉得……"

"那你觉得行吗？你喜欢做不理智的事，不是吗？"

"对，但这件事不是不理智，而是完全疯了！再说了，来之前我已经向希尔德道过歉了。我给她打了电话。"

"我知道。但是当着所有人的面道歉，是不一样的。你想想，"鲁道夫这时使出浑身解数，"这可是让校长相信你真心悔过的好办法。"

"这恰恰是我不喜欢的地方。我不想让人觉得我在耍滑头。"

"这取决于你怎么做。如果你诚恳地道歉，如果你是由衷地说出那些话，就没人会认为你在耍滑头。还有，"鲁道夫笑着说，"你会帮我打破僵局，开个好头。你知道你讲完话后会响起多么轰动的掌声吗？你会让我这个可怜的老头子在开场就受到热烈的欢迎。求你了，你就帮帮我，帮帮你外公吧！"

鲁道夫抓住马库斯的双手，并紧紧握着。男孩抬起了头，外公为他做那么多，包括这场旅行和旅行带给他的好处，也许是时候报答外公了。

"你觉得怎么样？可以吗？"

"OK。"最终他妥协了，但立刻又感到后悔。

四十七

鲁道夫这晚没有闭眼。想到要与多拉塔——那段过往唯一在世的见证人——重逢,他睡意全无。她是鲁道夫唯一可以平等交谈的人,是唯一亲身体会过鲁道夫那些经历的人,与她重逢会带给鲁道夫前所未有的感觉。再见到一面墙、一栋房子、一张照片,是一码事,而再见到一个陪伴自己度过童年很长一段时间的人,又是一码事。无论他是否愿意,他们一起度过的那段时间已经成为他生命的一部分。

在过去这些年里,每当想起那些日子时,鲁道夫就暗想,那个哀伤的女孩最后怎么样了,她是否结了婚,是否有了孩子,是否还活着。

最重要的是,他想知道多拉塔是如何对待自己的记忆的,当他们周围的世界慢慢发现在纳粹主义的压迫下,欧洲的犹太人承受了怎样的恐怖时,她是否也决定保持沉默?或者相反,她勇敢地丢掉了背在身上的"包袱",最后把那段经历公之于众了?

她是乐意和别人分享那段经历,还是说她也把自己封闭起来,总是小心翼翼,总是保持警惕,不让自己说漏嘴?

她是怎么度过他们分别后的生活的?她睡觉的时候,是怎么做到不梦见自己的父母在特雷布林卡，躺在尸体堆里的？多年以来，每当鲁道夫闭上眼，就会看到他赤身裸体、没有任何尊严可言的母亲、父亲和姐姐，因此，他历来不看任何有关集中营的图片和视频，因为他害怕在那些堆积成山的尸体中看到自己的亲人。

多拉塔用了什么办法让自己不去想从前那些事？她用了什么计策让自己平安健康地活到了现在，一路走来没有疯掉？

鲁道夫最后一次见到她是1946年年初，那时候战争刚结束不久。至于修道院里的那些孩子，还有亲戚的就被亲戚接走，多数去了巴勒斯坦，而其余像他那样一个亲人也没有的，就被转移去了别的天主教机构或者犹太人掌管的机构，然后被有怜悯精神和以慈悲为怀的波兰家庭领养，或者寄养在那些波兰家庭里。

在一个晴朗的早晨，一辆黑色的大轿车停在了修道院门前的空地上。车里有个非常优雅的先生，他戴着帽子，衣着光鲜亮丽，外面是一件轻便的褐色大衣。在男人的示意下，一个十分漂亮的女人从副驾驶一侧走了出来，她戴了一顶小帽子，穿着时髦的西装。

鲁道夫记得这样清楚，是因为每次有车来，所有的孤儿都会跑到窗户边上，希望轮到自己被带走。

"这次轮到我了！"一个男孩说，"我有预感。"

"什么啊！"另一个女孩说，"我梦到了他们今天来接我。"

"你们全错了。"另一个男孩又说，语气比其他孩子更坚定，"我做祷告的时候比你们认真，所以该我了。"

但这天从黑色轿车里下来的两个人是为多拉塔而来的。

在斯坦尼斯拉娃院长的陪同下，女人穿过了宿舍大门，她的容貌跟尤金尼娅——多拉塔的母亲，极为相似，她是尤金尼娅的远房表亲。陪她来的先生是她的丈夫,梳着大背头,留着两撇精心呵护的小胡子。两人身上都散发着宜人的香味。

宿舍里很快产生了一阵充满羡慕的骚乱,因为每个在场的孩子都想跟这两个人走。多拉塔却没那么兴奋。她穿的小裙子太大了,好像她缩在里面只把手伸了出来一样。当这对夫妇介绍完自己后,她什么也没说。

斯坦尼斯拉娃院长向她解释,这两个人在战争开始前就住在美国,现在是来照顾她,把她接去美国,而小女孩问:"为什么我不能回我家?我妈妈和我爸爸在哪里?"

这对夫妇尴尬地看着她,不知该说什么好。修女替他们说了:"他们在天上,乖孩子。现在他们和耶稣在一起。我们要为他们做很多祷告。离开这里以后,你也要继续念那些祈祷文,好吗?"

"OK。"女孩不太坚定地回答。

然后她低下头,但没哭,一滴眼泪也没流。

多拉塔没说别的话,也没表现出一丝痛苦。她把自己仅有的一点东西装进一个包包,跟着那两个人到了汽车旁边。在这之前,她没有走近鲁道夫,给他最后一个拥抱。

他们没有说一个字。

没有必要。

他们早就知道了一切。

诊所的病房里有消毒水和鲜花的味道。第一种味道来自地面和各种物品的表面,清洁工刚打扫了房间;第二种味道来自窗台和一只花瓶,窗台上有一株色彩鲜艳的植物,花瓶是从隔壁房间借来的,多拉塔刚才把鲁道夫祖孙带来的那束花插在了里面。

"红玫瑰，好漂亮啊！"多拉塔大声说，礼物让她很高兴。她英语说得完美，有很重的美式口音。"代表爱的玫瑰？"她又说，像在调情一样。

鲁道夫在声音上也不甘示弱。

"对，没错。爱。有人说，这个字来自拉丁语。A-mors，由表示否定的字母 a 和死亡 mors 组成，意思就是'不死'。我觉得这不就是我们的遭遇吗？我们还在这里，没有死。"

马库斯看了外公一眼：外公的朋友在诊所，正是由于身体不好，多拉塔的女儿在邮件里已经说明了。在这个地方，死亡可不是该聊的话题。

鲁道夫也意识到自己的话不合时宜。"对不起，我不应该……"他十分尴尬地说。

女人也察觉到了朋友的窘迫。"没事，我又不是要死了。只是心脏闹情绪。可到了我们这个年纪，不就是这样吗？"

"可真要是发生了，那就糟糕了。"鲁道夫回答道，他宽慰了许多，"我也有些小毛病，但变老也有它的好处，不是吗？我们又可以发脾气了……"

两人大笑起来，沉默了一会儿。他们有太多问题想问对方，以至不知从何说起。

鲁道夫盯着多拉塔看了很久，试着在眼前的老太太身上找到从前那个女孩的影子，他没费太多力气。几十条皱纹在老妇的脸上留下了痕迹，使脸上的皮肤变得像一块旱地，眼睛和嘴巴周围尤为严重，可多拉塔竟然还是原来的模样。假如在人群中偶遇她，鲁道夫一眼就能认出来。不过，多拉塔从前总挂着愁闷的那张脸，如今倒是不见了。

现在，两只黑色的大眼睛透露出她从容淡定，懂得活着的欢乐，而拥有这种欢乐的，有时正是那些劫后余生、大难不死的人。他们深知自己已经度过了生命中最沉重的苦难。

忽然间，鲁道夫想起了第一次见到多拉塔的时候。那天下午他到了多拉塔的家里，里面有许多干花、厚重的壁毯和多拉塔夭折的哥哥的画像，女孩忧伤的样子让他非常吃惊。

短暂的沉默过后，他们终于忘却了客套的寒暄。他们紧紧相拥，难以相信能够奇迹般重逢，同时，激动的情绪在令人感动的哭泣中自由流露。他们是两个逃出地狱的幸存者。

"不得不说，你的身材很好。"鲁道夫看了多拉塔一会儿后说，好像这是一件显而易见，不容置疑的事情。

他向多拉塔介绍了自己的外孙，双腿仍旧由于激动而发抖。

"天啊，他跟小时候的你一模一样。"多拉塔说出了自己的感觉。

接着，女人忽然把眼睛转向别处，指着鲁道夫外套的领子说："这是你妈妈那枚胸针……"

"对。"他回答，"就是那枚。"

在情绪又一次变得激动之前，多拉塔在一张绿皮单人沙发上坐了下来，沙发前面特意放了两把椅子，她邀请客人坐下。

"不好意思，这里没有别的沙发了。你们只能在椅子上将就一下。"她表达歉意。

"没什么啦，而且我们只待一会儿，我们不想太过打扰你。"

"怎么？你刚来就想走了？"

鲁道夫笑了。

"你知道这些年我想起你多少次吗……说实话,一开始我不怎么喜欢你,那个小蕾尼娅,眼神总是很哀伤。"

"蕾尼娅……"女人重复着自己的名字,脸上露出了忧伤的笑容,"你知道吗?已经几十年没人这样叫我了。"

"真的吗?"

"真的,我没有再用过那个名字了。你呢?我该怎么叫你?你现在依然是鲁道夫,还是又变回了雅努什?"

"我还是鲁道夫。"

"那个不安生的孩子。"多拉塔说。

鲁道夫似乎对这句评价感到惊讶:"我不安生?什么意思?"

"你忘了吗?小的时候,你今天认为你家人都死了,你在世上无依无靠了,可明天你又深信他们得救了,很快就会来接你。你在修道院的时候,把东西装在包里,带着包站在窗户旁边。你觉得他们随时可能会来。"

"可是他们一直没来。"

"你一个家人也没有再见过吗?"

"没有了,最后一次是在隔都跟他们道别的时候。在1943年年初,他们都死在了特雷布林卡。一天早上,我明白了我家就剩下我还活着了。这对一个十一岁的孩子来说,很难接受。"

"你是什么时候知道的?"

"我几乎很快就知道他们被杀了。是负责孤儿工作的犹太人组织告诉我的。后来,战争结束后的一年,我查了特雷布林卡和波兰红十字会的档案,发现我父亲和母亲在去了灭绝营后,没几个星期就被杀了。莉薇却比他们晚死几个月。想到他们至少在一起待了一段时间,我还挺高兴的。这给了我一点安慰。"

"其他人呢?你一个亲戚也没有活下来吗?"

"没有。我父亲的表弟莫伊什·里伯斯金,他的妻子,还有他的女儿露丝——我知心的好朋友,也被杀害了。在隔都跟我住同一所房子的朋友什洛莫,他母亲和他弟弟妹妹也是一样的下场。当然,还有我舅舅约瑟夫。"多拉塔点了点头。"我在遇害者档案里找到了他们所有人的名字。他们所有人连一块墓碑也没有,送朵花也不行。"

鲁道夫艰难地说完了最后一句话,他忽然喉咙一哽,差点窒息过去。他咳了咳,清了清嗓子。

多拉塔看着他,等他缓过来,然后问:"战争结束后你做了什么?在哪里生活?你不知道,我也经常想起你,想你去了哪里。"

鲁道夫向多拉塔讲述了自己从一所孤儿院转移到另一所孤儿院的生活,直到他快十三岁的时候,也是他已经失去了希望的时候,一对大约四十岁的波兰夫妇——马雷克和阿格涅丝卡·维利斯基出现了。

在那之前,他以雅努什的身份在隔都度过了第一段人生,以鲁道夫的身份在孤儿院度过了第二段人生。而从这一刻开始,他的第三段人生开始了,身份是战后之子。

鲁道夫以自己已经有了一个父亲和一个母亲为由,明确拒绝了领养,于是,马雷克和阿格涅丝卡决定把他寄养在家里。只要有人爱他,他就心满意足。

至于爱,这对夫妇给了他一个世界,远远超出了他所渴望的。

但在领养这件事上,尽管马雷克和阿格涅丝卡后来又提了很多次,他一直没改主意。

"你想想,"他解释说,"我还得再改一次姓……上一次我花了那么长时间才适应新的姓氏!经历了那些担惊受怕的日子,就算是再折磨我,我也不会再改另一个姓了。"

"而我就不得不又改了一次,我必须跟着我母亲的亲戚的姓,就是来孤儿院接我的那个人。"多拉塔感叹道。

"所以现在你是谁?"鲁道夫问,没有让多拉塔说完。

"其实我不知道……"多拉塔回答,话里有些辛酸。但她马上又欢快地说:"管他什么名字!你多给我讲讲你的事。你有外孙,就说明你结了婚,对吧?你现在住在哪儿?"

几十年来,多拉塔有许多话想问鲁道夫,想知道鲁道夫过得怎么样。现在,面对年迈的朋友,她仿佛心急如焚,急切地想要知道、找到、得到那些问题的答案。鲁道夫对她也是如此。

鲁道夫告诉她,自己从1952年起就住在了维也纳,当时他的新父母决定离开克拉科夫,躲避波兰的共产党政权。他向多拉塔介绍了阿加塔、约翰娜和埃莉卡,还说了他在河边有间大房子,他在学校做过校长,他在学校工作了许多年,教育孩子。

而至于这趟旅行的原因,他闭口不提。现在不是把所有事情都说出来的时候,也没必要这样做,来华沙前发生的事情是他和外孙之间的秘密,而保守秘密可以再次巩固他们不久前定下的盟约。更何况,科勒尔校长早上才给他回了电话,说他可以举行演讲,校务委员会非常喜欢他的想法,他们很高兴下周三能在大礼堂接待他。

"活到了一定岁数,我就想回到这里来。我需要把现在的自己和以前的自己明明白白地比较一下。"鲁道夫这样说。还没等多拉塔开口再问下去,这次他就换了话题:"那你呢?战争结束后你做了什么?"

多拉塔开始说:"你是知道的,我跟来孤儿院接我的姨父姨妈去了纽约。"

"我记得,难怪你英语说得这么好。"

多拉塔也像鲁道夫那样简短地讲述了她八十年的生活。她慢条斯理,声音清晰,宛如音乐,她说新家的家境不比原来的差,所以她在美国上了最好的学校,最后满分毕业于纽约大学艺术与传媒专业。但是,她到了那里没多久,就陷入了严重的精神危机。纽约当然漂亮,但她却不属于那座城市。虽然她的生活多姿多彩,充满机遇,可她还是觉得自己无法融入其中。她疯狂地思念华沙。这里承载了她所有的回忆。生活在远离回忆形成的地方,不仅没帮助她忘记那些回忆,反而由于远离家乡,她的内心生出了一股令人痛苦万分、夜不能寐的乡愁。

与华沙的距离平添了她的痛苦,使痛苦倍增,直至她无法忍受。正因如此,她的新家人给她找了两个优秀的精神科医生,在医生的建议下,六十年代的时候她决定离开大苹果城,返回华沙,她觉得自己的根还在这里,尽管是埋在令人痛苦的土地之下。她开始以艺术家的身份在多家画廊工作,直到后来她和丈夫伊万开了一家画廊。她和丈夫有两个女儿,其中一个就是阿涅拉,鲁道夫他们通过邮件联系的那个。

"幸好我们去了特科维采,我女儿留了她的邮箱地址,"多拉塔最后说道,"否则我们就见不到了。你有没有想过命运有多奇怪?"

"有人说命运弄人。"鲁道夫评论道,"以前我一直觉得,命运只是一个愚蠢的施虐狂。但是我要说,今天以后,我的看法可能要改变一下了。"

四十八

多拉塔的选择与鲁道夫相反，后者不想再与自己出生的城市有任何瓜葛，而她却选择了回到这里——华沙，在这里重新开始。

世界上有那么多城市，她偏偏选择了曾经伤害她的这一座。在别人看来，这个选择是有点受虐，几乎是自讨苦吃。可是多拉塔无可奈何，这不过是她自救的办法，否则她就要崩溃了，破裂成无数碎片。

女人察觉到鲁道夫分心了，他的思绪神游移到了别处。

"你在想什么呢？"她问。

"我在想我们的生活多么奇怪，多么相反。"鲁道夫答道，"这真是'我们的'生活吗？"

"什么意思？"

"其实，我们两个以前都顶着一个不属于我们的名字生活。你有想过这一点吗？"

"从有了那个名字，每天都在想。"

"七十几年来，我们在庆祝一个不属于我们的生日。每次想到这里，我就感到错愕。从某个时候开始，每一年我们不再按照我们真正的出生日期庆祝，而是我们证件上写的日期，假的日期。"

"但是，在这种方式下，就好像真正的鲁道夫和真正的多拉塔在和我们一起生活、成长，不是吗？虽然他们死了快一个世纪了。说到底，就算我们不愿意，可我们还是永远保留着他们的记忆。"

这时，多拉塔的脸沉了下来："我要问你一个问题。你一定要毫无保留地回答我。可以吗？"

"当然。这也是我来这里的原因。"鲁道夫回答道。多拉塔的提醒使他有点担心。

"你还对我顶替了你姐姐的位置生气吗？你跟我说实话，求你了。"

"当然不！"他惊讶地大喊，但也对自己这时的失态感到尴尬。

听见鲁道夫决然、干脆的回答，多拉塔马上喜笑颜开。

"啊，你知道我多高兴吗？"她说，脸上露出了灿烂的笑容，"这件事折磨了我一辈子。偷了你姐姐活下去的机会，让我很痛苦，我总是觉得自己有罪，在别人的位置上活着。还有比这更严厉的惩罚吗？"

"这是'幸存者综合征'。"鲁道夫提出看法，"为自己活了下来而感到自责。但是，多拉塔，我们活下来并没有伤害任何人。只是伤害了我们自己。事实上，是我姐姐拒绝了约兰塔货车上的那个位置。可惜，是她自己决定了她的命运。"鲁道夫用了很多年时间才放下这件事，现在他的确相信自己所说的：只有他姐姐应该为她的选择负责。"莉薇对孩子的爱超越了对死亡的恐惧。她没办法做任何违背爱的事。幸好我母亲替我着想……"

"我的命是你的母亲给的！她是个伟大的人，我记得她把我家打理得井井有条，就好像那是她自己的家一样。还有，我还记得在隔

411

都的最后一段时间，我母亲神志有些不清，她悉心照料了我母亲。虽然很危险，可她每个星期都来我家两三次，为的只是看看我家有没有什么问题。她把我抱在怀里，就像我是她女儿一样，她安慰我一切很快会好起来。这些事我没有告诉过任何人。说出来我有点羞愧，特别是对你说。有时候，她把我抱在怀里的时候，我闭上眼睛，梦想她真的是我母亲。所以，你指责我占了你姐姐的位置时，我特别伤心。我隐约觉得，我也是你的妹妹。"

"从一定程度上来说，你是我的妹妹。我们在一起的那三年里，我什么都没有，只有你。其实，你就是我的家人。"

"你也是我的家人。你知道吗？很多次我想再见到你。"

多拉塔握住了鲁道夫的双手。在多拉塔瘦小的手指之间，他感受到了一种甜蜜的温暖。他一时间觉得难为情，因为这双手不是阿加塔的，自从结婚以后，他就不习惯握别人的手了。

"我梦想看到你走进门，"鲁道夫的老朋友继续说，"就像你今天这样。我想找你，可是，今天的这些新玩意儿，什么网络啊，社交软件啊，以前都没有。就这样，最后我想，如果上帝有意，他会让我们再次相遇。"

"确实是这样……"

"是啊，永远赞美哈希姆之名。"

鲁道夫笑了，他想，如果是奶奶哈利娜，这时候也会说这句话。

"我还是不敢相信你在这里。"多拉塔继续说，"我想，这应该是你从那以后第一次回华沙，对吗？"

"对。以前我一直不敢。"

"你害怕什么？"

"一方面是害怕找到太多东西，另一方面是害怕什么也找不到。俗话说，杀人犯总会回到犯罪现场。唉，我一直没有回来过……"

"可我们又不是杀人犯。我们是受害者。"

"我知道。但是，这个地方会让我想起太多的罪行。我这辈子只有一次真正想过回到这里……那是 2003 年，我在电视上看到了一则对艾琳娜·森德勒的报道。"

"我们的艾琳娜？"多拉塔暗淡的眼睛顿时绽放出鲁道夫未曾见过的光芒。

"就是她。有一份地方报纸刊登了她的事迹，多亏美国一所高中看到了那份报纸，世界忽然就知道了她，和她的故事。除了艾琳娜本人，世界也知道了她在战争期间拯救了几乎三千名儿童的故事。我记得报道里称她为'波兰的辛德勒'。当时我想来华沙感谢她，可最后我还是放弃了。"

马库斯这时候说话了，这是他自到这里以后第一次插话。此前他是一个旁观者，一个字也不敢说，一直在听外公和多拉塔对话，他也没有想过要打断他们。两位老人之间的感情非常明显，远不止一起经历了苦难伤痛那么简单。但现在他忍不住了。

"艾琳娜救出你们之后，她怎么样了？我不知道为什么，但我总觉得她在战争期间就死了。"

"事实上，德国人也认为她死了。"鲁道夫说，"1943 年 10 月，她被盖世太保抓捕了，被带去了他们的分部。"

"那儿童的名单呢？就是你告诉我的那个，他们找到了吗？"

"没有，幸亏艾琳娜及时把名单交给了一个在她家的朋友，名单从没有被搜出来。"

413

"据我所知，"鲁道夫继续说，"盖世太保的人闯进了她的房间，把所有家具都打翻了，到处搜寻，包括她的床，而钱、地址、洗礼的证明都藏在床下面。幸好那些士兵太暴力，把床弄塌了，纳粹分子才什么都没找到。"

"后来呢？她怎么样了？他们怎么处置艾琳娜的？"

"我看了一些有关她的文章。在原本应该欢庆节日的十月，那些天都在流传，她被盖世太保从分部转移去了帕维亚克——政治警察的监狱。那天早上和她一起被捕的，还有她在救助中心的一些同事，德国人知道有一个秘密组织在帮助犹太人，但是他们不知道那个组织的名字、地址和成员人数。艾琳娜受了很多折磨，但一直没有开口，一句话也没有说，连一个名字也没透露。最后，经过三个月的严刑拷打，由于她始终坚韧不屈，他们判了她枪毙。"

"1944年1月，"鲁道夫继续说，"艾琳娜被带到了盖世太保的分部。所有囚犯都会被带到那里枪毙。但她例外，她被一个警察放了。组织用钱买通了那个警察，他们给的实在太多了，警察称艾琳娜已经按命令枪毙了。森德勒女士的死讯被写成告示贴在墙上，城市的喇叭也广播着她和那天其他被枪毙的人的名字。大家都认为她死了。然而，艾琳娜仍然在帮助儿童，直到1945年1月华沙解放。"

"难道就没人认识她吗？"马库斯忍不住问，"我的意思是，她在世界上应该非常有名，但是我在历史书上从来没见过她……"

"唉，好事不出门。"他外公只是这样简洁地回答。

但多拉塔想要纠正鲁道夫："我觉得没这么简单。因为当时真的有很多人冒着生命危险救了华沙隔都的孩子。他们像艾琳娜一样，每天都在救人。这种令人难以置信的英雄行为不是个别的，而是每天都在发生。他们应该得多少奖章呢？"多拉塔转身对鲁道夫说，"你想想，我们这条命欠多少人的情？不仅有艾琳娜和扎高塔，还有其他把我们收留在自己家的人。最先那两个人叫什么名字？就是我们逃出去后，最先去的那家人。你记得吗？"

"达里乌斯和马格达莱纳。"

"天啊，鲁道夫，你记性太好了！"

"我记得他们，因为我们说不出新名字的时候，那位太太老是对她丈夫生气。她丈夫就回答：'马格达莱纳，我知道怎么做！'"鲁道夫试着模仿那个男人的鼻音，"当时我快被他们逼疯了，但是最后他们赢了，一天晚上，我答对了所有的问题，一个都没错。我再也受不了那种折磨了。"

"我也是，一样的。虽然改名字这件事对我并不像对你那样重要。对你来说，继续做雅努什，似乎是一个生死攸关的问题。可我的理解完全相反：变成多拉塔是生死攸关的问题。"

"都说女人总比男人开明……"

"至于我们去的第二个住处，我只记得男主人抽烟很厉害，家里到处挂着他儿子的遗照。我当时甚至隐约觉得回到了我家。如果没记错的话，他们还尝试用双氧水给我们染头发……"

"对，但结果不怎么成功。"

"哈哈，我染的效果还不错。真正糟糕的是你！你当时看起来就像一个白发小孩儿，老了似的。"

"今天可没人会注意到我了。那种掉色的头发，现在到处都是。"

"那叫'漂色'。"马库斯纠正外公。

"你看见了吧？我也赶上潮流了。"

415

"还有最后去的一所房子。不,是最后一间地下室。"多拉塔说着,试图在她记忆迷宫的深处找到相应的画面,"那下面太冷了。"

"还有霉臭味!我现在有时候还会觉得身上有那种味道。"

"我也一样。每次我闻到那种气味,就恶心得要命,所以,我很少去一些旧货店,气味跟那里一样。我们从那地下室出来后,我当时感觉很不真实,终于有一点空气了,正常一点了。我们在那下面像老鼠一样被关了那么久。"

"可惜,那种正常,我们没能享受多久……"

鲁道夫不想翻出一些不愉快的记忆来伤害多拉塔,更何况现在他们刚刚重聚,但多拉塔却顺着说了下去,好像什么事也没有一样。

"是啊,我们才出了大楼,就得仓皇地逃跑。如果不是你闹出那些事儿,我们还能多享受一会儿。"

鲁道夫把头扭到一边,表情十分困惑。他和外孙迅速相视了一眼,外孙马上就明白了外公在想什么。

"不是,你说的闹事儿是什么意思?"然后他转头对多拉塔说,"我不想再提起那天晚上,我知道,再说那天晚上的事对你很残忍。可是闹事的人是你,这一点是清清楚楚的。"

多拉塔感到一丝尴尬,她放开了鲁道夫的手。

"我?我为什么要闹事儿?"她疑惑地问,"他们都把我们从那个臭气熏天的地窖放出来了。"

鲁道夫还是没法理解。"当时你厌倦了被人从一个地方带去另一个地方。"他说,语气愈发坚定,"你说的话,我记得清清楚楚,就好像是你现在说的一样。你当时说,你又不是包袱,你父亲永远不会允许任何人这样对待你。朵拉和我舅舅尝试各种办法让你安静下来，可你就是不配合。甚至你还吵得更厉害了，大喊你就是自杀，也不会去修女那里。"

这时，多拉塔脸上的表情比鲁道夫刚才的表情还要吃惊。但除了惊讶，还夹着一股失望和愤怒。

"鲁道夫，你在说什么啊？"她大声说，并开始颤抖。

"事实。"鲁道夫回答。

"但事实不是这样的！"多拉塔大喊，"是你在那里发疯。你大闹说你想跟你舅舅一起去，他不该让你被带走，因为他已经在那里，和你在一起了。你抓住他的腿，一边哭，一边被拖着走了好几米，像个疯子一样。"

鲁道夫脸色变得苍白，他也不由自主地颤抖起来，好像呼吸也变得困难起来。他旁边的马库斯明白事情不妙。

"外公，还好吗？"他问外公。

但鲁道夫没有答应，只是点了点头。多拉塔对鲁道夫的说法感到十分生气，她不顾鲁道夫的反应，继续往下说。

"后来，你明白你做什么也没有用，就算你发脾气，他们也还是会把你交给修女，你就开始说，就是自杀，你也不会去孤儿院。我们大家都觉得你不会真那样做。但是你却喊来了就在我们附近的士兵。这件事，你记得吗？"

"我当然记得。"鲁道夫结结巴巴地说，"但明明是你……"

多拉塔没有让他说完。

"鲁道夫，你现在肯定是疯了！你故意引起了士兵的注意，你对他说你是犹太人，你旁边的人想绑架你。所以后来你舅舅才不得不用砖头砸了那个士兵的头。至少你舅舅是想砸那个人的头。但士兵发现了你舅舅的意图，躲过了攻击，然后叫了同伴。至少这一点，你能想起来吧？"

"不，多拉塔，你错了。过去这么长时间了，可能你记不清楚了……"

"不，鲁道夫。记不清楚的人是你。因为你想和你舅舅在一起。你为了不离开你舅舅，差点毁了他和艾琳娜为我们制定的计划。就是因为你的错，所以只有我们逃掉了，他却没有。"

"我的错？……多拉塔，对不起，可是你错了……"

鲁道夫想关掉助听器，他想要清净，不再听这个女人胡言乱语。突然，他觉得心脏正在没有节制地跳动。他先感到一股强烈的寒意，后来又是一股更厉害的燥热。他开始出汗，以前要晕倒的时候就是这种情况。

但他强忍着。他想，他不能在这时候失去知觉。他要证明多拉塔记错了。

"我觉得你现在完全弄混了，你知道……"鲁道夫用微弱的声音说。

多拉塔摇摇头。她坐在沙发上，上身往前倾，两只胳膊撑在腿上，手掌心掩着脸。

"我永远也忘不了当时的场景，狗咬了你舅舅的女朋友，你舅舅想救她，士兵用枪砸了你舅舅的脸。"她说，从声音听，她的情绪已经崩溃，"我们和艾琳娜一起站在原地，一动不动，不知道该怎么办。一切发生得那样突然，那样始料未及……后来，狗看到你舅舅想逃走，就放开了朵拉，一下子又冲去追你舅舅。我耳边现在还有他的脚步声，还能听到他对我们喊快逃。还有在他身后穷追不舍的那只畜生的狂吠……天啊，鲁道夫，太可怕了。你怎么能把这么重的责任推到我身上？你怎么能把你闯的大祸怪到我头上？当时我们跟着艾琳娜一起逃去了火车站。你记得吗？"

"我……"

"外公，我不敢相信……"在三人之中，最惊讶的人是马库斯，"你又对我撒了谎……"他说道，神情变得惊愕，"你一点儿没变，我们说好了以后只说真话，你却还在说谎话。"

鲁道夫的话被卡在了嘴边，说不出来。他忽然觉得完全无法动弹，像在噩梦中一样。然而，有些东西慢慢回到了他的脑海。

现在他的脑海里，有从雾中走上前来的身影，虽然还看不清，却是从没有见过的。这些之前做着其他事的身影，有了新的动作。有彻底混乱的词语，有他从没有听过的声音。

终于，经过百般努力，他做出了回应。

"你错了，多拉塔。"他悄声说，"我舅舅跟其他人一样，死在了特雷布林卡。那天晚上他只是受伤了。"

"不，鲁道夫。那天晚上你舅舅就死了，就在我们面前，在华沙的那条街道。我们都看到他倒在地上，他肩膀中了枪，后来我们逃去了火车站。"

鲁道夫用来遮盖事情的谎言就像面纱，现在面纱突然掉在了地上，他在事实面前变得赤裸裸。

无数眼泪开始止不住地从他的脸庞滚落。

他唯一能做的是绝望，像谎言被当众拆穿的小孩一样。

使他伤心欲绝的，不是谎言败露后感到的羞愧，而是责任，造成一个人死亡的责任，一个那样爱着他，他又那样爱着的人。

这些年他不断让自己记住的，根本不是真正发生的事情，而不过是一段伪造的回忆，一项"替代品"，与事实非常相像，却不相符。他不断重复那个谎言，直至使它变成现实，这与他不断重复新名字，直至他真的从雅努什·卡茨尼尔森变成鲁道夫·斯坦纳，如出一辙。

要让可怕的罪行变得可以承受，使他继续活下去，唯一的办法是把这宗罪从他的记忆中抹去。

其实，多拉塔正是这样告诉他的。看见他如此悲伤和绝望，多拉塔被吓坏了，她也有点自责。

"鲁道夫，你当时只是个孩子。"她再次握住鲁道夫的手，"我们都只是孩子。我们那么害怕，又有什么错呢？"

"但不是所有的孩子都会害死自己的家人。"他回答道，眼神显得呆滞。

四十九

鲁道夫突然感到无法呼吸，胸口的一股重压使他无法充分吸入空气，一阵剧痛在贲门部位爆发，随后蔓延到后背，再到左臂，直至下颚和牙齿。视线开始模糊，眼前出现了无数白色小点，耳朵也失去了知觉，他倒在了地上。

多拉塔一刻不耽误，马上按了呼叫护士的按钮，眼前的状况让她惶恐。

不一会儿的工夫，一个敏捷、瘦削的女人走进了病房，用欢快的声音问："怎么了，多拉塔？你需要什么东西吗？"

一看地上躺了个人，那个人的外孙趴在他身边，喊着那个人的名字，而女病人正流着泪，护士长明白必须马上叫医生。

值班医生很快赶了过来，只看了一眼就做出了判断：心肌梗死。鲁道夫即刻被放上担架，送进了重症监护室，随后进行的检查确认了医生的初步诊断，并发现情况更加糟糕：病人有两处梗死。但他还活着，诚实地说，很可能活不长久了。

万幸的是，马库斯没有完全失去理智。他身处一座外国城市，周围的人讲着他听不懂的语言，但他用英语问了那些人很多问题，问他外公的病情如何，根据那些人所说，他外公快死了。

在场的还有多拉塔,而她似乎彻底失去了理智。她绝望得疯了一样,不断说是自己的错,说她不该讲那些事,说她太傻,不该逼鲁道夫。现在谁还在乎真相?如果是以生命为代价,说出真相又有什么用?

老人无数次为自己的固执感到懊悔,直到护士给她注射了一剂强劲的镇静剂,最终才让她缓和了一点。

说实在的,马库斯也感到自责,他没有多加考虑,就指责他外公再次对他撒谎,让他感到失望,说他外公违背了他们互说真话的约定。他怎么能那么愚蠢,不明白多拉塔的话产生的效果就像原子弹爆炸一样?他怎么能那么鲁莽,外公正饱受攻击,仿佛一个站在高速公路中间的行人,他偏要在这时候指责他外公说谎?他怎么会不明白他外公脑袋里在想什么?

重症监护室的外面全是陌生人,等着看望自己的亲人,等着坏结果,这些人几乎都睡着了。马库斯在那里坐了很久,对自己和那个偏偏要现在说出真相的蠢女人充满了愤怒。

他们真不走运,不该在这时候联系多拉塔,不然的话,他们现在应该在一起开心、安静地吃晚饭,准备明天回家了。然而,事实是他们现在在这里,他坐在一个破塑料椅子上,他外公躺在医院的病床上。

马库斯只在门外看了外公一眼。鲁道夫的样子令人心痛,他闭着眼睛,嘴里含了一根白色塑料管,由贴在脸上的医用封包胶带固定。他如此虚弱,两颊消瘦,没戴假牙,看起来根本不像是他。

现在,促进病人呼吸、帮助病人维持生命的机器不断发出声音,马库斯觉得难以忍受。还有那道有规律的"嘀嘀"声,响起前总有一道呼气的声音，快让他疯了。

借着眼睛的余光，他注意到医用小推车上放着一把剪刀，内心产生了想用剪刀割伤自己的念头，这种欲望越来越强烈。只有这样，他才能在这个荒唐的情况下恢复一点清醒。剪刀就在那里，离他不过几厘米，他一秒钟就能拿到手，然后只要再去厕所，把自己关在里面，最后就会平息他的不安。那如果不能平息呢？

自从他开始以自残的方式让自己获得平静，他第一次克制住了诱惑，决定不那样做。

他没有多想一秒钟，突然站了起来，快步走到来时的走廊里，做了此时唯一有意义的事情：打电话给母亲。

约翰娜听到电话响起时，正在灶台前面，准备做番茄意大利面，瓦莱丽刚跳完舞，现在躺在沙发上，说自己要饿死了，而亚历山大正坐在地上，彻底让一部新动画片给迷住了。收音机里正放着歌，是约翰娜喜欢的酷玩乐队唱的，她把音量关小，然后拿起了电话，并继续看着计算煮面条时间的计时器，还有一分钟面条就熟了。

当她发现打电话来的是马库斯时，脸上立刻露出了笑容，她正准备给儿子打电话，问清楚明天航班到达的时间。她已经计划好空出半天时间去机场，用亲吻和拥抱迎接她生命中最重要的两个男人。没有时间可以浪费，既然一切已经得到了宽恕，她不想放过任何一个充满爱意的瞬间。她还买了一瓶勒格瑞，庆祝和解。她父亲喜欢这种酒。

"乖儿子！"她大声喊道，"你们怎么样？行李准备好了吗？"电话另一头保持沉默，她马上明白事情不妙，"马库斯，还好吗？"

"不好，妈妈。"马库斯回答。虽然他反复告诉自己不能哭，以免让母亲担心,却还是没有忍住眼泪。

过了一会儿,他镇定了下来。在此期间,约翰娜设想了所有可能的坏情况。

"妈妈,外公出事了。"马库斯最后告诉她,声音痛苦而嘶哑。

"啊,天啊!怎么回事?"

"他出现了心肌梗死。而且是两个……"

"那他现在怎么样了?"

"在重症监护室。我们在华沙附近的一个诊所。我们来找他小时候的一个老朋友,他就出事了……"

"就这样突然?"

"我觉得是。"

马库斯打算隐瞒引发悲剧的那场争论,没必要让他母亲知道那件事,她已经足够担心了。但有一件事他必须告诉母亲。

"妈妈,你得尽快来这里。"他说,"医生说外公的时间不多了。"

听到这些话,约翰娜变得像个可怜的拳手,完全顾不上计时器通知她面条熟了的响声。

"我当然要来。"她马上回答,"我需要时间准备一下,我坐明天早上最早的飞机。我确定好到达时间后,就给你打电话。那你现在在做什么?为什么不回酒店休息一下?"

"不,我想待在这里,留在外公身边。我想和他在一起。我想留在这里,万一——……"

马库斯没有说下去,也没有必要。

约翰娜站在灶台前面,一动不动,她为儿子感到自豪。马库斯正在独自应对的情况,即使是一个成年人遇到,也会惊慌失措。

要结束通话时,她压抑着内心的不安,为了自己,为了儿子,她必须坚强。至于绝望,她以后再去想吧。

在向绝望屈服之前,有无数个具体的事情需要她考虑,包括找到合适的方式通知她母亲和妹妹。

"我一会儿再给你打,发生任何事情,你就通知我。"她在挂电话前说。

"当然,妈妈。你别担心。"

马库斯挂断了电话,一时间他很困惑,约翰娜表现得如此清醒,几乎让他吃惊。本来他预料母亲在听见自己父亲快走到生命尽头时,会是完全不同的反应。

但马库斯不知道的是,母亲那种理性并非源自过度的自控和冷静,而是因为母亲坚信她父亲不会死。

父亲不会这样死去。

不会是现在,何况她还为他们的和解买了葡萄酒。

五十

鲁道夫在昏迷中听到的都是真实的。

当然是真实的,他并没有真正昏迷,只是被麻醉了。总而言之,他身边发生的所有事情,他听得到,也看得到,就好像天花板上离他最远的角落安装了摄像头,连接着一块显现在他面前的屏幕。

在他的床边有马库斯、约翰娜、埃莉卡和阿加塔,大家都在。也许他真的快死了,死在华沙。这是从几天前到现在,他思考过的最后一件事。然而,很可能也是最正确的一件事:叶落归根。

离别的时候到了,尽管他还想多说几句话,还有许多事要告诉这里的每一个人。

但现在已经不是说话的时候了,也不必为此感到难过。当他还是华沙的一个犹太小孩时,学校里有那么多像他一样的孩子,他们所有人的生命加在一起也远不如他的人生漫长和丰富。那些人中几乎没有一个能活到结婚生子和找工作的年龄,更不必说活到老了。死在一张床上,是一种只有极少的人能够享受到的奢侈。

鲁道夫不明白为什么自己能够享受,他们却不能。这是犹太人大屠杀中每一个幸存者一生都在苦思却永远找不到答案的问题。

现在,他终于明白了为什么:很简单,答案不存在。而假如存在，也只有上帝知道。

巴伊科神父说的有道理：上帝的意旨神秘奥妙。我们别无选择，只能活下去，希望生命延续得尽可能长。

鲁道夫唯一确信的是，人生中金钱、名望、回忆，甚至曾经的经历，都一文不值，唯一真正有价值的是让世界变得比以前更美好。

他一生都明白，虽然他付出了所有的努力，却没能实现这个目标。

他无条件地爱了他的妻子，还有他的女儿。他关心了几十年里在学校遇到的每一个孩子。但他不确定这是否足以赋予他的存在一种更宏大的意义，他所追寻的意义。

但是，现在他躺在病床上，看着病床边他生命中的女人和他的外孙，所有人都为他即将到来的离世悲伤不已，或许他应该改变看法了。特别是他想到马库斯，外孙站在他前面，握着他的手，约翰娜则深情地抱住儿子。如果马库斯准备好了在学校当着所有人的面道歉，如果马库斯真的明白了自己所做的事情给别人带来的伤害，如果马库斯找回了对他母亲的爱，那么毫无疑问，鲁道夫做了一些好事：他们两个人懂得了原谅。

发现是他害死了舅舅约瑟夫，差点在最后一刻破坏了这美好的结局。身临其境般回想起那件事，给他造成了很大的打击，但他并非因此而崩溃，而是因为他的心早就走到了尽头。多拉塔对此不负有任何责任。

那时他只是孩子，当一切发生时，他迈开瘦削的双腿，带着消瘦的脸，奇迹般逃脱了二十世纪对无辜者的大屠杀。哈希姆，或者其代理者，会原谅他的。也许他舅舅也会原谅他。

"请您教育我儿子,让他成为一个善良的波兰人,一个内心高尚的人。"这是艾琳娜把他带出隔都那天,他父亲向艾琳娜提出的请求。鲁道夫想,他总算满足了父亲的两项请求。

或许有人会提出异议,说他承受了所有那些痛苦之后,上帝会抵消一部分他的过失和错误,但问题就在这里。

如果人们相信上帝存在,那么他、他的家庭和所有犹太人民的遭遇就无法解释,这与信仰何种宗教无关。然而,他幸运地活下来了,这毫无疑问是一个奇迹。而没有上帝的介入,奇迹又怎么能够发生?不,是哈希姆的介入,想着假如奶奶哈利娜听到他直呼主的名字,表情会变得惶恐,他就马上改了口。

鲁道夫想,是的,自己真的很幸运。跟许多人不同,他们只有一段人生,而他有足足三段。假如一切都像他心里希望的那样,他马上要开启第四段人生了。

他躺在临终前的床上,被家人围着,仿佛卡拉瓦乔笔下的一个基督。忽然,他的脸上出现了修女脸上那般恬静的表情。

所有人都看到了他脸上的恬静,他们比之前更加伤心了。阿加塔紧紧握住她在丈夫来华沙之前,交给丈夫的那枚婚戒。马库斯已经把戒指和外公的其他私人物品交给了外婆。她当然没有想到再见鲁道夫时会是这样,他向她承诺过,会平安健康地回来。

这是他们在一起那么多年里,鲁道夫第一次不能信守诺言。但总的来说,她可以原谅丈夫。

丈夫最后想到的人是艾琳娜·森德勒,给予他那份幸运的女人,让他活到此刻的女人。艾琳娜·森德勒是他的福星。

其实,这正是星星的作用,不是吗?让我们记住,人在陨落许久以后依然可以发光。

就在这一刻，鲁道夫被一束耀眼的光芒照射着，他眼前的画面消失了。他走进了一条由光形成的通道，他曾听那些起死回生的人说过，人快死的时候就是这样，现在他来到了通道的尽头。他体会到的快乐无法描述，活着时他从未这样十足地幸福过。

当他醉心于那幸福之中时，慢慢地，他看见远处走来了一小群人。他逐一认出了他们。

里面有母亲安娜，她穿着黑裙子和白衬衣，牵着雅科夫和莉薇的手，父亲也为安息日打扮得十分优雅，莉薇十分美丽，黑发扎成辫子，还穿着十一岁生日那天的印花裙。奶奶哈利娜走到他们身边，她穿着长衣，戴着皮草围脖，挺着丰满的胸脯。其他人也三三两两地走到他们旁边：舅舅约瑟夫和他的女友朵拉；表叔莫伊什跟他的妻子索菲亚和女儿露丝，露丝头发卷曲，小脸蛋红通通的；塞雷克和鲁巴·泽尔伯曼，那对新婚夫妇；画家马里乌什·斯滕伯格和他的家人；旧货商人伊扎克·平克跟他的妻子和孩子。当然，什洛莫也在，还是那副无赖相。在更后面，有M夫人，拉比哈伯班德，辛格太太和犹太肉铺的老板艾萨克。还有他的养父母，马雷克和阿格涅丝卡·维利斯基，他们跟其他人一样，来接他了，准备再次拥抱他。

最后一个到的最容易认出来：它欢快地蹦着，还穿着那件蓝绿相间的羊毛衣，看起来漂亮极了，火鸡古斯塔沃往前走来。从鸡鸣声听来，古斯塔沃似乎也很开心再见到他。

这一次没有狗来破坏他宁静的生活。

五十一

当马库斯走进高中的大礼堂时,等候他的是一群他没见过的学生和老师。很多人是真心实意地来听他发言,有的只是为了少上一个小时课,还有的纯粹是来看他道歉。在人群中,马库斯看到了沃尔夫冈·库尔兹及其母亲,一切就是从他开始的。马库斯举起一只手,向他打了招呼。

马库斯的家人也在观众席里:外婆阿加塔穿得很隆重,外公葬礼结束后,姨妈埃莉卡还留在维也纳,母亲身边是他父亲托马斯。他的家人都在这里,坐在希尔德·比尔曼一家旁边。

当然,科勒尔校长也在,校长先请大家安静,然后开始讲话,向台下的听众介绍了马库斯,说明了大家来到这里的原因。随后校长请马库斯讲话,当然,此前校长也用几句话追念了马库斯的外公鲁道夫。校长这样说道:"他殚精竭虑,陪伴学生成长,为学校增光添彩。"

校长讲话结束后,响起了一阵短暂的掌声,马库斯心慌意乱,两只手冒了汗,他迈开颤抖的双腿,朝礼堂中心走去,拿到了麦克风。一声非常强烈的啸叫响彻整个大厅,但很快又恢复了安静。

男孩轻轻摸了摸别在外套上的蜻蜓胸针。

他闭上眼睛,长舒一口气,然后开始说:

  一天,莱维问大卫:"是谁发动的战争?"
  "犹太人和骑自行车的人。"大卫回答。
  "跟骑自行车的人有什么关系?"于是莱维问。
  "那跟犹太人又有什么关系?"大卫回答。

现在马库斯知道了那个问题的答案。
其他人现在也知道了。

致谢

这本书对我来说是一场漫长的旅行。在近两年时间里，在精神上，我生活在华沙的隔都里，陪伴我的是故事中慢慢成长的小雅努什，以及我对他和他家人的爱。

新冠疫情造成了封锁，我只能待在家里。我和卡茨尼尔森一家人生活了很长时间，当我坐在书桌前时，是他们在向我讲述他们的故事，叙述者并不是我。慢慢地，日复一日，他们的故事展露在我眼前，在我耳畔响起，故事通常很悲伤、很惨痛，但多亏了上帝，不，是奶奶哈利娜口中的哈希姆，有时也很搞笑。

因此，我首先要感谢的人是他们，书中纯属偶然虚构的人物，他们陪伴了我，使我有幸倾听他们的人生，成为他们沧桑变化的"活记忆"。显然，我和书中虚构的人物要一起感谢所有那些以血肉之躯真实历经了那些沧桑变化的人。多亏了他们的讲述、日记和见证，这本书才得以诞生。多亏了他们记忆中的痛苦，本书的每一页都有了生命，显得尽可能"逼真"。

正因如此，在感谢亲历者之后，我要衷心感谢埃马努埃尔·林格尔布鲁姆先生（愿上帝永远守护他的记忆），犹太裔波兰历史学家。在纳粹分子占领华沙期间，他独辟蹊径，让隔都的许多居民以日记的方式记录生活，以使他们骇人听闻的不幸遭遇留下不朽的痕迹，以使倘若纳粹分子成为胜利者，世间不会只有其一面之词。

那些日记是一种珍贵的资料，记录了许多人的消息、逸事和感情，他们被囚禁在几乎方千米的空间里，被迫遭受最惨无人道的暴力，却从未失去尊严与希望。据报道，林格尔布鲁姆先生及其家人于1944年被枪决，此前盖世太保在一处藏身所里发现了他们，一同被捕的还有另外三十五人。

多亏了他的勇气，以及所有波兰犹太人的勇气，也许今天正如他写到的那样，我们可以确保犹太人在那个时代、那个地方的生活不被掩盖任何一个片段。很显然，连同林格尔布鲁姆先生，我要感谢艾琳娜·森德勒，这本书的一切都始于她。正是读到一篇关于她的文章，我才得知存在这样一位伟大的女性，"国际义人"的称号，她当之无愧。她是那段历史中一个微小的巨人，像你们读到的那样，那些年的巨人有太多太多。其实，有数百名波兰人跟她一样，每天几十次冒着生命危险拯救那些素不相识的人。

在这场旅行的最后，我不能忘记感谢我的经纪人菲亚美达·比安卡特里和翁布莱塔·波吉亚，衷心感谢她们；也感谢 Sperling & Kupfer 出版社的格拉齐亚·鲁斯提卡里和琳达·彭切塔，感谢她们宝贵的编辑工作和更为宝贵的建议；感谢我的朋友，我的家人，我的妻子安吉拉，以及所有一直支持我的人；最后，感谢我的弟弟亚历山德罗，他像往常一样从天上拉着我的手，不断对我说："你真棒，大尼可！"

出 品 人：许　永
出版统筹：林园林
责任编辑：许宗华
特邀编辑：张春馨
封面设计：刘晓昕
内文制作：万　雪
印制总监：蒋　波
发行总监：田峰峥

发　　行：北京创美汇品图书有限公司
发行热线：010-59799930
投稿信箱：cmsdbj@163.com